LA ESPADA DE LA ASESINA

SARAH J. MAAS

LA ESPADA DE LA ASESINA

Relatos sobre TRONO DE CRISTAL

Traducción de Carolina Alvarado Graef

ALFAGUARA

Penguin
Random House
Grupo Editorial

La espada de la asesina

Título original: *The Assassin's Blade*

Primera edición: julio, 2024

La asesina y el lord pirata
© 2012, Sarah J. Maas
La asesina y la sanadora
© 2013, Sarah J. Maas
La asesina y el desierto
© 2012, Sarah J. Maas
La asesina y el inframundo
© 2012, Sarah J. Maas
La asesina y el imperio
© 2012, Sarah J. Maas

Esta traducción de *La espada de la asesina* es publicada por Penguin Random House Grupo Editorial por acuerdo con Bloomsbury Publishing Inc. Todos los derechos reservados.

Publicado originalmente por Bloosmbury Children's Books

© 2022, derechos de edición mundiales en lengua castellana:
Penguin Random House Grupo Editorial, S. A. de C. V.
Blvd. Miguel de Cervantes Saavedra núm. 301, 1er piso,
colonia Granada, alcaldía Miguel Hidalgo, C. P. 11520,
Ciudad de México

© 2024, Penguin Random House Grupo Editorial USA, LLC
8950 SW 74th Court, Suite 2010
Miami, FL 33156

© 2022, Carolina Alvarado Graef, por la traducción
© 2014, Talexi, por las ilustraciones de cubierta

ISBN: 979-88-909816-1-5

Impreso en Colombia – *Printed in Colombia*

24 25 26 27 28   10 9 8 7 6 5 4 3 2 1

Este es para el fenomenal equipo mundial de Bloomsbury:
Gracias por hacer realidad mis sueños.

Y para mi sagaz y brillante editora, Margaret:
Gracias por creer en Celaena desde la página uno.

ÍNDICE

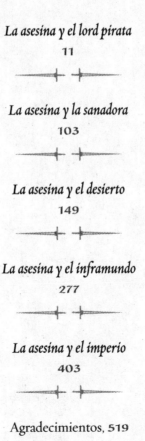

LA
ASESINA
Y EL
LORD PIRATA

CAPÍTULO 1

Sentada en la sala de consejo de la Fortaleza de los Asesinos, Celaena Sardothien se recargó en el respaldo de su silla.

—Pasan de las cuatro de la mañana —dijo y reacomodó los pliegues de su vestido de seda carmesí. Cruzó las piernas desnudas bajo la mesa de madera—. Más vale que sea importante.

—Tal vez si no hubieras estado leyendo toda la noche, no estarías tan agotada —le respondió con tono golpeado el joven sentado frente a ella. Ella no hizo caso a su comentario y se concentró en las otras cuatro personas reunidas en la habitación subterránea.

Todos eran hombres, todos mucho mayores que ella y todos se negaban a verla a los ojos. Un escalofrío que no tenía nada que ver con las corrientes de aire de la habitación le recorrió la espalda. Celaena empezó a limpiarse las uñas manicuradas y ajustó su expresión para transmitir neutralidad. Los cinco asesinos reunidos ante la mesa larga, incluida ella, eran cinco de los siete colaboradores de más confianza de Arobynn Hamel.

Esta reunión era innegablemente importante. Lo supo desde el momento en que la chica de servicio tocó con fuerza a su puerta e insistió en que Celaena bajara y que no se molestara en vestirse. Cuando Arobynn te llamaba, no lo hacías esperar. Afortunadamente, su ropa para dormir era tan exquisita como la ropa que usaba durante el día... y costaba prácticamente lo mismo. De cualquier forma, ser una chica de dieciséis años en una habitación llena de hombres hacía que se mantuviera atenta al escote de su vestido. Su belleza era un arma, y la mantenía afilada, pero también podía ser una vulnerabilidad.

Arobynn Hamel, el rey de los asesinos, estaba sentado cómodamente en la cabecera de la mesa. Su cabellera rojiza brillaba bajo las luces del candelabro de cristal. Cuando sus ojos plateados se cruzaron con los de ella, le frunció el ceño. Quizás era por la hora, pero Celaena podría haber jurado que su mentor se veía más pálido de lo habitual. Sintió un nudo en el estómago.

—Capturaron a Gregori durante su misión —dijo al fin Arobynn. Bueno, eso explicaba por qué faltaba una persona en esta reunión—. Le tendieron una trampa. Está detenido en los calabozos reales.

Celaena suspiró por la nariz. ¿Por *esto* la habían despertado? Dio unos golpecitos con la zapatilla sobre el piso de mármol.

—Entonces mátalo —dijo.

Gregori nunca le había gustado. Cuando Celaena tenía diez años, le dio unos dulces al caballo de Gregori y, cuando él se enteró, le arrojó una daga a la cabeza. Por supuesto, falló porque ella atrapó la daga y se la lanzó de regreso; desde aquel día, Gregori lucía una cicatriz en la cara como recordatorio.

—¿*Matar* a Gregori? —exigió saber Sam, el joven sentado a la izquierda de Arobynn, lugar que normalmente ocupaba Ben, su segundo al mando. Celaena sabía muy bien lo que Sam Cortland pensaba de ella. Lo conocía desde que eran niños, cuando Arobynn la recibió en su casa y declaró que ella, no Sam, sería su protegida y heredera. Eso no impedía que Sam intentara socavar su posición con él siempre que tenía la oportunidad. Y ahora Sam, a sus diecisiete años, un año mayor que ella, seguía sin olvidar que siempre ocuparía el segundo lugar.

Ella se molestó un poco al ver a Sam en el asiento de Ben. Cuando regresara y se enterara, Ben seguro lo ahorcaría. O ella podría ahorrarle la molestia a Ben y hacerlo personalmente.

Celaena miró a Arobynn. ¿Por qué no había castigado *él* a Sam por sentarse en el lugar de Ben? El rostro de Arobynn, aún apuesto a pesar de los mechones plateados que empezaban a aparecer en su cabellera, continuó inmutable. Ella odiaba esa máscara ilegible, en especial porque a ella aún le resultaba difícil controlar sus propias expresiones y temperamento.

—Si capturaron a Gregori —dijo Celaena despacio mientras se acomodaba un mechón de su cabello largo y dorado—, entonces el protocolo es simple: enviar un aprendiz para que le ponga algo a su comida. Nada doloroso —agregó al ver que los hombres se tensaban—. Solo lo suficiente para silenciarlo antes de que hable.

Lo cual era probable si Gregori estaba en los calabozos reales. La mayoría de los criminales que entraban ahí nunca volvían a salir. No con vida. Y no en una forma reconocible.

La ubicación de la Fortaleza de los Asesinos era un secreto bien guardado, y la habían entrenado para preservarlo hasta su último aliento. Pero aunque no lo hiciera, era poco probable que alguien creyera que esa elegante casa de campo en una calle muy respetable de Rifthold fuera el hogar de algunos de los más grandes asesinos del mundo. ¿Qué mejor lugar para ocultarse que en el corazón de la capital?

—¿Y si ya habló? —preguntó Sam.

—Y si Gregori ya habló —respondió ella—, entonces mataremos a todos los que lo hayan escuchado.

A Sam le brillaron los ojos castaños y ella esbozó una sonrisita que sabía lo pondría furioso. Luego Celaena miró a Arobynn y agregó:

—Pero no era necesario arrastrarnos hasta acá para decidir esto. Ya diste la orden, ¿no?

Arobynn asintió con los labios apretados. Sam tuvo que atragantarse con su objeción y optó por enfocar la mirada en la chimenea chisporroteante. La luz del fuego proyectaba claroscuros en las facciones refinadas de Sam: un rostro que le habían dicho podría haberle servido para ganar una fortuna si hubiera decidido seguir los pasos de su madre. Pero la madre de Sam había decidido dejarlo con los asesinos, no con los cortesanos, antes de morir.

Se hizo el silencio y la respiración de Arobynn produjo un rugido ensordecedor. Algo iba mal.

—¿Qué más? —preguntó ella y se inclinó al frente. Los demás asesinos bajaron la vista a la mesa. Lo que hubiera sucedido, ellos ya lo sabían. ¿Por qué no le había dicho Arobynn a ella primero?

Los ojos plateados de Arobynn se convirtieron en acero.

—Mataron a Ben.

Celaena apretó los brazos de la silla con las manos.

—¿Qué?

Ben... Ben, el asesino siempre sonriente que la había entrenado con la misma frecuencia que Arobynn. Ben, quien alguna vez le había ayudado a curar su mano derecha destrozada. Ben, el séptimo y último miembro del círculo interno de Arobynn. Apenas tenía treinta años. Los labios de Celaena se abrieron en una mueca que enseñaba los dientes.

—¿Qué quieres decir con «mataron»?

Arobynn la miró y un destello de dolor se reflejó en su cara. Él era cinco años mayor que Ben y habían crecido juntos. Habían entrenado juntos. Ben se había asegurado de que su amigo se convirtiera en el indisputable rey de los asesinos y nunca cuestionó su posición como segundo de Arobynn. Ella sintió que se le cerraba la garganta.

—Se suponía que era la misión de Gregori —dijo Arobynn en voz baja—. No sé por qué se involucró Ben. Ni quién los traicionó. Encontraron su cuerpo cerca de las puertas del castillo.

—¿Tienes su cuerpo? —exigió saber ella. Tenía que verlo, tenía que verlo una última vez, saber cómo había muerto, cuántas heridas habían sido necesarias para matarlo.

—No —respondió Arobynn.

—¿Por qué demonios no? —dijo ella sin poder dejar de abrir y cerrar los puños.

—¡Porque el lugar estaba repleto de guardias y soldados! —gritó Sam y ella volteó a verlo de inmediato—. ¿Cómo crees que nos enteramos de esto?

¿Arobynn había enviado a *Sam* para ver por qué habían desaparecido Ben y Gregori?

—Si hubiéramos recuperado su cuerpo —dijo Sam sosteniéndole desafiante la mirada—, nos habrían seguido directo a la Fortaleza.

—Ustedes son asesinos —gritó ella—. Se *supone* que deben poder recuperar un cuerpo sin que los vean.

—Si hubieras estado ahí, habrías hecho lo mismo.

Celaena empujó su silla hacia atrás con tanta fuerza que la volcó.

—¡Si yo hubiera estado ahí, habría matado a *todos* para recuperar el cuerpo de Ben! —azotó las manos sobre la mesa e hizo temblar los vasos.

Sam se puso de pie de un salto con la mano en la empuñadura de la espada.

—Ah, claro, mírate. Ordenándonos como si *tú* fueras la líder del gremio. Pero todavía no, Celaena —sacudió la cabeza—. Todavía no.

—*Suficiente* —dijo Arobynn molesto y se levantó de su silla.

Celaena y Sam no se movieron. Ninguno de los otros asesinos habló, pero ya tenían en las manos sus respectivas armas. Ella había visto de primera mano las peleas en la Fortaleza; buscar sus armas era tanto para su propia protección como para evitar que ella y Sam se hicieran demasiado daño.

—Dije que era *suficiente*.

Si Sam daba otro paso hacia ella, si desenfundaba su espada un centímetro más, la daga que ella traía escondida en la ropa encontraría un nuevo hogar en su cuello.

Pero Arobynn se movió antes. Tomó a Sam de la barbilla y obligó al joven a mirarlo.

—Contrólate o yo lo haré por ti, niño —murmuró—. Es estúpido estar buscando pelea con ella esta noche.

Celaena se guardó su respuesta. Ella era perfectamente capaz de lidiar con Sam esta noche, o cualquier otra, para el caso. Si las cosas escalaran a una pelea, ella ganaría... siempre derrotaba a Sam.

Pero Sam soltó la empuñadura de su espada. Después de un momento, Arobynn liberó la cara de Sam pero no se apartó. Sam mantuvo su mirada en el piso y caminó al otro lado de la sala de consejo. Se cruzó de brazos y se recargó contra la pared de piedra. Ella todavía podría atacar, bastaría un movimiento de la muñeca y la sangre empezaría a brotarle de la garganta.

—Celaena —dijo Arobynn y su voz hizo eco en la habitación silenciosa.

Ya se había derramado suficiente sangre esa noche; no necesitaban otro asesino muerto.

Ben. Ben estaba muerto y nunca más se lo encontraría en los pasillos de la Fortaleza. Nunca le ayudaría a sanar sus heridas con sus manos frías y hábiles, nunca la haría reír con algún chiste o anécdota pervertida.

—Celaena —volvió a advertir Arobynn.

—Ya terminé —dijo ella con brusquedad. Distendió los músculos del cuello y se pasó la mano por el cabello. Caminó a zancadas hacia la puerta pero se detuvo en el umbral—. Solo para que lo sepan —agregó dirigiéndose a todos pero con la vista fija en Sam—, voy a ir por el cuerpo de Ben —a Sam le tembló involuntariamente un músculo de la mandíbula pero tuvo la prudencia de mantener la vista apartada—. No esperen que les extienda la misma cortesía a ninguno de ustedes cuando les llegue su hora.

Con eso, se dio la media vuelta y subió por la escalera en espiral hacia la mansión. Quince minutos más tarde, nadie la detuvo cuando salió por la puerta principal hacia las calles silenciosas de la ciudad.

CAPÍTULO 2

Dos meses, tres días y unas ocho horas después, el reloj sobre la chimenea marcó el mediodía. El capitán Rolfe, Señor de los Piratas, iba con retraso. Aunque Celaena y Sam también llegaron tarde, Rolfe no tenía excusa, no cuando él ya tenía dos horas demorado. Y no cuando la reunión era en *su* oficina.

Además, no era culpa de *ella* que ellos no llegaran a tiempo. Ella no podía controlar los vientos y, por otra parte, los nerviosos marineros ciertamente se habían tomado su tiempo para cruzar el archipiélago de las Islas Muertas. Ella no quería ni pensar en cuánto oro habría gastado Arobynn en sobornar a la tripulación para que navegaran al corazón del territorio pirata. Pero dado que la Bahía de la Calavera formaba parte de una isla, no tenían otra alternativa como medio de transporte.

Celaena, oculta bajo una sofocante capa negra, túnica y máscara de ébano, se paró de su asiento frente al escritorio del lord Pirata. ¡Cómo se atrevía a hacerla esperar! A fin de cuentas él sabía precisamente por qué estaban ahí.

Tras la aparición de tres asesinos muertos a manos de piratas, Arobynn la envió como su representante personal para obtener una retribución, de preferencia en oro, por el costo que esas muertes implicaban para el gremio de los asesinos.

—Con cada minuto que nos hace esperar —le dijo Celaena a Sam en voz baja y suave debido a la máscara—, le agregaré diez piezas de oro a su deuda.

Sam, quien no había ocultado sus apuestas facciones tras una máscara, se cruzó de brazos y frunció el ceño.

—No harás nada. La carta de Arobynn está sellada y así permanecerá.

Ninguno de los dos se había sentido particularmente feliz cuando Arobynn les informó que Sam acompañaría a Celaena a las Islas Muertas. En especial porque el cadáver de Ben, que Celaena *sí* había recuperado, apenas llevaba dos meses bajo tierra. El dolor de haberlo perdido todavía no disminuía.

Su mentor le había dicho que Sam iría como su escolta, pero Celaena sabía lo que su presencia significaba: un vigilante. No era que ella planeara hacer nada malo si estaba a punto de reunirse con el Señor de los Piratas de Erilea. Era una oportunidad que tendría una vez en la vida. Aunque la diminuta isla montañosa y su ciudad portuaria en ruinas todavía no lograban cautivarla.

Ella esperaba una mansión como la Fortaleza de los Asesinos o, al menos, un castillo fortificado y antiguo, pero el lord Pirata ocupaba el piso superior de una taberna de aspecto sospechoso. Los techos eran bajos, los pisos de madera crujían y la habitación atiborrada, combinada con la temperatura ardiente de las islas del sur, hacía a Celaena sudar a mares debajo de su ropa. Pero su incomodidad valía la pena: cuando cruzaron la Bahía de la Calavera, la gente volteaba al verla; la capa negra y azotada por el viento, la ropa exquisita y la máscara la transformaban en un susurro de oscuridad. Algo de intimidación nunca salía sobrando.

Celaena se acercó al escritorio de madera, tomó una hoja de papel con sus guantes negros y la giró para leer lo que decía. Una bitácora del clima. Qué aburrido.

—¿Qué estás haciendo?

Celaena tomó otra hoja de papel.

—Si Su Piratidad no se puede tomar la molestia de limpiar un poco para recibirnos, entonces no veo el problema con que yo eche un vistazo a lo que tiene por aquí.

—Va a subir en cualquier momento —dijo Sam entre dientes. Ella tomó un mapa que estaba restirado sobre la mesa. Examinó los puntos y marcas en la costa de su continente. Debajo del mapa brillaba algo pequeño y redondo. Ella se lo echó al bolsillo antes de que Sam lo notara.

—Ay, ya cállate —le dijo ella y abrió el gabinete de la pared adyacente al escritorio—. Con lo que rechinan estos pisos, vamos a oírlo a un kilómetro de distancia.

El gabinete estaba lleno de pergaminos, plumillas, una que otra moneda y un brandy de aspecto muy antiguo y muy costoso. Celaena sacó la botella y movió el líquido ambarino bajo el rayo de sol que entraba por la diminuta ventana en portillo.

—¿Quieres un trago?

—No —respondió Sam molesto y giró en su asiento para ver hacia la puerta—. Guárdalo. *Ahora*.

Ella ladeó la cabeza, volvió a hacer girar el líquido dentro de su botella de cristal, y lo puso en su sitio. Sam suspiró. Debajo de su máscara, Celaena sonrió.

—No puede ser un muy buen Señor de los Piratas —dijo ella—, si *esto* es su oficina personal.

Sam ahogó un grito de consternación cuando Celaena se dejó caer en el gran sillón detrás del escritorio y empezó a abrir los libros del pirata y a mover sus documentos. Su caligrafía era apretada y casi ilegible y su firma era poco más que unos aros y picos irregulares.

Ella no sabía exactamente qué estaba buscando. Arqueó las cejas un poco al encontrar una hoja de papel morado y perfumado firmado por alguien llamado Jacqueline. Se recargó en el respaldo de la silla, subió los pies al escritorio y la leyó.

—¡Maldita sea, Celaena!

Ella arqueó las cejas pero recordó que él no podía verla. La máscara y la ropa eran una precaución necesaria, algo que hacía mucho más fácil proteger su identidad. De hecho, todos los asesinos de Arobynn habían jurado conservar el secreto de quién era ella, bajo pena de tortura eterna y eventual muerte.

Celaena resopló, aunque su aliento solo logró hacer más caliente el interior de esa máscara insoportable. Lo único que sabía el mundo sobre Celaena Sardothien, la Asesina de Adarlan, era que era mujer. Y así quería que se conservara. ¿De qué otra manera podría recorrer las amplias avenidas de Rifthold o infiltrarse a las elegantes fiestas fingiendo ser miembro de la nobleza extranjera? Y aunque deseaba que Rolfe tuviera la oportunidad de admirar su hermosa cara, debía admitir que el disfraz también la convertía en algo imponente, en especial porque la máscara disimulaba su voz y la convertía en un gruñido rasposo.

—Regresa a tu silla —dijo Sam y buscó la espada que no traía. Los guardias a la entrada de la posada les habían confiscado las armas. Por supuesto, ninguno de ellos se dio cuenta de que Sam y Celaena eran armas en sí mismos. Podrían matar a Rolfe con la misma facilidad usando solo las manos.

—¿O qué? ¿Vas a pelear conmigo? —lanzó la carta de amor sobre el escritorio—. Por alguna razón, me parece que eso no daría la mejor impresión a nuestros nuevos anfitriones.

Cruzó los brazos detrás de la cabeza y miró hacia el mar de turquesa que se asomaba entre los edificios dilapidados que conformaban la Bahía de la Calavera.

Sam se levantó un poco de la silla.

—Ya ven a sentarte.

—Llevo diez días en el mar. ¿Por qué debería sentarme en esa silla incómoda si esta es más adecuada a mis gustos?

Sam refunfuñó. Antes de que pudiera contestar, se abrió la puerta.

Sam se quedó petrificado pero Celaena inclinó la cabeza como saludo al capitán Rolfe, lord de los Piratas, que entraba a su oficina.

—Me alegra ver que ya se pusieron cómodos.

El hombre alto y de cabello oscuro cerró la puerta a sus espaldas. Fue una decisión valiente, considerando quién esperaba en su oficina.

Celaena permaneció en el sitio donde estaba sentada. Bueno, *él* ciertamente no era lo que ella esperaba. No todos los días se sorprendía pero... se lo había imaginado más desaseado y mucho más extravagante. Considerando lo que había escuchado sobre las salvajes aventuras de Rolfe, le costaba trabajo creer que este hombre, delgado pero no demacrado, bien vestido pero no ostentoso, y que seguro todavía no llegaba ni a los treinta años, era el legendario pirata. Tal vez él también mantenía su identidad oculta de cara a sus enemigos.

Sam se puso de pie e inclinó un poco la cabeza.

—Sam Cortland —dijo a manera de saludo.

Rolfe extendió la mano y Celaena pudo ver la palma y los dedos tatuados cuando apretó la mano ancha de Sam. El mapa, *ese* era el mítico mapa por el cual había vendido su alma a cambio de tenerlo tatuado en las manos. El mapa de los océanos del mundo, el mapa que cambiaba para mostrar tormentas, enemigos... y tesoros.

—Supongo que *tú* no necesitas presentarte —dijo Rolfe cuando la volteó a ver.

—No —respondió Celaena y se recargó más en la silla frente al escritorio—. Supongo que no.

Rolfe rio, una sonrisa torcida que se extendía por todo su rostro bronceado. Se acercó al gabinete y eso le permitió a ella examinarlo más de cerca. Hombros amplios, cabeza en alto, una gracia desenfadada en sus movimientos que provenía de saberse poseedor de todo el poder en esta situación. Tampoco traía espada. Otra posición atrevida. Sabia, también, dado que ellos podían usar las propias armas del pirata en su contra.

—¿Brandy? —preguntó.

—No, gracias —dijo Sam. Celaena sintió la mirada de Sam que intentaba obligarla a bajar los pies del escritorio de Rolfe.

—Con esa máscara —dijo Rolfe—, no creo que pudieras tomar un trago de cualquier manera —se sirvió brandy y dio un trago largo—. Debes estar asándote con toda esa ropa.

Celaena bajó los pies al suelo, recorrió el borde curvo del escritorio con las manos y extendió los brazos.

—Estoy acostumbrada.

Rolfe volvió a beber y la observó por un instante por encima del borde del vaso. Sus ojos eran de un impresionante tono verde mar, tan brillantes como el agua a unas cuantas cuadras de distancia. Bajó el vaso y se acercó al extremo del escritorio.

—No sé cómo manejen esto en el norte, pero aquí nos gusta saber con quién estamos hablando.

Ella ladeó la cabeza.

—Como dices, yo no necesito presentación. Y sobre el privilegio de ver mi hermosa cara, me temo que eso es algo que le concedo a pocos hombres.

Rolfe apretó el vaso con sus dedos tatuados.

—Levántate de mi silla.

Al otro lado de la oficina, Sam se tensó. Celaena examinó el contenido del escritorio de Rolfe de nuevo. Chasqueó la lengua y sacudió la cabeza.

—En serio, necesitas empezar ya a organizar este desorden.

Pudo percibir que el pirata se acercaba a su hombro y se puso de pie antes de que pudiera rozar la lana negra de su capa con los dedos. Él era más alto que ella por una cabeza.

—No haría eso si fuera tú —dijo en voz baja.

A Rolfe le brillaron los ojos ante el desafío.

—Estás en *mi* ciudad y en *mi* isla —dijo y se paró a pocos centímetros de ella—. No estás en ninguna posición para darme órdenes.

Sam se aclaró la garganta, pero Celaena miró a Rolfe a la cara. Los ojos del pirata examinaron la negrura debajo de su capucha: la máscara negra y tersa, las sombras que ocultaban cualquier indicio de facciones.

—Celaena —advirtió Sam y se volvió a aclarar la garganta.

—Muy bien —dijo ella con un suspiro exagerado y rodeó a Rolfe como si fuera un simple mueble impidiéndole el paso. Se sentó en la silla al lado de Sam y él la miró con tanta irritación que podría haber derretido todos los Yermos Helados.

Ella podía sentir cómo Rolfe observaba cada uno de sus movimientos, pero el pirata solo se acomodó las solapas de la túnica azul medianoche antes de sentarse. Se hizo el silencio, interrumpido por el ocasional graznido de las gaviotas que daban vueltas sobre la ciudad y los gritos de los piratas que discutían en las sucias calles.

—¿Y bien? —preguntó Rolfe y apoyó los antebrazos sobre el escritorio.

Sam la miró. Era su turno.

—Sabes exactamente por qué estamos aquí —dijo Celaena—. Pero tal vez ya se te subió todo ese brandy a la cabeza. ¿Necesitas que te refresque la memoria?

Rolfe hizo un ademán con la mano verde, azul y negra para indicarle que continuara, como si él fuera un rey en el trono escuchando las quejas de la prole. *Imbécil.*

—Tres asesinos de nuestro gremio aparecieron muertos en Bellhaven. El que logró escapar nos dijo que los atacaron unos piratas —extendió el brazo sobre el respaldo de la silla—. *Tus* piratas.

—¿Y cómo sabía el sobreviviente que eran *mis* piratas?

Ella se encogió de hombros.

—Tal vez los delataron los tatuajes —respondió.

Todos los hombres de Rolfe tenían un tatuaje en la muñeca con la imagen de una mano multicolor.

Rolfe abrió un cajón de su escritorio, sacó una hoja de papel y leyó el contenido. Dijo:

—Cuando me enteré de que Arobynn Hamel podría intentar culparme, le pedí al maestre del astillero de Bellhaven que me enviara estos registros. Parece ser que el incidente ocurrió a las tres de la mañana en los muelles.

Esta vez, Sam respondió.

—Es correcto.

Rolfe colocó el papel sobre el escritorio y elevó los ojos al cielo.

—Entonces, si eran las tres de la mañana y esto ocurrió en los muelles, que no tienen alumbrado público, como seguro saben —ella no lo sabía—, entonces, *¿cómo* pudo tu asesino ver todos los tatuajes?

Bajo su máscara, Celaena frunció el ceño.

—Porque sucedió hace tres semanas... con luna llena.

—Ah. Pero estamos a principios de la primavera. Incluso en Bellhaven, las noches siguen sintiéndose frías. A menos de que mis hombres no tuvieran abrigo, no hay manera de...

—Suficiente —interrumpió Celaena con brusquedad—. Supongo que ese pedazo de papel tiene diez distintas excusas patéticas para tus hombres —tomó su bolso del piso y sacó los dos documentos sellados—. Estos son para ti —dijo y los lanzó sobre el escritorio—. De parte de nuestro maestro.

Una sonrisa tiró de las comisuras de los labios de Rolfe pero tomó los documentos y examinó el sello. Lo levantó para verlo a la luz del sol.

—Me sorprende que no esté alterado —dijo y su mirada brilló con picardía. Celaena podía sentir la petulancia que exudaba Sam.

Con dos movimientos hábiles de la muñeca, Rolfe cortó ambos sobres con un abrecartas que ella no había visto. ¿Cómo había pasado desapercibido? Un error de principiante.

En los minutos silenciosos mientras Rolfe leía las cartas, la única reacción del pirata fue el movimiento ocasional de sus dedos que tamborileaban sobre el escritorio de madera. El calor era sofocante y Celaena podía sentir el sudor escurrirle por la espalda. Se suponía que estarían aquí tres días... el tiempo suficiente para que Rolfe reuniera el dinero que les debía. El cual, a juzgar por ese ceño cada vez más fruncido, era bastante.

El pirata exhaló profundo cuando terminó de leer y reacomodó los documentos.

—Tu maestro sabe negociar —dijo Rolfe y su mirada pasó de Celaena a Sam—. Pero los términos que propone no son injustos. Tal vez ustedes deberían haber leído la carta antes de empezar a acusarnos a mí y mis hombres. No exigirá retribución por esos asesinos muertos y admite que sus muertes no fueron de ninguna manera mi culpa. Debe tener algo de sentido común, entonces.

Celaena resistió el instinto de inclinarse hacia adelante. Si Arobynn no estaba exigiendo un pago por la muerte de esos asesinos, entonces *¿qué* estaban haciendo aquí? Sintió que le quemaba la cara. Había quedado en ridículo, ¿no? Si Sam sonreía aunque fuera un poco...

Rolfe siguió tamborileando con sus dedos tatuados y se pasó la mano por el cabello oscuro, que le llegaba al hombro.

—En cuanto al acuerdo que ha propuesto... le pediré a mi contador que consiga las cuotas requeridas, pero tendrán que decirle a Arobynn que no puede anticipar ninguna ganancia hasta *al menos* el segundo envío. Quizás el tercero. Y si tiene alguna objeción, entonces puede venir a decírmelo en persona.

Por una vez, Celaena agradeció tener la máscara. Todo indicaba que los habían enviado a hacer alguna especie de inversión comercial. Sam le asintió a Rolfe, como si supiera exactamente de qué hablaba el Señor de los Piratas.

—¿Y cuándo podemos decirle a Arobynn que llegará el primer cargamento? —preguntó.

Rolfe guardó las cartas de Arobynn en un cajón del escritorio y lo cerró con llave.

—Los esclavos llegarán aquí en dos días y estarán listos para cuando ustedes partan al día siguiente. Incluso les prestaré mi barco, para que le digan a esa tripulación de cobardes que los trajo que pueden regresar esta misma noche a Rifthold, si así lo desean.

Celaena se le quedó viendo. ¿Arobynn los había enviado aquí por... por *esclavos*? ¿Cómo podía rebajarse así? ¡Era asqueroso! Y decirle a ella que iba a la Bahía de la Calavera por una cosa pero en realidad estarla enviando aquí para *esto*... Sintió que se ensanchaban sus fosas nasales. Sam sabía sobre este negocio pero por alguna razón había olvidado mencionar la verdad sobre su visita... a pesar de los diez días que habían pasado en altamar. En cuanto estuvieran solos, se arrepentiría. Pero por el momento... no podía permitir que Rolfe se enterara de su ignorancia.

—Será mejor que no eches esto a perder —le advirtió Celaena al Señor de los Piratas—. Arobynn no estará contento si algo sale mal.

Rolfe rio.

—Tienen mi palabra de que todo irá de acuerdo con el plan. No por nada soy el Señor de los Piratas, sabes.

Ella se inclinó al frente y ajustó su tono de voz para simular que era la socia comercial preocupada por su inversión.

—¿Cuánto tiempo, exactamente, llevas involucrado en el negocio de los esclavos?

No podía ser demasiado tiempo. Adarlan apenas había empezado a capturar y vender esclavos hacía dos años... Casi todos eran prisioneros de guerra de los territorios que se atrevían a rebelarse contra su conquista. Muchos eran de Eyllwe, pero todavía había prisioneros de Melisande y Fenharrow, o de las tribus aisladas en las montañas de los Colmillos Blancos. La mayoría de los esclavos terminaba en Calaculla o Endovier, los campos de trabajos forzados más grandes y más famosos del continente, para trabajar en las minas de sal y de metales preciosos. Pero más y más esclavos estaban llegando a las casas de la nobleza de Adarlan. Y que Arobynn hiciera un acuerdo comercial sucio... una especie de convenio con el mercado negro... Eso mancillaría la reputación entera del gremio de los asesinos.

—Créeme —dijo Rolfe cruzándose de brazos—, tengo suficiente experiencia. Deberías estar más preocupada por tu maestro. Invertir en el negocio de los esclavos garantiza las ganancias, pero podría necesitar gastar más recursos de los que quisiera para mantener nuestras negociaciones alejadas de los oídos equivocados.

Ella sintió que se le hacía un nudo en el estómago pero fingió desinterés de la mejor manera que pudo.

—Arobynn es un comerciante astuto. Lo que sea que tú le puedas proveer, él lo aprovechará al máximo.

—Por su propio bien, espero que así sea. No quiero arriesgar mi nombre por nada —Rolfe se puso de pie y Celaena y Sam hicieron lo mismo—. Tendré los documentos firmados y listos para ustedes mañana. Por ahora... —señaló la puerta—. Tengo dos habitaciones preparadas.

—Solo necesitaremos una —interrumpió ella.

Rolfe arqueó las cejas con expresión sugerente.

Bajo la máscara, ella sintió que se sonrojaba y Sam ahogó una risa.

—Una habitación, *dos* camas.

Rolfe rio y avanzó hacia la puerta para abrirla.

—Como ustedes prefieran. También les prepararán un baño —Celaena y Sam lo siguieron al pasillo angosto y oscuro—. A ambos les caería bien —añadió con un guiño.

Celaena necesitó de todo su autocontrol para no golpearlo debajo del cinturón.

CAPÍTULO 3

Les tomó cinco minutos examinar la pequeña habitación para ver si había agujeros para espiar o alguna otra señal de peligro. Cinco minutos para quitar los cuadros enmarcados de los paneles de madera de las paredes, para dar golpes en los tablones del piso, para sellar el espacio bajo la puerta y cubrir las ventanas con la capa negra y desgastada de Sam.

Cuando ella estuvo convencida de que nadie podría escucharla o verla, se arrancó la capa, se desató la máscara y volteó a verlo rápido.

Sam, sentado en su pequeña cama, o mejor dicho, su catre, levantó las manos enseñándole las palmas.

—Antes de que me arranques la cabeza de un mordisco —dijo con voz suave por si acaso—, déjame decir que yo llegué a esa reunión sabiendo lo mismo que tú.

Ella lo miró fijamente, disfrutando el aire fresco en su cara pegajosa y sudorosa.

—¿Ah, sí?

—Tú no eres la única que puede improvisar —Sam se quitó las botas y se subió un poco más a la cama—. Ese hombre está tan enamorado de sí mismo como tú. Lo último que necesitamos es que se entere de que él tenía la ventaja en este encuentro.

Celaena se clavó las uñas en las palmas de las manos.

—¿Por qué nos enviaría Arobynn aquí sin decirnos la razón verdadera? Reprender a Rolfe... ¡por un delito que no tenía nada que ver con él! Tal vez Rolfe estaba mintiendo sobre el contenido de esa carta —se enderezó—. *Eso* podría ser cierto...

—*No* estaba mintiendo sobre el contenido de la carta, Celaena —dijo Sam—. ¿Por qué se tomaría la molestia? Tiene cosas más importantes que hacer.

Ella se quejó con una sarta de malas palabras mientras caminaba por la habitación. Sus botas negras hacían ruido sobre los tablones irregulares del piso. Vaya Señor de los Piratas. *¿Esta* era la mejor habitación que podía ofrecerles? Ella era la Asesina de Adarlan, el brazo derecho de Arobynn Hamel, ¡no una ramera de callejón!

—Al margen de todo, Arobynn tiene sus motivos —dijo Sam, se recostó en la cama y cerró los ojos.

—Esclavos —exclamó Celaena y se pasó la mano por la trenza. Sus dedos se atoraron entre los pliegues de su cabello—. ¿Qué tiene que estar involucrándose Arobynn en el comercio de esclavos? Nosotros estamos por encima de algo así... no *necesitamos* ese dinero.

A menos que Arobynn estuviera mintiendo, a menos que estuviera realizando todos sus gastos extravagantes con fondos inexistentes. Ella siempre había asumido que la riqueza del rey de los asesinos no tenía fondo. Había gastado el equivalente a la fortuna de un rey en su educación... o tan solo en su guardarropa. Pieles, seda, joyas, el simple costo semanal de mantenerse *luciendo* hermosa... Por supuesto, él siempre le había dejado claro que ella debería pagarle y ella le había estado dando parte de su sueldo para cubrir ese gasto, pero...

Tal vez Arobynn quería aumentar la riqueza que ya tenía. Si Ben estuviera vivo, no aceptaría esto. Ben se hubiera sentido tan asqueado como ella. Ser contratados para matar a funcionarios corruptos del gobierno era una cosa, pero tomar prisioneros de guerra, brutalizarlos hasta que se dieran por vencidos y sentenciarlos a una vida de esclavitud...

Sam abrió un ojo.

—¿Vas a bañarte o puedo ir yo primero?

Ella le lanzó su capa. Él la atrapó con una sola mano y la echó al piso. Celaena dijo:

—Yo me bañaré primero.

—Eso supuse.

Con una mirada irritada, Celaena se dirigió al baño y azotó la puerta.

De todas las cenas a las que había asistido, esta era, por mucho, la peor. No por la compañía, debía admitir a regañadientes que era un grupo relativamente interesante, tampoco por la comida, que se veía y olía deliciosa, sino simplemente porque no podía *comer* nada, gracias a la tonta máscara.

Sam parecía estar sirviéndose dos veces de cada uno de los platillos solo para burlarse de ella. Celaena, sentada a la izquierda de Rolfe, casi deseaba que la comida estuviera envenenada. Sam prestó atención a las carnes y guisados que Rolfe comía y solo se sirvió de esos platillos, así que la probabilidad de que sus deseos se cumplieran era nula.

—Señorita Sardothien —dijo Rolfe arqueando mucho las cejas oscuras—. Debes estar muerta de hambre. ¿Acaso mi comida no es satisfactoria para tu refinado paladar?

Debajo de la capa, la capucha y la túnica oscura, Celaena no solo estaba muriendo de hambre sino que también se sentía acalorada y cansada. Y sedienta. Lo cual, aunado a su temperamento, por lo general resultaba ser una combinación letal. Por supuesto, nadie podía ver eso.

—Estoy bastante bien —mintió e hizo girar el agua en su cáliz. Salpicaba contra los lados de la copa, como si se burlara de ella con cada rotación. Celaena se detuvo.

—Tal vez si te quitaras la máscara sería más fácil comer —dijo Rolfe y dio un bocado al pato asado—. A menos que lo que haya debajo nos haga perder el apetito.

Los otros cinco piratas, los capitanes de la flotilla de Rolfe, rieron.

—Sigue hablando así —dijo Celaena apretando el tallo del cáliz con fuerza— y tal vez tenga que darte a *ti* motivos para usar una máscara.

Sam le dio una patada debajo de la mesa y ella le respondió con otra patada; un golpe ágil a las espinillas con suficiente fuerza para que él se ahogara con el agua.

Algunos de los capitanes ahí reunidos dejaron de reír, pero Rolfe soltó una carcajada. Ella descansó la mano enguantada sobre la mesa del comedor, que estaba salpicada con quemaduras y surcos profundos. Era claro que había sido testigo de varias peleas. ¿Rolfe no tendría *ningún* gusto por el lujo? Tal vez no tenía tantas riquezas, si tenía que recurrir al comercio de esclavos. Pero Arobynn... Arobynn era tan rico como el mismísimo Rey de Adarlan.

Rolfe movió sus ojos color verde mar hacia Sam, quien de nuevo fruncía el ceño.

—¿Tú la has visto sin máscara?

Sam, para su sorpresa, hizo una mueca.

—Una vez —la miró con una expresión bastante creíble de cautela—. Y eso fue suficiente.

Rolfe estudió a Sam durante un instante y luego comió otro bocado de su carne.

—Bueno, si no deseas mostrar tu cara, tal vez aceptarías contarnos la historia de cómo, exactamente, te convertiste en la protegida de Arobynn Hamel.

—Entrené —dijo ella con tono monótono—. Durante años. No todos tenemos la suerte de tener un mapa mágico tatuado en las manos. Algunos tuvimos que luchar para llegar a la cima.

Rolfe se tensó y los demás piratas dejaron de comer. Él la miró fijamente durante tanto tiempo que Celaena tuvo que resistir las ganas de reacomodarse en la silla. Luego, el pirata dejó el tenedor sobre el plato.

Sam se acercó un poco a ella pero Celaena notó que era solo para ver mejor cuando Rolfe puso las dos manos en la mesa con las palmas hacia arriba.

Juntas, sus manos formaban un mapa de su continente... y solo eso.

—Este mapa no se ha movido en ocho años.

Su voz era un gruñido grave. Celaena sintió que un escalofrío le recorría la columna. Ocho años. Exactamente el tiempo que había pasado desde que las hadas habían sido exiliadas y ejecutadas, cuando Adarlan conquistó y esclavizó al resto del continente y la magia desapareció.

—No creas —continuó Rolfe y quitó las manos— que no he tenido que luchar y matar para progresar al igual que tú.

Si él tenía casi treinta años, entonces seguro había matado más que ella, incluso. Y, a juzgar por las muchas cicatrices de sus manos y su cara, quedaba claro que también había tenido que luchar *mucho*.

—Es bueno saber que somos almas afines —dijo ella.

Si Rolfe ya estaba acostumbrado a ensuciarse las manos, entonces el comercio de esclavos no era tan opuesto a sus hábitos. Pero era un sucio pirata. Ellos eran asesinos de Arobynn Hamel: educados, adinerados, refinados. La esclavitud era algo indigno de ellos.

Rolfe la miró con esa sonrisa torcida.

—¿Actúas así porque es tu verdadera naturaleza o porque tienes miedo de tratar con la gente?

—Soy la mejor asesina del mundo —levantó la barbilla—. No le tengo miedo a nadie.

—¿En serio? —preguntó Rolfe—. Porque yo soy el mejor pirata del mundo y sí le tengo miedo a bastantes personas. Así es como he logrado mantenerme con vida durante tanto tiempo.

Ella no se dignó a responder. *Cerdo comerciante de esclavos*. Él negó con la cabeza y sonrió de la misma manera en que ella le sonreía a Sam cuando quería hacerlo enfurecer.

—Me sorprende que Arobynn no te haya obligado a controlar tu arrogancia —dijo Rolfe—. Tu compañero sí parece saber cuándo mantener la boca cerrada.

Sam tosió con fuerza y se inclinó hacia el frente.

—¿Cómo te convertiste en el Señor de los Piratas, entonces?

Rolfe recorrió uno de los surcos profundos de la mesa de madera con el dedo.

—Maté a todos los piratas que eran mejores que yo —los otros tres capitanes, todos mayores que Rolfe, todos más experimentados y mucho menos atractivos, resoplaron pero no lo refutaron—. A todos los que fueran tan arrogantes como para pensar que no era posible perder contra un joven con una tripulación de inexpertos y un solo barco. Pero todos cayeron, uno por uno. Cuando tienes una reputación así, la gente tiende a acercarse a ti —Rolfe miró a Celaena y luego a Sam—. ¿Quieres mi consejo? —le preguntó a ella.

—No.

—Yo me cuidaría las espaldas alrededor de Sam. Tal vez tú seas la mejor, Sardothien, pero siempre habrá alguien esperando a que te descuides.

Sam, el bastardo traidor, no ocultó su sonrisa. Los otros capitanes piratas rieron.

Celaena miró a Rolfe fijamente. Sentía que el estómago se le hacía nudos por el hambre. Ya comería después, se robaría algo de la cocina de la taberna.

—¿Tú quieres *mi* consejo?

Él le indicó que hablara con un movimiento de la mano.

—Preocúpate de tus propios asuntos.

Rolfe esbozó una sonrisa relajada.

—No me preocupa Rolfe —dijo Sam más tarde en la absoluta oscuridad de su habitación. Celaena, que había tomado la primera guardia, miró molesta en dirección de su cama junto a la pared del fondo.

—Por supuesto que no —gruñó mientras disfrutaba del aire libre que rodeaba su cara. Estaba sentada en su cama, recargada en la pared y jugando con los hilos de la manta—. Te dijo que me asesinaras.

Sam rio.

—*Es* un buen consejo.

Ella se arremangó la túnica. Incluso de noche, este horrible lugar era un horno.

—Tal vez no sea buena idea que *tú* te quedes dormido, entonces.

El colchón de Sam crujió cuando se dio la vuelta.

—Vamos... ¿no puedes aguantar unas bromitas?

—¿Cuando se tratan de mi vida? No.

Sam resopló.

—Créeme, si regresara a casa sin ti, Arobynn me despellejaría vivo. Literalmente. Si te fuera a matar, Celaena, sería cuando pudiera salirme con la mía.

Ella frunció el ceño.

—Te lo agradezco —se abanicó la cara sudorosa con la mano. Le vendería el alma a una manada de demonios a cambio de una brisa fresca en ese momento, pero debía mantener la ventana cubierta, a menos que quisiera que un par de ojos curiosos descubrieran su aspecto. Aunque, ahora que lo pensaba, le *encantaría* ver la expresión de Rolfe cuando descubriera la verdad. La mayoría ya sabía que era una mujer joven, pero si supiera que estaba tratando con una joven de dieciséis años, su orgullo tal vez nunca se recuperaría.

Solo estarían aquí tres noches, ambos podían aguantar un poco sin dormir si eso significaba que ella podría mantener su identidad, y sus vidas, a salvo.

—¿Celaena? —preguntó Sam en la oscuridad—. ¿*Debería* preocuparme por quedarme dormido?

Ella parpadeó y luego rio en voz baja. Al menos Sam tomaba un poco en serio sus amenazas. Deseó poder decir lo mismo sobre Rolfe.

—No —dijo ella—. No esta noche.

—Otra noche será, entonces —murmuró él. En cuestión de minutos, ya estaba dormido.

Celaena recargó la cabeza en la pared de madera y escuchó el sonido de la respiración de Sam conforme pasaban frente a ella las largas horas de la noche.

CAPÍTULO 4

Ni siquiera cuando fue su turno para dormir, Celaena pudo conciliar el sueño. En las horas que pasó montando guardia en su habitación, un pensamiento se iba haciendo cada vez más problemático en su mente.

Los esclavos.

Tal vez si Arobynn hubiera enviado a alguien más... tal vez si fuera solo un negocio del cual ella se hubiera enterado después, cuando estuviera demasiado ocupada como para interesarse, no se habría sentido tan afectada por esto. Pero enviarla por un cargamento de esclavos... gente que no había hecho nada mal, que solo se había atrevido a pelear por su libertad y la seguridad de sus familias...

¿Cómo podía Arobynn esperar que ella hiciera esto? Si Ben hubiera estado vivo, tal vez habría sido su aliado en esto. Ben, a pesar de su profesión, era la persona más compasiva que conocía. Su muerte había dejado un hueco que Celaena no creía que se pudiera llenar jamás.

Esa noche sudó tanto que las sábanas se sentían húmedas y durmió tan poco que, cuando amaneció, se sentía como si la hubiera aplastado una manada de caballos salvajes de los pastizales de Eyllwe.

Sam por fin la sacudió para levantarla, empujándola sin delicadeza con la empuñadura de su espada. Le dijo:

—Te ves fatal.

Celaena decidió que eso definiría su estado de ánimo del día y se levantó de la cama, se metió de inmediato al baño y azotó la puerta.

Cuando salió un poco después, tan fresca como era posible usando solo el lavabo y sus manos, llegó a una conclusión con perfecta claridad.

No había manera, ninguna manera en ninguno de los reinos del infierno, en que ella transportara a esos esclavos a Rifthold. Rolfe podía quedárselos todos si quería, pero no sería ella quien los transportara a la capital.

Eso significaba que tenía dos días para decidir cómo estropear el convenio entre Arobynn y Rolfe.

Y encontrar la manera de salir viva de ello.

Se puso la capa sobre los hombros y se lamentó en silencio de que los metros de tela ocultaran gran parte de su hermosa túnica negra, en especial su delicado bordado dorado. Bueno, al menos su capa también era exquisita. Aunque estuviera un poco sucia por todo el viaje.

—¿A dónde vas? —preguntó Sam. Se sentó más erguido en la cama, donde estaba limpiándose las uñas con la punta de una daga. Sam definitivamente no la ayudaría. Tendría que encontrar por su cuenta una manera de arruinar ese acuerdo.

—Tengo unas preguntas que hacerle a Rolfe. A solas —se puso la máscara y se dirigió a la puerta—. Quiero que el desayuno esté aquí esperándome cuando regrese.

Sam se quedó rígido y sus labios formaron una línea delgada.

—¿Qué?

Celaena apuntó hacia el pasillo, en dirección de la cocina.

—Desayuno —dijo despacio—. Tengo hambre.

Sam abrió la boca y ella esperó su respuesta, pero él ya no dijo nada y solo le hizo una reverencia.

—Como digas —le respondió Sam.

Intercambiaron un par de señas particularmente vulgares y luego ella salió hacia el pasillo.

Mientras iba esquivando charcos de suciedad, vómito y los dioses supieran qué otras cosas, Celaena se dio cuenta de que le resultaba *un poco* difícil seguirle el paso a Rolfe y sus grandes zancadas. Las nubes de tormenta se acumulaban en el cielo y la gente en la calle —piratas andrajosos que apenas se sostenían de pie, prostitutas que regresaban dando tumbos después de una noche larga, huérfanos descalzos corriendo sin control— empezaba a migrar al interior de diversos edificios en ruinas.

Bahía de la Calavera no era una ciudad hermosa ni mucho menos, y gran parte de los edificios ladeados y a punto de caer parecían haber sido construidos con poco más que madera y clavos. Aparte de sus habitantes, la ciudad era famosa por la Rompenavíos, la cadena gigante que colgaba a lo largo de la boca de la bahía en herradura.

Llevaba siglos ahí y era tan grande que, como implicaba su nombre, podía romper el mástil de cualquier barco que chocara con ella. Aunque estaba diseñada sobre todo para desalentar los ataques, también servía para evitar que la gente huyera a escondidas. Y dado que el resto de la isla estaba lleno de enormes montañas, no había muchos otros sitios para atracar un barco. Así que todos los barcos que quisieran entrar o salir del puerto tenían que esperar a que la cadena descendiera bajo la superficie y estar listos para pagar una tarifa considerable.

—Tienes tres cuadras —le dijo Rolfe—. Así que aprovéchalas bien.

¿Estaba caminando rápido a propósito? Celaena controló su creciente irritación y se concentró en la exuberante vegetación de las montañas alrededor de la ciudad, en la resplandeciente curvatura de la bahía, en la sutil dulzura del aire. Había encontrado a Rolfe cuando estaba a punto de salir de la taberna para ir a una reunión de negocios y él accedió a que le hiciera unas preguntas mientras caminaban.

—Cuando lleguen los esclavos —dijo ella intentando sonar lo menos incómoda posible—, ¿podré inspeccionarlos o debo confiar en que nos entregarás un cargamento de buena calidad?

Él sacudió la cabeza ante su impertinencia y Celaena saltó sobre las piernas estiradas de un borracho inconsciente, o muerto, a su paso.

—Llegarán mañana por la tarde. Estaba *planeando* inspeccionarlos yo mismo, pero si estás tan preocupada por la calidad de tu mercancía, te permitiré que me acompañes. Considéralo un privilegio.

Ella rio con un resoplido.

—¿Dónde? ¿En tu barco?

Era mejor tener una idea de cómo funcionaba todo y elaborar su plan con esa información. Saber cómo operaban las cosas podría darle ideas para arruinar el acuerdo con el menor riesgo posible.

—Convertí un establo grande al otro extremo de la ciudad en un centro de retención. Por lo general, ahí inspecciono a todos los esclavos pero, como ustedes partirán a la mañana siguiente, revisaremos a los tuyos a bordo del barco.

Ella chasqueó la lengua asegurándose de que él la escuchara.

—¿Y cuánto tiempo puedo esperar que tarde esto?

Él arqueó la ceja.

—¿Tienes algo mejor que hacer?

—Solo responde la pregunta.

Unos truenos se escucharon a la distancia.

Llegaron al embarcadero, que era sin duda la parte más impresionante de la ciudad. Barcos de todas formas y tamaños se mecían frente a los muelles de madera y había piratas apresurándose por las cubiertas, atando las cosas con firmeza antes de la llegada de la tormenta. En el horizonte, los relámpagos centellearon sobre la torre de observación en la punta de la entrada norte de la bahía: la torre desde la cual se subía y se bajaba la Rompenavíos. Con el destello, Celaena alcanzó a ver también las dos catapultas sobre la torre. Si la Rompenavíos no destrozaba un barco, entonces esas catapultas se encargaban de terminar el trabajo.

—No te preocupes, señorita Sardothien —dijo Rolfe y pasó varias tabernas y posadas a lo largo de los muelles. Les quedaban dos cuadras—. No será tiempo desperdiciado. Aunque revisar cien esclavos tomará su tiempo.

¡Cien esclavos en un barco! ¿Dónde *cabían* tantos?

—Mientras no trates de engañarme —dijo molesta—, lo consideraré tiempo bien invertido.

—Para que no encuentres motivos para quejarte, y estoy seguro de que intentarás encontrarlos, tengo otro cargamento de esclavos en el centro de retención que inspeccionaré esta noche. ¿Por qué no me acompañas? Así, tendrás algo con qué comparar a los de mañana.

De hecho, eso sería perfecto. Tal vez podría decir que los esclavos no cumplían con los requisitos y negarse a hacer negocios con él. Y luego marcharse sin que ninguno de los dos se viera perjudicado. Tendría que lidiar con Sam, y luego con Arobynn, pero... eso ya lo resolvería después.

Celaena hizo un ademán con la mano.

—Bien, bien. Envía a alguien por mí cuando sea hora —la humedad se sentía tan espesa que parecía como si estuviera nadando en el aire—. ¿Y después de que inspeccione a los esclavos de Arobynn? —cualquier información podría usarse más adelante como arma en su contra—. ¿Debo cuidarlos en el barco o tus hombres los estarán cuidando por mí? Tus piratas podrían pensar que pueden tomar cualquier esclavo que les plazca.

Rolfe apretó la empuñadura de su espada. Brillaba en la luz tenue. Ella admiró el pomo intrincado, en forma de cabeza de dragón marino.

—Si yo les ordeno que no toquen a tus esclavos, nadie los tocará —dijo Rolfe entre dientes. Su fastidio era un regalo inesperado—. Sin embargo, me encargaré de que haya algunos guardias en el barco, si eso te permite dormir más tranquila. No quiero que Arobynn piense que no tomo en serio su inversión.

Se aproximaron a una taberna pintada de azul frente a la cual había varios hombres con túnicas oscuras. Al ver a Rolfe, se enderezaron e hicieron un saludo militar. ¿Sus guardias? ¿Por qué nadie lo había escoltado mientras caminaba por las calles?

—Eso me parece bien —dijo ella con tono cortante—. No quisiera quedarme aquí más tiempo del necesario.

—Estoy seguro de que ansías regresar con tus clientes en Rifthold —dijo Rolfe y se detuvo frente a la puerta desteñida.

El letrero que colgaba sobre ella se mecía con los vientos cada vez más intensos. Decía: EL DRAGÓN DEL MAR. Compartía el nombre con su famoso barco, que estaba atracado en el muelle a sus espaldas y que no parecía tener nada de espectacular. Tal vez *esto* era el centro de operaciones del Señor de los Piratas. Y si él se había encargado de que ella y Sam se hospedaran en la taberna a unas cuadras de distancia, entonces tal vez confiaba tan poco en ellos como ellos en él.

—Creo que me entusiasma más regresar a la sociedad civilizada —dijo ella con dulzura.

Rolfe dejó escapar un suave gruñido y entró a la taberna. Dentro, todo eran sombras y murmullos... y el hedor de cerveza rancia. Aparte de eso, Celaena no alcanzaba a ver nada.

—Un día —dijo Rolfe en tono demasiado bajo— alguien te va a hacer pagar por esa arrogancia —los relámpagos hicieron destellar sus ojos verdes—. Solo espero poder estar ahí para presenciarlo.

Le cerró la puerta de la taberna en la cara.

Celaena sonrió y su sonrisa se hizo más grande cuando las primeras gotas gordas de la lluvia empezaron a caer en la tierra color óxido, refrescando al instante el aire bochornoso.

Para su sorpresa, *todo* había salido muy bien.

—¿Está envenenada? —le preguntó a Sam cuando se dejó caer sobre la cama. Un trueno hizo temblar toda la taberna. La taza de té vibró sobre su platito y ella inhaló el aroma de pan recién horneado, salchicha y avena después de quitarse la capucha y la máscara.

—¿Preguntas si lo envenenarían ellos o yo? —dijo Sam, que estaba sentado en el piso recargado en la cama.

Celaena olisqueó su comida.

—¿Detecto... belladona?

Sam la miró con gesto inexpresivo y ella sonrió y le dio un mordisco a su pan. Permanecieron sentados en silencio durante unos minutos. Los únicos sonidos eran los producidos por sus cubiertos contra la vajilla, el golpeteo de la lluvia sobre la azotea y el ocasional crujir de un relámpago.

—Entonces —dijo Sam—. ¿Me vas a decir qué estás planeando o debo advertirle a Rolfe que anticipe lo peor?

Ella dio un sorbo delicado a su té.

—No tengo la más remota idea de qué hablas, Sam Cortland.

—¿Qué tipo de «preguntas» le hiciste?

Ella dejó su taza. La lluvia azotaba los postigos y ocultaba el sonido de su taza contra el plato.

—Preguntas amables.

—¿Ah? No pensé que tú conocieras el significado de la amabilidad.

—Puedo ser amable cuando quiero.

—Para conseguir lo que quieres, querrás decir. ¿Qué es lo que quieres de Rolfe?

Ella examinó a su compañero. Sin duda, *él* no parecía tener ninguna objeción al negocio. Aunque tal vez no confiara en Rolfe, no le molestaba que cien almas inocentes estuvieran a punto de ser intercambiadas como si fueran ganado.

—Quería preguntarle más sobre el mapa que tiene en las manos.

—¡Maldita sea, Celaena! —Sam azotó su puño en el piso de madera—. ¡Dime la verdad!

—¿Por qué? —preguntó ella con un gesto de tristeza—. ¿Y cómo sabes que *no* estoy diciendo la verdad?

Sam se puso de pie y empezó a caminar por la pequeña habitación. Se desabrochó el botón superior de la túnica negra y dejó a la vista la piel debajo. Algo en ese gesto resultó extrañamente íntimo y Celaena apartó la mirada.

—Crecimos juntos —dijo Sam y se detuvo al pie de su cama—. ¿Crees que no sé distinguir cuando estás planeando algo? ¿Qué quieres de Rolfe?

Si se lo decía, él haría todo lo que pudiera para evitar que ella arruinara el plan. Y tenía suficiente con un enemigo. Todavía no formalizaba su plan, así que *tenía* que mantener a Sam fuera. Además, en el peor de los casos, Rolfe podría matar a Sam por estar involucrado. O solo por conocerla.

—Tal vez solo no me puedo resistir a lo apuesto que es —dijo ella.

Sam se quedó rígido.

—Es doce años mayor que tú.

—¿Y qué?

¿No estaría pensando que lo decía en *serio*, o sí?

Él la miró con tanto odio que la podría haber reducido a cenizas. Se dirigió molesto a la ventana y arrancó la capa que cubría los postigos.

—¿Qué estás haciendo?

Él abrió los postigos de golpe para revelar el cielo lleno de lluvia y los relámpagos que formaban tridentes.

—Ya me harté de sofocarme. Y si te interesa Rolfe, entonces va a saber cuál es tu aspecto en algún momento, ¿no? ¿Para qué nos molestamos en rostizarnos a muerte?

—Cierra la ventana —dijo ella. Él solo se cruzó de brazos—. *Ciérrala* —refunfuñó ella.

Cuando él no hizo nada para cerrar la ventana, ella se puso de pie de un salto, tirando la bandeja con comida sobre el colchón. Lo empujó con tanta fuerza que él tuvo que dar un paso hacia atrás. Celaena mantuvo la cabeza inclinada y cerró la ventana y los postigos y luego volvió a colocar la capa sobre todo.

—Idiota —dijo furiosa—. ¿Qué te pasa?

Sam se acercó y ella pudo sentir su aliento caliente en la cara.

—Estoy harto de todo el melodrama y las tonterías que suceden cuando usas esa ridícula máscara y capa. Y estoy todavía más harto de que me estés dando órdenes.

Entonces *eso* era el problema.

—Acostúmbrate.

Ella empezó a moverse hacia su cama pero él la sostuvo de la muñeca.

—Lo que sea que estés planeando, la intriga en la que estés a punto de involucrarme, solo recuerda que no eres la líder del gremio de los asesinos *todavía*. Sigues respondiéndole a Arobynn.

Ella puso los ojos en blanco y se soltó de su mano.

—Si me vuelves a tocar —dijo y se dirigió a su cama para recoger la comida que se había caído— vas a perder esa mano.

Sam no le habló después de eso.

CAPÍTULO 5

La cena con Sam transcurrió en silencio y Rolfe apareció a las ocho para llevarlos a ambos al centro de retención. Sam ni siquiera preguntó a dónde iban. Solo les siguió la corriente, como si supiera lo que estaba sucediendo todo el tiempo.

El centro de retención era una enorme bodega de madera e, incluso a una cuadra de distancia, algo acerca de ese lugar hacía que los instintos de Celaena le gritaran que se alejara. El olor intenso de cuerpos sin lavar no la alcanzó hasta que entraron. La luz intensa de las antorchas y candelabros rústicos la hizo parpadear y le tomó unos cuantos segundos entender qué era lo que estaba viendo.

Rolfe se adelantó y no titubeó mientras pasaba entre las múltiples celdas llenas de esclavos. Avanzó hacia un espacio grande y abierto en la parte trasera de la bodega, donde un hombre moreno de Eyllwe estaba frente a un grupo de cuatro piratas.

A su lado, Sam exhaló y palideció. Si el olor no era suficientemente malo, la gente dentro de las celdas que se sostenía de los barrotes o se arrinconaba temerosa contra las paredes o abrazaba a sus hijos, *niños*, bastó para desgarrarle cada una de las fibras de su ser.

Aparte del ocasional llanto apagado, los esclavos guardaban silencio. Los ojos de algunos se abrían mucho cuando la veían. Había olvidado su aspecto: sin cara, con la capa ondeando tras ella, caminando entre ellos como la mismísima Muerte. Algunos de los esclavos trazaban marcas invisibles en el aire para protegerse del mal que creían que ella representaba.

Celaena se fijó en los cerrojos de las celdas, contó el número de personas en cada una. Los esclavos eran originarios de todos los reinos del continente. Incluso había algunos de cabello anaranjado y ojos grises, de los clanes de las montañas; hombres de aspecto salvaje que seguían cada uno de sus movimientos. Y mujeres, algunas apenas mayores que Celaena. ¿También habrían sido combatientes, o solo habían estado en el sitio equivocado en el momento equivocado?

El corazón de Celaena empezó a latir más rápido. A pesar del paso de los años, la gente seguía desafiando la conquista de Adarlan. ¿Pero qué derecho tenía Adarlan, o Rolfe, o quien fuera, para tratarlos así? La conquista no era suficiente; no, Adarlan tenía que *romperlos*.

Eyllwe, según había escuchado, había recibido el golpe más fuerte. Aunque su rey había cedido el poder al Rey de Adarlan, los soldados de Eyllwe todavía continuaban peleando en los grupos rebeldes que azotaban a las fuerzas de Adarlan. Pero el territorio en sí era demasiado vital para que Adarlan lo abandonara. Dos de las ciudades más prósperas del continente estaban en Eyllwe. Su territorio, con tierras ricas para la agricultura, cuerpos de agua y bosques, era una arteria crucial en las rutas comerciales. Ahora, al parecer, Adarlan había decidido que también podría ganar dinero comerciando con su gente.

Los hombres que estaban alrededor del prisionero de Eyllwe se separaron cuando Rolfe se acercó y agacharon las cabezas. Ella reconoció a dos de los hombres de la cena del día anterior: el capitán Fairview, calvo y tuerto, y el enorme capitán Blackgold. Celaena y Sam se detuvieron al lado de Rolfe.

El hombre de Eyllwe estaba desnudo. Su cuerpo delgado ya estaba golpeado y sangrando.

—Este peleó un poco —dijo el capitán Fairview.

Aunque el sudor brillaba en la piel del esclavo, mantenía la barbilla en alto y su mirada en algo a la distancia. Debía tener unos veinte años. ¿Tendría familia?

—No le quiten los grilletes y seguro lo podremos vender a un buen precio —continuó Fairview y se limpió la cara en el hombro de su túnica carmesí. El bordado dorado estaba deshilachándose y la tela, que alguna vez debió tener un color intenso, estaba desteñida y manchada—. Yo lo enviaría al mercado de Bellhaven. Hay muchos hombres ricos que necesitan de manos fuertes para trabajar en la construcción. O mujeres que necesitan manos fuertes para otros fines —le guiñó a Celaena.

Una ira incontrolable le recorrió el cuerpo con tanta velocidad que le robó el aliento. No se dio cuenta de que movía la mano hacia su espada hasta que Sam se la sostuvo y entrelazó sus dedos. Era un gesto inofensivo y, para cualquier otra persona, podría haber parecido afectuoso. Pero él le apretó los dedos con suficiente fuerza para que ella se diera cuenta de que sabía lo que estaba a punto de hacer.

—¿Cuántos de estos esclavos serán considerados útiles? —preguntó Sam y le soltó la mano enguantada—. Los nuestros irán todos a Rifthold pero, ¿dividirán a este grupo?

Rolfe dijo:

—¿Creías que tu maestro es el primero en hacer negocios conmigo? Tenemos diferentes convenios en cada ciudad. Mis socios en Bellhaven me informan qué busca la gente adinerada y yo los surto. Si no encuentro un buen lugar para vender a los esclavos, los envío a Calaculla. Si tu maestro tiene sobrantes, podría ser una buena alternativa enviarlos a Endovier. Adarlan no paga mucho cuando compra esclavos para las minas de sal, pero es mejor que no ganar nada de dinero.

Así que Adarlan no solo estaba consiguiendo prisioneros de los campos de batalla y sus hogares, también estaban *comprando* esclavos para las minas de sal de Endovier.

—¿Y los niños? —preguntó ella y mantuvo su voz con el tono más neutral posible—. ¿A dónde los mandan?

Rolfe puso una expresión sombría ante su pregunta y dejó ver suficiente culpa para que Celaena se preguntara si el comercio de esclavos sería para él un último recurso.

—Tratamos de que los niños permanezcan con sus madres —respondió el pirata en voz baja—. Pero en el momento de la subasta, no podemos controlar si los separan.

Ella tuvo que reprimir su respuesta y se limitó a decir:

—Ya veo. ¿Son difíciles de vender? ¿Cuántos niños podremos esperar en nuestro cargamento?

—Tenemos como diez aquí —dijo Rolfe—. Es lo que incluirá su cargamento. Y no son difíciles de vender, si sabes dónde venderlos.

—¿Dónde? —exigió saber Sam.

—Algunas casas de gente adinerada los podrían querer para emplearlos en las cocinas o en los establos —respondió Rolfe. Luego, aunque su voz se mantuvo firme, el pirata miró al piso y agregó—: La madama de un burdel también podría presentarse en la subasta.

El rostro de Sam se puso blanco de rabia. Si había algo que lo hiciera explotar, un tema que ella *sabía* siempre podía enfurecerlo de inmediato, era esto.

Su madre, que había sido vendida a un burdel a los ocho años, había pasado su corta vida de veintiocho años ascendiendo de huérfana a una de las cortesanas más exitosas de Rifthold. Tuvo a Sam seis años antes de que la asesinara un cliente celoso. Y aunque había ahorrado algo de dinero, no había sido suficiente para liberarla del burdel ni para mantener a Sam. Pero había sido una de las favoritas de Arobynn y cuando él se enteró de que ella quería que entrenara a Sam, aceptó al niño.

—Lo tomaremos en cuenta —dijo Sam con sequedad.

No era suficiente que Celaena se encargara de que el acuerdo fracasara. No, eso no era ni *remotamente* suficiente. No ahora que toda esa gente estaba presa aquí. Sentía la sangre correrle en las venas. La muerte, al menos, era rápida. En especial cuando ella la provocaba. Pero la esclavitud era un sufrimiento interminable.

—Muy bien —dijo ella y levantó la barbilla. Tenía que salir de aquí y llevarse a *Sam* antes de que explotara. Un resplandor letal empezaba a encender su mirada—. Qué ganas de ver nuestro cargamento mañana en la noche —ladeó la cabeza hacia las jaulas a sus espaldas—. ¿Cuándo enviarán a estos esclavos?

Era una pregunta muy peligrosa y estúpida.

Rolfe miró al capitán Fairview, quien se frotó la cabeza sucia.

—¿Este grupo? Lo dividiremos y los cargaremos en un barco mañana, tal vez. Saldrán al mismo tiempo que ustedes, supongo. Necesitamos reunir las tripulaciones.

Él y Rolfe empezaron a hablar sobre los hombres que irían en cada barco y Celaena tomó eso como su señal para marcharse.

Con un último vistazo al esclavo que seguía ahí parado, Celaena salió de la bodega, que apestaba a miedo y muerte.

—¡Celaena, *espera*! —gritó Sam y caminó jadeando tras ella.

No podía esperar. Empezó a caminar y caminar y caminar y, luego, cuando llegó a la playa vacía lejos de las luces de la Bahía de la Calavera, no pudo dejar de caminar hasta que llegó al agua.

No demasiado lejos de la curvatura de la bahía, la torre de vigilancia montaba guardia y Rompenavíos colgaba sobre el agua, donde permanecería el resto de la noche. La luna iluminaba las arenas finas y convertía el mar tranquilo en un espejo plateado.

Ella se quitó la máscara y la dejó caer a sus espaldas, luego se arrancó la capa, las botas y la túnica. La brisa húmeda le besó la piel expuesta e hizo revolotear su delicada camiseta blanca.

—¡*Celaena*!

Las olas cálidas como agua de baño empezaron a pasar a su lado y la salpicaban cuando continuó avanzando. Antes de poder sumergirse más allá de las pantorrillas, Sam la tomó del brazo.

—¿Qué estás haciendo? —exigió saber. Ella intentó zafarse, pero él la sostuvo con firmeza.

Con un movimiento rápido giró y movió el brazo para intentar golpearlo. Pero él conocía su movimiento, porque había practicado a su lado durante años, y atrapó su otra mano.

—*Detente* —dijo, pero ella usó el pie para patearlo detrás de la rodilla y lo hizo caer. Sam no la soltó y el agua y la arena salieron volando cuando cayeron al suelo.

Celaena cayó encima de él, pero Sam no se detuvo ni un momento. Antes de que ella pudiera darle un fuerte codazo en la cara, revirtió sus lugares y el golpe le sacó el aire de los pulmones. Sam se abalanzó hacia ella, pero Celaena sabía que debía levantar los pies justo cuando él saltó. Lo pateó en el estómago. Él maldijo cuando cayó de rodillas. Las olas rompieron a su alrededor en una cascada de plata. Ella se colocó en cuclillas. La arena silbó bajo sus pies cuando se adelantó para taclearlo. Pero Sam anticipó su movimiento y se movió para esquivarla. La tomó de los hombros y la lanzó de nuevo al suelo.

Ella sabía que estaba atrapada incluso antes de que él la azotara en la arena. La sostuvo de las muñecas y le clavó las rodillas en los muslos para evitar que ella pudiera volver a levantar las piernas.

—¡*Suficiente!* —gritó Sam y le clavó los dedos en las muñecas, lastimándola. Una ola bastante grande los alcanzó y la empapó por completo.

Celaena se sacudió y enroscó los dedos, esforzándose por sacar sangre, pero no alcanzaba a llegar a las manos de Sam. La arena se había movido lo suficiente para tener apenas una superficie estable para apoyarse, para intentar revertir sus posiciones. Pero Sam la conocía, conocía sus movimientos, sabía qué trucos eran sus favoritos.

—*Detente* —le dijo con la respiración entrecortada—. Por favor.

Bajo la luz de la luna, el rostro apuesto de él lucía tenso.

—Por favor —repitió con voz ronca.

El dolor, la derrota de su voz la hizo pausar. Un fragmento de nube pasó frente a la luna e iluminó los planos fuertes de sus pómulos, la curvatura de sus labios... el tipo de belleza inusual que había hecho que su madre fuera tan exitosa. Muy por encima de su cabeza, las estrellas titilaban débilmente, casi invisibles bajo el brillo de la luna.

—No voy a soltarte hasta que me prometas que vas a dejar de atacarme —dijo Sam. Su rostro estaba a unos cuantos centímetros de ella y podía sentir su aliento con cada una de las palabras que salían de su boca.

Ella inhaló entre jadeos, luego otra vez. No tenía motivos para atacar a Sam. No cuando había evitado que destripara a ese pirata en la bodega. No cuando se había enfurecido tanto sobre los niños esclavos. Las piernas le temblaban de dolor.

—Lo prometo —murmuró ella.

—Júralo.

—Lo juro por mi vida.

Él la miró fijamente un instante más y luego se levantó con lentitud. Ella esperó hasta que él estuviera de pie y luego se paró. Ambos estaban empapados y cubiertos de arena, y ella estaba casi segura de que el cabello se le había salido de la trenza y que parecía una verdadera lunática.

—Entonces —dijo él y se quitó las botas para lanzarlas a la arena detrás de ellos—. ¿Vas a explicarte?

Se enrolló los pantalones hasta las rodillas y dio unos pasos hacia el agua.

Celaena empezó a caminar, las olas le salpicaban los pies.

—Yo... —empezó a decir, pero luego solo agitó el brazo y sacudió la cabeza con fuerza.

—¿Tú qué? —preguntó él. Sus palabras casi quedaban ahogadas por el romper de las olas.

Ella volteó a verlo de frente.

—¿Cómo puedes soportar ver a esa gente y no hacer nada?

—¿Los esclavos?

Ella volvió a caminar.

—Me enferma. Me hace... me hace sentir tanta rabia que creo que podría...

No pudo terminar de articular la idea.

—¿Podrías qué? —preguntó Sam. Se escuchó el salpicar de unos pasos y ella volteó por encima del hombro para verlo acercarse. Él se cruzó de brazos, preparándose para una pelea—. ¿Podrías hacer algo tan tonto como atacar a los hombres de Rolfe en su propia bodega?

Era ahora o nunca. No había querido involucrarlo, pero... ahora que sus planes habían cambiado, necesitaba su ayuda.

—Podría hacer algo tan tonto como liberar a los esclavos —dijo ella.

Sam se quedó tan quieto que parecía haberse convertido en piedra.

—Sabía que estabas planeando algo... pero *liberarlos*...

—Voy a hacerlo, con o sin ti.

Su intención inicial era arruinar el convenio, pero en el momento que entró a la bodega esta noche, supo que no podía abandonar a los esclavos.

—Rolfe te matará —dijo Sam—. O Arobynn lo hará si Rolfe no tiene éxito.

—Lo tengo que intentar —dijo ella.

—¿Por qué? —preguntó Sam y se acercó tanto que ella tuvo que inclinar la cabeza hacia atrás para poder verlo a la cara—. Somos asesinos. *Matamos* a gente. Destruimos vidas todos los días.

—Tenemos la libertad de elegir —exhaló ella—. Tal vez no cuando éramos niños, cuando las alternativas eran Arobynn o la muerte, pero ahora... Ahora tú y yo podemos *elegir* las cosas que hacemos. Estos esclavos fueron *raptados*. Estaban luchando por su libertad, o vivían demasiado cerca de un campo de batalla, o algunos mercenarios pasaron por su poblado y se los *robaron*. Son gente inocente.

—¿Y nosotros no lo éramos?

Algo helado le perforó a ella el corazón ante el destello del recuerdo.

—Nosotros matamos a funcionarios corruptos y cónyuges adúlteros; lo hacemos rápido y limpio. Estas son familias enteras destrozadas. Cada una de estas personas solía ser alguien.

A Sam le brillaron los ojos y respondió:

—No estoy en desacuerdo contigo. No me gusta la idea de esto para nada. No solo de los esclavos, sino el involucramiento de Arobynn. Y esos niños... —se pellizcó el puente de la nariz—. Pero somos solo dos personas... rodeados de los piratas de Rolfe.

Ella esbozó una sonrisa torcida.

—Entonces es una suerte que seamos los mejores. Y —agregó— es una suerte que le haya estado haciendo tantas preguntas sobre sus planes para los siguientes dos días.

Sam parpadeó.

—Te das cuenta de que esto es lo más imprudente que has hecho jamás, ¿verdad?

—Imprudente, pero tal vez también lo más significativo.

Sam la miró con tanta intensidad que ella pudo sentir el calor subirle por las mejillas, como si él alcanzara a ver hasta su interior, verlo todo. El hecho de que no apartara la mirada a pesar de lo que veía hizo que la sangre le latiera con fuerza en las venas.

—Supongo que si vamos a morir, debe ser por una causa noble —dijo él.

Ella resopló y usó esto como una excusa para alejarse un poco.

—No vamos a morir. Al menos, no si seguimos mi plan.

Él gimió en protesta.

—¿Ya tienes un plan?

Ella sonrió y luego le contó todo. Cuando terminó, él solo se rascó la cabeza.

—Bueno —admitió Sam y se sentó en la arena—, supongo que funcionaría. Tendríamos que calcular bien los tiempos, pero...

—Pero podría funcionar —dijo ella y se sentó a su lado.

—Cuando Arobynn se entere...

—Déjame a Arobynn a mí. Ya me las ingeniaré para lidiar con él.

—Podríamos simplemente... *no* regresar a Rifthold —sugirió Sam.

—¿Qué? ¿Huir?

Sam se encogió de hombros y se quedó viendo hacia las olas, pero ella podría jurar que un rubor le había oscurecido las mejillas.

—Él podría matarnos.

—Si huimos, Arobynn nos perseguirá el resto de nuestras vidas. Aunque asumamos nuevas identidades, nos va a encontrar —dijo ella. ¡No podía dejar toda su vida atrás!—. Ha invertido demasiado dinero en nosotros y todavía tenemos que pagarle todo. Lo vería como una mala inversión.

La mirada de Sam se dirigió al norte, como si pudiera ver la gran capital y su enorme castillo de cristal.

—Creo que hay algo más en todo esto y no solo un acuerdo comercial.

—¿A qué te refieres?

Sam trazó círculos en la arena entre ellos y preguntó:

—Digo, ¿por qué enviarnos a los dos acá, para empezar? Su excusa para enviarnos fue una mentira. No somos parte indispensable de este acuerdo. Podría haber enviado a otros dos asesinos que no estén peleando entre ellos constantemente.

—¿Qué estás sugiriendo?

Sam se encogió de hombros.

—Tal vez Arobynn quería que no estuviéramos en Rifthold en este momento. Necesitaba que estuviéramos fuera de la ciudad durante un mes.

Ella sintió un escalofrío recorrerle el cuerpo.

—Arobynn no haría eso.

—¿No? —preguntó Sam—. ¿Alguna vez averiguamos por qué estaba Ben ahí cuando capturaron a Gregori?

—Si estás sugiriendo que Arobynn de alguna manera engañó a Ben para que...

—No estoy sugiriendo nada. Pero algunas cosas no tienen sentido. Y hay preguntas que todavía no tienen respuestas.

—No se supone que debamos cuestionar a Arobynn —murmuró ella.

—¿Y desde cuándo sigues órdenes?

Ella se puso de pie.

—Primero terminemos con lo que tenemos planeado para estos días. Luego consideraremos las teorías conspirativas que estás inventando.

Sam se puso de pie en un instante.

—No tengo ninguna *teoría*. Solo planteo preguntas que tú también deberías estarte haciendo. *¿Por qué* quería que no estuviéramos este mes?

—Podemos confiar en Arobynn —dijo ella, pero cuando las palabras salieron de su boca se sintió estúpida por pronunciarlas.

Sam se agachó a recoger sus botas.

—Voy a regresar a la taberna. ¿Vienes?

—No. Me quedaré aquí otro rato.

Sam la estudió con atención un momento pero luego asintió.

—Necesitamos inspeccionar mañana a los esclavos de Arobynn en su barco a las cuatro de la tarde. Trata de no quedarte fuera toda la noche. Necesitamos descansar todo lo posible.

Ella no respondió y se volteó antes de que lo pudiera ver dirigirse hacia las luces doradas de Bahía de la Calavera.

Caminó a lo largo de la curvatura de la costa, hasta la solitaria torre de vigilancia. La analizó desde las sombras y vio las dos catapultas cerca de la parte más alta y la cadena gigante anclada en el nivel superior. Después, caminó hasta que ya no quedaba nada más en el mundo salvo el bufido y siseo de las olas, el suspiro de la arena bajo sus pies y el fulgor de la luna sobre el agua.

Caminó hasta que la sorprendió una brisa fría que pasó a su lado. Se detuvo.

Con lentitud, Celaena volteó hacia el norte, hacia el origen de la brisa, que olía a una tierra lejana que no había visto en ocho años. Pino y nieve... una ciudad todavía bajo el manto del invierno. Lo olió y miró a través de las leguas de océano solitario y negro. Y pudo ver, de alguna manera, esa ciudad distante que había sido, hacía mucho tiempo, su hogar. El viento le arrancó algunos mechones de la trenza y los azotó contra su cara. Orynth. Una ciudad de luz y música, que se extendía bajo un castillo de alabastro con una torre de ópalo tan brillante que podía verse a kilómetros a la redonda.

La luz de la luna desapareció tras una nube densa. En la oscuridad repentina, las estrellas brillaron con más intensidad.

Se sabía las constelaciones de memoria e instintivamente buscó el Ciervo, el Señor del Norte, y la estrella inamovible que coronaba su cabeza.

En aquel entonces, no había tenido alternativa. Cuando Arobynn le ofreció este camino, había sido eso o la muerte. Pero ahora...

Inhaló profundo hasta estremecerse. No, ella estaba tan limitada en sus opciones como lo había estado cuando tenía ocho años. Era la Asesina de Adarlan, la protegida y heredera de Arobynn Hamel... y siempre lo sería.

La caminata de regreso a la taberna fue larga.

CAPÍTULO 6

Después de otra noche de un calor miserable y sin dormir, Celaena pasó el día siguiente con Sam recorriendo las calles de Bahía de la Calavera. Mantuvieron un paso tranquilo y se detuvieron en los puestos de varios vendedores ambulantes y se metieron a una que otra tienda, pero mientras lo hacían iban repasando cada paso de su plan, revisaron cada detalle que tendrían que orquestar a la perfección.

De escuchar a los pescadores en los muelles, averiguaron que los botes de remos atados a los embarcaderos no le pertenecían a nadie en particular y que la marea del día siguiente entraría justo antes del amanecer. No era particularmente ventajoso, pero era mejor que al mediodía.

De coquetear con las prostitutas de la avenida principal, Sam averiguó que de vez en cuando Rolfe patrocinaba una noche de celebración para todos los piratas a su servicio y que los festejos duraban días. Sam también se enteró de otros detalles que se negó a compartir con Celaena.

Y del pirata medio borracho que estaba tirado en un callejón, Celaena averiguó información sobre los barcos que transportarían a los esclavos. Se enteró de cuántos hombres montaban guardia, qué tipo de armamento portaban y dónde mantenían encerrado su cargamento.

Cuando dieron las cuatro de la tarde, Celaena y Sam estaban a bordo del barco que Rolfe les había prometido, observando y contando mientras los esclavos se tambaleaban en la amplia cubierta. Noventa y tres. La mayoría hombres, la mayoría jóvenes. Las mujeres tenían mayor rango de edades y solo había un puñado de niños, como había dicho Rolfe.

—¿Satisfacen tus gustos refinados? —preguntó Rolfe al acercarse.

—Pensé que habías dicho que serían más —respondió ella con frialdad, sin apartar la mirada de los esclavos encadenados.

—Teníamos cien exactamente pero siete murieron en el viaje.

Ella se tragó la rabia que sintió estallar en su interior. Sam, que la conocía demasiado bien para su gusto, intervino:

—¿Y cuántos podemos anticipar que perderemos de camino a Rifthold? —preguntó y aunque su rostro permaneció relativamente neutro, sus ojos castaños expresaban desagrado. Bien... era un buen mentiroso. Tan bueno como ella, tal vez.

Rolfe se pasó la mano por el cabello oscuro.

—¿Nunca dejan de hacer *preguntas* ustedes dos? No hay manera de predecir cuántos esclavos perderán. Solo denles agua y comida.

A Celaena se le escapó un gruñido grave entre los dientes, pero Rolfe ya iba caminando hacia su grupo de guardias. Celaena y Sam lo siguieron observando hasta que subieron al último de los esclavos a empujones a la cubierta.

—¿Dónde están los esclavos de ayer? —preguntó Sam.

Rolfe ondeó la mano.

—La mayoría están en aquel barco y zarparán mañana —señaló un barco cercano y le ordenó a uno de los controladores de esclavos que empezara la inspección.

Celaena y Sam esperaron a que se realizara la revisión de unos cuantos esclavos, comentando sobre la buena condición física de uno o dónde se podría vender bien otro en Rifthold. Cada una de sus palabras les dejaba un peor sabor de boca que la anterior.

—Hoy en la noche —le dijo ella al Señor de los Piratas—, ¿me puedes garantizar que este barco estará protegido? —Rolfe suspiró con fuerza y asintió—. Esa torre de vigilancia al otro lado de la bahía —continuó ella—, asumo que también se encargará de monitorear este barco, ¿no?

—Sí —respondió Rolfe de mala gana. Celaena abrió la boca pero él la interrumpió—. Y, antes de que preguntes, déjame decirte que cambiamos la guardia justo antes del amanecer.

Entonces tendrían que atacar al turno de la mañana para evitar que se corriera la alerta al amanecer, a la hora de la entrada de la marea. Era un pequeño obstáculo en su plan, pero tenía solución.

—¿Cuántos de los esclavos hablan nuestro idioma? —preguntó ella.

Rolfe arqueó una ceja.

—¿Por qué?

Ella pudo sentir cómo Sam se tensaba a su lado, pero se encogió de hombros.

—Podría ser un factor que aumente su valor.

Rolfe la examinó tal vez con demasiada atención y luego volteó a ver una esclava cercana.

—¿Hablas la lengua común?

Ella volteó hacia ambos lados y sostuvo los andrajos de su ropa cerca del cuerpo, una mezcla de piel y lana que sin duda usaba para mantenerse caliente en los frígidos pasajes montañosos de las montañas Colmillos Blancos

—¿Entiendes lo que estoy diciendo? —exigió saber Rolfe. La mujer levantó las manos con los grilletes. Alrededor del hierro, la piel se veía roja y abierta.

—Creo que la respuesta es no —propuso Sam.

Rolfe lo miró molesto y empezó a recorrer las jaulas.

—¿Alguno de ustedes sabe hablar la lengua común? —repitió.

Estaba a punto de dar la vuelta y regresar cuando un hombre mayor de Eyllwe, delgado como un palo y cubierto de laceraciones y golpes, dio un paso al frente.

—Yo sé —dijo.

—¿Eso es todo? —le ladró Rolfe a los esclavos—. ¿Nadie más?

Celaena se acercó al hombre que había hablado y memorizó su rostro. Él retrocedió al ver la máscara y la capa.

—Bueno, al menos él podrá venderse a mejor precio —le dijo Celaena a Rolfe por encima del hombro. Sam llamó a Rolfe para hacerle una pregunta sobre la mujer de las montañas que estaba frente a él y eso le proporcionó a Celaena la distracción que necesitaba para hablar con el esclavo.

—¿Cómo te llamas? —le preguntó.

—Dia —respondió él. Sus dedos largos y frágiles temblaban un poco.

—¿Sabes hablar bien?

Él asintió.

—Mi... mi madre era de Bellhaven. Mi padre era comerciante en Banjali. Crecí hablando ambos idiomas.

Y seguro no había trabajado ni un solo día en toda su vida. ¿Cómo se había involucrado *él* en este cochinero? Los demás esclavos en la cubierta se mantuvieron alejados, todos juntos, incluso había hombres y mujeres cuya talla, cicatrices y golpes los identificaban como luchadores... todos prisioneros de guerra. ¿La esclavitud ya los había destruido? Por ella, y por ellos mismos, esperó que no fuera así.

—Bien —le dijo a Dia y se alejó.

Horas más tarde, nadie se dio cuenta, o a nadie le importó, que a unos cientos de metros de la costa dos figuras encapuchadas avanzaban remando sendos botes hacia los barcos de esclavos. Las enormes embarcaciones tenían unos cuantos faroles encendidos, pero la luna brillaba lo suficiente para que Celaena pudiera distinguir sin problema el *Lobo Dorado* mientras remaba en su dirección.

A su derecha, Sam remaba tan silenciosamente como podía hacia el *Desamorado*, donde estaban los esclavos del día anterior. El silencio era su única esperanza y su único aliado, aunque el poblado detrás de ellos ya estaba en pleno festejo. No había sido muy difícil correr la voz de que los asesinos de Arobynn Hamel estaban patrocinando la celebración en la taberna y, cuando ellos se dirigieron a los muelles, los piratas ya avanzaban en grandes grupos hacia la posada.

Jadeando tras la máscara, Celaena sentía el dolor en los brazos con cada golpe del remo. No le preocupaba tanto el pueblo sino la solitaria torre de vigilancia a su izquierda. Había una fogata encendida en la torreta que apenas iluminaba las catapultas y la antigua cadena que cruzaba la angosta entrada a la bahía. Si los descubrían, la primera alarma sonaría desde ahí.

Tal vez sería más fácil escapar ahora, derribar la torre de vigilancia, tomar el control de los barcos de los esclavos, desplegar las velas y salir, pero la cadena sería solo el primer obstáculo en la línea de defensa. Era casi imposibles navegar las Islas Muertas en la noche y con la marea baja... Avanzarían unos cuantos kilómetros y luego encallarían en un arrecife o un banco de arena.

Celaena se deslizó los últimos metros hacia el *Lobo Dorado* y se sostuvo del último peldaño de la escalera de madera del casco para evitar que su bote chocara con demasiada fuerza.

Tendrían mayores probabilidades de éxito si partían al amanecer, cuando los piratas ya estuvieran demasiado borrachos o inconscientes como para darse cuenta y cuando tuvieran la marea alta a su favor.

Sam movió un espejo pequeño para lanzarle un reflejo que le indicaba que él también había llegado al *Desamorado*. Ella capturó el reflejo en su propio espejo y le hizo una señal de respuesta, dos destellos, para indicar que estaba lista.

Un instante después, Sam envió la misma señal. Celaena respiró larga y profundamente para prepararse. Había llegado la hora.

CAPÍTULO 7

Ágil como un gato y silenciosa como una serpiente, Celaena subió por la escalera de madera construida en el costado del barco.

El primer guardia no la vio hasta que estaba encima de él con las manos alrededor de su cuello para golpearlo en los dos puntos que lo dejarían inconsciente de inmediato. El hombre cayó a la cubierta y ella lo sostuvo de la túnica sucia para suavizar su caída. Silenciosa como ratón, silenciosa como el viento, silenciosa como la tumba.

El segundo guardia estaba en el timón y la vio subir la escalera. Alcanzó a emitir un grito amortiguado antes de que la empuñadura de su daga le golpeara la frente. No fue tan limpio ni tan silencioso: su cuerpo chocó con un golpe sobre la cubierta que hizo que el tercer guardia, en la proa, volteara para ver qué sucedía.

Pero había sombras y varios metros de distancia entre ellos. Celaena se agachó cerca de la cubierta y tapó el cuerpo del guardia caído con su capa.

—¿Jon? —gritó el tercer guardia desde el otro lado. Celaena se encogió un poco al escuchar el sonido. Cerca, el *Desamorado* permanecía en silencio.

Celaena hizo una mueca de asco al percibir el hedor del cuerpo sucio de Jon.

—¿Jon? —repitió el guardia y luego se escuchó el golpeteo de sus pasos. Más y más cerca. Vería pronto al primer guardia.

Tres... dos... uno...

—¿Qué *carajos*?

El guardia se tropezó con el cuerpo tirado del primer guardia.

Celaena entró en acción.

Se lanzó por encima del barandal con tal rapidez que el guardia no levantó la vista hasta que ella estaba detrás de él. Solo necesitó un golpe rápido en la cabeza y ya estaba colocando al hombre inconsciente encima del primer guardia. El corazón le latía con fuerza y lo podía sentir en todo el cuerpo. Corrió a la proa. Hizo la señal con el espejo tres veces. Tres guardias caídos.

Nada.

—Vamos, Sam —dijo y volvió a hacer la señal.

Demasiados segundos más tarde, la señal de respuesta. El aire salió de sus pulmones en una exhalación que no se había dado cuenta que estaba conteniendo. Los guardias del *Desamorado* también estaban inconscientes.

Hizo entonces una señal más con el espejo. La torre de vigilancia seguía en silencio. Si los guardias estaban allá arriba, no habían visto nada. Tenía que ser rápida, tenía que hacer esto antes de que se percataran de su desaparición.

Noqueó al guardia que vigilaba la puerta del camarote del capitán pero el hombre logró patear la pared antes de caer y lo hizo con suficiente fuerza como para despertar a los muertos. Pero, a pesar del sonido de advertencia, el capitán Fairview gritó cuando ella entró a su oficina y cerró la puerta.

Cuando dejó a Fairview en la mazmorra, amordazado y atado y completamente consciente de que su cooperación y la de sus guardias sería lo único que les permitiría conservar sus vidas, ella se metió a la bodega de carga.

Los pasillos eran estrechos pero los dos guardias de la puerta no se percataron de su presencia hasta que ella se tomó la libertad de dejarlos inconscientes.

Tan silenciosamente como pudo, tomó el farol que colgaba de un gancho en la pared y abrió la puerta. El hedor casi la hizo caer de rodillas.

El techo era tan bajo que prácticamente lo rozaba con la cabeza. Todos los esclavos estaban sentados y encadenados al piso. No había letrinas, no había ninguna fuente de luz, no había alimento ni agua.

Los esclavos murmuraron y entrecerraron los ojos ante el repentino resplandor que entraba del pasillo.

Celaena tomó el llavero que se había robado del camarote del capitán y entró a la bodega del barco.

—¿Dónde está Dia? —preguntó.

Nadie respondió, ya fuera porque no le entendieron o por solidaridad.

Celaena suspiró y se adentró más a la bodega. Algunos de los hombres de mirada salvaje, originarios de las montañas, empezaron a murmurar. Aunque tenían poco tiempo de haberse declarado enemigos de Adarlan, los habitantes de las Colmillos Blancos siempre habían sido conocidos por su inquebrantable amor por la violencia. Si se iba a enfrentar a algún problema aquí, provendría de ellos.

—¿Dónde está Dia? —repitió con más fuerza.

Una voz temblorosa se elevó desde la parte trasera de la bodega.

—Aquí.

Ella forzó sus ojos en la oscuridad y encontró las facciones angostas y finas del hombre.

—Aquí estoy.

Celaena avanzó con cuidado entre la multitud en la oscuridad. Las personas estaban tan juntas unas a otras que no había espacio para moverse y casi no había aire que respirar. No le sorprendía que siete personas hubieran muerto en el viaje.

Sacó las llaves del capitán Fairview y abrió los grilletes de los pies de Dia, luego los de sus manos y luego le ofreció la mano para ayudarlo a ponerse de pie.

—Tú serás mi traductor.

Las personas de la montaña y todos los que no hablaran ni la lengua común ni eyllwe tendrían que averiguar lo que sucedía por su cuenta.

Dia se frotó las muñecas, que le sangraban y tenían costras en algunos lugares.

—¿Quién eres?

Celaena le quitó las cadenas a la mujer demacrada que estaba al lado de Dia y luego le ofreció las llaves.

—Una amiga —respondió—. Dile que le quite los grilletes a todos, pero diles que *no* salgan de esta área.

Dia asintió y empezó a hablar en eyllwe. La mujer, con la boca ligeramente abierta, miró a Celaena y luego tomó las llaves. Sin decir palabra, empezó a liberar a sus compañeros. Dia entonces se dirigió a toda la zona de carga con voz suave pero feroz.

—Los guardias están inconscientes —dijo ella. Dia traducía—. El capitán está encerrado en el calabozo y mañana, si así lo deciden, él los guiará por las Islas Muertas y hasta puerto seguro. Él sabe que la pena por darles información falsa es la muerte.

Dia tradujo y se podía ver cómo iba abriendo más y más los ojos. En algún lugar en la parte trasera, uno de los hombres de las montañas empezó a traducir. Y luego otros dos también tradujeron: uno a la lengua de Melisande y otro a un idioma que ella no reconocía. ¿Había sido astuto o cobarde de estas personas no alzar la voz anoche cuando les preguntó quién hablaba la lengua común?

—Cuando termine de explicar nuestro plan de acción —dijo y las manos le temblaron un poco cuando recordó exactamente qué les esperaba—, podrán salir de este sótano, pero no suban a las cubiertas. Hay guardias en la torre de vigilancia y también monitoreando desde tierra. Si los ven en la cubierta, darán el aviso y le advertirán a todos.

Permitió que Dia y los demás terminaran antes de continuar.

—Mi colega ya está a bordo del *Desamorado*, otro barco de esclavos que está programado para salir mañana —tragó saliva—. Cuando termine aquí, él y yo regresaremos al pueblo y crearemos una distracción lo suficientemente grande para que al amanecer tengan tiempo para salir del puerto. Necesitan navegar todo el día para salir de las Islas Muertas antes de que oscurezca o se quedarán atrapados en su laberinto.

Dia tradujo, pero una mujer que estaba cerca habló. Dia frunció el ceño y volteó a ver a Celaena.

—Ella tiene dos preguntas. ¿Qué hay con la cadena de la entrada de la bahía? ¿Y cómo navegaremos este barco?

Celaena asintió.

—Nosotros nos encargaremos de la cadena. La bajaremos antes de que ustedes lleguen.

Cuando Dia y los demás tradujeron, se intensificaron los murmullos. Los grilletes seguían sonando al caer al piso e ir liberando esclavo tras esclavo.

—Y sobre navegar el barco —continuó a pesar de las conversaciones—, ¿alguno de ustedes es marinero? ¿Pescador?

Algunos levantaron las manos.

—El capitán Fairview les dará instrucciones específicas. Pero tendrán que remar para salir de la bahía. Todo el que tenga fuerza será requerido en los remos o no tendrán posibilidades de moverse más rápido que los barcos de Rolfe.

—¿Qué hay de su flota? —preguntó otro hombre.

—Déjenmelo a mí — probablemente Sam ya estaba remando hacia el *Lobo dorado*. Tenían que regresar a la costa *ahora*—. No importa si la cadena sigue levantada, no importa lo que esté pasando en el pueblo, en el momento que el sol se asome por el horizonte, empiecen a remar con toda su energía.

Unas cuantas voces protestaron a la traducción de Dia y él les dio una respuesta corta y seca antes de voltear a verla otra vez.

—Ya veremos cómo resolvemos los asuntos más específicos entre nosotros.

Ella levantó la barbilla.

—Discútanlo entre ustedes. Su destino está en sus manos. Pero no importa qué plan elijan, *tendré* la cadena abajo y ganaré todo el tiempo que sea posible al amanecer.

Inclinó la cabeza en despedida y salió del área de carga del barco. Llamó a Dia para que la acompañara. La discusión empezó a sus espaldas, en voces bajas por lo menos.

En el pasillo alcanzó a notar lo delgado y sucio que estaba Dia. Señaló al fondo del pasillo.

—Allá está el calabozo. Ahí encontrarán al capitán Fairview. Sácalo antes del amanecer y no dudes en hacerle daño si se niega a cooperar. Hay tres guardias inconscientes y atados en la cubierta, un guardia afuera de las habitaciones de Fairview y los dos de aquí. Hagan lo que quieran con ellos, es su decisión.

—Le pediré a alguien que los lleve al calabozo —dijo Dia rápidamente. Se frotó la barba crecida—. ¿Cuánto tiempo tendremos para escapar? ¿Cuánto tiempo antes de que los piratas se den cuenta?

—No lo sé. Intentaré inhabilitar sus barcos, lo cual los frenará un poco —llegaron a las escaleras angostas que conducían a la cubierta superior—. Hay una cosa que necesito que hagas —continuó y él la volteó a ver con interés—. Mi colega no habla eyllwe. Necesito que remes al otro barco, les comuniques a los esclavos todo lo que te dije y les quites los grilletes. Nosotros ya tenemos que regresar a tierra, así que tendrás que hacerlo solo.

Dia inhaló profundo, pero asintió.

—Lo haré.

Después de que Dia dio instrucciones para que se llevaran a los guardias inconscientes al calabozo, acompañó sigilosamente a Celaena a la cubierta vacía. No pudo evitar estremecerse al ver a los guardias inconscientes, pero no objetó cuando ella le puso la capa de Jon sobre los hombros y ocultó su rostro entre los pliegues de la tela. Tampoco cuando le dio la espada y la daga de Jon.

Sam ya estaba esperando al lado del barco, oculto de los ojos vigilantes de la torre. Le ayudó a Dia a subir al primer bote de remos antes de subir él al segundo y esperar a que abordara Celaena.

La túnica oscura de Sam estaba brillante por la sangre, pero ambos habían empacado un cambio de ropa. En silencio, Sam tomó los remos. Celaena se aclaró la garganta. Dia volteó a verla.

Ella inclinó la cabeza hacia el este, hacia la entrada a la bahía.

—Recuerda: *deben* empezar a remar al amanecer, aunque la cadena esté todavía arriba. Cada instante de retraso significa que pueden perder la marea.

Dia apretó los remos en sus manos.

—Estaremos listos.

—Entonces, buena suerte —dijo ella. Sin decir otra palabra, Dia empezó a remar hacia el otro barco. Sus movimientos eran demasiado ruidosos para el gusto de Celaena, pero no tanto como para que los detectaran.

Sam también empezó a remar y dio la vuelta en la curva de la proa para dirigirse hacia los muelles a un paso despreocupado y que no provocara sospechas.

—¿Nerviosa? —preguntó con una voz apenas audible por el sonido constante de sus remos en las aguas tranquilas de la bahía.

—No —mintió ella.

—Yo también.

Frente a ellos brillaban las luces doradas de Bahía de la Calavera. Se podían escuchar gritos y vítores desde el agua. Ciertamente había corrido la voz sobre la cerveza gratis.

Celaena sonrió.

—Prepárate para desencadenar el infierno.

CAPÍTULO 8

Aunque estaban inmersos en el rugido de los cantos de la multitud, Rolfe y Sam bebían muy concentrados y con los ojos cerrados. Sus gargantas se movían de arriba a abajo y de abajo a arriba al dar grandes tragos a sus tarros de cerveza. Y mirándolos detrás de su máscara, Celaena no podía parar de reír.

No era tan difícil fingir que Sam estaba borracho y que se estaban divirtiendo como nunca. Sobre todo gracias a la máscara, pero también porque a Sam el papel le salía muy, muy bien.

Rolfe azotó su tarro en la mesa y dejó salir un «¡Ah!» muy satisfecho para luego limpiarse la boca con la manga y disfrutar de los gritos de aprobación de la gente. Celaena reía aunque debajo de la máscara su cara estaba empapada de sudor. Al igual que todo en esta isla, el calor de la taberna era sofocante y el olor a cerveza y cuerpos sucios se filtraba entre cada grieta y roca.

La taberna estaba llena hasta el tope. Un conjunto escandaloso de tres hombres tocaba el acordeón, el violín y el pandero en la esquina junto a la chimenea. Los piratas intercambiaban historias y pedían sus canciones favoritas. Los campesinos y los malvivientes bebían hasta perderse y apostaban en juegos trucados. Las prostitutas recorrían la taberna, daban vueltas a las mesas y se sentaban en los regazos de los clientes.

Frente a ella, Rolfe sonreía y Sam bebía lo que quedaba de su cerveza. O eso era lo que Rolfe pensaba. Dada la frecuencia con la cual se derramaban las bebidas, nadie notaba el charco constante alrededor del tarro de Sam y el agujero que le había hecho en el fondo era demasiado pequeño para que lo detectaran.

La muchedumbre se dispersó un poco y Celaena rio y levantó la mano.

—¿Otra ronda, caballeros? —gritó y le hizo una señal a la cantinera.

—Bueno —dijo Rolfe—, creo que me atreveré a decir que te prefiero así a como eres cuando estamos discutiendo de negocios.

Sam se acercó con una sonrisa de complicidad.

—Ah, yo también. Ella es horrible casi siempre.

Celaena lo pateó con fuerza porque sabía que no era una mentira del todo y Sam gritó de dolor. Rolfe rio.

Ella le dio una moneda de cobre a la cantinera cuando rellenó los tarros de Rolfe y Sam.

—Entonces, ¿alguna vez podré ver el rostro detrás de la legendaria Celaena Sardothien? —preguntó Rolfe y se acercó con los brazos recargados en la mesa húmeda. El reloj detrás de la barra indicaba que eran las tres y media de la mañana. Tenían que actuar pronto. Dado lo llena que estaba la taberna y cuántos piratas ya estaban casi inconscientes, era un milagro que todavía hubiera cerveza en Bahía de la Calavera. Si Arobynn y Rolfe no la mataban por liberar a los esclavos, entonces Rolfe bien la podría asesinar por no tener el dinero suficiente para pagar.

Ella se acercó a Rolfe también.

—Si haces que yo y mi maestro ganemos tanto dinero como dices que harás, entonces te mostraré mi rostro.

Rolfe miró el mapa tatuado en sus manos.

—¿De verdad vendiste tu alma por eso? —preguntó ella.

—Cuando me muestres tu rostro, te diré la verdad.

Ella extendió la mano.

—Trato hecho.

Él le dio la mano y Sam levantó su tarro, que ya había bajado un centímetro desde el borde debido al pequeño agujero en el fondo, e hizo un gesto como testigo de la promesa antes de que ambos bebieran. Ella sacó un mazo de cartas del bolsillo de su capa.

—¿Los puedo interesar en una partida de Reyes?

—Si no te has quedado en la calle antes de que acabe la noche —dijo Rolfe—, seguro terminarás sin una moneda después de jugar contra mí.

Ella chasqueó la lengua.

—Ah, lo dudo mucho.

Partió el mazo y revolvió las cartas tres veces antes de repartir.

Las horas pasaron en una serie de brindis y jugadas perfectas de cartas, sesiones de canto en grupo y recuentos de historias de tierras lejanas y cercanas. El reloj era silenciado por la música incesante y Celaena se recargó en el hombro de Sam, riendo mientras Rolfe terminaba su historia vulgar y absurda de la mujer del granjero y sus caballos.

Golpeó la mesa con el puño y aulló... y no fingió totalmente. Cuando Sam le pasó la mano por la cintura, su contacto de alguna manera le produjo un flamazo ardiente en el cuerpo y tuvo que preguntarse si él también estaría fingiendo.

En cuanto a las cartas, fue Sam quien les ganó todo y para cuando el reloj apuntaba hacia las cinco, Rolfe ya estaba de muy mal humor.

Por desgracia para él, ese humor no iba a mejorar pronto. Sam le asintió a Celaena y ella hizo tropezar a un pirata que pasó a su lado y quien, a su vez, le derramó su bebida encima a un hombre de por sí ya con ánimo de pelea, que intentó golpearlo en la cara pero le dio un puñetazo al hombre que estaba junto. Por suerte, en ese momento, una carta salió de debajo de la manga de otro hombre, una prostituta le dio una bofetada a una mujer pirata y la taberna explotó en una pelea.

La gente luchaba cuerpo a cuerpo en el piso; algunos piratas desenfundaron sus espadas y dagas para tratar de abrirse paso peleando. Otros brincaron por encima del barandal del nivel superior para unirse a la pelea y, ya fuera en su intento por aterrizar sobre las mesas o por colgarse del candelabro de hierro, fallaron espectacularmente.

La música seguía sonando, pero los músicos se pusieron de pie y se acercaron más a la esquina de la habitación. Rolfe empezaba a ponerse de pie con una mano en la empuñadura de su arma. Celaena le asintió antes de sacar su propia espada y lanzarse a la multitud que peleaba.

Con movimientos hábiles de su muñeca, le hizo una laceración a alguien en el brazo y a otra persona en la pierna, pero no mató a nadie. Solo necesitaba mantener viva la pelea y escalarla lo suficiente para que todas las miradas permanecieran en el pueblo.

Cuando intentó escaparse hacia la salida, alguien la tomó de la cintura y la lanzó contra una columna de madera con tanta fuerza que estaba segura de que se le haría un moretón. Se intentó escapar de los brazos del pirata con la cara enrojecida y sintió una arcada al percibir el aliento ácido que se filtraba al interior de su máscara. Liberó su brazo lo suficiente para golpearlo en la entrepierna con la empuñadura de la espada. Él cayó al piso como una piedra.

Celaena apenas logró dar un paso antes de que un puño peludo le golpeara la mandíbula. El dolor la cegó como un relámpago y sintió el sabor de la sangre en la boca. Rápidamente palpó la máscara para asegurarse de que no estuviera rota o a punto de caerse.

Esquivó el siguiente golpe y le dio una patada al hombre detrás de la rodilla para hacerlo caer en un grupo de prostitutas que gritaban. No sabía dónde habría ido Sam, pero si estaba siguiendo el plan, entonces no necesitaba preocuparse por él. Se abrió paso entre los piratas que peleaban y avanzó hacia la salida chocando su espada contra otras menos ágiles.

Un pirata con un parche desgastado en el ojo levantó una mano torpe para golpearla, pero Celaena la detuvo y lo pateó en el estómago, lo cual lo hizo salir volando y chocar con otro hombre. Ambos se estrellaron contra una mesa, volcándola y empezaron a pelear entre sí. *Animales.* Celaena avanzó entre la multitud y salió por la puerta principal de la taberna.

Para su deleite, las calles no estaban mucho mejor. La pelea se había esparcido con una velocidad impresionante. Por toda la avenida, saliendo de otras tabernas, los piratas peleaban y luchaban y rodaban por el suelo. Parecía que ella no era la única con ganas de pelea.

En medio del caos, cuando iba avanzando por la calle en dirección al punto de encuentro que había acordado con Sam, escuchó la voz de Rolfe gritar a sus espaldas.

—*¡YA BASTA!*

Todos levantaron lo que traían en las manos: un tarro, una espada, un puñado de pelo, y saludaron.

Y luego retomaron la pelea de inmediato.

Riendo para ella misma, Celaena se apresuró a avanzar por un callejón. Sam ya estaba ahí. Le salía sangre de la nariz pero le brillaban los ojos.

—Diría que eso salió bastante bien —dijo.

—No sabía que eras tan bueno en las cartas —respondió ella y lo miró con cuidado. Él se veía tranquilo—. Ni un borracho experto.

Él sonrió.

—Hay muchas cosas que no sabes de mí, Celaena Sardothien —la tomó del hombro y de pronto estaban más cerca de lo que ella quisiera—. ¿Lista? —preguntó Sam y ella asintió y miró al cielo, que empezaba a aclarar.

—Vámonos —ella se separó de él, se quitó los guantes y los guardó en su bolsillo—. La guardia de la torre ya debe haber cambiado. Tenemos hasta el amanecer para deshabilitar esa cadena y las catapultas.

Habían discutido por un rato si sería más sencillo simplemente destruir la cadena desde el lado que no tenía vigilancia. Pero aunque lo lograran, todavía tendrían que ver lo de las catapultas. Era preferible arriesgarse a enfrentar a los guardias y destruir la cadena y las catapultas al mismo tiempo.

—Si sobrevivimos a esto, Celaena —dijo Sam dirigiéndose al lado de la calle que llevaba a los muelles—, recuérdame enseñarte cómo jugar cartas.

Ella respondió con una retahíla de malas palabras que lo hicieron reír y luego salió corriendo.

Dieron vuelta en una calle tranquila justo cuando alguien salía de las sombras.

—¿Van a algún lado?

Era Rolfe.

CAPÍTULO 9

La pendiente de la calle le permitía a Celaena distinguir perfectamente los dos barcos de esclavos, todavía inmóviles, en la bahía. Y la cadena rompe mástiles no muy lejos de ellos. Por desgracia, desde su ángulo, también los alcanzaba a ver Rolfe.

El cielo empezaba a tornarse gris. Amanecía.

Celaena inclinó la cabeza al Señor de los Piratas.

—Preferiría no ensuciarme las manos en ese desastre.

Los labios de Rolfe formaron una línea delgada.

—Es gracioso, si consideramos que tú hiciste tropezar al hombre que empezó la pelea.

Sam la miró molesto. Pero ella había sido discreta... ¡maldición!

Rolfe desenvainó su espada y los ojos del dragón brillaron en la luz creciente.

—Y también es gracioso porque has tenido hambre de pelea desde hace días y de pronto decides desaparecer cuando la atención de todos está en otra cosa.

Sam levantó las manos.

—No queremos ningún problema.

Rolfe rio, un sonido áspero y sin humor.

—Tal vez tú no, Sam Cortland, pero *ella* sí —Rolfe avanzó hacia ella con la espada colgada a su costado—. Ha estado buscando problemas desde el instante en que llegó aquí. ¿Cuál era tu plan? ¿Robar un tesoro? ¿Información?

Por el rabillo del ojo, Celaena alcanzó a ver que algo se movía en los barcos. Como un ave que empieza a agitar las alas, una hilera de remos salió de los costados. Estaban listos. Y la cadena seguía arriba.

No mires, no mires, no mires...

Pero Rolfe miró y la respiración de Celaena se volvió rápida cuando lo vio escudriñar los barcos.

Sam se tensó y dobló las rodillas ligeramente.

—Te voy a matar, Celaena Sardothien —exhaló Rolfe. Y lo decía en serio.

Celaena apretó la espada entre sus dedos y Rolfe abrió la boca, llenando sus pulmones en preparación para gritar la advertencia.

Rápida como látigo, Celaena hizo lo único que se le ocurrió para distraerlo.

Su máscara cayó al suelo de golpe y se quitó la capucha. Su cabello dorado brillaba bajo la luz del amanecer.

Rolfe se quedó congelado.

—Tú... tú eres... ¿Qué especie de truco es este?

Más allá, los remos empezaron a moverse, haciendo espuma en el agua al iniciar su avance hacia la cadena... y hacia la libertad detrás de ella.

—Ve —le murmuró a Sam—. *Ahora*.

Sam solo asintió y salió corriendo por la calle.

A solas con Rolfe, Celaena levantó su espada.

—Celaena Sardothien, a tu servicio.

El pirata seguía viéndola a la cara. Estaba pálido de rabia.

—¿Cómo te *atreves* a engañarme?

Ella hizo una reverencia.

—Yo no hice nada parecido. Te *dije* que era hermosa.

Antes de que pudiera detenerlo, Rolfe gritó:

—¡Están intentando robar nuestros barcos! ¡A las lanchas! ¡A la torre!

Un rugido estalló a su alrededor y Celaena rezó por que Sam pudiera llegar a la torre de vigilancia antes de que lo alcanzaran los piratas.

Celaena empezó a dar vueltas alrededor del Señor de los Piratas. Él le daba vueltas a ella también. No estaba nada borracho.

—¿Cuántos años tienes? —cada uno de sus pasos estaba cuidadosamente calculado, pero ella notó que siempre se movía para exponer su lado izquierdo.

—Dieciséis —respondió y no se molestó ya en mantener la voz grave y rasposa.

Rolfe maldijo.

—¿Arobynn envió a una niña de dieciséis años a negociar conmigo?

—Envió a la mejor. Considéralo un honor.

Con un gruñido, el Señor de los Piratas se abalanzó sobre ella.

Ella retrocedió con gracia y levantó la espada para bloquear el golpe que iba dirigido a su garganta. No necesitaba matarlo de inmediato, solo distraerlo lo suficiente para evitar que continuara organizando a sus hombres. Y mantenerlo lejos de los barcos. Tenía que conseguirle suficiente tiempo a Sam para que quitara la cadena y las catapultas. Los barcos ya giraban en dirección a la boca de la bahía.

Rolfe volvió a atacar y ella le permitió dar dos golpes en su espada antes de esquivar el tercero y chocar con él. Con el pie, hizo que Rolfe perdiera el equilibrio y diera un paso hacia atrás. Sin perder el ritmo, ella sacó su cuchillo de cacería largo y rajó el pecho del pirata. Lo atacó sin intención de tocarlo pero alcanzó a rasgar el fino material azul de su túnica.

Rolfe se tropezó y se apoyó en la pared del edificio a sus espaldas, pero logró recuperarse y esquivó el golpe que le hubiera arrancado la cabeza. Celaena sintió en la mano las dolorosas vibraciones de la espada cuando chocó con la roca, pero no soltó la empuñadura.

—¿Cuál era el plan? —jadeó Rolfe y se alcanzó a escuchar a pesar del rugido de los piratas que se apresuraban hacia los muelles—. ¿Robar mis esclavos y quedarte con todas las ganancias?

Ella rio y fintó hacia la derecha, pero atacó su lado izquierdo, desprotegido, con la daga. Para su sorpresa, Rolfe esquivó ambos ataques con un movimiento rápido y confiado.

—Para liberarlos —respondió ella. Más allá de la cadena, de la boca de la bahía, las nubes en el horizonte empezaron a colorearse con la luz de la aurora que se acercaba.

—Tonta —dijo Rolfe y esta vez fintó tan bien que ni siquiera Celaena pudo evitar que le rasguñara el brazo con la espada. La sangre caliente empapó su túnica negra. Ella gruñó y retrocedió rápidamente unos cuantos pasos. Un error por descuido.

—¿Crees que liberar doscientos esclavos resolverá algo? —preguntó Rolfe y pateó una botella de licor que había en el suelo hacia ella. Ella la alejó con la parte plana de su espada y sintió una punzada de dolor en el brazo derecho. El vidrio se rompió detrás de ella.

—Hay miles de esclavos en el mundo. ¿Vas a entrar a Calaculla y Endovier para liberarlos también?

Detrás de él, los movimientos rítmicos de los remos impulsaban los barcos hacia la cadena. Sam tenía que apurarse.

Rolfe negó con la cabeza.

—Niña estúpida. Si no te mato yo, lo hará tu maestro.

Sin darle el privilegio de una advertencia, se lanzó contra él. Esquivó, giró y Rolfe apenas había volteado cuando ella lo golpeó con la empuñadura de la espada en la nuca.

El Señor de los Piratas cayó al suelo en la calle justo cuando un grupo de piratas ensangrentados y sucios apareció en la esquina. Celaena solo tuvo tiempo de ponerse la capucha sobre la cabeza y esperó que las sombras ocultaran su cara lo suficiente antes de salir corriendo.

No le tomó mucho tiempo alejarse de ese grupo de piratas medio borrachos y listos para la batalla. Solo tuvo que llevarlos por unas cuantas calles retorcidas y luego los perdió. Pero la herida de su brazo la hacía considerablemente más lenta al correr hacia la torre de vigilancia. Sam ya estaba muy adelantado. Soltar la cadena dependería de él.

Los piratas iban y venían en los muelles, buscando *cualquier* barco que estuviera en condiciones de navegar. Eso había hecho anoche en el último tramo de su expedición: descomponer los timones de todos los barcos en los muelles, incluyendo el del barco de Rolfe, el *Dragón del mar*, que honestamente se merecía que lo descompusiera dado lo laxo de la seguridad a bordo. Pero, a pesar del daño, algunos piratas lograron encontrar botes de remos y zarparon en ellos con espadas y sables y hachas, gritando obscenidades a los cuatro vientos. Los edificios en ruinas se veían borrosos mientras avanzaba corriendo hacia la torre. Su respiración ya era entrecortada y sentía dolor en la garganta. La noche en vela ya empezaba a dejarse sentir. Pasó a toda velocidad al lado de los piratas en los muelles, pero no la notaron porque estaban demasiado ocupados lamentándose sobre sus barcos inutilizados.

Los esclavos seguían remando hacia la cadena como si los demonios de todos los reinos del infierno los estuvieran persiguiendo.

Celaena corrió por la calle en dirección a los límites del pueblo. Con el camino despejado y en pendiente, alcanzaba a ver a Sam corriendo a lo lejos... y a un grupo grande de piratas pisándole los talones. La herida en el brazo le punzaba, pero se obligó a correr más rápido.

Sam tendría apenas unos minutos para bajar esa cadena o los barcos de los esclavos se romperían al chocar con ella. Aunque lograran detenerse antes de llegar a la cadena, había suficientes barcos más pequeños dirigiéndose hacia ellos para que los piratas pudieran imponerse. Los piratas tenían armas. Aparte de lo que encontraran en los barcos, los esclavos estaban desarmados y de poco serviría que muchos de ellos hubieran sido guerreros y rebeldes.

Hubo un destello de movimiento en la torre semiderruida. Se vio el brillo del acero y ahí estaba Sam, subiendo por las escaleras que rodeaban la torre.

Dos piratas bajaron las escaleras a toda velocidad con las espadas en alto. Sam esquivó a uno al darle un golpe certero en la columna. Antes de que el primer pirata siquiera terminara de caer, la espada de Sam se clavó en el centro del cuerpo del otro hombre.

Pero todavía tenía que inutilizar a Rompenavíos junto con las dos catapultas y...

Y la docena de piratas que ya habían llegado a la base de la torre.

Celaena maldijo. Todavía estaba demasiado lejos. No había manera de llegar a tiempo para inutilizar la cadena y bajarla... los barcos chocarían con Rompenavíos mucho antes de que ella lograra hacer algo.

Se aguantó el dolor de su brazo y se concentró en respirar mientras corría y corría, sin atreverse a apartar la mirada de la torre frente a ella. Sam, que aún era una figura diminuta a la distancia, llegó a la parte más alta de la torre y a la saliente de roca donde estaba el ancla de la cadena. Incluso a la distancia se notaba que era inmensa. Y mientras Sam corría a su alrededor, golpeando donde podía, lanzándose contra la enorme palanca, ambos se percataron de la horrible verdad, la realidad que ella no había previsto: la cadena era demasiado pesada para que la moviera una sola persona.

Los barcos de los esclavos ya estaban cerca. Tan cerca que detenerse... detenerse ya era imposible.

Iban a morir.

Pero los esclavos no dejaron de remar.

La docena de piratas subía por las escaleras. Sam estaba entrenado para poder enfrentar varios hombres en combate, pero una docena de piratas... ¡Malditos fueran Rolfe y sus hombres por retrasarla!

Sam volteó hacia la escalera. También se dio cuenta de los piratas.

Ella alcanzaba a verlo todo con horrible claridad. Sam estaba en la parte alta de la torre. Un nivel más abajo, en una plataforma que sobresalía sobre el mar, estaban las dos catapultas. Y en la bahía, los dos barcos que avanzaban cada vez a mayor velocidad. Libertad o muerte.

Sam se descolgó para bajar al nivel donde estaba la catapulta y Celaena casi tropezó cuando lo vio abalanzarse hacia la plataforma rotatoria y empezarla a empujar, empujar, empujar hasta que la logró mover... No hacia el mar, sino hacia la torre en sí, hacia el punto en el muro de roca donde estaba anclada la cadena.

Ella no se atrevió a apartar su atención de la torre mientras Sam empujaba la catapulta para colocarla en posición. Ya tenía una roca cargada y bajo la luz del sol naciente, Celaena alcanzaba a distinguir la cuerda tensa que aseguraba la catapulta.

Los piratas ya casi llegaban al nivel donde estaba Sam. Los dos barcos remaban cada vez más rápido y la cadena estaba tan cerca que ya estaban bajo su sombra.

Celaena inhaló al ver a los piratas llegar al nivel de las catapultas con las armas en alto.

Sam levantó su espada. La luz del amanecer brilló en la cuchilla, reluciente como una estrella.

Un grito de advertencia brotó de sus labios cuando la daga de un pirata salió volando hacia Sam.

Sam bajó la espada sobre la cuerda de la catapulta y se dobló hacia el frente. La catapulta se enderezó tan rápido que ella casi no alcanzó a distinguir el movimiento. La roca chocó con la torre y rompió roca, madera y metal. La roca explotó y se levantó una nube de polvo.

Y con una detonación que hizo eco por toda la bahía, la cadena se colapsó y se llevó consigo un trozo de la torre con todo y el sitio donde había visto a Sam por última vez.

Celaena llegó por fin a la torre y se detuvo para ver las velas blancas de los barcos de los esclavos izarse y brillar doradas bajo la luz del amanecer.

El viento llenó las velas e hizo que los barcos empezaran a avanzar más rápido desde la entrada de la bahía hacia el mar frente a ellos. Para cuando los piratas arreglaran sus barcos, los esclavos ya estarían demasiado lejos como para que los capturaran.

Celaena rezó por ellos y pidió por que encontraran puerto seguro. El viento se llevó sus palabras, y les deseó el bien.

Un bloque de roca cayó cerca de ella y el corazón le dio un vuelco. Sam. No podía estar muerto. No por esa daga, ni esa docena de piratas, ni por la catapulta. No, Sam no podía ser *tan* estúpido para dejarse matar. Ella... ella... Bueno, ella lo mataría si estaba muerto.

Desenfundó la espada a pesar del dolor en el brazo e intentó correr hacia la torre semidestrozada, pero sintió una daga en el cuello que la detuvo en seco.

—No lo creo —le susurró Rolfe al oído.

CAPÍTULO 10

—Un movimiento y te corto la garganta —dijo Rolfe entre dientes mientras con la mano libre sacaba la daga de Celaena de su funda y la lanzaba hacia la maleza. Luego también tomó su espada.

—¿Por qué no me matas de una vez?

La risa ronca de Rolfe le hizo cosquillas en la oreja.

—Porque quiero tomarme un buen rato para disfrutar matarte.

Ella miró la torre en ruinas, el polvo que seguía arremolinándose en el aire tras la destrucción de la catapulta. ¿Cómo podría Sam haber sobrevivido a esto?

—¿Sabes cuánto me costó tu intento por jugar a la heroína? —Rolfe presionó el cuchillo contra su cuello y ella sintió la punzada cuando se abrió la piel—. Doscientos esclavos, más dos barcos, más los siete barcos que inutilizaste en el puerto, más las incontables vidas.

Ella resopló riendo.

—Que no se te olvide la cerveza de anoche.

Rolfe movió la daga y la enterró un poco más, lo cual le provocó una mueca de dolor involuntaria a Celaena.

—Te la cobraré en carne también, no te preocupes.

—¿Cómo me encontraste?

Celaena necesitaba tiempo. Necesitaba algo con qué distraerlo. Si se movía mal, tendría la garganta abierta.

—Sabía que seguirías a Sam. Si estabas tan decidida a liberar a los esclavos, entonces ciertamente no dejarías que tu compañero muriera solo. Aunque creo que llegaste demasiado tarde para eso.

En la jungla densa, ya se escuchaban los graznidos de las aves y los gruñidos de las bestias. Pero la torre de vigilancia permaneció en silencio, interrumpido solo por el sonido de la piedra que se desmoronaba.

—Vas a regresar conmigo —dijo Rolfe—. Y cuando acabe contigo, me pondré en contacto con tu maestro para que venga a recoger los pedazos.

Rolfe dio un paso y giró para dirigirse hacia el pueblo, pero Celaena había estado esperando que se moviera.

Se lanzó de espaldas contra el pecho del pirata y luego metió el pie detrás del de él. Rolfe se tropezó con la pierna de Celaena y ella metió la mano entre su cuello y la daga justo en el instante que él recordó cumplir con la promesa de cortarle la garganta.

La sangre de la palma de su mano le salpicó la túnica, pero ella ignoró el dolor y clavó el codo en el estómago de su oponente. El aliento de Rolfe brotó de su cuerpo con un sonido de viento y, cuando el pirata se dobló por la mitad, se encontró directamente con la rodilla de Celaena en la cara. Sonó un ligero *crac* cuando su rótula hizo contacto con la nariz del hombre. Cuando lo aventó al suelo, tenía sangre en la pierna del pantalón... sangre de él.

Celaena recogió la daga que se le había caído al Señor de los Piratas cuando lo vio acercar la mano a su espada. Él se puso de rodillas y se abalanzó hacia ella, pero ella pisó la espada con fuerza y se la tiró al suelo. Rolfe levantó la cabeza justo a tiempo para que ella lo derribara de espaldas. Se agachó sobre él y le puso la daga al cuello.

—Bueno, *eso* no salió como lo esperabas, ¿verdad? —preguntó y escuchó con atención por un instante para confirmar que no estuviera a punto de toparse con una horda de piratas avanzando por la calle. Pero los animales seguían haciendo sus ruidos y gritos, los insectos seguían zumbando. Estaban solos. Lo más probable es que la mayoría de los piratas seguía peleando en el pueblo.

Sentía que la mano le punzaba. Le chorreaba sangre mientras sostenía al pirata por el cuello de la túnica al levantarlo para acercar sus cabezas.

—Entonces —dijo y su sonrisa se hizo más grande al ver la sangre del pirata gotearle de la nariz—, esto es lo que va a suceder —lo soltó del cuello y sacó los dos documentos del interior de su túnica. Comparado con el dolor en su mano, la herida del brazo ya se había reducido a un latido sordo—. Vas a firmar y poner tu sello en estos.

—Me rehúso —dijo Rolfe furioso.

—Ni siquiera sabes qué dicen —empujó la punta de la daga en la garganta del pirata, que subía y bajaba con su jadeo—, así que permíteme aclararte: uno de estos documentos es una carta para mi maestro. Dice que no hay trato, que no le enviarás esclavos y que si lo descubres de nuevo comerciando con esclavos con alguien más, llevarás a toda tu flota a castigarlo.

Rolfe carraspeó.

—Estás loca.

—Tal vez —respondió ella—. Pero no he terminado —levantó la segunda carta—. Esta... Esta la escribí en tu nombre. Hice lo posible por escribirla con *tu* voz, pero discúlpame si está un poco más elegante de lo que acostumbras —Rolfe intentó ponerse de pie, pero ella presionó un poco más con la daga y él se detuvo—. Básicamente —continuó con un suspiro dramático—, esta dice que tú, el capitán Rolfe, portador del mapa mágico tatuado en las manos, nunca, *jamás* volverás a vender un esclavo. Y si descubres a cualquier pirata vendiendo, transportando o comerciando con esclavos, lo enviarás a la horca, a la hoguera o lo ahogarás con tus propias manos. Y que la Bahía de la Calavera será para siempre un refugio seguro para cualquier esclavo que esté huyendo de las garras de Adarlan.

A Rolfe prácticamente le salía humo por las orejas.

—No voy a firmar nada, niñita estúpida. ¿No sabes quién soy?

—Bien —dijo ella e inclinó la daga para que se enterrara con más facilidad en su piel—. Memoricé tu firma cuando estuve en tu oficina el primer día. No será difícil de falsificar. Y sobre tu anillo con el sello... —sacó algo más de su bolsillo—. También me lo llevé de tu oficina el primer día, en caso de que fuera necesario. Resultó que sí lo fue —Rolfe gimió cuando vio el granate brillar bajo la luz en la mano libre de Celaena—. Me imagino que puedo regresar al pueblo y decirle a tus secuaces que decidiste salir tras esos esclavos y que no esperen tu regreso hasta... no sé, ¿seis meses? ¿Un año? El tiempo suficiente para que no noten la tumba que cavaré para ti al lado de este camino. Para ser franca, ya viste quién soy y *debería* acabar con tu vida por eso. Pero considéralo un favor, y una promesa de que, si *no* sigues mis órdenes, cambiaré de opinión sobre haberte perdonado la vida.

Rolfe entrecerró los ojos.

—¿Por qué?

—Tendrás que aclararme tu pregunta.

Él inhaló.

—¿Por qué tomarte tantas molestias por los esclavos?

—Porque si nosotros no peleamos por ellos, ¿quién lo hará? —sacó una pluma fuente de su bolsillo—. Firma los papeles.

Rolfe arqueó la ceja.

—¿Y cómo confirmarás que estoy cumpliendo con mi palabra?

Ella quitó la daga de la garganta del pirata y usó el arma para apartarle un mechón de cabello oscuro de la cara.

—Tengo mis fuentes. Y si me entero de que estás comerciando con esclavos, no importa dónde vayas, no importa cuánto corras, te *encontraré*. Ya van dos veces que te derroto y te inhabilito. La tercera no correrás con tanta suerte. Te juro eso por mi nombre. Tengo casi diecisiete años y ya puedo ponerte una paliza, imagínate lo buena que seré en unos años —negó con la cabeza—. No creo que quieras ponerme a prueba ahora... y mucho menos después.

Rolfe se quedó viéndola unos instantes y dijo:

—Si vuelves a pisar mi territorio, estarás renunciando a tu vida —hizo una pausa. Luego murmuró—: Y que los dioses ayuden a Arobynn —tomó la pluma—. ¿Alguna otra petición?

Ella se levantó, pero no soltó la daga que tenía en la mano.

—Pues sí —dijo—. Ya que lo mencionas, un barco no nos caería mal.

Rolfe la miró furioso antes de arrebatarle los documentos.

Cuando Rolfe firmó, selló y le entregó los documentos a Celaena, ella se tomó la libertad de volverlo a noquear. Unos cuantos golpes rápidos en dos puntos de su cuello fueron suficientes y estaría inconsciente el tiempo necesario para que ella pudiera hacer lo que tenía que hacer: encontrar a Sam.

Subió corriendo las escaleras semiderruidas de la torre, saltando sobre cadáveres de piratas y fragmentos de roca. No se detuvo hasta encontrar los cuerpos aplastados de la docena de piratas que estaban más cerca de Sam y las ruinas de las catapultas. Sangre, hueso, trozos de carne aplastados que no tenía ganas de ver demasiado tiempo...

—¡Sam! —gritó y se resbaló con algo en el suelo. Levantó un tablón de madera y buscó alguna señal de su compañero—. ¡Sam!

La mano volvió a empezar a sangrarle e iba dejando manchas rojas al mover la roca, madera y metal. ¿Dónde *estaba*?

Ella había hecho el plan. Si alguno de los dos tenía que morir a causa esto, debía ser ella. No él.

Llegó a la segunda catapulta: un trozo de torre había caído sobre ella y el marco estaba partido a la mitad. En ese sitio había visto a Sam por última vez. Una enorme losa de piedra sobresalía en la plataforma donde había aterrizado. Tenía el tamaño suficiente para haber aplastado a alguien.

Corrió hacia la roca, pero sus pies se resbalaban en el suelo mientras empujaba y empujaba y empujaba. La piedra no se movió.

Entre gruñidos y jadeos, empujó con más fuerza. Pero la roca era demasiado grande.

Entre malas palabras, golpeó la superficie gris con el puño. Su mano lesionada protestaba de dolor. El dolor hizo que algo se reventara en el interior de Celaena y empezó a golpear la roca una y otra vez, apretando la mandíbula para contener el grito que se iba produciendo en su garganta.

—Por alguna razón, creo que eso no va a hacer que la roca se mueva —dijo una voz y Celaena volteó rápidamente.

Del otro lado de la columna salió Sam. Estaba cubierto de pies a cabeza con polvo gris y le salía sangre de una cortada en la frente, pero estaba...

Ella levantó la barbilla:

—Te estaba gritando.

Sam se encogió de hombros y caminó despacio hacia ella.

—Pensé que podías esperar unos minutos, dado que resolví el problema y todo eso —dijo y arqueó mucho las cejas en su frente cubierta de ceniza.

—Vaya héroe —dijo ella y señaló las ruinas de la torre a su alrededor—. Nunca había visto un trabajo tan malhecho y descuidado.

Sam sonrió y sus ojos color marrón se tornaron dorados al reflejar la luz del amanecer. Era una mirada tan *Sam*, el brillo travieso, el dejo de exasperación, la amabilidad que siempre, *siempre*, lo haría mejor persona que ella.

Antes de pensar en lo que estaba haciendo, Celaena echó los brazos alrededor de Sam y lo apretó contra ella.

Él se tensó, pero después de un instante también la envolvió con sus brazos. Ella inhaló su olor, el olor de su sudor, el de la roca y el polvo, el olor metálico de su sangre... Sam descansó la mejilla sobre su cabeza. Ella no podía recordar, honestamente no le venía a la mente, la última vez que alguien la había abrazado. Entonces se acordó que había sido hacía un año. Con Ben, después de que ella regresó dos horas tarde de una misión y con el tobillo torcido. Él había estado preocupado y dado lo cerca que estuvo ella de ser capturada por los guardias reales, también estaba bastante alterada.

Pero, de alguna manera, abrazar a Sam era diferente. Como si deseara acurrucarse en su calidez, como si por un instante no tuviera que preocuparse por nada ni por nadie.

—Sam —le murmuró al pecho.

—¿Mmm?

Ella se separó de él y dio un paso hacia atrás

—Si alguna vez le dices a alguien que te abracé... te voy a destripar.

Sam se quedó con la boca abierta y luego echó la cabeza hacia atrás y rio. Rio y rio hasta que se le atoró el polvo en la garganta y eso le provocó un ataque de tos. Ella lo dejó sufrir porque no le parecía tan gracioso.

Cuando pudo volver a respirar, Sam se aclaró la garganta.

—Vamos, Sardothien —dijo y le puso el brazo sobre los hombros—. Si ya terminaste de liberar esclavos y destruir ciudades piratas, vayámonos a casa.

Celaena lo miró de reojo y sonrió.

LA
ASESINA
Y LA
SANADORA

CAPÍTULO 1

La extraña joven llevaba dos días hospedada en la Posada del Cerdo Blanco y casi no había hablado con nadie salvo Nolan, quien había notado sus ropas finas y oscuras como la noche y había hecho todo lo posible por darle gusto.

Le dio su mejor habitación en el Cerdo, la que solo le ofrecía a los clientes que tenía la intención de desplumar por completo. No pareció darle ninguna importancia a la capucha pesada que vestía la joven ni al surtido de armas que brillaban a lo largo de su cuerpo delgado. Podía hacerse de la vista gorda después de que ella le lanzó una moneda de oro con un movimiento despreocupado de su mano enguantada. Bastaba ver el ornamentado broche de oro con un rubí del tamaño del huevo de un petirrojo que usaba la desconocida de aspecto peligroso para saber que el posadero se guardaría cualquier objeción.

Claro que Nolan tampoco le temía a nadie en realidad, a menos que pareciera que no iban a pagarle, e incluso en ese caso dominaban la ira y la codicia más que el miedo.

Yrene Towers había estado observando a la joven desde su refugio tras la barra de la cantina. La observaba porque la desconocida era joven, estaba sola y se sentaba en la mesa del fondo con tal quietud que era imposible *no* verla. No preguntarse.

Yrene todavía no había visto su rostro, aunque alcanzaba a percibir la trenza dorada que se asomaba de las profundidades de su capa negra. En cualquier otra ciudad, la Posada del Cerdo Blanco probablemente sería la forma más baja de lo bajo en lo que respectaba a lujos y limpieza. Pero aquí en Innish, un poblado portuario tan pequeño que ni siquiera aparecía en la mayoría de los mapas, era lo mejor de lo mejor.

Yrene vio el tarro que estaba lavando e intentó no hacer una mueca. Hacía todo lo posible por mantener la barra y la cantina limpias, por servir con una sonrisa a los clientes del Cerdo, en su mayoría marineros o comerciantes o mercenarios que con frecuencia pensaban que *ella* también estaba a la venta. Pero Nolan seguía poniéndole agua al vino, seguía lavando las sábanas solo cuando ya no se podía negar la presencia de los piojos y pulgas y a veces usaba la carne que encontraba en el callejón para preparar el guiso diario.

Yrene llevaba un año trabajando aquí, once meses más de lo que pretendía, y el Cerdo Blanco seguía provocándole náuseas. Considerando que ella podía soportar casi cualquier cosa (lo cual le permitía a Nolan y a Jessa que le exigieran que *ella* limpiara los desastres más asquerosos que dejaban los clientes), eso ya era mucho decir.

La desconocida de la mesa del fondo levantó la cabeza e hizo una señal con el dedo enguantado para que Yrene le llevara otra cerveza. Para alguien que no parecía tener más de veinte años, la joven bebía una cantidad sobrenatural de todo: vino, cerveza, lo que Nolan le pedía a Yrene que le llevara; sin embargo, nunca terminó perdida en la bebida. Aunque era imposible saberlo con esa capucha gruesa que usaba.

Las últimas dos noches, ella simplemente había regresado a su habitación con movimientos felinos, no dando traspiés como la mayoría de los clientes al salir de la taberna.

Yrene sirvió cerveza rápido en el tarro que había estado secando y lo colocó en una bandeja. Agregó un vaso de agua y un poco más de pan, ya que la chica no había tocado el guiso que le había servido de cena. Ni un bocado. Mujer inteligente.

Yrene avanzó por la cantina repleta de gente, evadiendo las manos que intentaban tocarla. A medio camino, notó que Nolan la estaba viendo desde su asiento al lado de la entrada. Asintió y su cabeza casi sin pelo brilló en la luz tenue. El gesto le decía: *Mantenla bebiendo. Mantenla consumiendo.*

Yrene se esforzó por no poner los ojos en blanco porque Nolan era la única razón por la cual no estaba trabajando en las calles con las demás jóvenes de Innish. Hacía un año, el hombre corpulento le había permitido convencerlo de que necesitaba más ayuda en la taberna de la planta baja de la posada. Por supuesto, él solo aceptó cuando se dio cuenta de que le convenía.

Ella tenía apenas dieciocho años, estaba desesperada y había aceptado gustosa el empleo que solo le ofrecía unas cuantas monedas de cobre y una miserable camita en el armario de escobas debajo de las escaleras. La mayor parte de su dinero provenía de las propinas, pero Nolan se quedaba con la mitad. Y luego Jessa, la otra cantinera, por lo general se quedaba con dos terceras partes de lo que restaba porque, como Jessa decía, *ella* era la *cara bonita que hacía que los hombres gastaran su dinero, de todas maneras.*

Un vistazo hacia el rincón reveló que la cara bonita y su correspondiente cuerpo estaban montados en el regazo de un marinero barbudo, riendo y jugando con sus rizos castaños.

Yrene suspiró por la nariz pero no se quejó porque Jessa era la favorita de Nolan e Yrene no tenía ningún otro lugar, absolutamente ninguno, donde ir. Innish era su hogar ahora y el Cerdo Blanco su refugio. Afuera, el mundo era demasiado grande, estaba demasiado lleno de sueños resquebrajados y ejércitos que habían destruido y quemado todo lo que Yrene amaba.

Yrene al fin llegó a la mesa de la desconocida y se dio cuenta de que la joven la miraba con atención.

—Te traje un poco de agua y pan, también —tartamudeó Yrene a modo de saludo. Dejó la cerveza sobre la mesa pero titubeó con las otras dos cosas que traía en la bandeja.

La joven solo dijo «Gracias». Su voz era grave y fría... Culta. Educada. Y no tenía ningún interés en Yrene.

Aunque la realidad era que ella tampoco tenía nada ni remotamente interesante, su vestido casero de lana no hacía gran cosa por favorecer su figura demasiado delgada. Al igual que la mayoría de los originarios del sur de Fenharrow, Yrene tenía la piel dorada y bronceada, el cabello castaño y estatura promedio. Solo sus ojos, de un tono dorado brillante, le enorgullecían un poco. Aunque casi nadie los veía. Yrene hacía lo posible por mantener la vista baja para evitar cualquier invitación a comunicarse o llamar la atención a las personas equivocadas.

Así que Yrene dejó el pan y el agua y se llevó el tarro vacío del sitio donde la joven lo había dejado al centro de la mesa. Pero le ganó la curiosidad y se asomó a las negras profundidades debajo de la capucha de la joven. Nada salvo sombras, un destello de cabello dorado y un asomo de piel pálida. Tenía tantas preguntas... tantas, tantas preguntas. *¿Quién eres? ¿De dónde vienes? ¿A dónde vas? ¿Puedes usar todos esos cuchillos que traes cargando?*

Nolan estaba observando todo el encuentro, así que Yrene hizo una reverencia y caminó de regreso a la barra a través de la multitud de manos que trataban de tocarla. Iba con los ojos fijos en el piso y volvió a adoptar una sonrisa distante.

Celaena Sardothien se sentó en su mesa en la posada absolutamente deleznable preguntándose cómo se había ido toda su vida al carajo tan rápido.

Odiaba Innish. Odiaba la peste de la basura y la suciedad, odiaba la pesada capa de niebla que cubría el poblado día y noche, odiaba a los comerciantes de segunda y mercenarios y la gente miserable que vivía en este lugar.

Nadie aquí sabía quién era ella ni por qué había venido. Nadie sabía que la chica debajo de la capucha era Celaena Sardothien, la asesina más famosa en el imperio de Adarlan. Pero, claro, ella no quería que lo supieran. *No podía* permitir que lo supieran, de hecho. Y tampoco quería que descubrieran que faltaba poco más de una semana para que cumpliera diecisiete años.

Llevaba dos días aquí, dos días encerrada en su horrible habitación (una «suite», se atrevió a decir el posadero grasiento) o en la cantina que apestaba a sudor, cerveza rancia y cuerpos sin lavar.

Se hubiera marchado si hubiera tenido alternativa. Pero estaba obligada a estar aquí, gracias a su maestro, Arobynn Hamel, rey de los asesinos. Ella siempre se había sentido orgullosa de su estatus como su heredera... siempre lo presumía. Pero ahora... Este viaje era su castigo por echar a perder el despreciable convenio para comerciar con esclavos que había hecho con el Señor de los Piratas de Bahía de la Calavera. Así que a menos que quisiera arriesgarse a hacer el recorrido a través de la selva de Bogdano, el territorio salvaje que conectaba el continente con las Tierras Desérticas, la única manera de irse de ahí era cruzando el Golfo de Oro en barco. Lo cual requería que esperara aquí, en esta porquería de taberna, hasta que llegara un barco para transportarla a Yurpa.

Celaena suspiró y le dio un largo trago a su cerveza. Casi la escupió. Asquerosa. Lo más barato de lo barato, como el resto de este sitio. Como el guiso que no había tocado. La carne que tenía no era de ninguna criatura que mereciera la pena comerse. Pan y queso suave sería entonces.

Celaena se recargó en el respaldo de su silla y observó a la cantinera con el cabello castaño dorado moverse entre el laberinto de mesas y sillas. La chica esquivaba con habilidad a todos los hombres que intentaban tocarla, todo sin derramar nada de la bandeja que llevaba al hombro. Qué desperdicio de pies rápidos, buen equilibrio y ojos inteligentes y hermosos. La chica no era tonta. Celaena había notado la manera en que observaba la habitación y a sus ocupantes, la manera en que observaba a la propia Celaena. ¿Qué infierno personal la habría traído a trabajar aquí?

A Celaena no le importaba en particular. Las preguntas las pensaba para no aburrirse. Ya había terminado los tres libros que traía de Rifthold, y ninguna tienda en Innish tenía un solo libro a la venta: solo especias, pescado, ropa pasada de moda y equipo náutico. Para ser un poblado porteño, era patético. Pero el reino de Melisande había pasado por una temporada difícil en los últimos ocho años y medio, después de que el rey de Adarlan conquistara el continente y redirigiera el comercio a través de Eyllwe en vez de los pocos puertos al oriente de Melisande.

Parecía como si todo el mundo estuviera pasando por una temporada difícil. Celaena incluida.

Controló su impulso de tocarse la cara. La hinchazón provocada por la paliza de Arobynn ya había desaparecido, pero los moretones seguían visibles. Había evitado verse en el trozo de espejo sobre el vestidor porque sabía lo que vería: manchas moradas y azules y amarillas en los pómulos, un enorme ojo morado y un labio abierto que todavía estaba cicatrizando.

Todo era un recordatorio de lo que Arobynn había hecho el día que regresó de Bahía de la Calavera: la evidencia de que lo había traicionado al salvar a doscientos esclavos de un destino terrible. Había adquirido un poderoso enemigo con el Señor de los Piratas y estaba bastante segura de que había arruinado su relación con Arobynn, pero había hecho lo correcto. Valía la pena; siempre valdría la pena, se dijo a sí misma.

Aunque a veces se sentía tan enojada que no podía pensar. Aunque se había involucrado no en una, ni en dos, sino en tres peleas de bar en las dos semanas que llevaba viajando de Rifthold al Desierto Rojo. Una de las peleas, al menos, había sido provocada: un hombre le había hecho trampa en un juego de cartas. Pero las otras dos...

No lo podía negar: había estado buscando pleito. Sin espadas, sin armas. Solo puños y pies. Celaena supuso que debería sentirse mal, por las narices y mandíbulas rotas, por los montones de cuerpos inconscientes que iba dejando a su paso. Pero no sentía culpa.

No podía obligarse a sentir nada al respecto, porque esos momentos que pasó peleando fueron los pocos momentos en que se volvió a sentir como ella misma. Cuando se sintió como la mejor asesina de Adarlan, la heredera de Arobynn Hamel.

A pesar de que sus oponentes eran borrachos sin entrenamiento, a pesar de que sabía que no estaba bien.

La cantinera llegó tras la seguridad de la barra y Celaena miró alrededor de la taberna. El posadero seguía observándola, como había hecho los últimos dos días, preguntándose cómo podría exprimirle aún más dinero. Había otros hombres que también la observaban. A algunos los reconoció de las noches anteriores mientras que otros eran rostros nuevos que no tardó en evaluar. ¿Era miedo o suerte lo que los había mantenido alejados de ella hasta ahora?

No ocultaba que traía dinero. Y su ropa y sus armas comunicaban mucho acerca de su riqueza también. Traer puesto el prendedor de rubí era casi como suplicar que le hicieran algo... lo usaba para *atraer* problemas, de hecho. Fue un regalo de Arobynn cuando cumplió dieciséis años. Tenía la *esperanza* de que alguien intentara hurtarlo. Si eran buenos, tal vez lo permitiría. Así que solo era cuestión de tiempo antes de que alguno de ellos intentara robarla.

Y era cuestión de tiempo que ella se aburriera de pelear solo con puños y pies. Miró la espada a su costado, brillaba en la luz tenue de la taberna.

Pero ella se marcharía al amanecer... para navegar a las Tierras Desérticas, desde donde haría el viaje al Desierto Rojo para encontrarse con el Maestro Mudo y sus Asesinos Silenciosos, con quienes entrenaría por un mes como parte del castigo por su traición a Arobynn. Si fuera honesta con ella misma, tendría que admitir que estaba empezando a pensar *no* ir al Desierto Rojo.

Era tentador. Podía abordar un barco con otro destino, al continente del sur tal vez, y empezar una nueva vida. Podía dejar atrás a Arobynn, el gremio de los asesinos, la ciudad de Rifthold y todo el maldito imperio de Adarlan. Nada la detenía, en realidad, salvo por la sensación de que Arobynn la perseguiría sin importar qué tan lejos fuera. Y el hecho de que Sam... bueno, no sabía qué le había pasado a su compañero asesino aquella noche en que el mundo se fue al carajo. Pero la atracción de lo desconocido permanecía, esa rabia salvaje que le suplicaba que se quitara el último de los grilletes de Arobynn y navegara a un sitio donde ella pudiera establecer su *propio* gremio de asesinos. Sería tan, tan fácil.

Pero aunque decidiera no abordar el barco a Yurpa mañana y tomara uno que se dirigiera al continente del sur, todavía tenía que soportar otra noche más en esta horrible posada. Otra noche sin dormir, donde el único sonido era el rugido de la furia en la sangre que se agitaba dentro de su cuerpo.

Si fuera inteligente, si fuera ecuánime, evitaría cualquier confrontación esta noche y se marcharía de Innish en paz sin importar cuál fuera su destino.

Pero no se estaba sintiendo particularmente inteligente, ni ecuánime... en especial después de que pasaron las horas y el aire en la posada cambió y se convirtió en algo salvaje y hambriento que clamaba sangre.

CAPÍTULO 2

Yrene no supo cómo ni cuándo sucedió, pero la atmósfera en el Cerdo Blanco cambió. Era como si todos los hombres ahí reunidos estuvieran esperando algo. La chica al fondo seguía en su mesa, pensativa. Pero sus dedos enguantados daban golpecitos en la superficie de madera maltratada y de vez en cuando levantaba la cabeza encapuchada para mirar alrededor del lugar.

Yrene no se hubiera podido ir aunque lo hubiera querido. Faltaban unos cuarenta minutos todavía para la última ronda antes de cerrar y tendría que quedarse una hora después para limpiar y sacar a los clientes ebrios. No le importaba dónde se fueran después de salir por la puerta, no le importaba si terminaban ahogados boca abajo en una zanja, siempre y cuando se marcharan de la cantina. Y se mantuvieran fuera.

Nolan había desaparecido unos momentos antes, para salvar su propio pellejo o para encargarse de algún negocio turbio en el callejón trasero. Jessa seguía en el regazo de ese marinero, coqueteando, sin percibir el cambio en el aire.

Yrene continuó viendo a la chica encapuchada. También lo hacían muchos clientes de la taberna. ¿Estaban esperando a que se pusiera de pie? Reconoció a algunos ladrones: habían estado dando vueltas como buitres los últimos dos días, intentando descifrar si la desconocida sabía usar las armas que portaba. Era del conocimiento de todos que se iría al día siguiente al amanecer. Si querían su dinero, joyas, armas o algo mucho más oscuro, esta noche sería su última oportunidad.

Yrene se mordió el labio y sirvió una ronda de cervezas para la mesa de cuatro mercenarios que jugaban Reyes. Debía advertirle a la chica, decirle que quizá le convendría más irse a su barco de una vez, antes de que terminara degollada.

Pero Nolan echaría a Yrene a las calles si se enterara de que le había advertido. En especial porque muchos de los malvivientes eran clientes valiosos que con frecuencia compartían con él sus ganancias malhabidas. E Yrene no tenía duda de que enviaría a esos mismos hombres tras ella si lo traicionaba. ¿Cómo se había acostumbrado a estas personas? ¿Desde cuándo estaba tan desesperada por conservar su trabajo y su cuarto en el Cerdo Blanco?

Yrene tragó saliva y sirvió otro tarro de cerveza. Su madre no hubiera titubeado y le hubiera advertido a la chica.

Pero su madre había sido una buena mujer, una mujer que nunca dudaba, que nunca le negaba posada a alguien enfermo o herido, sin importar qué tan pobre fuera, en su cabaña al sur de Fenharrow. Nunca.

Como una sanadora bendecida con un don prodigioso, además de bastante magia, su madre siempre había sostenido que no era correcto cobrarle a la gente por lo que ella había recibido de manera gratuita de parte de Silba, la diosa de la sanación. Y la única vez que vio a su madre dudar fue el día que los soldados de Adarlan rodearon su casa, armados hasta los dientes y con antorchas y palos encendidos.

No se habían molestado en escuchar las explicaciones de su madre cuando les dijo que su poder, al igual que el de

Yrene, ya había desaparecido unos meses antes, junto con el resto de la magia en la región... Abandonados por los dioses, había dicho su madre.

No, los soldados no escucharon nada. Y tampoco ninguno de esos dioses desaparecidos a quienes Yrene y su madre les habían suplicado que las salvaran.

Fue la primera y única vez que su madre mató a alguien.

Yrene todavía podía ver el brillo de la daga oculta en la mano de su madre, sentir la sangre de aquel soldado en sus pies descalzos, escuchar a su madre gritarle que *corriera*, oler el humo de la hoguera cuando quemaban viva a su talentosa mamá mientras Yrene lloraba escondida en la seguridad del cercano bosque de Oakwald.

Yrene había heredado el estómago de acero de su madre, pero jamás pensó que esos dones terminarían manteniéndola en este lugar, llamando a este chiquero su hogar.

Yrene estaba tan perdida en sus pensamientos y sus recuerdos que no se dio cuenta del hombre hasta que sintió la mano ancha abrazándola de la cintura.

—No nos caería mal una cara bonita en esta mesa —dijo y le sonrió con un gesto lupino. Yrene dio un paso atrás, pero él la sostuvo con firmeza e intentó hacer que se sentara en su regazo.

—Tengo trabajo —dijo lo más inexpresivamente que pudo. Ya había logrado escaparse de situaciones como esta antes, incontables veces. Hacía mucho tiempo que esto la había dejado de asustar.

—Puedes trabajar sobre mí —dijo otro de los mercenarios, un hombre alto que llevaba una espada desgastada colgando de su espalda. Con calma, Yrene se quitó los dedos del primer hombre de la cintura.

—La última ronda se sirve en cuarenta minutos —dijo ella con tono de voz agradable. Se alejó lo más posible sin irritar a los hombres que le sonreían como perros salvajes—. ¿Les puedo traer algo más?

—¿Qué vas a hacer después? —dijo otro.

—Me iré a casa con mi esposo —mintió ella y todos se fijaron en el anillo que traía en el dedo, el anillo que ahora hacía las veces de argolla de matrimonio. Le había pertenecido a su mamá y a la mamá de su mamá y a todas las grandes mujeres antes que ella, todas sanadoras brillantes, todas borradas de la memoria.

Los hombres fruncieron el ceño e Yrene aprovechó la oportunidad para regresar tras la barra. No le advirtió nada a la chica, no cruzó la cantina demasiado grande, con todos esos hombres acechando como lobos.

Cuarenta minutos. Solo otros cuarenta minutos antes de que pudiera echarlos a todos.

Y luego podría limpiar y meterse a la cama, un día más terminado en este infierno viviente que de alguna manera se había convertido en su futuro.

Honestamente, Celaena se sintió un poco insultada cuando ninguno de los hombres de la cantina intentó tocarla, quitarle su dinero, su prendedor de rubí o sus armas cuando caminó entre las mesas. La campana acababa de terminar de sonar para indicar que se serviría la última ronda y aunque no estaba cansada en lo más mínimo, ya había esperado demasiado para que empezara una pelea o una conversación o algo para pasar el tiempo.

Supuso que podría regresar a su habitación y releer alguno de los libros que traía. Mientras pasaba al lado de la barra le lanzó una moneda de plata a la joven cantinera de cabello oscuro y empezó a considerar si no sería mejor salir a las calles y ver qué aventura la encontraba.

Imprudente y estúpida, le diría Sam. Pero Sam no estaba aquí y ella no sabía si estaría muerto o vivo o golpeado hasta la inconciencia por Arobynn. Lo que era seguro era que Sam había sido castigado por el papel que desempeñó en la liberación de los esclavos de Bahía de la Calavera.

No quería pensar en eso. Sam se había convertido en su amigo, supuso. Nunca había tenido el lujo de tener amigos y nunca había deseado tener uno en particular. Pero Sam había sido buen candidato, aunque no titubeaba en decirle exactamente lo que pensaba de ella, de sus planes y de sus capacidades.

¿Qué pensaría *él* si ella abordara un barco hacia a lo desconocido y nunca fuera al Desierto Rojo o ni siquiera regresara a Rifthold? Tal vez celebraría... en especial si Arobynn lo nombraba a *él* como su heredero. O tal vez ella se lo podría robar. De hecho, él había sugerido que intentaran escapar cuando estaban en Bahía de la Calavera. Así que cuando se mudara, cuando se hubiera asentado en su nueva vida como la mejor asesina del sitio que llamara hogar, podría invitarlo a que formara parte de su grupo. Y nunca más tendrían que tolerar golpizas y humillaciones. Era una idea sencilla y atractiva... una gran tentación.

Celaena subió despacio por las escaleras estrechas prestando atención a los ladrones o atacantes que podrían estarla esperando. Para su decepción, el pasillo de la planta alta estaba oscuro y silencioso... y vacío.

Con un suspiro, entró a su habitación y atrancó la puerta. Después de un momento, usó también el mueble cajonero para bloquear la entrada. No por su propia seguridad. Ah, no. Era por la seguridad del tarado al que se le ocurriera intentar meterse... y que de inmediato terminaría partido del ombligo a la nariz solo para satisfacer el aburrimiento de una asesina viajera.

Pero después de dar vueltas en su habitación durante quince minutos, quitó el mueble y salió. A buscar pleito. A una aventura. A lo que fuera que la distrajera de los golpes en su rostro y el castigo de Arobynn y la tentación de eludir sus obligaciones y largarse en un barco a una tierra muy, muy lejana.

Yrene arrastró el último cubo de basura al callejón lleno de niebla detrás del Cerdo Blanco. Le dolían los brazos y la espalda. Hoy el día había sido más largo que la mayoría.

No había estallado la pelea, gracias a los dioses, pero Yrene no podía sacudirse los nervios y percibir que algo estaba *mal*. Pero se sentía contenta, tan, tan contenta, de que no hubiera terminado todo en una trifulca en el Cerdo. Lo último que quería era pasar el resto de la noche limpiando sangre y vómito del piso y sacando muebles destrozados a la calle. Después de la campanada de la última ronda, los hombres se terminaron sus bebidas, refunfuñando y riendo, y se dispersaron sin casi provocar problemas.

No le sorprendía que Jessa hubiera desaparecido con su marinero y, dado que el callejón estaba vacío, Yrene solo podía asumir que la joven se había ido a otra parte con él. Y, de nuevo, la había dejado sola para limpiar.

Yrene se tomó el tiempo de sacar la comida menos repugnante y apilarla junto a la pared de enfrente. No era gran cosa: pan viejo y algo del guiso que, para mañana, ya no estarían porque los niños semisalvajes de las calles se encargaban de que todo desapareciera rápido.

¿Qué diría su mamá si supiera en qué se había convertido su hija?

Yrene tenía solo once años cuando aquellos soldados quemaron viva a su madre por su magia. En los seis años y medio posteriores a los horrores de aquel día, Yrene vivió con la prima de su madre en otro poblado en Fenharrow, fingiendo ser una pariente lejana sin ningún don de magia en lo absoluto. No era un disfraz difícil de mantener: sus poderes de verdad habían desaparecido. Pero, en aquellos días, el temor recorría las calles y los vecinos se delataban entre sí y vendían información sobre cualquiera que hubiera estado bendecido con los poderes de los dioses a la legión más cercana. Por fortuna, nadie había cuestionado la presencia de la reservada Yrene. Durante esos largos años, nadie volteó a verla mientras ayudaba a que la granja de la familia regresara a la vida normal tras el paso de las fuerzas adarlanianas.

Pero ella quería ser una sanadora, como su madre y su abuela. Había empezado a seguir a su madre mientras trabajaba desde que aprendió a hablar. Su educación fue gradual, como se hacía entre las sanadoras tradicionales. Y aquellos años en la granja, aunque fueron pacíficos (si no es que descaradamente tediosos y aburridos), no habían sido suficiente para que olvidara once años de entrenamiento o el interés por seguir los pasos de su madre. No era cercana a sus primos, a pesar de su caridad, y ninguna de las partes había intentado acercarse o cerrar la distancia que habían provocado el miedo y la guerra. Así que nadie objetó cuando tomó el poco dinero que había logrado ahorrar y se marchó de la granja unos meses antes de cumplir dieciocho años.

Salió con rumbo a Antica, una ciudad de aprendizaje en el continente del sur, un reino que no había sido tocado por Adarlan y la guerra, donde los rumores decían que la magia seguía existiendo. Viajó a pie desde Fenharrow, atravesó las montañas hacia Melisande, cruzó Oakwald y terminó en Innish, donde los rumores también decían que se podía encontrar pasaje en barco hacia el continente del sur, a Antica. Y fue ahí precisamente donde se quedó sin dinero.

Por eso había aceptado el trabajo en el Cerdo. Primero, pensó que sería algo temporal, solo para lograr reunir el dinero suficiente para el pasaje a Antica. Pero después se preocupó de que no tendría dinero a su llegada y luego de que no tendría recursos para pagar por su entrenamiento en la Torre Cesme, la gran academia de sanadoras y médicas. Así que se quedó, y las semanas se habían convertido en meses. De alguna manera, el sueño de marcharse en un barco, de asistir a la Torre, había quedado de lado. En especial porque Nolan aumentó la renta de su habitación y el costo de su comida y siempre encontraba la manera de reducirle el salario. En especial porque su estómago de sanadora le permitía soportar las indignidades y la oscuridad del lugar.

Yrene suspiró por la nariz. Entonces, aquí se encontraba. Una cantinera en un poblado perdido en medio de la nada, prácticamente sin dinero y sin un futuro visible.

Escuchó el crujir de botas sobre roca e Yrene volteó molesta hacia el fondo del callejón. Si Nolan descubría a los niños de la calle comiéndose su comida, aunque estuviera pasada y repugnante, la culparía a ella. Le diría que él no era una institución de caridad y le descontaría de su salario el costo de los alimentos. Ya lo había hecho antes en una ocasión y ella había tenido que encontrar a los niños y llamarles la atención para que entendieran que tenían que esperar hasta la madrugada para llevarse la comida que ella les dejaba con tanto cuidado.

—Ya les había dicho que esperaran hasta... —empezó a decir pero se detuvo cuando salieron cuatro figuras entre la niebla.

Hombres. Los mercenarios de antes.

Yrene se dirigió de inmediato hacia la puerta abierta pero ellos fueron rápidos... más rápidos.

Uno bloqueó la puerta mientras otro salió de atrás de ella y la abrazó con fuerza para apretarla contra su cuerpo masivo.

—Si gritas, te corto la garganta —le susurró al oído con el aliento caliente y apestando a cerveza—. Te vi ganar unas buenas propinas hoy, niña. ¿Dónde están?

Yrene no supo qué habría hecho a continuación: luchar o llorar o suplicar o en verdad intentar gritar. Pero no tuvo que tomar esa decisión.

El hombre que estaba más alejado desapareció en la niebla con un grito ahogado.

El mercenario que la estaba sosteniendo giró hacia él y arrastró consigo a Yrene. Se escuchó el roce de ropas y luego un golpe seco. Luego silencio.

—¿Estás bien, Ven? —lo llamó el hombre que bloqueaba la puerta.

Nada.

El tercer mercenario, posicionado entre Yrene y la niebla, desenfundó su espada corta. Yrene no tuvo tiempo de gritar ni de advertir nada a la figura oscura que salió de la niebla y se abalanzó hacia él. No desde el frente sino desde un costado, como si hubiera *aparecido* de la nada.

El hombre que sostenía a Yrene la lanzó al piso y sacó la espada que tenía en la espalda, un arma ancha y temible. Pero su compañero ni siquiera gritó. Más silencio.

—Sal, maldito cobarde —gruñó el cabecilla—. Da la cara como un hombre.

Una risa grave y suave.

Yrene sintió que se le helaba la sangre. *Que Silba la protegiera.*

Ella conocía esa risa, conocía la voz despreocupada y culta que la acompañaba.

—¿Así como ustedes están siendo hombres al acorralar a una chica indefensa en un callejón?

Con esas palabras, la desconocida salió de la niebla. Tenía una daga larga en cada mano. Y ambas goteaban sangre.

CAPÍTULO 3

Dioses. Oh, dioses.

Yrene respiraba agitada al ver a la chica se acercarse a los dos atacantes restantes. El primer mercenario que la había estado sosteniendo se carcajeó, pero el que estaba junto a la puerta tenía los ojos abiertos como platos. Yrene retrocedió con mucho, mucho cuidado.

—¿Mataste a mis hombres? —preguntó el mercenario con la espada levantada.

La joven hizo girar una de sus dagas para sostenerla en una nueva posición. El tipo de posición que Yrene pensaba le permitiría a la cuchilla subir directamente por sus costillas y hacia el corazón.

—Digamos que tus hombres recibieron lo que se merecían.

El mercenario se abalanzó, pero la chica lo estaba esperando. Yrene sabía que debía correr, correr y correr y no mirar atrás, pero la chica solo tenía dos dagas y el mercenario era enorme y...

Terminó antes de siquiera empezar. El mercenario logró dar dos golpes, que bloqueó con esas dagas terroríficas. Y luego ella lo noqueó con un rápido golpe en la cabeza. Fue tan rápida... tan increíblemente rápida y agraciada. Un espectro que se movía entre la niebla.

Él cayó al suelo y desapareció de su vista. Yrene no prestó demasiada atención al ver que la chica lo seguía al sitio donde había caído.

Yrene volteó a ver al mercenario de la puerta, lista para advertirle a su salvadora. Pero el hombre ya iba corriendo por el callejón, tan rápido como podían llevarlo sus pies.

Yrene estaba considerando si debería hacer lo mismo cuando la desconocida emergió de la niebla con las dagas limpias pero todavía desenfundadas. Todavía lista.

—Por favor, no me mates —susurró Yrene. Estaba preparada para suplicar, para ofrecer lo que fuera a cambio de su vida inútil y desperdiciada.

Pero la joven solo rio en voz baja y dijo:

—¿Entonces cuál hubiera sido el propósito de salvarte?

Celaena no había tenido la intención de salvar a la cantinera.

Había sido pura suerte que viera a los cuatro mercenarios recorriendo las calles, pura suerte que parecieran tan ansiosos por encontrar pelea como ella. Los había seguido hasta el callejón, donde los encontró listos para lastimar a esa chica de maneras imperdonables.

La pelea terminó demasiado rápido para disfrutarla de verdad o para ponerla de buenas. Si siquiera se pudiera llamar pelea a lo que sucedió.

El cuarto hombre había escapado, pero ella no se sentía con ánimo de perseguirlo, no ahora que la chica de la taberna estaba frente a ella, temblando de pies a cabeza. Celaena tenía la impresión de que si le lanzaba una daga al hombre que corría, la chica empezaría a gritar. O se desmayaría. Lo cual... complicaría las cosas.

Pero la chica no gritó ni se desmayó. Solo apuntó un dedo tembloroso hacia el brazo de Celaena.

—Estás... estás sangrando.

Celaena frunció el ceño hacia la pequeña mancha roja en su bíceps.

—Así parece.

Un descuido. El grosor de su túnica había evitado que fuera una lesión de cuidado, pero tendría que limpiarla. Sanaría en una semana, más o menos. Empezó a darse la vuelta de regreso hacia la calle para ver qué más encontraba para divertirse, pero la chica volvió a hablar.

—Yo... yo podría vendártelo.

Quería sacudir a la chica. Sacudirla por diez distintos motivos. El primero, y mayor, era porque estaba temblando y asustada y se había portado como una inútil. El segundo era por ser tan estúpida como para *permanecer* en un callejón en la madrugada. No tenía ganas de pensar en todos los demás motivos, no ahora que ya estaba tan enojada.

—Puedo vendarme yo sola —le respondió Celaena y se dirigió a la puerta que conducía a las cocinas del Cerdo Blanco. Hacía unos días, había investigado la posada y los edificios circundantes y ahora podría moverse en ellos con los ojos vendados.

—Solo Silba sabe qué tendría esa espada —dijo la chica y Celaena se detuvo. Había invocado a la diosa de la sanación. Muy pocos hacían eso estos días... a menos que fueran...

—Yo... mi madre era una sanadora y me enseñó unas cuantas cosas —tartamudeó la chica—. Podría... podría... por favor permíteme pagar mi deuda contigo.

—No me deberías nada si hubieras usado un poco de sentido común.

La chica se encogió un poco, como si Celaena la hubiera golpeado. Eso solo la hizo enojar más. Todo la hacía enojar: este pueblo, este reino, este mundo maldito.

—Lo lamento —dijo la chica con suavidad.

—¿Por qué te estás disculpando conmigo? ¿Por qué te disculpas con quien sea? Esos hombres recibieron su merecido. Pero tú deberías haberte portado más inteligente en una noche como esta, porque apostaría todo mi dinero a que también pudiste percibir la agresividad en esa maldita cantina de porquería.

No era culpa de la chica, tuvo que recordarse a sí misma. No era culpa de ella que no supiera defenderse.

La chica ocultó la cara entre sus manos y curvó los hombros hacia adentro. Celaena contó los segundos hasta que la chica estallara en llanto, hasta que cayera destrozada.

Pero las lágrimas no llegaron. La chica solo respiró profundo unas cuantas veces y luego bajó las manos.

—Permíteme limpiarte el brazo —dijo con una voz que era... distinta de cierta forma. Más fuerte, más clara—. O vas a terminar perdiéndolo.

Y ese ligero cambio en el comportamiento de la chica fue suficientemente interesante para que Celaena la siguiera al interior.

No se molestó con los tres cuerpos que se quedaron en el callejón. Tenía la sensación de que nadie salvo las ratas y los carroñeros se interesarían por ellos en este pueblo.

CAPÍTULO 4

Yrene llevó a la chica a su habitación bajo las escaleras, porque tenía miedo de que el mercenario que había escapado estuviera esperándolas en el piso de arriba. E Yrene no quería ser testigo de más peleas o muertes o sangre, sin importar su estómago fuerte.

Eso sin mencionar que también estaba algo temerosa de quedarse encerrada en la suite, a solas con la desconocida.

Dejó a la chica sentada en su cama desvencijada y fue por dos tazones de agua y unas cuantas vendas limpias: artículos que le descontarían de su sueldo cuando Nolan se diera cuenta de que ya no estaban. Pero no importaba. La desconocida le había salvado la vida. Era lo mínimo que podía hacer.

Cuando Yrene regresó, casi dejó caer los tazones humeantes. La chica se había quitado la capucha y la túnica.

Yrene no supo qué decir primero.

Que la chica era joven, tal vez dos o tres años más joven que Yrene, pero se *sentía* mayor.

Que la chica era hermosa, con cabello dorado y ojos azules que brillaban bajo la luz de las velas.

O que la cara de la chica hubiera sido mucho más hermosa si no estuviera cubierta por un surtido de moretones y marcas. Esos moretones horribles, incluyendo un ojo morado que sin duda se había hinchado hasta quedar cerrado en algún momento.

La chica la veía fijamente, silenciosa y quieta como un gato.

Yrene no tenía derecho a hacer preguntas. En especial porque esta chica había eliminado a tres mercenarios en cuestión de momentos. Aunque los dioses la hubieran abandonado, Yrene seguía creyendo en ellos; seguían en alguna parte, seguían observando. Eso creía ella porque, si no, ¿cómo podía explicar que la hubiera salvado en este momento? Y pensar en estar sola, verdaderamente sola, era casi intolerable a pesar de tantas cosas en su vida que habían salido mal.

El agua se derramó de los tazones cuando Yrene los colocó sobre la mesa diminuta al lado de la cama intentando que las manos no le temblaran demasiado.

La chica no dijo nada mientras Yrene inspeccionaba la laceración en su bíceps. Su brazo era delgado, pero sus músculos eran duros como la roca. La chica tenía cicatrices por todas partes, pequeñas, grandes. No le dio ninguna explicación de ellas y a Yrene le daba la impresión de que las portaba como otras mujeres portan su joyería más fina.

La desconocida no podría tener más de diecisiete años pero... Pero Adarlan había hecho que todos crecieran rápido. Demasiado rápido.

Yrene se puso a lavar la herida y la chica se quejó con suavidad.

—Perdón —dijo Yrene rápidamente—. Le puse unas hierbas al agua que sirven como antiséptico. Debí haberte advertido.

Yrene siempre cargaba consigo un poco de esas hierbas, además de otras cuyo uso le había enseñado su madre. Por si acaso.

Incluso ahora, Yrene no podía ignorar a vagabundos enfermos en la calle y con frecuencia se acercaba al sonido de la tos.

—Créeme, he pasado por cosas peores.

— Lo hago —dijo Yrene—. Creerte, digo.

Las cicatrices y su rostro maltrecho le decían mucho. Y explicaban la capucha. ¿Pero la usaba por vanidad o autopreservación?

—¿Cómo te llamas? —preguntó la sanadora.

—No te incumbe y no tiene importancia.

Yrene se mordió la lengua. Por supuesto no era de su incumbencia. La chica no le había dado su nombre a Nolan tampoco. Entonces, el motivo de su viaje debía ser algún asunto secreto.

—Me llamo Yrene —ofreció—. Yrene Towers.

La joven asintió distante. Por supuesto que tampoco le importaba. Pero luego dijo:

—¿Qué hace la hija de una sanadora en este pueblo de mierda?

Su tono no tenía amabilidad ni lástima. Solo una curiosidad burda, si no es que casi aburrida.

—Iba en camino a Antica para ingresar a la academia de sanadoras y me quedé sin dinero —metió la tela en el agua, la exprimió y continuó limpiando la herida poco profunda—. Conseguí empleo aquí para pagar el cruce por el océano y... bueno, nunca me fui. Supongo que quedarme aquí se volvió... más sencillo. Más fácil.

Un resoplido.

—¿Aquí? Ciertamente es sencillo, ¿pero fácil? Creo que yo preferiría morirme de hambre en las calles de Antica antes que vivir aquí.

La expresión de Yrene se volvió más cálida.

—Es que... yo...

En realidad no tenía una excusa.

Los ojos de la chica la miraron un momento. Tenían los bordes dorados, impresionantes. A pesar de los moretones, era atractiva. Como fuego salvaje o una tormenta de verano que entraba desde el Golfo de Oro.

—Déjame darte un consejo —le dijo la chica con amargura— de una joven trabajadora a otra: la vida no es simple, no importa quién seas. Tomarás las decisiones que consideres correctas y luego sufrirás por ello —parpadeó con esos ojos sorprendentes—. Así que si vas a ser infeliz, mejor ve de una vez a Antica y sé infeliz bajo la sombra de la Torre Cesme.

Era educada y probablemente había viajado muchísimo, entonces, si conocía por nombre la academia de sanadoras... y lo pronunciaba perfecto.

Yrene se encogió de hombros y no se atrevió a preguntar todo lo que quería. En vez de eso, dijo:

—No tengo dinero para irme en este momento, de todas maneras.

Su tono fue más brusco de lo que quería, más de lo que era inteligente si consideraba lo letal de su paciente. Yrene no quiso siquiera intentar adivinar qué tipo de trabajo tendría: mercenaria era lo más oscuro que se atrevía a imaginar.

—Entonces róbate el dinero y vete. Tu jefe se merece que le aligeres los bolsillos.

Yrene retrocedió.

—No soy ninguna ladrona.

Una sonrisa pícara.

—Si quieres algo, entonces tómalo.

La chica no era *como* fuego salvaje... *era* fuego salvaje. Mortífera e incontrolable. Y un poco fuera de sí.

—Hoy en día muchos piensan así—se aventuró a decir Yrene. Como Adarlan. Como esos mercenarios—. No necesito ser una de ellos.

La sonrisa de la chica se desvaneció.

—¿Entonces prefieres pudrirte aquí con la conciencia limpia?

Yrene no tenía respuesta, así que no dijo nada y dejó el trapo y el tazón y sacó una pequeña lata con un ungüento. Era el que tenía para su uso personal, para las cortaduras y raspones que se hacía al trabajar, pero esta cortadura era lo suficientemente pequeña para poder compartir un poco. Con la mayor suavidad que pudo, lo untó en la herida. La chica no reaccionó en esta ocasión.

Después de un momento, la chica le preguntó:

—¿Cuándo perdiste a tu madre?

—Hace más de ocho años —respondió Yrene sin apartar la vista de la herida.

—Fueron momentos difíciles para ser una sanadora con el don de la magia en este continente, en especial en Fenharrow. El rey de Adarlan no dejó viva a mucha de su gente... ni a sus parientes.

Yrene levantó la vista. El fuego salvaje en la mirada de la chica se había convertido en una flama azul ardiente. *Cuánta rabia*, pensó con un escalofrío. Tanta *rabia latente*. ¿Qué le había pasado para que se viera así?

No le preguntó, por supuesto. Y no preguntó cómo había sabido de dónde era originaria. Yrene estaba consciente de que su piel dorada y cabello castaño probablemente eran rasgos suficientes para identificarla como originaria de Fenharrow, eso si su ligero acento no la delataba.

—Si logras entrar a estudiar a la Torre Cesme —dijo la chica y atenuó su rabia, como si la hubiera enterrado en la profundidad de su ser—, ¿qué harás después?

Yrene tomó una de las vendas limpias y empezó a envolverla alrededor del brazo de la chica. Lo había soñado por años, había contemplado mil distintos futuros mientras lavaba tazas sucias y barría los pisos.

—Regresaría. No aquí, digo, sino al continente. Regresaría a Fenharrow. Hay... mucha gente que necesita buenas sanadoras estos días.

Dijo la última parte en voz baja. No podía saber si esta chica era partidaria del rey de Adarlan y podría reportarla con la guardia del poblado solo por hablar mal del rey. Yrene lo había visto demasiadas veces.

Pero la chica miró hacia la puerta con el sistema improvisado de atrancado que había construido Yrene, miró alrededor de este armario que llamaba recámara, miró la capa raída que colgaba sobre la silla apolillada y luego por fin de nuevo a ella. Yrene aprovechó esta oportunidad de estudiar su rostro. A juzgar por la manera en que había derrotado a esos mercenarios, la persona que la había lastimado debía ser aterradora.

—¿En verdad regresarías a este continente? ¿Al imperio?

Las palabras silenciosas de la joven expresaban tal sorpresa que Yrene volteó a verla a los ojos.

—Es lo correcto —fue lo único que se le ocurrió responder a Yrene.

La chica no dijo nada más e Yrene continuó vendándole el brazo. Cuando terminó, la chica se puso la camisa y la túnica, movió el brazo y se puso de pie. En la diminuta habitación, Yrene se sentía mucho más pequeña que la desconocida, aunque solo hubiera unos cuantos centímetros de diferencia entre ambas.

La chica tomó su capa, pero no se la puso, y dio un paso hacia la puerta cerrada.

—Podría buscar algo para tu cara —dijo Yrene sin pensarlo.

La chica se detuvo con una mano en la perilla de la puerta y volteó a verla por encima del hombro.

—Estas marcas tienen la intención de ser un recordatorio.

—¿Para qué? ¿O... para quién?

No debía inmiscuirse, no debía haber preguntado.

La chica sonrió con amargura.

—Para mí.

Yrene pensó en las cicatrices que había visto en su cuerpo y se preguntó si todas ellas también serían recordatorios.

La joven volvió a voltear hacia la puerta, pero se detuvo de nuevo.

—Ya sea que te quedes aquí o te vayas a Antica e ingreses a la Torre Cesme y luego regreses a salvar el mundo —dijo pensativa—, deberías aprender un par de cosas sobre cómo defenderte.

Yrene miró las dagas en la cintura de la chica y la espada que ni siquiera había tenido que desenfundar. La empuñadura tenía joyas, joyas verdaderas, que brillaban bajo la luz de las velas. La riqueza de la chica debía ser extraordinaria, más que lo que Yrene podría siquiera concebir.

—No tengo dinero para comprar armas.

La chica ahogó una risa.

—Si aprendes estas maniobras, no las necesitarás.

Celaena se llevó a la cantinera al callejón. Para empezar, no quería arriesgarse a despertar a los demás huéspedes de la posada y meterse en otra pelea. No supo bien por qué le había ofrecido enseñarle a defenderse. La última vez que le había ayudado a alguien, solo le había servido para que le pusieran una paliza en cuanto pudieron. Literalmente.

Pero la cantinera, Yrene, se veía tan sincera cuando hablaba de ayudar a la gente. Sobre ser una sanadora.

La Torre Cesme... cualquier sanadora que valiera la pena sabía sobre la academia en Antica, donde podían estudiar las mejores y más brillantes aspirantes a sanadoras, sin importar su condición económica o social. La propia Celaena alguna vez había soñado con vivir dentro de los famosos muros color crema de la Torre, con recorrer las calles angostas y empinadas de Antica y con ver las maravillas que llegaban ahí de tierras desconocidas. Pero eso había sido en otra vida. Cuando era otra persona.

Ciertamente no ahora. Y si Yrene se quedaba en este pueblo abandonado por los dioses, alguien más la intentaría atacar de nuevo. Así que ahí estaba Celaena, maldiciendo su propia conciencia por ser una tonta cuando llegaron al callejón envuelto en niebla detrás de la posada.

Los cuerpos de los tres mercenarios seguían ahí y Celaena notó la reacción de Yrene cuando escuchó el sonido de las ratas corriendo y chillando. No habían perdido ni un instante.

Celaena tomó la muñeca de la chica y le levantó la mano.

—La gente, los hombres por lo general, no persiguen a las mujeres que parece que opondrán resistencia. Te elegirán porque estás distraída o vulnerable o porque te ves amable. Por lo general, intentarán llevarte a otro lugar, un sitio donde no tengan que preocuparse por interrupciones.

Yrene tenía los ojos muy abiertos y el rostro pálido bajo la luz de la antorcha que Celaena había dejado justo a la entrada de la puerta trasera. Indefensa. ¿Cómo sería sentirse indefensa e incapaz de hacer algo para protegerse? Sintió un escalofrío, que no tenía que ver con las ratas que masticaban a los mercenarios muertos.

—*No* les permitas que te lleven a otro sitio —continuó Celaena. Estaba recitando las lecciones que Ben, el segundo de Arobynn, le había enseñado alguna vez. Había aprendido autodefensa antes de aprender a atacar a cualquiera. También había aprendido primero a pelear sin armas.

—Defiéndete lo suficiente para convencerlos de que no vale la pena. Y haz todo el ruido que puedas. Pero en un antro como este, apuesto a que nadie vendría a ayudarte. Definitivamente lo primero que tienes que hacer es empezar a gritar que hay un incendio... no violación, no robo, no algo de lo cual los cobardes prefieren esconderse. Y si los gritos no los desalientan, entonces hay unos cuantos trucos para engañarlos. Algunas de estas técnicas los derribarán como troncos, algunas los detendrán temporalmente, pero en cuanto te suelten, tu *principal* prioridad es largarte de ese lugar. ¿Entiendes? Te sueltan, y *corres*.

Yrene asintió, aún con los ojos como platos. Continuó con la misma expresión cuando Celaena tomó la mano que había levantado y le explicó la técnica de sacar ojos. Le mostró cómo enterrar los pulgares en las comisuras de los párpados, curvar los pulgares detrás de los ojos y... bueno, Celaena no pudo terminar la demostración porque quería conservar sus ojos. Pero Yrene lo entendió después de unos intentos y lo ejecutó a la perfección cuando Celaena la sostuvo desde atrás una y otra vez.

Luego le enseñó el manotazo a la oreja, luego cómo pellizcar la parte interior del muslo de un hombre con tanta fuerza como para hacerlo gritar, cómo dar un pisotón en la parte más delicada del pie, cuáles eran los mejores lugares blandos para golpear con el codo (de hecho, Yrene la golpeó con tanta fuerza en la garganta que Celaena estuvo ahogándose casi por un minuto). Y luego le dijo que atacara la entrepierna... siempre intentar atacar la entrepierna.

Y cuando la luna empezaba a desaparecer, cuando Celaena estuvo convencida de que Yrene podría tener una oportunidad contra un atacante, por fin terminaron. Yrene parecía estar sosteniendo su cabeza más en alto. Su rostro estaba sonrojado.

—Si lo que quieren es dinero —dijo Celaena y movió la barbilla hacia el sitio donde estaban tirados los mercenarios—, lánzales las monedas que tengas lo más lejos que puedas y luego corre en la dirección opuesta. Por lo general, estarán tan ocupados intentando recuperar el dinero que tendrás una buena oportunidad para escapar.

Yrene asintió.

—Debería... debería enseñarle todo esto a Jessa.

Celaena no sabía quién era Jessa, ni le importaba, pero dijo:

—Si tienes la posibilidad, enséñale esto a cualquier mujer que quiera dedicar el tiempo a escucharte.

Se hizo el silencio entre ambas. Había tantas más cosas por aprender, tanto más por enseñarle. Pero amanecería en unas dos horas y probablemente *debería* regresar ya a su habitación, aunque solo fuera a empacar y marcharse. Marcharse, no porque se lo hubieran ordenado ni porque su castigo le pareciera aceptable sino... porque tenía que hacerlo. Tenía que ir al Desierto Rojo.

Aunque fuera solo para ver dónde planeaba guiarla el Wyrd. Quedarse, huir a otra tierra, evadir su destino... no haría eso. No podía ser como Yrene, un recordatorio viviente de pérdida y sueños postergados. No, continuaría su viaje hacia el Desierto Rojo y seguiría este camino, hasta donde la condujera, sin importar cuánto le doliera a su orgullo.

Yrene se aclaró la garganta.

—¿Tú... tú alguna vez has tenido que usar estas maniobras? No quiero ser entrometida. Quiero decir, no tienes que responder si...

—Las he usado, sí, pero no porque estuviera en *ese* tipo de situación. Yo... —sabía que no debía decirlo pero lo dijo—. Por lo general yo soy la cazadora.

Yrene, para su sorpresa, solo asintió, aunque con un poco de tristeza. Era una gran ironía, se dio cuenta, que estuvieran trabajando juntas, la asesina y la sanadora. Los lados opuestos de la misma moneda.

Yrene se abrazó a sí misma.

—¿Cómo podría pagarte por...?

Pero Celaena levantó una mano. El callejón estaba vacío pero ya podía sentirlos, sentir el cambio en la niebla, en el correr de las ratas. Focos de silencio.

Miró a Yrene y movió los ojos hacia la puerta trasera, una orden silenciosa. Yrene se puso blanca y rígida. Una cosa era practicar, pero poner las lecciones en acción, usarlas... la cantinera sería un estorbo. Celaena movió la barbilla hacia la puerta. Era ya una orden.

Había al menos cinco hombres. Dos en cada uno de los extremos del callejón, convergiendo sobre ellas, y uno más montando guardia del lado más transitado de la calle.

Yrene ya había entrado por la puerta trasera cuando Celaena desenfundó su espada.

CAPÍTULO 5

En la cocina oscura, Yrene se recargó contra la puerta trasera. Tenía una mano sobre su corazón desbocado mientras escuchaba la pelea en el exterior. En la pelea de hacía un rato, la chica contaba con la ventaja de la sorpresa pero, ¿cómo podría enfrentarlos otra vez?

Le temblaban las manos al escuchar los sonidos de espadas y gritos que se filtraban por la rendija debajo de la puerta. Golpes, gruñidos, quejas. ¿Qué estaba pasando?

No podía soportar no saber qué le estaba sucediendo a la chica.

Contra todos sus instintos, abrió la puerta una rendija y se asomó.

Se quedó sin aliento al ver la escena:

El mercenario que había escapado antes había regresado con más amigos... amigos más experimentados. Dos estaban boca abajo sobre las piedras con charcos de sangre a su alrededor. Pero los otros tres estaban peleando con la chica, que era.. era...

Dioses, se movía como un viento negro, con una gracia letal impresionante y...

139

Yrene sintió una mano sobre su boca y alguien la sostuvo desde atrás y le presionó algo frío y afilado contra la garganta. Era otro hombre; había entrado por la posada.

—Camina —le habló al oído con voz áspera y extranjera.

No lo alcanzaba a ver, no podía distinguir nada sobre él aparte de la dureza de su cuerpo, la peste de su ropa, lo áspero de su barba densa contra su mejilla. Él abrió la puerta de par en par y salió al callejón todavía con la daga en el cuello de Yrene.

La joven dejó de pelear. Otro mercenario ya había caído y los dos que estaban frente a ella le apuntaban con sus espadas.

—Suelta tus armas —dijo el hombre. Yrene habría negado con la cabeza para advertirle que no peleara, pero tenía la daga tan apretada contra su piel que cualquier movimiento probablemente la haría cortarse su propia garganta.

La joven miró a los atacantes, luego al captor de Yrene, luego a Yrene. Con calma, completamente calmada y fría, enseñó los dientes con una sonrisa feroz.

—Ven por ellas.

Yrene sintió que el estómago se le iba al suelo. El hombre solo tenía que mover un poco la muñeca y derramaría toda su fuerza vital. No estaba lista para morir, no ahora, no en Innish.

Su captor rio.

—Palabras valientes e imprudentes, niña.

Empujó más la cuchilla e Yrene hizo una mueca de dolor. Sintió la humedad de su propia sangre antes de darse cuenta de que le había hecho un corte delgado en el cuello. Que Silba la salvara.

Pero la mirada de la chica estaba sobre Yrene y entrecerró los ojos. Como un desafío, como una orden. *Defiéndete*, parecía estar diciendo. *Pelea por tu miserable vida.*

Los dos hombres con las espadas se acercaron más, pero ella no bajó la suya.

—Suelta las armas antes de que le abra el cuello —gruñó el captor de Yrene—. Cuando terminemos de hacerte pagar por nuestros camaradas, por el dinero que nos costaste con sus muertes, tal vez le permitamos a *ella* vivir —dijo. Apretó más a Yrene, pero la joven solo lo miró. El mercenario gritó—: *Suelta las armas.*

La joven no lo hizo.

Dioses, iba a dejar que la matara, ¿verdad?

Yrene no podía morir así, no aquí, no como una cantinera sin nombre en este sitio horrible. Su madre había muerto luchando... su madre había *luchado* por ella, había matado a aquel soldado para que Yrene tuviera oportunidad de escapar, de hacer algo de su vida. De hacer un bien en el mundo.

No moriría así.

La rabia la invadió con tanta fuerza que Yrene apenas podía ver con claridad, apenas podía ver nada salvo ese año en Innish, ese futuro fuera de su alcance y esa vida a la cual no estaba lista para renunciar.

Sin previa advertencia, dio un pisotón con todas sus fuerzas en el empeine del hombre. Él se movió bruscamente con un aullido e Yrene levantó los brazos y empujó la daga que tenía en el cuello con una mano mientras le clavaba el codo en el abdomen. Le imprimió toda la rabia que ardía dentro de ella. Él gimió y se dobló hacia el frente y ella le dio un codazo en la sien, justo como le había enseñado la chica.

El hombre cayó de rodillas e Yrene huyó. Para escapar, para conseguir ayuda, no lo sabía.

Pero la chica ya estaba parada frente a ella, sonriendo satisfecha. Detrás de ella, los dos hombres estaban inmóviles en el suelo. Y el que estaba de rodillas...

Yrene se hizo a un lado cuando la joven tomó al hombre jadeante y lo arrastró hacia la niebla al fondo. Se escuchó un grito ahogado y luego un golpe seco.

Y a pesar de su sangre de sanadora, a pesar del estómago que había heredado, Yrene apenas logró dar dos pasos antes de vomitar.

Cuando terminó, vio a la joven que la estaba observando de nuevo, sonriendo.

—Aprendes rápido —dijo.

Sus ropas finas, incluso su reluciente prendedor de rubí, estaban cubiertas de sangre. Pero no era de ella, observó Yrene con alivio.

—¿Estás segura de que quieres ser sanadora?

Yrene se limpió la boca con la esquina del delantal. No quería saber en realidad cuál era la alternativa... a qué se dedicaba esta chica. No, lo único que quería era golpearla. Fuerte.

—¡Los podrías haber derrotado sin mí! Pero dejaste que ese hombre me pusiera un cuchillo en la garganta... ¡lo *permitiste*! ¿Estás loca?

La chica sonrió de una manera que decía que sí, claro que estaba trastornada. Pero respondió:

—Esos hombres eran ridículos. Quería que practicaras en un ambiente controlado.

—¿A eso lo llamas controlado?

Yrene no podía evitar gritar. Se llevó la mano a la cortadura ya casi coagulada en el cuello. Sanaría rápido, pero tal vez dejaría cicatriz. Tendría que curarla de inmediato.

—Velo de la siguiente manera, Yrene Towers: ahora ya sabes que sí puedes hacerlo. Ese hombre pesaba lo doble que tú y era unos treinta centímetros más alto. Y de todas maneras lo derribaste en unos instantes.

—Pero dijiste que eran ridículos.

Una sonrisa maliciosa.

—Para mí, lo eran.

Yrene sintió que se le helaba la sangre.

—Ya... ya fue suficiente para mí por un día. Creo que necesito irme a la cama.

La chica hizo una ligera reverencia.

—Y yo quizá debería marcharme. Un consejo: lava la sangre de tu ropa y no le digas a nadie lo que viste esta noche. Esos hombres podrían tener más amigos y, por lo que a mí respecta, fueron las víctimas de un robo terrible.

Levantó una bolsa de cuero llena de monedas y pasó al lado de Yrene para entrar a la posada.

Yrene miró los cuerpos y sintió un gran peso en el estómago. Luego siguió a la chica al interior. Seguía furiosa con ella, seguía temblando por los remanentes del terror y la desesperación.

No le dijo adiós a la chica letal al desaparecer.

CAPÍTULO 6

Yrene hizo lo que la chica le había aconsejado y se puso otro vestido y delantal antes de ir a la cocina para lavar la sangre de su ropa. Las manos le temblaban tanto que tardó mucho más de lo que debería en lavar la ropa y, para cuando terminó, la pálida luz del amanecer empezaba a filtrarse por la ventana de la cocina.

Tendría que levantarse en... bueno, ya. Con un gemido, regresó a su habitación para colgar la ropa mojada. Si alguien veía su ropa tendida, eso provocaría suspicacia. Supuso que tendría que fingir también ser quien encontrara los cadáveres. Dioses, qué desastre.

Con una mueca de desagrado al pensar en el largo día que tenía frente a ella, e intentando entender la noche que acababa de vivir, Yrene entró a su habitación y cerró la puerta con cuidado. Aunque le contara a alguien, lo más probable era que nadie le creyera.

Cuando terminó de colgar la ropa en los ganchos empotrados en la pared se dio cuenta de la bolsa de cuero que estaba sobre la cama, con una nota debajo.

Sabía lo que había dentro, podía adivinarlo fácilmente, a juzgar por las irregularidades en el exterior de la bolsa. Sintió un nudo en la garganta al sacar la nota.

Ahí, con una caligrafía elegante y femenina, la chica había escrito:

Para donde tengas que ir... y todo lo demás.
El mundo necesita más sanadoras.

No tenía nombre, no tenía fecha. Miró el papel y casi pudo imaginar la sonrisa feroz de la chica y la provocación en su mirada. Esta nota, en realidad, era más un reto, un desafío.

Las manos le temblaban de nuevo, pero Yrene vació el contenido de la bolsa.

El montón de monedas de oro brillaba e Yrene dio un paso atrás y se colapsó en la silla endeble frente a la cama. Parpadeó una y otra vez.

No solo por el oro, sino también por el prendedor que la chica había estado usando. El enorme rubí relucía bajo la luz de las velas.

Yrene se tapó la boca con una mano y miró la puerta, el techo, luego otra vez la pequeña fortuna que había sobre su cama. Miró y miró y miró.

Los dioses habían desaparecido, le había dicho su madre alguna vez. ¿Pero sería verdad? ¿Sería algún dios el que la había visitado esta noche, bajo la piel de una joven golpeada? ¿O habían sido sus susurros distantes los que hicieron que la desconocida llegara a ese callejón? Supuso que nunca lo sabría. Y tal vez eso era el punto.

A donde tengas que ir...

Ya fueran los dioses o el destino o simple coincidencia y amabilidad, era un regalo. Esto era un regalo. El mundo aguardaba: abierto para ella de par en par. Podía ir a Antica, ingresar a la Torre Cesme, ir donde quisiera.

Si se atrevía.

Yrene sonrió.

Una hora más tarde, nadie detuvo a Yrene Towers cuando salió caminando del Cerdo Blanco y nunca miró atrás.

Tras lavarse y ponerse una túnica nueva, Celaena abordó el barco una hora antes del amanecer. Se sentía hueca y mareada después de la noche sin descanso, pero era su maldita culpa. No importaba, podría dormir hoy, podría dormir todo el viaje mientras cruzaba el Golfo de Oro hasta las Tierras Desérticas. *Debía* dormir, porque cuando llegara a Yurpa, tendría que cruzar las arenas ardientes y mortíferas del desierto. Le tomaría al menos una semana llegar con el Maestro Mudo, a su fortaleza de Asesinos Silenciosos.

El capitán no le hizo preguntas cuando le dio una moneda de plata y Celaena siguió sus instrucciones al entrar bajo cubierta para llegar a su camarote de lujo. Con la capucha y las espadas, ninguno de los marineros la molestaría. Sabía que tendría que ser más cuidadosa con el dinero que le quedaba; antes de terminar este viaje, tendría que repartir una o dos monedas de plata más.

Con un suspiro, Celaena entró a su camarote. Era pequeño pero estaba limpio y tenía una claraboya que daba hacia la bahía que aún lucía grisácea en la luz del amanecer. Cerró la puerta con llave y se dejó caer en la pequeña cama. Ya había visto suficiente de Innish. No necesitaba molestarse con ver cómo se alejaban del puerto.

Cuando iba de salida de la posada pasó junto a ese armario inquietantemente pequeño que Yrene llamaba recámara.

Mientras la sanadora le curaba el brazo, Celaena se había sorprendido por las condiciones del espacio reducido, los muebles desvencijados, las mantas demasiado raídas. De cualquier manera, planeaba dejar unas monedas para Yrene, aunque fuera para que recuperara lo que el posadero sin duda le descontaría por las vendas.

Pero Celaena se detuvo frente a la puerta de madera de la habitación, escuchando a Yrene lavar su ropa en la cocina cercana. No pudo marcharse, no pudo dejar de pensar en la sanadora en potencia con su cabellera castaña dorada y sus ojos de caramelo, en lo que Yrene había perdido y en cómo se había vuelto indefensa. Había tantos como ella, los niños que lo habían perdido todo con Adarlan. Niños que ahora habían crecido para convertirse en asesinos y cantineras sin un lugar que pudieran considerar su hogar, ya que sus reinos nativos habían quedado hechos ruinas y cenizas.

La magia había desaparecido desde entonces. Y los dioses o estaban muertos o simplemente ya no les importaba. Pero ahí, en la profundidad de su ser, podía sentir un *tironcito*, ligerísimo pero insistente. Un tirón en la fibra de alguna red invisible. Así que Celaena decidió responder y dar un tirón, solo para poder ver qué tan lejos se difundían las reverberaciones.

Le tomó unos instantes escribir la nota y luego meter casi todas sus monedas de oro en la bolsa. Un momento después, la dejó sobre el catre desvencijado de Yrene.

Antes de irse, agregó el prendedor de rubí de Arobynn. Se preguntó si a una chica del devastado Fenharrow le importaría usar un prendedor con los colores reales de Adarlan. Pero Celaena sintió alivio al deshacerse de él y esperaba que Yrene lo empeñara a cambio de la pequeña fortuna que valía. Tenía la esperanza de que la joya de una asesina pudiera pagar por la educación de una sanadora.

Así que tal vez sí era obra de los dioses. Tal vez era una especie de fuerza más allá de ellos, más allá de la comprensión de los mortales. O tal vez solo era algo para alguien que se convertiría en lo que la propia Celaena nunca sería.

Yrene seguía lavando su ropa ensangrentada en la cocina cuando Celaena salió de su habitación con sigilo y luego recorrió el pasillo para salir del Cerdo Blanco y marcharse.

Mientras avanzaba por las calles llenas de niebla hacia los muelles en ruinas, Celaena rezó porque Yrene Towers no fuera tan tonta como para decirle a alguien, en especial el posadero, sobre el dinero. Rezó por que Yrene Towers tomara control de su vida con ambas manos y que se marchara hacia la ciudad de piedra clara que era Antica. Rezó porque de alguna manera, en varios años, Yrene Towers pudiera regresar al continente y tal vez, solo tal vez, pudiera sanar su mundo destrozado aunque fuera un poquito.

Sonriendo para ella misma en los rincones de su camarote, Celaena se acomodó en la cama, se tapó los ojos con la capucha y cruzó los tobillos. Para cuando el barco salió del golfo de aguas color jade, la asesina estaba profundamente dormida.

LA
ASESINA
Y EL
DESIERTO

CAPÍTULO 1

No quedaba nada más en el mundo salvo arena y viento.

Al menos, eso le parecía a Celaena Sardothien mientras observaba el desierto desde la punta de una duna color carmesí. A pesar del viento, el calor era sofocante y el sudor hacía que las muchas capas de su ropa se le pegaran al cuerpo. Pero sudar, le había dicho su guía nómada, era bueno. Cuando no sudabas el Desierto Rojo se volvía mortífero. El sudor te recordaba beber agua. Cuando el calor evaporaba tu sudor antes de que te dieras cuenta de que estabas sudando, entonces era más fácil acercarse a la deshidratación sin darse cuenta.

Ah, el *miserable* calor. Invadía cada uno de los poros de su cuerpo, hacía que la cabeza le punzara y que los huesos le dolieran. El calor húmedo de la Bahía de la Calavera no era nada comparado con esto. ¡Lo que no daría por una ligerísima brisa fresca!

A su lado, el guía nómada señaló con su dedo enguantado hacia el suroeste.

—Los *sessiz suikast* están allá.

Sessiz suikast. Los Asesinos Silenciosos: la orden legendaria con la cual la habían enviado a entrenar.

—Para aprender obediencia y disciplina —le había dicho Arobynn Hamel.

En medio del verano en el Desierto Rojo fue lo que no agregó. Era un castigo. Hacía dos meses, cuando Arobynn había enviado a Celaena junto con Sam Cortland a la Bahía de la Calavera en una misión desconocida, habían descubierto que en realidad los había enviado a negociar por unos esclavos. Sobraba decir que eso no le había sentado bien ni a Celaena ni a Sam, a pesar de su ocupación. Así que habían liberado a los esclavos y habían asumido las consecuencias. Pero ahora... En cuanto a castigos, este viaje al desierto era probablemente el peor. Eso decía mucho, considerando la severidad del anterior, que le había dejado moretones y laceraciones en el rostro que todavía estaban sanando un mes después de que Arobynn los provocara.

Celaena frunció el ceño. Tiró de la mascada hacia arriba para cubrirse la boca y la nariz y dio un paso para empezar a descender de la duna. Sentía el esfuerzo en las piernas para sostenerse en la arena resbaladiza, pero era una libertad bienvenida después del horrible recorrido entre las Arenas Cantarinas, donde cada uno de los granos zumbaba y rechinaba y gemía. Caminaron todo el día monitoreando cada paso, poniendo cuidado en que la arena debajo de ellos vibrara en armonía. De no lograrlo, le explicó el nómada, las arenas podrían convertirse en arenas movedizas.

Celaena descendió de la duna, pero se detuvo un momento cuando no escuchó los pasos del guía detrás de ella.

—¿No vienes?

El hombre continuaba en la cima de la duna y volvió a señalar el horizonte.

—A tres kilómetros en esa dirección.

Su uso de la lengua común era un poco torpe, pero ella lo entendió bien.

Se quitó la mascada de la boca e hizo una mueca al sentir la arena golpearle la cara sudorosa.

—Te pagué para que me llevaras hasta allá.

—Tres kilómetros —respondió él y se reacomodó el bolso que cargaba a la espalda. La mascada que le envolvía la cabeza ocultaba sus facciones bronceadas, pero ella alcanzaba a distinguir el miedo en sus ojos.

Sí, sí, los *sessíz suíkast* eran temidos y respetados en el desierto. Había sido un milagro que pudiera encontrar un guía dispuesto a llevarla tan cerca de su fortaleza. Por supuesto, ofrecer oro había ayudado. Pero los nómadas veían a los *sessíz suíkast* apenas como poco más que sombras de la muerte y, al parecer, su guía no avanzaría más.

Escudriñó el horizonte hacia el oeste. No alcanzaba a ver nada más allá de las dunas y la arena que ondulaban como la superficie de un mar encrespado.

—Tres kilómetros —dijo el nómada a sus espaldas—. Ellos te encontrarán.

Celaena volteó para hacerle otra pregunta, pero el hombre ya había desaparecido del otro lado de la duna. Lo maldijo e intentó tragar saliva, pero no pudo. Tenía la boca demasiado seca. Tendría que empezar ya o se vería forzada a montar su tienda de campaña para dormir durante las horas implacables del calor del mediodía.

Tres kilómetros. ¿Cuánto tiempo podría tardar en recorrerlos?

Dio un sorbo a su odre, que ya se sentía demasiado ligero, y volvió a acomodarse la mascada sobre la boca y nariz para empezar a caminar.

El único sonido era el silbido del viento entre la arena.

Horas después, Celaena tuvo que hacer uso de todo su auto-control para no saltar a los estanques del patio o arrodillarse a beber en uno de los pequeños arroyuelos que fluían por el sue-lo. Nadie le había ofrecido agua al llegar y no pensaba que a su acompañante actual le interesara hacerlo mientras la condu-cía por los intrincados salones de la fortaleza de arenisca roja.

Los tres kilómetros se habían sentido más como treinta. Estaba a punto de detenerse y colocar su tienda de campaña cuando llegó a la cima de una duna y el verdor de los árboles y la fortaleza de adobe se extendieron frente a ella, un oasis oculto y protegido entre dos dunas enormes.

Después del largo trayecto, moría de sed. Pero era Celae-na Sardothien. Tenía que cuidar su reputación.

Se mantuvo en alerta mientras se internaban en la for-taleza: iba registrando salidas y ventanas, dónde montaban guardia los vigías. Pasaron al lado de varios patios de entre-namiento al aire libre en los cuales pudo ver a gente de todos los reinos y edades practicando o haciendo ejercicio o senta-dos en silencio, perdidos en la meditación. Subieron por una escalera estrecha hacia el interior de un edificio grande. La sombra de la escalera se sentía maravillosamente fresca. Pero luego entraron a un pasillo largo y cerrado y el calor la envol-vió como una manta.

Para ser una fortaleza de asesinos supuestamente silencio-sos, el lugar era bastante ruidoso, entre el sonido de las armas que chocaban en los espacios de entrenamiento, el zumbido de los insectos en los muchos árboles y arbustos, el parloteo de las aves y el borboteo del agua cristalina que corría por todas las habitaciones y pasillos.

Se acercaron a unas puertas abiertas al fondo del corredor. Su escolta, un hombre de mediana edad lleno de cicatrices que resaltaban como gis contra su piel bronceada, no le dijo nada. Pasando las puertas, el interior era una mezcla de luz y sombra. Entraron a una habitación gigante flanqueada por pilares de madera pintados de azul que sostenían un entrepiso en cada uno de los extremos. Un vistazo a la oscuridad del balcón le informó que había unas figuras ahí ocultas... observando, esperando. Había más en las sombras de las columnas. No sabía quién pensaban que podría ser ella, pero ciertamente no la subestimaban. Bien.

Un mosaico delgado compuesto por azulejos verdes y azules se entrelazaba en el piso en dirección a una plataforma. Era como el eco de los arroyuelos del nivel inferior. Sobre la plataforma, sentado entre cojines y macetas con palmeras, estaba un hombre de túnica blanca.

El Maestro Mudo. Celaena pensaba que se encontraría con un hombre muy anciano, pero parecía tener unos cincuenta años. Ella mantuvo la barbilla en alto mientras se iban acercando a él, siguiendo el camino de mosaicos del piso. No podía distinguir si la piel del Maestro siempre había sido así de bronceada o si sería producto del sol. El hombre sonrió un poco; seguro había sido apuesto en su juventud. El sudor chorreaba por la espalda de Celaena. Aunque el Maestro no tenía armas a la vista, los dos sirvientes que lo abanicaban con hojas de palmera estaban armados hasta los dientes. El acompañante de Celaena se detuvo a una distancia segura del Maestro e hizo una reverencia.

Celaena hizo lo mismo y, cuando se irguió de nuevo, se quitó la capucha de la cabeza. Estaba segura de que su cabello estaba asquerosamente grasoso después de dos semanas en el desierto sin agua para bañarse, pero no había venido a tratar de impresionarlo con su belleza.

El Maestro Mudo la miró de arriba a abajo y luego asintió. Su acompañante le dio un suave codazo y Celaena se aclaró la garganta seca y dio un paso al frente.

Sabía que el Maestro Mudo no diría nada. Era famoso por su silencio autoimpuesto. A ella le correspondía presentarse. Arobynn le había indicado exactamente qué decir. O, mejor dicho, se lo había *ordenado*. No habría disfraces, ni máscaras, ni nombres falsos. Dado que ella había demostrado tener en tan poca consideración los intereses de Arobynn, él ya no tenía ninguna intención de proteger los de ella. Durante semanas, Celaena buscó una manera de proteger su identidad, de evitar que estos desconocidos supieran quién era, pero las órdenes de Arobynn habían sido simples: tenía un mes para ganarse el respeto del Maestro Mudo. Y si ella no regresaba a casa con su carta de aprobación, una carta sobre *Celaena Sardothien*, tendría que empezar a buscar una nueva ciudad donde vivir. Quizás un nuevo continente.

—Gracias por concederme audiencia, maestro de los Asesinos Silenciosos —dijo y se recriminó en silencio por la rigidez de sus palabras.

Se colocó una mano sobre el corazón y se arrodilló.

—Soy Celaena Sardothien, protegida de Arobynn Hamel, rey de los Asesinos del Norte —dijo.

Le pareció apropiado agregar el «del Norte». No pensaba que al Maestro Mudo le gustara enterarse de que Arobynn se denominaba rey de *todos* los asesinos. Pero ya fuera que le sorprendiera o no, su rostro no reveló nada, aunque ella percibió que algunas de las personas en las sombras se movieron un poco.

—Mi maestro me envió a suplicarte que me entrenes —dijo aunque le repelían las palabras. ¡Entrenarla a *ella*! Inclinó la cabeza para que el maestro no pudiera notar la ira en su rostro—. Soy tuya —agregó. Luego colocó las manos con las palmas hacia arriba en un gesto suplicante.

Nada.

Un calor peor que el que había sentido en el desierto le quemó las mejillas. Mantuvo la cabeza inclinada, los brazos todavía levantados. Se escuchó el rozar de tela y luego unos pasos casi inaudibles hicieron eco por la habitación. Por fin, dos pies descalzos y morenos se detuvieron frente a ella.

Un dedo seco le levantó la barbilla y Celaena se encontró viendo a los ojos color verde mar del Maestro. No se atrevió a moverse. Con un movimiento, el Maestro podría romperle el cuello. Esto era una prueba... una prueba de confianza, dedujo.

Se obligó a permanecer quieta y se concentró en los detalles del rostro del hombre para evitar ponerse a pensar en lo vulnerable que estaba. Alcanzaba a ver pequeñas gotas de sudor en el nacimiento de su cabellera oscura y muy corta. Era imposible saber de qué reino provenía. Su piel color avellana sugería que era de Eyllwe. Pero sus ojos elegantes y almendrados sugerían uno de los países del distante continente del sur. Al margen de eso, ¿cómo había terminado aquí?

Se puso en alerta al sentir que los dedos largos del hombre le hacían a un lado los mechones sueltos de su cabello trenzado para revelar los moretones amarillentos que todavía tenía alrededor de los ojos y las mejillas y la costra en forma de arco delgado a lo largo del pómulo. ¿Arobynn le había mandado decir que ella llegaría? ¿Le habría dicho sobre las circunstancias bajo las cuales la había enviado? El Maestro no parecía para nada sorprendido con su llegada.

Pero los ojos del Maestro se entrecerraron, sus labios formaron una línea apretada mientras le prestaba atención a los demás moretones del otro lado de su cara. Era una suerte para ella que Arobynn supiera cómo evitar que los golpes le dejaran marcas permanentes. La recorrió una punzada de culpa cuando se preguntó si Sam habría sanado bien. En los tres días posteriores a su golpiza, no lo había visto en la Fortaleza. Ella había perdido la conciencia antes de que Arobynn pudiera encargarse de su compañero. Y desde aquella noche, y durante su viaje hacia este sitio, todo había ocurrido sumido en una niebla de rabia y pesar y agotamiento absoluto, como si estuviera soñando a pesar de estar despierta.

Celaena se obligó a calmar su corazón desbocado y el maestro le soltó la cara y dio un paso atrás. Movió la mano para indicarle que se pusiera de pie y ella lo hizo, para gran alivio de sus rodillas.

El Maestro le esbozó una sonrisa torcida. Ella hubiera imitado la expresión, pero un instante después chasqueó los dedos y eso puso en acción a cuatro hombres que se abalanzaron contra ella.

CAPÍTULO 2

No tenían armas, pero sus intenciones eran bastante claras. El primer hombre, vestido con las varias capas de ropa holgada que todos usaban aquí, la alcanzó y ella esquivó el puñetazo que iba dirigido a su cara. El brazo pasó de largo y ella lo tomó por la muñeca y el bíceps, lo sostuvo y le torció el brazo. Eso le provocó al hombre un gruñido de dolor. Lo hizo girar y lo lanzó hacia el segundo atacante con suficiente fuerza para que los dos hombres cayeran al piso.

Celaena se puso de pie de un salto y aterrizó donde su acompañante había estado parado unos segundos antes, con cuidado de esquivar al Maestro. Esta era otra prueba, una prueba para ver en qué nivel podría empezar su entrenamiento. Y si era digna de recibirlo.

Por supuesto que era digna. Era Celaena Sardothien, malditos fueran todos los dioses.

El tercer hombre sacó dos dagas en forma de medias lunas que traía escondidas entre los pliegues de su túnica beige y la atacó. La ropa que ella traía era demasiado estorbosa para escabullirse rápidamente así que, para esquivar el ataque con las dagas dirigido a su cara, se dobló hacia atrás. Sintió el esfuerzo en la columna, pero las dos cuchillas pasaron por encima de ella y cortaron solo un mechón suelto de su cabello. Cayó al piso y deslizó la pierna con fuerza hacia el hombre, quien perdió el equilibrio y cayó.

El cuarto hombre, sin embargo, había salido de detrás de ella. Traía una espada curva en la mano y el arma destelló cuando se abalanzó para intentar clavársela en la cabeza. Ella rodó y la espada chocó contra roca y sacó chispas.

Para cuando ella se puso de pie, él ya había levantado la espada de nuevo. Ella esquivó su finta a la izquierda antes de que la atacara a su derecha. El hombre aún no había terminado el movimiento de su ataque cuando ella lo golpeó con la base de la mano directo en la nariz y le clavó el otro puño en el abdomen. El hombre cayó al piso y la sangre le brotó de la nariz. Ella jadeó y sintió como si el aire le desgarrara la garganta ya de por sí destrozada. En verdad, *en verdad* necesitaba agua.

Ninguno de los cuatro hombres que estaban en el piso se movió. El Maestro empezó a sonreír y entonces los que estaban reunidos en los extremos de la habitación se acercaron a la luz. Hombres y mujeres, todos bronceados, aunque la variedad de cabelleras indicaba que provenían de diversos reinos del continente. Celaena agachó la cabeza. Ninguno le respondió el gesto. Celaena mantuvo la vista en los cuatro hombres frente a ella cuando se pusieron de pie, guardaron sus armas y regresaron a las sombras. Esperaba que no lo hubieran tomado personal.

Recorrió de nuevo las sombras con la mirada, alerta ante la posibilidad de que aparecieran otros atacantes. Cerca, una joven la observaba y le esbozó una sonrisa conspiradora a Celaena. Intentó no mostrar mucho interés, aunque la chica era una de las personas más hermosas que jamás había visto. No era solo su cabello color rojo vino o el color de sus ojos, un café rojizo que

Celaena nunca antes había visto. No... Lo primero que le llamó la atención de la chica fue su armadura: ornamentada hasta el punto de probablemente resultar inútil, pero era una obra de arte.

El hombro derecho estaba diseñado con la forma de una cabeza de lobo gruñendo y en la nariz del casco, que traía bajo el brazo, había un lobo agachado. Otra cabeza de lobo estaba tallada en la empuñadura de su espada ancha. En cualquier otra persona la armadura podría haberse visto extravagante y ridícula, pero en esa chica... Tenía un cierto desparpajo juvenil en su actitud.

No obstante, Celaena se preguntaba cómo era posible que no se estuviera muriendo de calor dentro de toda esa armadura.

El Maestro le puso la mano sobre el hombro y le indicó a la chica de la armadura que avanzara. No para atacar a Celaena, esto era una invitación amistosa. La armadura tintineaba al moverse, pero sus botas eran prácticamente silenciosas

El Maestro realizó una serie de movimientos con las manos entre la chica y Celaena. La chica hizo una reverencia y luego volvió a esbozar esa sonrisa pícara.

—Soy Ansel —le dijo con voz animada y divertida. Tenía un acento apenas perceptible que Celaena no ubicaba—. Parece que vamos a ser compañeras de habitación mientras estés aquí.

El Maestro hizo un nuevo gesto. Los dedos callosos y llenos de cicatrices al parecer creaban gestos rudimentarios que Ansel podía descifrar.

—Oye, y por cierto, ¿cuánto tiempo te quedarás?

Celaena intentó no fruncir el ceño.

—Un mes —inclinó la cabeza hacia el Maestro—. Si se me permite quedarme tanto tiempo.

Con el mes que había tardado en llegar aquí y el que tardaría para regresar a casa, estaría fuera de Rifthold durante tres meses.

El Maestro asintió y regresó a los cojines sobre la plataforma.

—Eso quiere decir que te puedes quedar —susurró Ansel y luego tocó el hombro de Celaena con la mano cubierta por la armadura. Parecía que no todos los asesinos aquí habían hecho un voto de silencio... ni conocían el concepto del espacio personal—. Empezarás a entrenar mañana —continuó Ansel—. Al amanecer.

El Maestro se sentó en los cojines y Celaena casi se desplomó de alivio. Arobynn le había hecho creer que convencerlo de que la entrenara sería casi imposible. Ingenuo. Conque la había enviado al desierto a sufrir, ¿no?

—Gracias —le dijo Celaena al Maestro, muy consciente de las miradas en el pasillo que la observaban cuando volvió a hacer una reverencia. Él hizo un ademán con la mano para despedirla.

—Ven —le dijo Ansel. Su cabello relucía bajo un rayo de sol—. Supongo que querrás darte un baño antes que otra cosa. Yo ciertamente lo querría, si fuera tú.

La sonrisa de Ansel restiró las pecas que tenía salpicadas en el puente de la nariz y las mejillas.

Celaena miró a la chica de reojo, con su armadura ornamentada, y la siguió para salir de la habitación.

—Es lo mejor que he escuchado en semanas —dijo.

Mientras recorría los pasillos a solas con Ansel, Celaena sintió la ausencia de las dagas largas que solía traer colgadas del cinturón. Pero se las habían quitado en la entrada, junto con su espada y su mochila. Caminaba con las manos a los lados, atenta para reaccionar ante el más ligero movimiento de su guía. Si Ansel se daba cuenta o no de que Celaena estaba lista para pelear en cualquier momento, no se notaba porque iba meciendo los brazos despreocupadamente, haciendo sonar su armadura con el movimiento.

Su compañera de habitación. Eso era una sorpresa desafortunada. Compartir una habitación con Sam unas cuantas noches era una cosa. ¿Pero un mes con una completa desconocida? Celaena estudió a Ansel de reojo. Aparte de que era un poco más alta que Celaena, no podía distinguir mucho más debido a la armadura. Nunca había pasado mucho tiempo con otras chicas, salvo las cortesanas que Arobynn invitaba a la Fortaleza a las fiestas o las que lo acompañaban al teatro, y la mayoría no eran el tipo de persona que a Celaena le interesaba conocer. No había otras asesinas en el gremio de Arobynn. Pero aquí... además de Ansel, había el mismo número de mujeres y hombres. En la Fortaleza no había manera de confundirla con alguien más. Aquí, era un rostro más en la multitud.

Ansel bien podría ser mejor que ella. Esa noción no le gustaba.

—Entonces —dijo Ansel con las cejas arqueadas—, Celaena Sardothien.

—¿Sí?

Ansel se encogió de hombros, o al menos se encogió todo lo que pudo con esa armadura.

—Pensé que serías... más dramática.

—Lamento decepcionarte —dijo Celaena aunque no sonaba como si lo lamentara en absoluto. Ansel las condujo hacia unas escaleras, subieron y luego avanzaron por un pasillo. Varios niños entraban y salían de las habitaciones que iban pasando; traían baldes y escobas y trapeadores en las manos. El más joven se veía como de ocho años, el mayor como de doce.

—Acólitos —dijo Ansel en respuesta a la pregunta no expresada de Celaena—. Limpiar las habitaciones de los asesinos mayores es parte de su entrenamiento. Les enseña responsabilidad y humildad. O algo así.

Ansel le guiñó el ojo a un niño que la vio pasar con la boca abierta. De hecho, varios de los niños se quedaban viendo a Ansel con los ojos abiertos como platos por la admiración y el respeto. Ansel debía tener una buena reputación, entonces. Ninguno de ellos se molestó en ver a Celaena. Levantó la barbilla.

—¿Cuántos años tenías cuando llegaste? —le preguntó a Ansel. A mayor información sobre ella, mejor.

—Acababa de cumplir trece —dijo Ansel—. Así que apenas alcancé a librarme de las labores domésticas.

—¿Y cuántos años tienes ahora?

—Estás intentando descifrarme, ¿eh?

Celaena mantuvo su expresión neutral.

—Acabo de cumplir dieciocho. Tú te ves más o menos de mi edad, también.

Celaena asintió. Ciertamente no tenía que proporcionar ninguna información personal. Aunque Arobynn le había ordenado no ocultar su identidad aquí, eso no significaba que tuviera que revelar detalles. Y al menos Celaena había empezado a entrenar a los ocho, así que le llevaba varios años de ventaja a Ansel. Eso tendría que contar.

—¿Entrenar con el Maestro ha sido efectivo?

Ansel le sonrió un poco compungida.

—No sabría decirte. Llevo cinco años aquí y él sigue negándose a entrenarme. No que me importe. Yo diría que soy bastante buena con o sin sus enseñanzas expertas.

Bueno, sin duda *eso* era extraño. ¿Cómo había pasado tanto tiempo sin trabajar con el Maestro? Aunque muchos de los asesinos de Arobynn tampoco recibían lecciones privadas de él.

—¿De dónde eres originalmente? —preguntó Celaena.

—Las Tierras Planas.

Las Tierras Planas... ¿Dónde diablos estaban las Tierras Planas? Ansel le respondió antes de que le preguntara:

—En la costa de los Yermos Occidentales... lo que antes se conocía como el Reino de las Brujas.

Los Yermos sí eran familiares. Pero nunca había escuchado de las Tierras Planas.

—Mi padre —continuó Ansel—, es el lord de Briarcliff. Me envió aquí para entrenar, para que «hiciera algo de utilidad». Pero no creo que alcanzaran quinientos años para enseñarme eso.

Contra su voluntad, Celaena rio. Miró otra vez la armadura de Ansel de reojo.

—¿No te da calor con toda esa armadura?

—Claro que sí —dijo Ansel y sacudió su cabellera al hombro—. Pero tienes que admitir que es impresionante. Y muy adecuada para pasearse por una fortaleza llena de asesinos. ¿De qué otra forma me voy a distinguir de los demás?

—¿Dónde la conseguiste?

No preguntaba porque quisiera algo similar para ella; en realidad no tendría ningún uso para una armadura así.

—Ah, me la hicieron especialmente.

Entonces... Ansel tenía dinero. Bastante, si lo podía desperdiciar en armadura.

—Pero la espada —continuó Ansel con unas palmaditas a la empuñadura en forma de lobo que traía colgada a su costado— le pertenece a mi padre. Su regalo cuando me fui. Pensé que sería bueno que la armadura hiciera juego. Los lobos son un símbolo familiar.

Entraron a un corredor abierto y el calor del sol del mediodía las azotó con toda su fuerza. Pero la expresión de Ansel permaneció jovial y, si la armadura la incomodaba, no se le notaba. Ansel la miró de arriba a abajo.

—¿A cuánta gente has matado? —le preguntó.

Celaena casi se ahoga, pero mantuvo la barbilla en alto.

—No sé cómo puede importarte eso.

Ansel rio.

—Supongo que sería bastante sencillo averiguarlo. Al menos debes tener una *idea* si eres tan famosa.

En general, Arobynn se encargaba de correr la voz a través de los canales adecuados. Ella dejaba muy poco rastro después de terminar un trabajo. Sentía que dejar una marca que la identificara era un poco... de mal gusto.

—Yo querría que *todo el mundo* se enterara de que lo que hice —agregó Ansel.

Bueno, Celaena *sí* quería que todo el mundo supiera que ella era la mejor, pero algo sobre la manera en que lo dijo Ansel le parecía distinto a su propio razonamiento.

—Entonces, dime, ¿quién quedó peor de los dos? —preguntó Ansel de repente—. ¿Tú o la persona que te provocó esas marcas?

Celaena sabía que se refería a los moretones y laceraciones que no habían terminado de sanar en su cara.

Sintió un nudo en el estómago. Se estaba convirtiendo en una sensación frecuente.

—Yo —dijo Celaena en voz baja.

No sabía por qué lo había admitido. Fanfarronear hubiera sido mejor opción. Pero estaba cansada y de pronto se sintió muy pesada con la carga de ese recuerdo.

—¿Tu maestro te hizo eso? —preguntó Ansel. En esta ocasión, Celaena permaneció en silencio y Ansel no la presionó.

Al otro extremo del pasillo, bajaron por una escalera de caracol tallada en roca hacia un patio vacío donde había bancas y pequeñas mesas bajo la sombra de enormes palmeras de dátiles. Alguien había dejado un libro sobre una de las mesas de madera y, cuando pasaron al lado, Celaena miró la portada. El título estaba escrito en un idioma que no reconoció.

Si hubiera ido sola, tal vez se hubiera detenido a hojear el libro solo para ver las palabras impresas en un idioma tan distinto a todo lo que ella conocía, pero Ansel continuó avanzando hacia un par de puertas de madera tallada.

—Los baños. Es uno de los lugares donde se exige un silencio sepulcral, así que trata de permanecer callada. Tampoco salpiques demasiado. Algunos de los asesinos mayores se molestan incluso con eso —dijo Ansel y luego empujó una de las puertas para abrirla—. Tómate tu tiempo. Yo me encargaré de que lleven tus cosas a nuestra habitación. Cuando termines, pídele a un acólito que te diga cómo regresar. Faltan algunas horas para la cena. Yo pasaré por ti a la habitación.

Celaena la miró con detenimiento. No le gustaba la idea de que Ansel, o quien fuera, manipulara las armas y el equipo que había dejado en la entrada. No tenía nada que ocultar, pero sí sentía algo de vergüenza pensar en los guardias manoseando su ropa interior al inspeccionar su bolso. Su gusto por ropa interior muy costosa y delicada no le ayudaría a su reputación.

Pero estaba aquí a su merced y su carta de aprobación dependía de su buen comportamiento. Y su buena actitud.

Así que Celaena se limitó a dar las gracias, y pasó al lado de Ansel hacia el aire perfumado con hierbas al otro lado de las puertas.

Aunque la fortaleza tenía baños comunes, por fortuna estaban separados entre hombres y mujeres y, en ese momento del día, la zona de mujeres estaba vacía.

Ocultos entre las grandes palmeras y datileras cargadas de frutos, los baños estaban hechos con los mismos azulejos color verde mar y cobalto que formaban el mosaico de las habitaciones del Maestro. La temperatura dentro se conservaba fresca gracias a los toldos blancos que sobresalían de los muros del edificio. Había múltiples estanques grandes. De algunos salía vapor de la superficie, otros burbujeaban, otros tenían vapor y burbujeaban, pero el que Celaena eligió estaba completamente en calma, transparente y frío.

Celaena ahogó un gemido al sumergirse y se mantuvo debajo del agua hasta que le dolieron los pulmones. Aunque había aprendido a vivir sin la modestia, se mantuvo bastante sumergida en el agua. Por supuesto, no tenía nada que ver con el hecho de que sus costillas y brazos siguieran decorados con varios moretones, ni con las náuseas que le provocara verlos. A veces, su reacción era causada por la rabia, otras por el pesar. Con frecuencia, eran ambas cosas. Quería regresar a Rifthold para saber qué le había sucedido a Sam, para retomar la vida que se había resquebrajado en unos cuantos minutos de agonía. Pero también sentía temor.

Al menos, aquí en la orilla del mundo, la golpiza de aquella noche, y todo Rifthold y la gente que contenía, parecían estar muy lejos.

Se quedó en el agua hasta que sus manos se arrugaron tanto que ya le incomodaban.

Ansel no estaba en la diminuta habitación rectangular cuando Celaena regresó, aunque alguien había desempacado sus pertenencias. Aparte de su espada y dagas, algo de ropa interior y unas cuantas túnicas, no había traído demasiadas cosas y no se había molestado en traer su ropa más fina. Lo cual agradecía, ahora que podía ver lo rápido que la arena había desgastado la ropa gruesa que el nómada la había obligado a usar.

Había dos camas angostas y le tomó un momento adivinar cuál era la de Ansel. No había ninguna decoración en la pared de roca roja. De no ser por la pequeña figurilla de lobo en la mesa de noche y un maniquí del tamaño de un humano que debía ser la base de la extraordinaria armadura de Ansel, Celaena no habría tenido idea de que estaba compartiendo habitación con alguien.

Asomarse a la cajonera de Ansel resultó igual de inútil. Túnicas color vino y pantalones negros, todo doblado con cuidado. Lo único que contrastaba con la monotonía eran varias túnicas blancas, las prendas que muchos hombres y mujeres estaban usando. Incluso la ropa interior era sencilla... y estaba doblada. ¿Quién doblaba su ropa interior? Celaena pensó en su enorme armario en casa que explotaba de colores y distintas telas y patrones, todo amontonado en el mismo lugar. Su ropa interior, a pesar de ser costosa, por lo general terminaba toda revuelta en el cajón.

Seguro Sam doblaba su ropa interior. Aunque, dependiendo de qué partes de su cuerpo hubiera dejado intactas Arobynn, tal vez no podría hacerlo por el momento. Arobynn nunca la lastimaría de forma que quedara un daño permanente, pero eso era con *ella*. Sam podría haber corrido con una suerte mucho peor. Sam siempre había sido el desechable.

Guardó ese pensamiento en el fondo de su mente y se acomodó en la cama. A través de la pequeña ventana, el silencio de la fortaleza la arrulló hasta que se quedó dormida.

Nunca había visto a Arobynn tan enojado y la estaba asustando mucho. No le gritó y no la insultó... solo se quedó muy quieto y muy callado. Los únicos indicios de su furia estaban en sus ojos plateados, que brillaban con quietud mortífera.

Ella intentó no sobresaltarse en su silla cuando él se puso de pie detrás del gran escritorio de roble. Sam, sentado al lado de ella, tomó una bocanada de aire. Ella no podía hablar; si empezaba, su voz temblorosa la delataría. No podría soportar ese tipo de humillación.

—¿Sabes cuánto dinero me costaste? —le preguntó Arobynn con voz suave.

A Celaena le empezaron a sudar las palmas de las manos. Valió la pena, *se dijo a sí misma.* Liberar a esos doscientos esclavos valió la pena. No importaba lo que estuviera a punto de suceder, nunca se arrepentiría de haberlo hecho.

—No fue su culpa —intervino Sam y ella le lanzó una mirada de advertencia—. Ambos pensamos que era...

—No me mientas, Sam Cortland —gruñó Arobynn—. La única manera en que tú te podrías haber involucrado en esto sería porque ella decidió hacerlo y te viste obligado a ayudarla o dejarla morir en el intento.

Sam abrió la boca para objetar, pero Arobynn lo silenció con un súbito silbido entre dientes. Se abrieron las puertas de su oficina. Wesley, el guardaespaldas de Arobynn, se asomó. Arobynn no apartó la mirada de Celaena y dijo:

—Trae a Tern, Mullin y Harding.

No era buena señal. Sin embargo, Celaena mantuvo la expresión neutra porque Arobynn continuaba observándola. Ni ella ni Sam se atrevieron a hablar en los largos minutos que pasaron. Ella intentaba no temblar.

Al fin, entraron los tres asesinos, todos hombres, todos musculosos y armados hasta los dientes.

—Cierra la puerta —le dijo Arobynn a Harding, el último en entrar. Luego le dijo a los demás—: Sosténganlo.

En un instante, sacaron a Sam a rastras de su silla. Entre Tern y Mullin, le sostuvieron los brazos en la espalda. Harding dio un paso al frente abriendo y cerrando el puño.

—No —exhaló Celaena a ver los ojos de Sam abrirse como platos. Arobynn no sería así de cruel, no la obligaría a ver mientras lastimaba a Sam. Sintió un nudo doloroso formarse en su garganta.

Pero Celaena mantuvo la cabeza en alto, incluso cuando Arobynn le dijo en voz baja:

—No vas a disfrutar esto. No vas a olvidar esto. Y no quiero que lo hagas.

Ella volteó a ver a Sam, una súplica en sus labios para Harding, para que no lo lastimara.

Percibió el golpe una fracción de segundo antes de que Arobynn la golpeara.

Cayó de su silla y no tuvo tiempo de incorporarse del todo antes de que Arobynn la sostuviera del cuello de la ropa y le diera otro puñetazo directo en la mejilla. Sintió una oleada de luz y oscuridad. Otro golpe, con la fuerza suficiente para que sintiera la calidez de su sangre en la cara antes de sentir el dolor.

Sam empezó a gritar algo. Pero Arobynn la volvió a golpear. Celaena sintió el sabor de la sangre, pero no se defendió, no se atrevía. Sam luchaba contra Tern y Mullin. Lo sostuvieron con firmeza y Harding extendió el brazo frente a Sam para advertirle que el paso estaba bloqueado.

Arobynn la golpeó: en las costillas, en la mandíbula, en el abdomen. Y en la cara. Una y otra y otra vez. Golpes cuidadosos, golpes que tenían la intención de provocar tanto dolor como fuera posible sin provocar daño permanente. Y Sam continuaba clamando, gritando palabras que ella no podía escuchar bien debido a la agonía.

Lo último que recordaba era la culpa que sintió al ver cómo su sangre manchaba la exquisita alfombra roja de Arobynn. Y luego la oscuridad, la dichosa oscuridad, llena de alivio de que no lo había visto lastimar a Sam.

CAPÍTULO 3

Celaena se puso la túnica más elegante que había traído, la cual no era nada digno de admiración, pero su color azul medianoche con dorado *sí* resaltaba las tonalidades turquesa de sus ojos. Incluso se puso algo de maquillaje en los párpados, pero no se puso nada en el resto de la cara. Aunque el sol ya se había ocultado, el calor permanecía. Lo que fuera que se pusiera en la piel, seguro se le caería de inmediato.

Ansel cumplió con su promesa de ir por ella antes de la cena y fastidió a Celaena con preguntas sobre su viaje durante el recorrido hacia el comedor. Mientras caminaban, Ansel hablaba en volumen normal en algunas áreas y en otras mantenía la conversación en un susurro, mientras que en otros espacios le hacía señales de que no se debía hablar para nada. Celaena no podía discernir por qué ciertas habitaciones exigían un silencio absoluto y otras no... todas se veían iguales. Seguía agotada a pesar de su siesta y no estaba segura de cuándo podía hablar, así que mantuvo sus respuestas breves. No le hubiera molestado saltarse la cena y dormir toda la noche.

Mantenerse alerta cuando entraron al comedor requirió de un esfuerzo de voluntad. Sin embargo, a pesar de su agotamiento, por instinto estudió la sala. Había tres salidas: las puertas enormes por las que habían entrado y dos puertas para el servicio en cada uno de los extremos. El comedor estaba repleto de mesas largas de madera que ocupaban la totalidad el espacio, de pared a pared, y todas estaban ocupadas. Había, al menos, unas setenta personas. Nadie volteó a ver a Celaena mientras Ansel caminaba hacia una mesa al frente de la habitación. Si sabían quién era ella, no les importaba. Intentó no fruncir el entrecejo.

Ansel ocupó su lugar en la mesa y dio unas palmadas en el espacio vacío en la banca a su lado. Cuando Celaena se paró frente a ellos, los asesinos más cercanos, tanto los que habían estado conversando como los que permanecían en silencio, levantaron la vista.

Ansel movió la mano en dirección de Celaena.

—Celaena, te presento a todos. Todos, les presento a Celaena. Aunque estoy segura de que son tan chismosos que ya saben todo de ella.

Ansel habló en voz baja y aunque algunos de los asesinos en el comedor estaban hablando, todos parecieron escucharla perfectamente bien. Inclusive el sonido de los cubiertos al comer parecía amortiguado.

Celaena estudió los rostros de quienes la rodeaban. Todos parecían estarla observando con curiosidad benigna, si no divertida. Con cuidado, muy consciente de cada uno de sus movimientos, Celaena se sentó en la banca y miró la mesa. Había platones de carnes fragantes a la parrilla, tazones llenos de granos esféricos sazonados con especias, frutas y dátiles y jarra tras jarra de agua.

Ansel se sirvió comida y la armadura brilló bajo la luz de los elegantes faroles de vidrio que colgaban del techo. Luego sirvió la misma comida en el plato de Celaena.

—Solo empieza a comer —le susurró—. Todo sabe bien y nada está envenenado —aclaró. Luego, para enfatizar su punto, se metió un cubo de cordero asado a la boca y masticó—. ¿Ves? —continuó entre bocados—. Lord Berick tal vez nos quiera matar, pero sabe que no le conviene intentar deshacerse de nosotros con venenos. Somos demasiado hábiles para caer en ese tipo de cosas, ¿verdad?

Los asesinos que la rodeaban sonrieron.

—¿Lord Berick? —preguntó Celaena que ahora miraba su plato y toda la comida que había sobre él.

Ansel hizo una mueca y se empezó a comer los granos de color azafrán con entusiasmo.

—Nuestro villano local. O supongo que nosotros somos *sus* villanos locales, dependiendo de quién esté contando la historia.

—Él es el villano —dijo un hombre de cabello rizado y ojos oscuros que ocupaba el asiento frente a Ansel. Era apuesto a su modo, pero tenía una sonrisa demasiado similar a la del capitán Rolfe para el gusto de Celaena. No podía tener más de veinticinco años—. No importa *quién* esté contando la historia.

—Bueno, *tú* estás arruinando *mi* historia, Mikhail —dijo Ansel, pero le sonrió. Él le lanzó una uva a Ansel y ella la atrapó con la boca sin ningún problema. Celaena seguía sin tocar su comida—. Pero, en fin —dijo Ansel y le sirvió más comida a Celaena—, lord Berick es el gobernante de la ciudad de Xandria y *sostiene* que él gobierna esta parte del desierto también. Sobra decir que nosotros no estamos del todo de acuerdo con eso, pero... Para no alargar este relato aburrido, lord Berick lleva años y años de querer matarnos a todos. El rey de Adarlan impuso un embargo contra el Desierto Rojo después de que lord Berick se negara a enviar tropas a Eyllwe para sofocar una rebelión y, a partir de entonces, lord Berick muere por resarcir la relación con el rey. Por alguna razón, se le metió la idea en su dura cabezota de que matarnos a todos, y enviarle la cabeza del Maestro Mudo a Adarlan en bandeja de plata, sería lo que lo lograría al fin.

Ansel comió otro bocado de carne y continuó:

—Así que de vez en cuando intenta usar una táctica u otra: envía canastos con áspides, envía a soldados que fingen ser nuestros amados dignatarios extranjeros —señaló una mesa al fondo del salón, donde la gente vestía ropa exótica—, envía tropas a la mitad de la noche para lanzarnos flechas en llamas... Vaya, hace dos días, descubrimos a unos de sus soldados que intentaban cavar un túnel bajo nuestros muros. Era un plan mal pensado desde su origen.

Del otro lado de la mesa, Mikhail rio.

—Nada ha funcionado todavía —dijo. Al escuchar el ruido de su conversación, una asesina en una mesa cercana volteó y se llevó un dedo a los labios para indicarles que se callaran. Mikhail se encogió de hombros como señal de disculpa. El comedor, dedujo Celaena, debía ser entonces un sitio donde se solicitaba guardar silencio, pero no era obligatorio.

Ansel le sirvió un vaso de agua a Celaena y se sirvió uno para ella. Luego habló en voz más baja:

—Supongo que ese es el problema de atacar una fortaleza impenetrable llena de guerreros entrenados: tienes que ser más inteligente que nosotros. Aunque... Berick es casi tan brutal como para compensarlo. Los asesinos que han caído en sus manos han regresado en pedazos —dijo y negó con la cabeza—. Ese hombre disfruta la crueldad.

—Y Ansel lo sabe de primera mano —intervino Mikhail aunque su voz era apenas más que un murmullo—. Ella ya tuvo el placer de conocerlo.

Celaena arqueó la ceja y Ansel hizo una mueca en respuesta.

—Solo porque soy la más encantadora de todos ustedes. El Maestro a veces me envía a Xandria para reunirme con Berick... para tratar de negociar alguna especie de acuerdo. Por suerte, todavía no se ha atrevido a violar los términos del acuerdo de pláticas, pero... uno de estos días, pagaré con mi pellejo por mis labores de mensajera.

Mikhail puso los ojos en blanco y dirigió el gesto a Celaena.

—Le gusta ser dramática.

—Es verdad.

Celaena les sonrió un poco a ambos. Habían pasado unos minutos y Ansel no había muerto. Dio un mordisco a un trozo de carne y casi gimió al saborear la combinación de especias agradablemente ácidas y ahumadas, y empezó a comer. Ansel y Mikhail se pusieron a conversar entre ellos y Celaena aprovechó la oportunidad para fijarse en los demás que estaban sentados a la mesa.

Fuera de los mercados en Rifthold y los barcos de esclavos en la Bahía de la Calavera, nunca había visto semejante mezcla de los distintos reinos y continentes. Y aunque la mayoría de la gente aquí eran asesinos entrenados, se percibía un ambiente de paz y placidez... de dicha, incluso. Ella miró entonces en dirección de la mesa de dignatarios extranjeros que Ansel le había señalado. Hombres y mujeres, concentrados en sus alimentos, susurraban unos a otros y a veces observaban a los asesinos de la habitación.

—Ah —dijo Ansel en voz baja—. Están discutiendo por quién quieren hacer una oferta.

—¿Hacer una oferta?

Mikhail se inclinó al frente para ver a los embajadores a través de la multitud.

—Los dignatarios provienen de diferentes cortes extranjeras para ofrecernos trabajos. Hacen ofertas por los asesinos que los impresionan más... a veces los contratan para una misión, a veces son contratos vitalicios. Aquí todos tenemos la libertad de marcharnos, si así lo deseamos. Pero no todos queremos irnos.

—¿Y ustedes dos...?

—Ay, no —dijo Ansel—. Mi padre me daría una paliza de aquí al fin del mundo si me comprometiera con una corte extranjera. Diría que es una forma de prostitución.

Mikhail se rio en voz baja.

—En lo personal, a mí me gusta este lugar. Cuando quiera irme, le comunicaré al Maestro que estoy disponible. Pero hasta ese momento... —hizo una pausa. Miró a Ansel y Celaena podría jurar que la chica se sonrojó un poco—. Hasta ese momento, tengo mis motivos para quedarme.

Celaena preguntó:

—¿De qué cortes provienen los dignatarios?

—Ninguna que esté bajo el control de Adarlan, si eso es lo que preguntas —respondió Mikhail y se rascó la barba crecida de un día—. Nuestro Maestro sabe muy bien que todo desde Eyllwe hasta Terrasen es el territorio de *tu* maestro.

—Así es.

No supo por qué lo dijo. Dado lo que Arobynn le había hecho a ella, no se sentía con muchos ánimos de defender a los asesinos del imperio de Adarlan. Pero... pero ver a todos estos asesinos aquí reunidos, tanto poder y conocimientos colectivos, y saber que no se atreverían a entrometerse en el territorio de Arobynn... de *ella*...

Celaena continuó comiendo en silencio mientras Ansel y Mikhail y unos cuantos más a su alrededor hablaban en voz baja. Ansel le había explicado que los votos de silencio se hacían por el tiempo que cada quien consideraba adecuado. Algunos pasaban semanas en silencio; otros, años. Ansel dijo que ella había jurado guardar silencio por un mes en una ocasión y solo había aguantado dos días antes de darse por vencida. Le gustaba demasiado hablar. Celaena no tuvo problema en creerle.

Algunas de las personas a su alrededor hablaban a señas. Aunque con frecuencia les tomaba varios intentos descifrar los gestos ambiguos, Ansel y Mikhail parecían interpretar los movimientos de las manos.

Celaena percibió que alguien la miraba e intentó no parpadear cuando notó a un joven apuesto y de cabello oscuro que la observaba a unos asientos de distancia. O, más bien, la miraba de reojo. Sus ojos de color verde mar constantemente se posaban en su rostro y luego regresaban a sus compañeros. El joven no abrió la boca una sola vez pero sí se comunicó con sus amigos usando señas. Otro silencioso.

Sus miradas se cruzaron y una gran sonrisa se dibujó en el rostro bronceado del asesino y reveló unos dientes blanquísimos. Bueno, sin duda él podía considerarse deseable... tan deseable como Sam, quizás.

Sam... ¿desde cuándo había pensado en él como alguien *deseable*? Sam se reiría de ella hasta morirse si alguna vez se enterara que pensaba eso de él.

El joven inclinó la cabeza a modo de saludo y luego devolvió su atención a sus amigos.

—Él es Ilias —susurró Ansel y se acercó demasiado a Celaena. ¿No tenía esta chica ninguna noción sobre el espacio personal? —. El hijo del Maestro.

Eso explicaba los ojos de color verde mar. Aunque el Maestro emanaba un aire de santidad, obviamente no era célibe.

—Me sorprende que hayas llamado la atención de Ilias —le dijo Ansel en voz baja para que solo Celaena y Mikhail la escucharan—. Por lo general, está demasiado enfocado en su entrenamiento y su meditación como para notar la presencia de alguien más... incluso las chicas bonitas.

Celaena arqueó las cejas y se mordió la lengua para no responder que no quería saber *nada* de eso.

—Yo tengo años de conocerlo y siempre ha sido distante conmigo —continuó Ansel.

—Pero tal vez le gustan las rubias —rio Mikhail.

—Yo no vine aquí para nada de eso —dijo Celaena.

—Y apuesto que de todas maneras dejaste todo un séquito de admiradores en casa.

—Para nada.

Ansel se quedó con la boca abierta.

—Estás mintiendo.

Celaena dio un trago largo, muy largo a su agua. Estaba saborizada con rebanadas de limón y era deliciosa.

—No, no miento.

Ansel la miró intrigada y luego regresó a su conversación con Mikhail. Celaena movió la comida en su plato. No era que no fuera romántica. Se había enamorado perdidamente de algunos hombres en el pasado: de Archer, el joven cortesano que había entrenado con ellos unos meses cuando tenía trece años, de Ben, el ahora occiso segundo de Arobynn, cuando era demasiado joven para comprender la imposibilidad de semejante situación.

Se atrevió a mirar en dirección de Ilias otra vez y lo vio riendo en silencio por algo que había dicho uno de sus compañeros. Era halagador que él siquiera la considerara digna de ver. En realidad, había evitado mirarse en el espejo en el mes posterior a aquella noche con Arobynn y solo lo había hecho para comprobar que nada estuviera roto o fuera de su lugar.

—Entonces —dijo Mikhail y la sacó bruscamente de sus pensamientos cuando le apuntó con el tenedor—, cuando tu maestro te puso esa paliza, ¿en verdad te la merecías?

Ansel lo volteó a ver con una mirada reprobatoria y Celaena se enderezó. Incluso Ilias estaba escuchando ahora, sus ojos hermosos fijos en el rostro de Celaena. Pero ella miró a Mikhail a los ojos:

—Supongo que depende de quién esté contando la historia.

Ansel rio.

—Si Arobynn Hamel cuenta la historia, entonces sí, supongo que me lo merecía. Le costé mucho dinero, todo un reino de riquezas, quizás. Lo desobedecí y fui irrespetuosa y no sentí ningún remordimiento por lo que hice.

No apartó la vista de Mikhail y la sonrisa del hombre empezó a flaquear.

—Pero si los doscientos esclavos que liberé cuentan la historia, entonces no, supongo que no me lo merecía.

Nadie sonreía ya.

—Santos dioses —susurró Ansel.

Un verdadero silencio cayó sobre las mesas por unos instantes.

Celaena empezó a comer otra vez. Ya no se sentía con ganas de hablar con ellos después de eso.

Bajo la sombra de las palmeras de dátiles que separaban el oasis de la arena, Celaena miró hacia la extensión de desierto que se expandía frente ellas.

—Repíteme lo que dijiste —le pidió a Ansel con tono inexpresivo. Después de la cena tranquila de la noche anterior y los pasillos en silencioso sepulcral de la fortaleza que las habían conducido hasta este lugar, hablar en un volumen normal se sentía agresivo en los oídos.

Pero Ansel, que vestía de túnica y pantalones blancos, además de botas envueltas en piel de camello, solo sonrió y se ajustó la mascada blanca alrededor del cabello rojizo.

—El siguiente oasis está a cinco kilómetros —explicó Ansel y le dio a Celaena dos baldes de madera—. Estos son para ti.

Celaena arqueó las cejas.

—Pensé que iba a entrenar con el Maestro.

—Ah, no. Hoy no —aclaró Ansel y tomó sus propios baldes—. Cuando dijo «entrenamiento», se refería a esto. Tal vez puedas con cuatro de nuestros hombres, pero todavía hueles al viento del norte. Cuando empieces a apestar al Desierto Rojo, entonces se tomará la molestia de entrenarte.

—Eso es ridículo. ¿Dónde está él? —miró hacia la fortaleza que se elevaba a sus espaldas.

—Ah, no lo vas a encontrar. No hasta que hayas demostrado tu valor. Demuestra que estás dispuesta a dejar atrás todo lo que sabes y todo lo que eras. Convéncelo de que vale la pena que te dedique su tiempo. Y entonces te entrenará. Al menos, eso es lo que me han dicho —Ansel la miraba divertida—. ¿Sabes cuántos de nosotros hemos suplicado y rogado para que nos dé *una* sola lección? Él elige según su propio criterio. Una mañana, es posible que se acerque a un acólito. A la siguiente, puede ser alguien como Mikhail. Yo sigo esperando *mi* turno. Ni siquiera el propio Ilias conoce el método que sigue su padre para tomar decisiones.

Eso no era para nada lo que Celaena tenía planeado.

—Pero yo necesito que me escriba una carta de aprobación. *Necesito* que él me entrene. Vine *aquí* para que él me entrenara...

Ansel se encogió de hombros.

—Igual que todos nosotros. Pero, si yo fuera tú, te sugeriría entrenar conmigo hasta que él decida que vales la pena. Como mínimo, puedo empezar a enseñarte cómo es el ritmo de las cosas aquí. Que parezca más que te importamos nosotros y menos que vienes a este sitio solo por tu carta de aprobación. Aunque no niego que *todos* tenemos un propósito secreto —agregó con un guiño y Celaena frunció el ceño.

Entrar en pánico en este momento no le serviría de nada. Necesitaba tiempo para elaborar un plan de acción lógico. Intentaría hablar con el Maestro después. Tal vez él no le había entendido ayer. Pero por el momento... acompañaría a Ansel en su día. El Maestro había estado en la cena el día anterior; si lo necesitaba, podría acorralarlo en el comedor en la noche.

Al ver que Celaena no continuó protestando, Ansel levantó uno de los baldes.

—Entonces, este balde es para tu recorrido de regreso del oasis... lo vas a necesitar. Y este —levantó el otro— es para convertir el recorrido en un infierno.

—¿Por qué?

Ansel colocó los baldes en el yugo sobre sus hombros.

—Porque si puedes correr cinco kilómetros a través de las dunas del Desierto Rojo y luego cinco kilómetros de regreso, puedes hacer casi cualquier cosa.

—¿Correr? —preguntó Celaena y sintió que se le secaba la garganta solo de pensarlo. A su alrededor, los asesinos, aunque en su mayoría eran los niños y algunos cuantos un poco mayores que ella, empezaron a correr hacia las dunas con el repiqueteo de sus baldes.

—¡No me digas que la famosa Celaena Sardothien no puede correr cinco kilómetros!

—Si llevas aquí tantos años, ¿no te parecen nada esos cinco kilómetros?

Ansel estiró los músculos del cuello como un gato que se despereza bajo el sol.

—Por supuesto que sí. Pero correr me mantiene en forma. ¿Crees que *nací* con estas piernas?

Celaena apretó los dientes al ver la sonrisa maliciosa de Ansel. Nunca había conocido a alguien que sonriera y guiñara tanto como ella.

Ansel empezó a trotar, dejó atrás la sombra de las palmeras y levantó una nube de arena rojiza a su paso. Volteó para verla por encima del hombro y gritó:

—¡Si caminas, te tomará todo el día! ¡Así no vas a impresionar a nadie!

Se acomodó la mascada sobre la nariz y la boca y salió corriendo a todo galope.

Celaena inhaló profundo, maldijo a Arobynn con odio, acomodó los baldes en el yugo y corrió.

Si hubieran sido cinco kilómetros planos, incluso cinco kilómetros en colinas con pasto, podría haberlo logrado. Pero las dunas eran enormes y difíciles, y Celaena avanzó apenas un kilómetro y medio antes de tener que frenar su paso y caminar porque sus pulmones estaban a punto de explotar. El camino era sencillo de seguir... las docenas de huellas de la gente que iba adelante de ella le indicaban qué dirección tomar.

Corrió cuando pudo y caminó cuando no, pero el sol subía más y más alto y se acercaba al peligroso cenit del mediodía. Subía por una colina, bajaba por el otro lado. Un pie delante del otro. Veía destellos de luz y sentía un dolor punzante en la cabeza.

Las arenas rojas la deslumbraban y ella apoyó los brazos en el yugo. Se le despellejaban los labios y se le cuarteaban en algunos puntos. Sentía la lengua como si fuera de plomo dentro de la boca.

Cada paso hacía que le doliera más la cabeza y el sol se elevaba más y más alto en el cielo...

Una duna más. Solo una duna más.

Pero muchas dunas después, seguía avanzando con dificultad, siguiendo los restos de pisadas en la arena. ¿Habría seguido al grupo *equivocado*?

Cuando estaba pensando en eso, unos asesinos aparecieron en la cima de la duna frente a ella, corriendo ya de regreso a la fortaleza con sus baldes llenos de agua.

Mantuvo la cabeza en alto al verlos pasar pero no vio a ninguno a los ojos. La mayoría no se preocupó en dedicarle una mirada, aunque unos cuantos sí la vieron de reojo con lástima. Tenían la ropa empapada.

Ella llegó a la cima de una duna tan empinada que tuvo que apoyarse en una mano y, justo cuando estaba a punto de hundir las rodillas en la superficie, escuchó chapoteo.

Un pequeño oasis, básicamente un anillo de árboles y un estanque enorme alimentado por un arroyo brillante, apareció a unos doscientos metros de distancia.

Ella era la Asesina de Adarlan... al menos había *llegado* hasta acá.

En la parte poco profunda del estanque, muchos discípulos chapoteaban o se bañaban o se sentaban a refrescarse. Nadie hablaba y casi nadie hacía ningún gesto. Otro de los lugares en donde reinaba el silencio, entonces. Vio a Ansel con los pies en el agua y echándose dátiles a la boca. Nadie le prestó atención a Celaena. Y, por una vez, le alegró. Tal vez debía haber encontrado una manera de desobedecer la orden de Arobynn y llegado aquí bajo un alias.

Ansel le hizo una señal para que se acercara. Si la veía siquiera insinuar con su gesto que había sido demasiado lenta...

Pero Ansel solo le ofreció un dátil.

Celaena intentó controlar su jadeo y no se molestó con tomar el dátil, sino que entró al agua fresca hasta que quedó completamente sumergida.

Celaena se bebió todo un balde de agua antes de siquiera recorrer la mitad del camino de regreso a la fortaleza y para cuando llegó al complejo de arenisca y su gloriosa sombra, ya había bebido todo el segundo.

En la cena, Ansel no mencionó que Celaena había tardado mucho, mucho tiempo en regresar. Celaena se vio obligada a esperar bajo la sombra de las palmeras hasta que atardeciera para poder emprender el regreso y lo tuvo que hacer caminando. Llegó a la fortaleza casi al anochecer. Todo el día dedicado a «correr».

—Ya quita esa cara —le susurró Ansel y comió un bocado de esos granos especiados deliciosos. De nuevo estaba usando su armadura—. ¿Sabes qué me pasó en mi primer día allá afuera?

Algunos de los asesinos sentados a la mesa sonrieron con gesto comprensivo.

Ansel tragó su bocado y recargó los brazos en la mesa. Incluso los guanteletes de su armadura estaban grabados con un delicado motivo de lobos.

—En mi primera salida, me colapsé. Al segundo kilómetro. Completamente inconsciente. Ilias me encontró cuando iba de regreso y me cargó hasta acá. En sus brazos y todo —la mirada de Ilias se cruzó con la de Celaena y le sonrió—. Si no hubiera sido porque estaba a punto de morir, estar en sus brazos me hubiera provocado un desvanecimiento —terminó de decir Ansel y los demás sonrieron. Algunos rieron en silencio.

Celaena se sonrojó y de pronto se sintió muy consciente de la atención de Ilias y dio un sorbo a su vaso de agua con limón. Conforme fue avanzando la comida, no dejó de sonrojarse porque la mirada de Ilias seguía gravitando hacia ella.

No quería dar la impresión de ser demasiado vanidosa. Pero entonces recordó su pésimo desempeño del día, cómo ni siquiera había tenido la oportunidad de entrenar, y le bajó un poco los humos.

Mantuvo la vista en el Maestro, quien cenaba en el centro de la habitación, sentado a salvo entre las filas de sus asesinos mortíferos. Estaba en la mesa de los acólitos, quienes tenían los ojos tan abiertos que Celaena solo podía asumir que la presencia del Maestro en su mesa era una sorpresa inesperada.

Esperó y esperó a que él se pusiera de pie y, cuando lo hizo, ella se esforzó por disimular, se puso de pie también y dio las buenas noches a todos. Cuando se dio la vuelta, notó que Mikhail tomaba la mano de Ansel y la sostenía en las sombras debajo de la mesa.

El Maestro estaba saliendo del comedor cuando ella lo alcanzó. Todos seguían comiendo todavía, por lo que los pasillos iluminados por antorchas estaban vacíos. Ella dio un paso ruidoso, sin saber si él valoraría que ella intentara ser muda ni cómo, exactamente, debía dirigirse a él.

El Maestro hizo una pausa y sus ropas blancas hicieron un sonido suave a su alrededor. Le ofreció a Celaena una leve sonrisa. De cerca, ella podía ver el parecido con su hijo. Tenía una delgada franja más pálida alrededor de un dedo... tal vez el sitio donde alguna vez portó una argolla de matrimonio. ¿Quién sería la madre de Ilias?

Por supuesto, este no era el momento para hacer ese tipo de preguntas. Ansel le había dicho que intentara impresionarlo, hacerlo pensar que ella *quería* estar aquí. Tal vez el silencio funcionaría. Pero, ¿cómo comunicarle lo que necesitaba decir? Le esbozó su mejor sonrisa y, aunque el corazón le latía acelerado, empezó a hacer una serie de movimientos, en su mayoría una mímica de correr con el yugo y mucho sacudir la cabeza y fruncir el ceño que esperaba se interpretara como «Vine aquí a entrenar *contigo*, no con los otros».

El Maestro asintió, como si ya lo supiera. Celaena tragó saliva. La boca todavía le sabía a las especias que se usaban para sazonar la carne. Hizo un gesto entre los dos varias veces, dio un paso hacia él para indicarle que ella quería trabajar *solo* con él. Podría haber sido más agresiva con sus movimientos, podría haberse dejado llevar por su temperamento y su agotamiento, pero... ¡esa maldita carta!

El Maestro negó con la cabeza.

Celaena apretó los dientes e intentó volver a hacer los movimientos entre ambos.

Él volvió a negar con la cabeza y movió las manos en el aire de arriba a abajo, como si quisiera decirle que fuera más lento... que esperara. Que lo esperara a él para que la entrenara.

Ella imitó el gesto y arqueó la ceja como diciendo: «¿Esperarte a ti?». Él asintió. ¿Cómo diablos le podía preguntar: «¿Hasta cuándo?». Le mostró las palmas de las manos, suplicante, intentando verse confundida. Pero, de todas maneras, no pudo ocultar su molestia. Estaría aquí solo un mes. ¿Cuánto tiempo tendría que esperar?

El Maestro la entendió bien. Se encogió de hombros, un gesto de molesta indiferencia, y Celaena apretó la mandíbula. Así que Ansel tenía razón... ella tendría que esperar a que él la llamara. El Maestro le esbozó una sonrisa amable y se dio la media vuelta para continuar su camino. Ella dio un paso hacia él, para suplicar, para gritar, para hacer lo que su cuerpo quería hacer, pero alguien la sostuvo del brazo.

Se dio la vuelta, ya buscando sus dagas, pero se topó de frente con los ojos verde mar de Ilias.

Él negó con la cabeza y su mirada pasó del Maestro a ella y luego de regreso. No debía seguirlo.

Entonces tal vez Ilias no le había prestado atención por admiración, sino porque no confiaba en ella. ¿Y por qué habría de hacerlo? La reputación de Celaena no inspiraba confianza precisamente. Él debió haberla seguido desde el momento que la vio salir del comedor detrás de su padre. De estar en su posición, si *él* hubiera estado de visita en Rifthold, ella no se hubiera atrevido a dejarlo a solas con Arobynn.

—No tengo ningún plan de lastimarlo —dijo en voz baja. Pero Ilias le sonrió a medias y arqueó las cejas como para preguntar si podía culparlo por proteger a su padre.

Le soltó el brazo despacio. No tenía armas pero Celaena tenía la sensación de que tampoco las necesitaba. Era alto, más alto que Sam incluso, y de hombros anchos. Tenía una complexión poderosa pero no abultada. Sonrió un poco más cuando le extendió la mano. Un saludo.

—Sí —dijo ella intentando no sonreír demasiado—. Supongo que no nos han presentado oficialmente.

Él asintió y se llevó la otra mano al corazón. Tenía la mano llena de cicatrices pequeñas y delgadas que sugerían años de entrenamiento con cuchillos.

—Tú eres Ilias y yo soy Celaena —dijo ella y se puso la mano también sobre el corazón. Luego tomó la mano que él había extendido y la sacudió—. Es un gusto conocerte.

Los ojos de Ilias se veían luminosos bajo la luz de las antorchas y su mano se sentía firme y cálida alrededor de la de ella. Le soltó los dedos. El hijo del Maestro Mudo y la protegida del rey de los asesinos. Si había alguien en este lugar que fuera un poco similar a ella, se dio cuenta, esa persona era Ilias. Rifthold tal vez sería su reino, pero este era el de él. Y a juzgar por la forma despreocupada en que se desenvolvía, por la manera en que había visto que sus compañeros lo veían con admiración y respeto, podía entender que él se sentía por completo en su casa... como si este lugar hubiese sido construido para él y nunca tuviera que cuestionar su posición en él. En el corazón sintió una especie de envidia extraña.

Ilias de pronto empezó a hacer una serie de movimientos con sus dedos largos y bronceados, pero Celaena rio suavemente.

—No tengo idea de lo que estás intentando decir.

Ilias miró al cielo y suspiró por la nariz. Movió las manos en el aire fingiendo derrota y luego le dio unas palmadas en el hombro antes de continuar su camino detrás de su padre que había desaparecido al fondo de un pasillo.

Aunque ella se dirigió de regreso a su habitación, en la dirección opuesta, tenía la plena certeza de que el hijo del Maestro Mudo la seguía observando, asegurándose de que no iba a seguir a su padre.

No tienes nada de qué preocuparte, quería gritarle por encima del hombro. Ni siquiera podía correr diez míseros kilómetros en el desierto.

Mientras caminaba de regreso a su habitación, Celaena tuvo la horrible sensación de que en este lugar, ser la Asesina de Adarlan no contaba mucho.

Más tarde esa noche, cuando ella y Ansel ya estaban en sus camas, Ansel susurró a la oscuridad:

—Mañana será mejor. Tal vez sean solo unos cuantos centímetros más que hoy, pero serán unos centímetros más que podrás correr.

Eso era fácil de decir para Ansel. *Ella* no tenía una reputación que mantener, una reputación que podría estarse deshaciendo a pedazos. Celaena miró el techo, y de pronto extrañó su hogar, extrañó a Sam a su lado. Al menos, si iba a fracasar, quería fracasar con él.

—Entonces —dijo Celaena de pronto, porque necesitaba distraer su mente de todo, en especial de Sam—, tú y Mikhail...

Ansel refunfuñó.

—¿Es tan obvio? Aunque supongo que en realidad no nos esforzamos mucho por ocultarlo. Bueno, *yo* lo intento, pero él no. La verdad es que *sí* le molestó un poco enterarse de que tendría una compañera de habitación.

—¿Cuánto tiempo llevan juntos?

Ansel guardó silencio un rato antes de responder.

—Desde que tenía quince años.

¡Quince! Mikhail tenía veintitantos, así que si esto había empezado hacía hace casi tres años, de todas formas él era mucho más grande que Ansel. Le provocaba algo de malestar.

—Las chicas de las Tierras Planas se casan desde los catorce —dijo Ansel.

Celaena casi se ahogó. La idea de ser la *esposa* de alguien a los catorce, ya ni siquiera mencionar ser madre poco después...

—Ah —fue lo único que logró decir.

Al ver que Celaena no decía otra cosa, Ansel se quedó dormida. Sin nada más para distraerse, Celaena volvió a pensar en Sam. Incluso semanas después, no tenía idea de por qué de pronto se había apegado a él, lo que gritaba cuando Arobynn la golpeaba y por qué Arobynn pensaba que él necesitaba tres asesinos experimentados para sostenerlo ese día.

CAPÍTULO 4

Aunque Celaena no quería admitirlo, Ansel tenía razón. Sí corrió un poco más al día siguiente. Y al siguiente, y al que siguió a ese. Pero todavía le tomaba tanto tiempo regresar que no tenía oportunidad de buscar al Maestro. Aunque de todas maneras no podía. Él la buscaría a *ella*. Como si ella fuera un lacayo.

Sí logró encontrar *algo* de tiempo en la tarde para ir a las prácticas con Ansel. La única guía que recibió ahí fue de los asesinos mayores, que le posicionaron las manos y los pies, y le dieron unos golpes en el estómago y unas palmadas en la columna para corregir su postura. En algunas ocasiones, Ilias entrenaba a su lado, nunca *demasiado* cerca, pero lo suficiente para que ella supiera que su presencia era algo más que una mera coincidencia.

Al igual que los asesinos de Adarlan, los Asesinos Silenciosos no eran conocidos por alguna habilidad en particular... salvo por el sorprendente silencio de sus movimiento. Sus armas eran básicamente las mismas, aunque sus arcos y espadas eran un poco diferentes en tamaño y forma. Pero solo de verlos... parecía que aquí había mucha menos... *crueldad.*

Arobynn promovía el comportamiento despiadado. Incluso cuando eran niños, la enfrentaba con Sam y usaba sus victorias y derrotas en su contra. La había hecho considerar a todos, salvo él mismo y Ben, como enemigos potenciales. Como aliados, sí, pero también como enemigos que debían vigilarse con atención. La debilidad no debía mostrarse por ningún motivo. Se recompensaba la brutalidad. Y la educación y la cultura eran igual de importantes: las palabras podían ser tan mortíferas como el acero.

Pero los Asesinos Silenciosos... Aunque tal vez ellos también mataban, se apoyaban unos en otros para aprender. Aceptaban la sabiduría colectiva. Los guerreros de mayor edad sonreían cuando les enseñaban a los acólitos. Los asesinos experimentados intercambiaban técnicas. Y aunque todos competían entre sí, parecía haber un vínculo invisible que los unía. Algo los había traído a este lugar en el fin del mundo. Varios, descubrió, eran mudos de nacimiento. Pero todos parecían estar llenos de secretos. Como esta fortaleza y lo que ahí sucedía de cierta manera contuviera las respuestas que necesitaban. Como si en el silencio pudieran encontrar lo que buscaban.

De todas maneras, mientras le corregían la postura y le enseñaban nuevas técnicas para controlar su respiración, ella hacía un gran esfuerzo por no enojarse. Ella ya sabía bastante... no en balde era la Asesina de Adarlan. Pero necesitaba esa carta de buen comportamiento como prueba de su entrenamiento. El Maestro Mudo podría recurrir a estas personas para que le dieran sus opiniones sobre ella. Tal vez si demostraba que tenía las habilidades necesarias en estas prácticas, el Maestro la notaría.

Conseguiría esa carta. Aunque tuviera que ponerle un cuchillo al cuello mientras la escribía.

El ataque de lord Berick ocurrió en su quinta noche. No había luna y Celaena no tenía idea de cómo los Asesinos Silenciosos detectaron a los treinta y tantos soldados que venían avanzando por las dunas oscuras. Mikhail entró a su habitación para indicarles en voz baja que subieran a las almenas de la fortaleza. Celaena esperaba que esto fuera otra oportunidad de probarse a sí misma. Solo le quedaban poco más de tres semanas y se le estaban terminando las alternativas. Pero el Maestro no estaba en las almenas. Tampoco muchos de los asesinos. Escuchó a una mujer preguntarle a otra cómo sabían los hombres de Berick que muchos de los asesinos estarían fuera esa noche, ocupados escoltando a unos dignatarios extranjeros hasta el puerto más cercano. Era demasiado conveniente para ser una coincidencia.

Agachada sobre el parapeto con una flecha lista en el arco, Celaena se asomó por una de las ranuras entre las almenas. Ansel, en cuclillas a su lado, también giró para ver. A lo largo de las almenas, los asesinos se ocultaban bajo la sombra del muro, vestidos de negro y con los arcos en la mano. Al centro del muro, Ilias estaba arrodillado. Sus manos se movían con presteza mientras daba las órdenes para los demás en las filas. Parecía más como el lenguaje silencioso de los soldados que los gestos básicos que se usaban para representar la lengua común.

—Prepara tu flecha —murmuró Ansel e introdujo la punta de su flecha cubierta en tela en un pequeño tazón de aceite que estaba entre ellas—. Cuando Ilias dé la señal, enciéndela en la antorcha lo más rápido que puedas y dispara. Apunta a la cresta en la montaña justo debajo de los soldados.

Celaena miró hacia la oscuridad más allá del muro. En vez de quedar expuestos al apagar las luces de la fortaleza, los defensores las habían dejado encendidas, lo cual hacía casi imposible enfocar en la oscuridad. Pero, de cualquier manera, ella todavía alcanzaba a distinguir las siluetas contra el cielo estrellado: unos treinta hombres avanzando a rastras, listos para llevar a cabo sus planes. Atacar a los asesinos directamente, asesinarlos mientras dormían, quemar toda la fortaleza hasta dejarla en ruinas...

—¿No vamos a matarlos? —susurró Celaena. Sintió el peso de las armas en sus manos. El arco de los Asesinos Silenciosos era diferente: más corto, más grueso, más difícil de doblar.

Ansel negó con la cabeza y miró a Ilias al fondo.

—No, aunque yo desearía que sí lo hiciéramos —respondió. A Celaena no le gustó mucho la manera despreocupada en que lo dijo, pero Ansel continuó—: No queremos iniciar una batalla campal con lord Berick. Solo necesitamos ahuyentarlos. Mikhail e Ilias colocaron trampas en esa cresta la semana pasada; la línea en la arena es una cuerda remojada en un abrevadero de aceite.

Celaena empezaba a entender dónde iba todo esto. Metió su flecha en el tazón de aceite y empapó la tela por completo.

—Va a ser un largo muro de fuego —dijo mientras seguía con la vista la dirección de la cresta.

—No tienes idea. Se extiende alrededor de toda la fortaleza.

Ansel se enderezó y Celaena miró por encima de su hombro y notó que Ilias hacía un movimiento cortante con el brazo.

En un instante, estaban de pie. Ansel llegó a la antorcha más cercana antes que Celaena, y a las almenas un momento después. Rápida como un rayo.

Celaena casi dejó caer su arco cuando encendió la flecha con las flamas y sintió el calor quemarle los dedos. Los hombres de lord Berick empezaron a gritar y Celaena alcanzó a escuchar el sonido de los arcos de los soldados enemigos a pesar del crepitar de las flechas encendidas.

Pero Celaena ya estaba en el muro, hizo una mueca al estirar la cuerda hacia atrás porque ya le quemaba los dedos. Disparó.

Como una ola de estrellas fugaces, sus flechas encendidas subieron, subieron, subieron y luego cayeron. Pero Celaena no tuvo tiempo de ver cómo se encendía el anillo de fuego entre los soldados y la fortaleza. Se agachó contra la pared y se puso las manos sobre la cabeza. A su lado, Ansel hizo lo mismo.

La luz estalló a todo su alrededor y el rugido del muro de flamas ahogó los alaridos de los hombres de lord Berick. Llovieron flechas negras del cielo, que rebotaban en las rocas de las almenas. Dos o tres asesinos se quejaron y se tragaron sus gritos, pero Celaena mantuvo la cabeza agachada y contuvo la respiración hasta que cayó la última de las flechas del enemigo.

Cuando ya no se escuchaba nada salvo el gemido amortiguado de los asesinos heridos y el crepitar del muro de flamas, Celaena se atrevió a ver a Ansel. Los ojos de la chica brillaban.

—Bueno —exhaló Ansel—, *eso* fue divertido, ¿no?

Celaena sonrió con el corazón acelerado.

—Sí —giró y vio a los hombres de lord Berick huir de regreso por las dunas—. Sí, lo fue.

Cuando se acercaba ya el amanecer, cuando Celaena y Ansel ya estaban de regreso en su habitación, se escuchó que alguien tocaba suavemente a la puerta. Ansel se puso de pie en un instante y abrió la puerta apenas lo suficiente para permitir que

Celaena se diera cuenta de que Mikhail estaba del otro lado. Le dio a Ansel un pergamino sellado.

—Tienes que ir a Xandria hoy y darle esto —dijo Mikhail y Celaena vio cómo a Ansel se le tensaban los hombros —. Son órdenes del Maestro —agregó él.

No alcanzaba a ver la cara de Ansel cuando asintió, pero Celaena podría haber jurado que Mikhail le había acariciado la mejilla antes de marcharse. Ansel dejó exhaló profundo y cerró la puerta. En la creciente luminosidad previa al amanecer, Celaena vio a Ansel limpiarse los ojos.

—¿Quieres acompañarme?

Celaena se recargó en los codos.

—¿No está eso a dos días de aquí?

—Sí. Dos días cruzando el desierto acompañada de tu servidora. A menos que prefieras quedarte aquí, corriendo todos los días y esperando que el Maestro te haga caso, como un perro. De hecho, acompañarme tal vez ayude a que considere entrenarte. Vería tu dedicación a mantenernos a salvo.

Ansel movió las cejas de modo sugerente a Celaena, quien puso los ojos en blanco.

De hecho, sí era un razonamiento sólido. ¿Qué mejor manera de demostrar su dedicación que sacrificar cuatro días de su preciado tiempo para ayudar a los Asesinos Silenciosos? Era arriesgado, sí, pero... era posible que fuera lo suficientemente intrépido como para capturar su atención.

—¿Y qué estaremos haciendo en Xandria?

—Eso ya lo averiguarás.

A juzgar por la mirada risueña y maliciosa de Ansel, Celaena solo pudo imaginarse lo que las estaría esperando.

CAPÍTULO 5

Celaena estaba recostada sobre su capa, intentando imaginar que la arena era su colchón de pluma en Rifthold y que no estaba completamente expuesta a los elementos en medio del desierto. Lo último que necesitaba era despertar con un escorpión en el cabello. O algo peor.

Se volteó de lado y apoyó la cabeza en el doblez del codo.

—¿No puedes dormir? —preguntó Ansel a menos de un metro de distancia. Celaena intentó no quejarse. Habían pasado todo el día avanzando muy lento por la arena. Solo se detuvieron al mediodía para dormir bajo sus capas y evitar la luz inclemente del sol.

Y la cena de dátiles y pan no había sido precisamente sustanciosa. Pero Ansel quería viajar ligera y le había dicho que podían conseguir más comida cuando llegaran a Xandria la tarde del día siguiente. Cuando Celaena se quejó sobre *eso*, Ansel le dijo que debería agradecer que no estaban en temporada de tormentas de arena.

—Tengo arena en todos los rincones de mi cuerpo —murmuró Celaena y se retorció al sentir cómo se le clavaba en la piel. ¿Cómo demonios se le había metido arena dentro de la ropa? Su túnica blanca y sus pantalones tenían tantas capas que ni siquiera podía encontrar *su* propia piel debajo.

—¿Estás *segura* de que eres Celaena Sardothien? Porque no creo que sea posible que sea tan quejumbrosa. Apuesto a que está acostumbrada a las dificultades.

—Estoy muy acostumbrada a las dificultades —dijo Celaena, pero las dunas a su alrededor se tragaron sus palabras —. Eso no significa que tenga que *disfrutarlas*. Supongo que alguien que proviene de los Yermos Occidentales consideraría esto un lujo.

Ansel rio.

—No tienes idea.

Celaena dejó de fastidiar para satisfacer su curiosidad.

—¿Tus tierras están tan malditas como dicen?

—Bueno, las Tierras Planas solían ser parte del Reino de las Brujas. Y sí, supongo que podrías decir que están malditas —Ansel suspiró profundo—. Cuando las Reinas Crochan gobernaban hace quinientos años, era un lugar muy hermoso. O al menos, las ruinas que hay por todas partes eso sugieren. Pero luego los tres clanes de Dientes de Hierro lo destruyeron todo cuando derrocaron a la dinastía Crochan.

—¿Dientes de Hierro?

Ansel dejó escapar un siseo suave.

—Algunas brujas, como las crochans, recibieron el don de la belleza etérea. Pero los clanes de Dientes de Hierro tienen dientes de hierro, tan afilados como los de un pez. De hecho, sus uñas de hierro son más peligrosas, te pueden destripar de un zarpazo.

Celaena sintió un escalofrío recorrerle la espalda.

—Pero cuando los clanes de las Dientes de Hierro destruyeron el reino, dicen que la última reina crochan lanzó un hechizo que hizo que la tierra se volviera en contra de todo el que trabajara bajo las banderas de las Dientes de Hierro, por lo cual dejaron de crecer los cultivos, los animales se murieron de hambre y las aguas se volvieron lodo. Pero ya no es así ahora. La tierra volvió a ser fértil desde que los clanes de Dientes de Hierro viajaron al este... hacia tus tierras.

—Entonces... ¿entonces *tú* has visto a una de estas brujas?

Ansel guardó silencio por un momento y luego respondió:

—Sí.

Celaena volteó a verla y apoyó la cabeza sobre la mano. Ansel se quedó viendo hacia el cielo.

—Cuando tenía ocho años y mi hermana once, nos escapamos de Briarcliff Hall con Maddy, una de sus amigas. A unos kilómetros de distancia, había un montículo gigante de rocas con una torre de observación en la cima. Las partes más altas estaban en ruinas debido a las guerras de las brujas, pero el resto seguía intacto. Tenía un arco que cruzaba la parte más baja de la torre, así que se alcanzaba a ver al otro lado de la colina. Y uno de los chicos que trabajaba en los establos le había dicho a mi hermana que si veía por ese arco en la noche del solsticio de verano, se podía ver hacia otro mundo.

Celaena sintió que se le erizaba el vello de la nuca.

—¿Y entraron?

—No —dijo Ansel—. Llegué cerca de la cima del montículo y me dio tanto terror que no pude poner un pie dentro. Me escondí detrás de una roca y mi hermana y Maddy me dejaron ahí mientras ellas recorrían el tramo faltante. No recuerdo cuánto tiempo esperé, pero luego escuché gritos. Mi hermana llegó corriendo. Solo me tomó del brazo y corrimos. No lo dijo al principio, pero cuando llegamos con mi padre, le contó lo que había sucedido. Habían entrado al arco de la torre y vieron una puerta abierta que conducía a su interior. Pero en las sombras estaba una anciana con dientes de metal que cogió a Maddy y la arrastró hacia las escaleras.

Celaena casi se ahogó.

—Maddy empezó a gritar y mi hermana corrió. Y cuando se lo contó a mi padre, él y sus hombres salieron de inmediato hacia el montículo. Llegaron al amanecer, pero no encontraron rastro de Maddy ni de la anciana.

—¿Habían desaparecido? —susurró Celaena.

—Encontraron una cosa —dijo Ansel en voz baja—. Subieron la torre y en uno de los descansos encontraron los huesos de un niño. Blancos como el marfil y perfectamente limpios.

—Dioses en los cielos —dijo Celaena.

—Después de eso, mi padre nos dio una paliza que casi nos mató y nos puso a trabajar en la cocina por seis meses, aunque él sabía que la culpa que sentía mi hermana sería castigo suficiente. Nunca perdió ese velo de temor en su mirada.

Celaena se estremeció.

—Bueno, ahora yo no voy a poder dormir.

Ansel rio.

—No te preocupes —dijo y se acurrucó en su capa—. Te contaré un secreto valioso: la única manera de matar una bruja es cortándole la cabeza. Además, no creo que una bruja Dientes de Hierro tenga muchas posibilidades de derrotarnos a nosotras.

—Espero que tengas razón —murmuró Celaena.

—Tengo razón —dijo Ansel—. Tal vez sean muy violentas, pero no son invencibles. Y si yo tuviera un ejército propio... si tuviera incluso solo veinte Asesinos Silenciosos bajo mi mando, cazaría a todas las brujas. No tendrían salvación —dijo y dio un golpe en la arena con la mano que sonó como si hubiera chocado con tierra compacta—. ¿Sabes? Estos asesinos han estado aquí mucho tiempo pero, ¿qué *hacen*? Las Tierras Planas *prosperarían* si tuvieran un ejército de asesinos para defenderlas. Pero no, solo se sientan aquí en su oasis, silenciosos y pensativos, y se prostituyen con cortes extranjeras. Si *yo* fuera el Maestro, usaría nuestros números para la grandeza... para la gloria. Defenderíamos todos los reinos desprotegidos que hay allá afuera.

—Qué noble de tu parte —dijo Celaena—. Ansel de Briarcliff, Defensora del Reino.

Ansel rio y pronto se quedó dormida.

Pero Celaena se quedó despierta otro rato, incapaz de dejar de imaginar qué le había hecho la bruja a Maddy cuando la arrastró a las sombras de la torre.

Era el día de mercado en Xandria, y aunque la ciudad había sufrido largamente por el embargo de Adarlan, seguía pareciendo tener comerciantes de todos los reinos del continente, y más allá. Estaban amontonados en todos los posibles espacios de la pequeña ciudad amurallada en el puerto. Alrededor de Celaena se ofrecían especias y joyas y ropa y comida. Algunos artículos se vendían desde carretas pintadas de colores brillantes. Otros estaban extendidos sobre mantas en nichos sombreados. No había señal de que alguien supiera sobre el ataque fallido a los Asesinos Silenciosos de la otra noche.

Se mantuvo cerca de Ansel mientras avanzaban. La chica de la cabellera roja se abría paso por la multitud con una especie de gracia despreocupada que Celaena, en contra de su voluntad, envidiaba. No importaba cuánta gente empujara a Ansel o se interpusiera en su camino o la insultara por atravesarse en el de ellos, ella no titubeaba y su sonrisa juvenil solo se hacía más grande. Mucha gente se detenía a admirar su cabello rojizo y sus ojos a tono, pero Ansel no se inmutaba. Incluso sin su armadura, era impresionante. Celaena intentaba no pensar en lo poco que la gente parecía notarla a *ella*.

Con la cercanía de los cuerpos y el calor del ambiente, Celaena ya estaba chorreando sudor para cuando Ansel se detuvo en el borde del mercado.

—Me tardaré un par de horas —dijo Ansel y señaló con su mano larga y elegante el palacio de arenisca que se elevaba sobre la pequeña ciudad—. A la vieja bestia le gusta hablar y hablar y hablar. ¿Por qué no vas de compras?

Celaena se enderezó.

—¿No iré contigo?

—¿Al palacio de Berick? Por supuesto que no. Es un asunto del Maestro.

Celaena sintió que se le ensanchaban las fosas nasales. Ansel le puso la mano en el hombro.

—Créeme, preferirás pasar las siguientes horas en el mercado que esperándome en los establos con los hombres de Berick fastidiándote. A diferencia de nosotros —Ansel le esbozó una amplia sonrisa—, ellos no tienen acceso a baños cada que les place.

Ansel no dejaba de ver hacia el palacio, a unas cuadras de distancia. ¿Estaría nerviosa de llegar tarde? ¿O nerviosa de que iba a confrontar a Berick a nombre del Maestro? Ansel se sacudió los restos de arena roja de las capas de su ropa blanca.

—Nos vemos en esa fuente a las tres. Trata de no meterte en *demasiados* problemas.

Y con eso, Ansel desapareció entre la multitud. Su cabellera rojiza brillaba como un fierro al rojo vivo. Celaena consideró seguirla. Aunque ella era extranjera, ¿por qué había podido acompañar a Ansel en este viaje si solo iba a esperarla? ¿Qué podría ser tan importante y secreto para que Ansel no le permitiera participar en la reunión? Celaena dio un paso hacia el palacio, pero la gente a su alrededor la empujó en todas direcciones y luego un comerciante empezó a cocinar algo que olía divino y Celaena optó por seguir a su nariz.

Pasó dos horas recorriendo el mercado de puesto en puesto. Se maldijo por no haber traído más dinero. En Rifthold, tenía una línea de crédito abierta en todas sus tiendas favoritas y nunca tenía que molestarse con portar dinero, aparte de unas monedas de cobre y la ocasional de plata para propinas y sobornos. Pero aquí... bueno, la bolsita de plata que había traído se sentía un poco ligera.

El mercado se extendía por todas las calles, pequeñas y grandes, por las escaleras angostas y hacia callejones semienterrados que seguro llevaban ahí mil años. Puertas antiguas que se abrían a patios llenos de vendedores de especias o cien faroles, brillando como estrellas en el interior sombreado. Para ser una ciudad tan remota, Xandria estaba llena de vida.

Celaena estaba parada bajo un toldo a rayas, propiedad de un comerciante del continente del sur, e intentaba decidir si tenía suficiente dinero para comprar el par de zapatos de punta enroscada que tenía frente a ella y el perfume de lilas que había olido en la carreta propiedad de las doncellas de cabellera blanca. Las doncellas decían ser las sacerdotisas de Lani, la diosa de los sueños... y, por lo visto, del perfume.

Celaena recorrió con el dedo la seda de color esmeralda del bordado de los zapatos delicados y trazó la curva de la punta que se elevaba hacia arriba y luego se enroscaba sobre el propio zapato. Sin duda llamarían la atención en Rifthold. Y nadie más en la capital los tendría. Pero, en las asquerosas calles de la ciudad, se maltratarían rápido.

Dejó los zapatos renuente y el comerciante arqueó las cejas. Ella negó con la cabeza y le sonrió arrepentida. El hombre levantó siete dedos, uno menos que el precio original que le había dado y ella se mordió el labio y respondió con una señal.

—¿Seis monedas de cobre?

El hombre escupió en el piso. Siete monedas de cobre. Siete monedas de cobre era ridículo, muy barato.

Celaena miró el mercado a su alrededor y luego de nuevo los zapatos hermosos.

—Regresaré más tarde —mintió y, con un último vistazo nostálgico, continuó con su camino. El hombre empezó a gritarle en un idioma que ella nunca había escuchado antes, sin duda ofreciéndole los zapatos por seis monedas de cobre, pero ella se obligó a seguir caminando. Además, su mochila ya pesaba demasiado. Cargar esos zapatos sería un peso adicional. Aunque fueran hermosos y diferentes y no estuvieran *tan* pesados. Y el hilo que detallaba los costados era tan preciso y hermoso como caligrafía. Y, en realidad, podía usarlos solo *adentro*, así que...

Estaba a punto de darse la vuelta y regresar con el comerciante cuando algo brilló entre las sombras bajo un arco entre edificios y capturó su atención. Encontró a unos cuantos guardias pagados que vigilaban una carreta cubierta y un hombre alto y delgado que estaba parado detrás de la mesa de exhibición. Pero lo que llamó la atención de Celaena no fueron los guardias ni el hombre ni su carreta.

No, fue lo que estaba *sobre* su mesa lo que le arrancó el aliento y la hizo maldecir su bolso demasiado ligero.

Seda de araña.

Existían leyendas sobre las arañas estigias del tamaño de un caballo que habitaban en los bosques de las montañas Ruhnn al norte y que fabricaban hilo de seda que luego vendían a costos exorbitantes. Algunos decían que lo vendían a cambio de carne humana; otros sostenían que las arañas negociaban con años y sueños y podían aceptar ambos como forma de pago. Al margen de todo eso, la tela era delicada como gasa, más hermosa que la seda y más fuerte que el acero. Y ella nunca había visto tanta antes.

Era tan poco común que, si querías un tramo de seda, lo más probable era que tuvieras que ir por ella en persona. Pero aquí la tenía, metros del material en bruto esperando que se le diera forma. Era suficiente para pagar por un reino.

—Sabes —dijo el comerciante en la lengua común al notar la mirada asombrada de Celaena—, eres la primera persona hoy que reconoce qué es esto.

—Lo reconocería aunque estuviera ciega —se acercó a la mesa pero no se atrevió a tocar las capas de tela iridiscente—. ¿Pero qué estás haciendo aquí? No creo que puedas hacer demasiados negocios en Xandria.

El hombre rio. Era de edad mediana, tenía el cabello castaño corto y ojos de color azul media noche que parecían atormentados, aunque en este momento reflejaban alegría.

—Tal vez también pueda preguntar qué está haciendo una chica del norte en Xandria —su mirada se posó en las dagas que traía enfundadas en el cinturón café que atravesaba su ropa blanca—. Y con armas tan hermosas.

Ella le sonrió un poco.

—Veo que tienes buen ojo. Digno de tu mercancía.

—Se hace lo que se puede —respondió él con una reverencia y le indicó que se acercara más—. Entonces, dime, chica del norte, ¿cuándo habías visto seda de araña?

Ella apretó los dedos para formar puños y así evitar tocar el material invaluable.

—Conozco a una cortesana en Rifthold cuya madama tenía un pañuelo hecho de esta seda... el regalo de un cliente con cantidades extraordinarias de dinero.

Y creía que ese pañuelo había costado más de lo que la mayoría de los campesinos ganaban en toda una vida.

—Eso fue un regalo digno de un rey. Debe haber sido muy hábil.

—No se convirtió en madama de las cortesanas más renombradas de Rifthold por nada.

El comerciante dejó escapar una risa.

—Entonces si te asocias con las cortesanas más finas de Rifthold, ¿qué te trae a este rincón del desierto?

Ella se encogió de hombros.

—Esto y lo otro —respondió. En la luz tenue bajo el toldo, la seda de araña brillaba como la superficie del mar—. Pero me gustaría saber cómo obtuviste *tú* tanta. ¿La compraste o encontraste arañas estigias por tu cuenta?

Él recorrió la tela con un dedo.

—Fui yo mismo. ¿Qué más hay que saber? —sus ojos de medianoche se ensombrecieron—. En las profundidades de las montañas Ruhnn, todo es un laberinto de niebla y árboles y sombras. Así que uno no encuentra a las arañas estigias... ellas lo encuentran a uno.

Celaena se metió las manos a los bolsillos para evitar tocar la seda de araña. Aunque tenía los dedos limpios, todavía tenía granos de arena roja bajo las uñas.

—¿Entonces por qué estás aquí?

—Mi barco con destino al continente del sur no desembarcará hasta dentro de dos días así que, ¿por qué no montar mi puesto? Tal vez Xandria no sea Rifthold, pero nunca se sabe quién podrá acercarse al puesto —le guiñó—. ¿Cuántos años tienes, por cierto?

Ella levantó la barbilla.

—Cumplí diecisiete hace dos semanas.

Y había sido un cumpleaños miserable. Recorriendo el desierto sin nadie con quien celebrar excepto el guía recalcitrante quien solo le dio unas palmadas en el hombro cuando le dijo que era su cumpleaños. Horrible.

—No mucho más joven que yo —dijo él. Ella rio pero se detuvo cuando vio que él no sonreía.

—¿Y cuántos años tienes *tú*? —preguntó ella. No había manera de confundirse... él *tenía* que tener al menos cuarenta años. Aunque su cabellera no estuviera salpicada de canas, su piel se veía maltratada por el tiempo.

—Veinticinco —respondió él. Ella se sobresaltó—. Lo sé. Impresionante.

Los metros de seda de araña revolotearon con la brisa del mar cercano.

—Todo tiene un precio —dijo—. Veinte años por cien metros de seda de araña. Pensé que me los quitarían del fin de mi vida. Pero aunque me lo hubieran advertido, mi respuesta hubiera sido de todas maneras que sí.

Celaena vio la caravana a sus espaldas. Toda esa seda de araña era suficiente para permitirle vivir los años que le quedaban como un hombre muy, muy rico.

—¿Por qué no la llevas a Rifthold?

—Porque ya he visto Rifthold y Orynth y Banjali. Quiero ver qué puedo conseguir con cien metros de seda de araña fuera del imperio de Adarlan.

—¿Se puede hacer algo sobre los años que perdiste?

Él hizo un ademán con la mano.

—Seguí la cara oeste de las montañas de camino a este lugar y me encontré con una vieja bruja. Le pregunté si ella podría ayudarme, pero me dijo que no había marcha atrás, que solo la muerte de la araña que había consumido mis veinte años me los podría devolver —le explicó a Celaena. Se examinó las manos arrugadas por la edad y continuó—: Por una moneda más, me dijo que solo un gran guerrero podría matar a una araña estigia. El mejor guerrero del lugar... Aunque tal vez un asesino del norte sería suficiente.

—¿Cómo lo...?

—¿De verdad crees que nadie sabe sobre los *sessiz suikast*? ¿Qué otra razón podría haber para que una chica de diecisiete años que porta unas dagas exquisitas esté aquí sin escolta? Y alguien que además se mueve en círculos tan elegantes en Rifthold. ¿Estás aquí como espía para lord Berick?

Celaena hizo lo mejor que pudo para controlar su sorpresa.

—¿Disculpa?

El comerciante se encogió de hombros y lanzó una mirada al gran palacio.

—Escuché a un guardia de la ciudad decir que Berick estaba conduciendo negociaciones sospechosas con algunos de los Asesinos Silenciosos.

—Tal vez —fue lo único que respondió Celaena.

El comerciante asintió, ya no le interesaba eso. Pero Celaena se guardó la información para más adelante. ¿Algunos de los Asesinos Silenciosos estaban trabajando de hecho *para* Berick? Tal vez por eso Ansel había insistido en mantener secreta la reunión... tal vez el Maestro no quería que se conocieran los nombres de los sospechosos de traición.

—¿Entonces? —preguntó el comerciante—. ¿Irás a recuperar mis años perdidos?

Ella se mordió el labio y los pensamientos sobre espías se esfumaron en un instante. Viajar a las profundidades de las montañas Ruhnn, matar una araña estigia. Se podía imaginar luchando contra las monstruosidades de ocho patas. Y brujas. Aunque después de la historia de Ansel, toparse con una bruja, en especial de los clanes de Dientes de Hierro, era lo último que quería hacer. Por un instante, deseó que Sam estuviera aquí con ella. Porque aunque le contara sobre este encuentro, nunca le creería. Pero, en realidad, *¿quién* le creería esto?

Como si hubiera podido leer sus pensamientos, el hombre dijo:

—Podría hacer que fueras más rica de lo que jamás has imaginado.

—Ya soy rica. Y no estoy disponible hasta finales del verano.

—Yo no regresaré del continente del sur al menos por un año de todas formas —dijo él.

Ella estudió su rostro, el brillo en sus ojos. Aparte de la aventura y la gloria, quien fuera que vendiera veinte años de su vida por una fortuna no era digno de confianza. Pero...

—La próxima vez que estés en Rifthold —dijo ella despacio—, busca a Arobynn Hamel.

El hombre abrió los ojos como platos y Celaena se preguntó cómo reaccionaría si supiera quién era *ella*. Agregó:

—Él sabrá dónde encontrarme.

Se dio la media vuelta para alejarse de la mesa.

—¿Pero cómo te llamas?

Ella lo miró por encima del hombro.

—Él sabrá dónde encontrarme —repitió y empezó a caminar de regreso al puesto donde había visto los zapatos con punta curva.

—¡Espera! —dijo el hombre y Celaena se detuvo a tiempo para verlo buscar en los pliegues de su túnica—. Toma —colocó una caja de madera sobre la mesa—. Un recordatorio.

Celaena abrió la tapa y se quedó sin aliento. Dentro había un trozo doblado de seda de araña, de no más de quince centímetros cuadrados. Podría comprar diez caballos con eso. Aunque nunca la vendería. No, esto sería una herencia para pasarla de generación en generación. Si alguna vez tenía hijos. Lo cual parecía por completo improbable.

—¿Un recordatorio de qué?

Cerró la tapa y guardó la pequeña caja en el bolsillo interior de su túnica blanca.

El comerciante sonrió con tristeza.

—De que todo tiene un precio.

Un dolor fantasma atravesó el rostro de Celaena.

—Lo sé —dijo. Y se marchó.

Terminó comprando los zapatos, aunque fue casi imposible renunciar el perfume de lila, que olía incluso mejor la segunda vez que se acercó al puesto de las sacerdotisas. Cuando las campanas de la ciudad tañeron para marcar las tres de la tarde, ya estaba sentada en el borde de la fuente, masticando algo que *esperaba* fueran frijoles dentro de un esponjoso pan caliente.

Ansel llegó quince minutos tarde y no se disculpó. Tomó a Celaena del brazo y empezó a llevarla por las calles aún llenas de gente. Su rostro pecoso brillaba de sudor.

—¿Qué pasa? —preguntó Celaena—. ¿Qué sucedió en tu reunión?

—No es de tu incumbencia —respondió Ansel un poco brusco. Luego agregó—: Solo sígueme.

Terminaron metiéndose al palacio del lord de Xandria y Celaena dedujo que no debía hacer preguntas mientras lo hacían. Pero no se dirigieron al enorme edificio central. No... iban hacia los establos, donde se escabulleron de los guardias y entraron a las sombras con su acre aroma.

—Espero que tengas un buen motivo para esto —le advirtió Celaena a Ansel mientras avanzaban hacia un redil.

—Ah, lo tengo —le respondió molesta y se detuvo frente a una puerta. Le indicó a Celaena que avanzara.

Celaena frunció el ceño.

—Es un caballo.

Pero al mismo tiempo que pronunciaba esas palabras se dio cuenta de que no era cualquier caballo.

—Es un caballo Asterion —exhaló Ansel y sus ojos color café rojizo parecieron abrirse más.

El caballo era negro azabache, con ojos oscuros que se clavaron en los de Celaena. Había escuchado hablar de los caballos Asterion, por supuesto. Era la raza más antigua de caballo en Erilea. Según la leyenda, las hadas los habían creado a partir de los cuatro vientos: el espíritu del norte, la fortaleza del sur, la velocidad del este y la sabiduría del oeste, todo combinado en el hocico delgado y cola alta de esta hermosa criatura frente a ella.

—¿Alguna vez habías visto algo tan hermoso? —susurró Ansel—. Se llama Hisli.

Celaena recordó que las yeguas eran más valiosas porque los pedigrís de los Asterion se trazaban a lo largo de la línea materna.

—Y aquella —agregó Ansel y señaló al redil de junto— se llama Kasida. Significa «bebedora del viento» en el dialecto del desierto.

El nombre Kasida le iba bien. La yegua delgada era una torda de crin color espuma de mar y pelaje gris como nube de tormenta. Bufó y golpeó el piso con las patas delanteras al ver a Celaena con unos ojos que parecían más viejos que la propia tierra. De pronto Celaena comprendió por qué los caballos Asterion valían su peso en oro.

—Lord Berick los recibió hoy. Se las compró a un comerciante que va hacia Banjali —dijo Ansel y se metió al redil de Hisli. Canturreó y murmuró mientras acariciaba el hocico de la yegua—. Está planeando ponerlas a prueba en media hora.

Eso explicaba por qué ya estaban ensilladas.

—¿Y? —susurró Celaena y extendió la mano para que Kasida la oliera. La yegua ensanchó las fosas nasales y su nariz de terciopelo le hizo cosquillas en los dedos.

—Y entonces los va a usar para sobornar a alguien o va a perder el interés y las dejará encerradas el resto de sus vidas. Lord Berick se cansa rápido de sus juguetes.

—Qué desperdicio.

—En verdad —murmuró Ansel dentro del redil. Celaena bajó los dedos del hocico de Kasida y se asomó al redil de Hisli. Ansel acariciaba el flanco negro de Hisli con una expresión de asombro absoluto. Luego volteó a verla—. ¿Sabes montar bien?

—Por supuesto —respondió Celaena despacio.

—Bien.

Celaena se mordió la lengua para no gritar alarmada al ver a Ansel abrir la puerta del redil y sacar a Hisli. Con un movimiento fluido y rápido, la chica montó el caballo y tomó las riendas en una mano.

—Porque vas a tener que correr como si estuvieras escapando del infierno.

Con eso, Ansel hizo que Hisli arrancara a todo galope, directo a las puertas del establo.

Celaena no tuvo tiempo para quedarse con la boca abierta o siquiera procesar lo que estaba a punto de hacer. Abrió el redil de Kasida, la sacó y se montó en la silla. Dijo varias malas palabras en voz baja y luego clavó los talones en los flancos de la yegua y salió volando.

CAPÍTULO 6

Los guardias no supieron lo que estaba sucediendo hasta que los caballos ya habían pasado corriendo a su lado en una nube de negro y gris. Ya habían atravesado la puerta principal del palacio cuando los gritos de los guardias terminaron de hacer eco. El cabello rojo de Ansel brillaba como una bandera al salir por la puerta lateral de la ciudad y la gente iba saltando a su alrededor para abrirles paso.

Celaena miró hacia atrás por las calles llenas de gente solo una vez. Y eso bastó para que reparara en los tres guardias a caballo que venían persiguiéndolas entre gritos.

Pero las chicas ya habían atravesado las puertas de la ciudad y se adentraron en el mar de dunas rojas que se extendía frente a ellas. Ansel iba cabalgando como si la fueran persiguiendo todos los habitantes del infierno. Celaena solo podía seguirla y hacer lo posible por mantenerse sobre la silla.

Kasida se movía como un rayo y giraba con la rapidez de los relámpagos. La yegua era tan rápida que a Celaena le lloraban los ojos por el viento. Los tres guardias, que montaban caballos ordinarios, seguían muy lejos, pero no lo suficiente como para relajarse. En el vasto Desierto Rojo, Celaena no tenía alternativa salvo seguir a Ansel.

Celaena se sostuvo de la crin de Kasida mientras avanzaban, duna tras duna, arriba y abajo, abajo y arriba, hasta que lo único que las rodeaba eran las arenas rojas, el cielo despejado y el rugido de los cascos, cascos, cascos que corrían por el mundo.

Ansel frenó el paso lo suficiente para que Celaena la pudiera alcanzar y galoparon a lo largo de la cima plana y ancha de una duna.

—¿Estás demente? —gritó Celaena.

—¡No quiero caminar a casa! ¡Vamos a tomar un atajo! —le gritó Ansel. Tras ellas, los tres guardias continuaban la persecución.

Celaena pensó si debería hacer chocar a Kasida contra Hisli para que Ansel cayera por las dunas y dejarla a su suerte con los guardias, pero la chica la señaló por encima de la cabeza oscura de Hisli.

—¡Vive un poco, Sardothien!

Y con eso, las dunas se abrieron para revelar el extenso turquesa del Golfo de Oro. La brisa fresca del mar le besó el rostro y Celaena se inclinó hacia ella, casi gimiendo de placer.

Ansel gritó con entusiasmo y descendió por la última duna galopando para dirigirse directo a la playa y al romper de las olas. A pesar de sus objeciones, Celaena sonrió y se sostuvo con más fuerza.

Kasida llegó a la arena roja más compacta y ganó velocidad, más y más rápido.

En ese momento, Celaena tuvo un instante de claridad, mientras sentía que el cabello se le salía de la trenza y el viento azotaba su ropa. De todas las chicas en el mundo, aquí estaba ella en un trozo de playa en el Desierto Rojo, montada en un caballo Asterion, galopando más rápido que el viento. La mayoría nunca experimentaría algo así... *ella* nunca volvería a experimentar algo así. Y por ese instante, cuando ya no hubo nada más que eso, pudo saborear una dicha tan completa que echó la cabeza hacia atrás, vio el cielo y rio.

Los guardias llegaron a la playa y el retumbar de las olas casi ahogó sus gritos feroces.

Ansel se separó y galopó hacia las dunas y el enorme muro de roca que se levantaba cerca. La Cuchilla del Desierto, si Celaena recordaba bien sus clases de geografía, que sí recordaba porque había estudiado durante semanas los mapas de las Tierras Desérticas. Un muro enorme que surgía de la tierra y se extendía desde la costa este hasta las dunas negras del sur, con un corte a la mitad debido a una enorme fisura. La habían rodeado cuando venían de la fortaleza, que estaba al otro lado de la Cuchilla, y por eso la extensión de su viaje había sido insufrible. Pero hoy...

—Más rápido, Kasida —le susurró a la yegua al oído. Y ella entendió, arrancó y pronto Celaena ya había alcanzado a Ansel, cortando duna tras duna al dirigirse directo al muro rojo de roca.

—¿Qué estás haciendo? —le gritó a Ansel.

Ansel le sonrió traviesa.

—Lo vamos a atravesar. ¿De qué sirve un Asterion si no puede saltar?

Celaena sintió que el estómago se le iba a los pies.

—No puedes estar diciéndolo en serio.

Ansel la miró por encima del hombro. Su cabellera roja le tapaba la cara.

—¡Nos van a perseguir hasta las puertas de la fortaleza si nos vamos por el camino largo!

Pero los guardias no podrían saltar, no con sus caballos ordinarios.

Apareció una apertura angosta en el muro de roca roja. Desaparecía de la vista tras un par de vueltas. Ansel se dirigió directo a ese lugar. ¿Cómo se *atrevía* a tomar una decisión tan irresponsable y estúpida sin consultar primero a Celaena?

—Tenías esto planeado desde el principio —le dijo Celaena molesta. Aunque los guardias seguían a una buena distancia, ya estaban lo suficientemente cerca para que Celaena alcanzara a ver las armas que portaban, incluidos arcos.

Ansel no le contestó. Solo hizo que Hisli corriera más rápido.

Celaena tenía que elegir entre los muros inclementes de la Cuchilla y los tres guardias que venían detrás de ellas. Podría lidiar con los guardias en cuestión de segundos, si se pudiera detener el tiempo suficiente para sacar sus dagas. Pero apuntarles desde un caballo en movimiento sería casi imposible. Lo cual significaba que tendría que estar suficientemente cerca de ellos para matarlos, siempre y cuando no empezaran a dispararle primero. No le dispararían a Kasida, porque valía más que todas sus vidas juntas, pero Celaena nunca se arriesgaría tampoco a que le hicieran daño a la bestia magnífica. Y si ella mataba a los guardias, eso la dejaba sola en medio del desierto, porque Ansel no se detendría hasta estar del otro lado de la Cuchilla. Como no tenía deseos de morir de sed...

Con una colorida selección de malas palabras, Celaena se lanzó tras Ansel al interior del pasaje a que atravesaba el cañón.

El pasaje era tan angosto que las piernas de Celaena casi rozaban las paredes suaves de roca anaranjada erosionada por la lluvia. El batir de los cascos hacía eco y el sonido se asemejaba a fuegos artificiales. El ruido empeoró cuando los tres guardias entraron al cañón. Le hubiera gustado, pensó, que Sam estuviera con ella. Podría ser un fastidio, pero había demostrado ser bastante útil en las peleas. De habilidad extraordinaria, si se sentía con ganas de admitirlo.

Ansel se movía y daba vuelta con habilidad siguiendo del pasaje sinuoso, rápida como un arroyo que baja por la ladera de la montaña, y lo único que Celaena podía hacer era sostenerse de Kasida y cabalgar detrás suyo.

Se escuchó el sonido de un arco dentro del cañón y Celaena se acercó a la cabeza de Kasida justo cuando una flecha rebotó en unas rocas a poco más de un metro de distancia. Por lo visto, sí le dispararían a los caballos. Otra curva cerrada la protegió por el momento, pero el alivio duró poco porque vio frente a ella el pasaje largo y recto... y el barranco al fondo.

Celaena sintió que el aire se le atoraba en la garganta. El salto era mínimo de unos diez metros... y ni siquiera quería pensar en la altura de la caída si no llegaban al otro lado.

Ansel continuó avanzando, luego su cuerpo se tensó y Hisli saltó desde el borde del barranco.

La cabellera de Ansel reflejó el sol al pasar volando sobre el precipicio y dejó escapar un grito de júbilo que hizo vibrar todo el cañón. Un instante después, aterrizó del otro lado a apenas centímetros de la orilla.

Ya no había suficiente espacio para que Celaena se detuviera; aunque lo intentara, ya no podría frenar, caería por el borde. Así que empezó a rezarle a quien fuera, a lo que fuera. Kasida de pronto arrancó con más velocidad, como si ella también comprendiera que solo los dioses podrían ayudarlas a cruzar de manera segura.

Y luego ya habían llegado al borde del precipicio que caía, caía, caía hasta un río de jade a más de cien metros de distancia. Y Kasida iba volando, solo el aire debajo, ya nada la separaba de la muerte que se envolvía por completo a su alrededor.

Lo único que le quedaba por hacer a Celaena era sostenerse y esperar la caída, morir, gritar al enfrentar su terrible fin...

Pero entonces vio roca debajo de ellas, roca firme. Se sostuvo con más fuerza de Kasida cuando aterrizaron en el pasaje angosto al otro lado. Sintió el impacto reverberar a través de sus huesos y continuaron galopando.

A sus espaldas, los guardias se habían detenido en la orilla del precipicio y las insultaron en un idioma que agradeció no poder entender.

Ansel gritó de alegría cuando salieron al otro lado de la Cuchilla y volteó para ver a Celaena, que venía galopando cerca. Recorrieron las dunas en dirección al oeste, donde el sol poniente estaba tiñendo todo el mundo de un tono rojo sangre.

Cuando los caballos ya estaban demasiado cansados para continuar corriendo, Ansel se detuvo en la cima de una duna y Celaena la alcanzó. Ansel vio a Celaena con la mirada todavía salvaje.

—¿No fue maravilloso?

Jadeando, Celaena no respondió nada, sino que le dio un puñetazo en la cara a Ansel con tanta fuerza que la chica salió volando de su caballo y cayó sobre la arena.

Ansel solo se sostuvo la mandíbula y rio.

Aunque podrían haber llegado antes de la media noche, y aunque Celaena presionó para que continuaran avanzando, Ansel insistió en detenerse para dormir. Así que cuando la fogata de su campamento ya no era más que brasas y los caballos dormían detrás de ellas, Ansel y Celaena se recostaron de espaldas en la duna y vieron las estrellas.

Con las manos detrás de la cabeza, Celaena inhaló largo y profundo. Saboreó la brisa fresca de la noche y sintió cómo el agotamiento iba saliendo lento de sus extremidades. Rara vez podía ver estrellas tan brillantes... Rifthold tenía demasiadas luces. El viento se movía entre las dunas y la arena suspiraba.

—Sabes —dijo Ansel en voz baja—, nunca me aprendí las constelaciones. Aunque creo que las nuestras son distintas a las de ustedes... los nombres, quiero decir.

Celaena tardó un momento en darse cuenta de que al decir «nuestras» no se refería a los Asesinos Silenciosos sino a su gente de los Yermos Occidentales. Celaena señaló un grupo de estrellas a su izquierda.

—Ese es el dragón —trazó la figura—. ¿Puedes ver la cabeza, las piernas y la cola?

—No —rio Ansel.

Celaena le dio un codazo suave y señaló otra agrupación de estrellas.

—Esa es el cisne. Las líneas a ambos lados son las alas y el arco es el cuello.

—¿Y qué tal aquella? —preguntó Ansel.

—Esa es el ciervo —exhaló Celaena—. El Señor del Norte.

—¿Por qué él tiene un título elegante? ¿Qué hay del cisne y el dragón?

Celaena resopló divertida, pero su sonrisa se desvaneció cuando miró la familiar constelación.

—Porque el ciervo permanece constante: sin importar la estación, siempre está ahí.

—¿Por qué?

Celaena inhaló profundo.

—Para que la gente de Terrasen siempre sepa cómo encontrar su camino a casa. Para que puedan levantar la vista a los cielos, sin importar dónde estén, y sepan que Terrasen estará por siempre con ellos.

—¿Tú quieres regresar a Terrasen?

Celaena volteó a ver a Ansel. No le había dicho que ella era de Terrasen. Ansel agregó:

—Hablas de Terrasen como mi papá hablaba sobre nuestras tierras.

Celaena estaba a punto de responder cuando cayó en cuenta de las palabras. *Hablaba*.

Ansel seguía viendo las estrellas.

—Le mentí al Maestro cuando llegué aquí —susurró, como si temiera que alguien más las fuera a escuchar en medio del vacío del desierto. Celaena volvió a mirar al cielo—. Mi padre nunca me envió a entrenar. Y no hay ningún Briarcliff ni un Briarcliff Hall. No han existido desde hace cinco años.

A Celaena se le ocurrieron de inmediato una docena de preguntas, pero mantuvo la boca cerrada y dejó que Ansel hablara.

—Tenía doce años —dijo Ansel— cuando lord Loch conquistó varios territorios alrededor de Briarcliff y luego exigió que nos rindiéramos ante él también, que lo reconociéramos como el Alto Rey de los Yermos. Mi padre se negó. Dijo que ya había un tirano conquistando todo al este de las montañas y que no quería uno en el oeste también.

A Celaena se le heló la sangre y se preparó para lo que diría la chica. Ansel continuó:

—Dos semanas después, lord Loch entró a nuestras tierras con sus hombres, invadió nuestros poblados, nuestros recursos, a nuestra gente. Y cuando llegó a Briarcliff Hall...

Ansel inhaló y su aliento se escuchó tembloroso. Luego continuó:

—Cuando llegó a Briarcliff Hall, yo estaba en la cocina. Los vi desde la ventana y me escondí en una alacena cuando Loch entró. Mi hermana y mi padre estaban en el piso de arriba y Loch se quedó en la cocina mientras sus hombres iban por ellos y... yo no me atreví a hacer ningún ruido cuando lord Loch hizo que mi padre fuera testigo de... —titubeó pero se obligó a decirlo, a escupirlo como si fuera veneno—. Mi padre suplicó a gatas en el piso, pero Loch de todas maneras lo obligó a ver cómo le cortaba el cuello a mi hermana y luego a él. Y yo me quedé escondida, mientras mataban también a nuestros sirvientes. Me escondí y no hice nada. Y cuando se fueron, tomé la espada del cadáver de mi padre y corrí. Corrí y corrí hasta que no pude correr más. Estaba en las faldas de las montañas Colmillos Blancos. Y ahí me colapsé al llegar al campamento de una bruja... una de las Dientes de Hierro. No me importaba si me mataba. Pero ella me dijo que mi destino no era morir ahí. Que debería viajar al sur, con los Asesinos Silenciosos del Desierto Rojo y que ahí... ahí encontraría mi destino. Me alimentó y vendó mis pies sangrantes y me dio oro... oro que usé después para mandar hacer mi armadura, y luego me vio partir.

Ansel hizo una pausa para limpiarse los ojos y siguió hablando:

—Así que he estado aquí desde entonces, entrenando para el día que tenga la fuerza y velocidad suficientes para regresar a Briarcliff a reclamar lo que es mío. Algún día, entraré al salón del Alto Rey Loch y lo haré pagar por lo que le hizo a mi familia. Con la espada de mi padre —rozó la empuñadura en forma de lobo con la mano—. Esta espada terminará con su vida. Porque esta espada es lo único que me queda de ellos.

Celaena no se había dado cuenta de que estaba llorando hasta que intentó respirar profundo. No era suficiente decir que lo sentía mucho. Sabía lo que significaba una pérdida como esta y las palabras no servían para nada.

Ansel volteó a verla con los ojos plateados. Recorrió con el dedo el pómulo de Celaena, donde habían estado los moretones.

—¿Cómo es que los hombres logran convencerse de hacer cosas tan monstruosas? ¿Cómo es que lo encuentran aceptable?

—Los haremos pagar por esto al final —dijo Celaena y tomó la mano de Ansel. La chica apretó con fuerza—. Nos encargaremos de que paguen.

—Sí —dijo Ansel y volvió a mirar las estrellas—. Sí, lo haremos.

CAPÍTULO 7

Celaena y Ansel sabían que su aventura con los Asterion tendría consecuencias. Pero, por lo menos, Celaena esperaba tener suficiente tiempo para inventar una mentira decente sobre cómo habían adquirido los caballos. Sin embargo, cuando llegaron a la fortaleza y encontraron a Mikhail esperando junto con otros tres asesinos, Celaena supo que el Maestro ya se había enterado de su hazaña.

Mantuvo la boca cerrada cuando ella y Ansel se arrodillaron al pie de la plataforma del Maestro con las cabezas agachadas y las miradas en el piso. Sin duda ya no lo podría convencer de que la entrenara.

El salón de recepción estaba vacío ese día y cada uno de los pasos del Maestro hacía un sonido suave al rozar el piso. Celaena sabía que podría ser silencioso si así lo deseaba. Quería que ellas sintieran cómo se iba acercando.

Y Celaena lo sintió. Sintió cada paso, los moretones de su cara empezaban a punzar con el recuerdo de los puños de Arobynn. Y, de repente, mientras el recuerdo de ese día hacía eco en su interior, le vinieron a la mente las palabras que Sam le gritaba a Arobynn mientras el rey de los asesinos la golpeaba, las palabras que ella había olvidado de alguna manera en la confusión que había creado el dolor: *¡Te voy a matar!*

Sam lo había dicho como si fuera en serio. Lo había gritado. Una y otra y otra vez.

El recuerdo claro e inesperado fue casi tan poderoso como para hacerla olvidar por un instante dónde estaba, pero entonces la túnica blanca como la nieve del Maestro entró en su campo de visión. Se le secó la boca.

—Solo queríamos divertirnos un poco —dijo Ansel en voz baja—. Podemos devolver los caballos.

Celaena, que todavía tenía la cabeza agachada, miró a Ansel. Ella estaba viendo hacia arriba, al Maestro que estaba parado frente a ellas.

—Lo siento —murmuró Celaena y deseó poder expresarlo también con las manos. Aunque el silencio hubiera sido preferible, necesitaba que él escuchara su disculpa.

El Maestro se quedó ahí parado.

Ansel fue la primera en quebrantarse bajo su mirada. Suspiró:

—Sé que fue una estupidez. Pero no tienes de qué preocuparte. Yo puedo encargarme de lord Berick, lo he estado haciendo por mucho tiempo.

Sus palabras contenían suficiente amargura para que Celaena arqueara las cejas ligeramente. Tal vez Ansel no sabía sobrellevar con facilidad que el Maestro se negara a entrenarla. Nunca era abiertamente competitiva cuando buscaba la atención del Maestro, pero... Después de tantos años viviendo en este lugar, continuar atrapada en su papel como mediadora entre el Maestro y Berick no parecía ser el tipo de gloria que le interesaba a Ansel. Celaena sabía sin duda que ella no lo habría disfrutado.

La ropa del Maestro susurró al moverse y Celaena se encogió un poco al sentir sus dedos llenos de callos sostenerle la barbilla. Le levantó la cabeza para que tuviera que verlo, ver su rostro con expresión desaprobatoria. Se quedó inmóvil y se preparó para el golpe. Empezó a rezar para que no la lastimara demasiado. Pero entonces el Maestro entrecerró sus ojos color verde mar y le esbozó una sonrisa triste al soltarla.

Ella sintió cómo le quemaba la cara. No estaba a punto de golpearla. Quería que lo viera, que le diera su versión de la historia. Pero aunque no estaba a punto de golpearla, de todas maneras podría castigarlas. Y si expulsaba a Ansel por lo que habían hecho... Ansel necesitaba estar en este lugar, aprender todo lo que esos asesinos le pudieran enseñar porque quería *hacer* algo con su vida. Ansel tenía un propósito. Y Celaena...

—Fue mi idea —dijo Celaena sin pensar y sus palabras se escucharon demasiado fuertes en la habitación vacía—. No tenía ganas de regresar caminando y pensé que sería útil tener caballos. Y cuando vi las yeguas Asterion... Pensé que podríamos viajar con estilo.

Miró al Maestro y esbozó una media sonrisa titubeante. Con las cejas arqueadas, el Maestro las miró a ambas. Durante un largo, largo rato, solo las observó.

Algo de lo que vio en la cara de Ansel lo hizo asentir de pronto. Ansel agachó la cabeza.

—Antes de que decidas el castigo... —volteó a ver a Celaena y luego de vuelta al Maestro—. Como nos gustan tanto los caballos, tal vez podríamos estar en... ¿labores en el establo? En el turno de la mañana. Hasta que se vaya Celaena.

Celaena casi se ahogó, pero mantuvo sus facciones bajo control para solo demostrar neutralidad.

Con mirada risueña el Maestro consideró las palabras de Ansel por un momento. Luego volvió a asentir. Ansel exhaló aliviada.

—Gracias por tu indulgencia —dijo.

El Maestro miró hacia las puertas detrás de ellas para indicar que podían marcharse.

Ansel se puso de pie y Celaena hizo lo mismo. Pero cuando se dio la vuelta, el Maestro la tomó del brazo. Ansel se detuvo para ver al Maestro hacer unos cuantos movimientos con la mano. Cuando terminó, Ansel arqueó las cejas. Él repitió los movimientos de nuevo... con más lentitud y apuntando varias veces a Celaena. Cuando Ansel pareció estar segura de entender lo que el Maestro decía, volteó a ver a Celaena.

—Deberás reportarte con él mañana al ponerse el sol. Para tu primera lección.

Celaena contuvo su suspiro de alivio y le esbozó una sonrisa genuina al Maestro. Él respondió con una ligera sonrisa. Ella hizo una reverencia y no pudo dejar de sonreír cuando ella y Ansel salieron de la habitación para dirigirse a los establos. Le quedaban tres semanas y media... eso sería más que suficiente tiempo para conseguir esa carta.

Algo había visto él en su rostro, algo había dicho ella... de alguna manera, por fin había demostrado ser digna de él.

Pero resultó que no solo serían responsables por palear estiércol de caballo. Ah, no... serían responsables de limpiar los rediles de *todos* los animales de cuatro patas de la fortaleza, tarea que les llevaba desde el desayuno hasta el mediodía. Al menos lo podían hacer en la mañana, antes de que el calor de la tarde hiciera que el olor se volviera atroz.

Otro beneficio era que no tendrían que ir a correr. Aunque después de cuatro horas de palear excremento de animales, Celaena hubiera suplicado que le permitieran hacer la carrera de diez kilómetros.

Aunque le urgía salir de los establos, no podía contener su creciente temor al ver que el sol hacía su arco por el cielo y se acercaba hacia el horizonte para ponerse. No sabía qué esperar. Ni siquiera Ansel tenía idea de qué podría tener en mente el Maestro. Pasaron la tarde practicando como siempre: entre ellas y con los asesinos que se unieran al sombreado patio de entrenamiento. Y cuando el sol al fin llegó al horizonte, Ansel le dio a Celaena un apretón en el hombro y la envió al salón del Maestro.

Pero el Maestro no estaba en su salón de recepción y cuando se encontró con Ilias, él solo le sonrió como siempre y señaló hacia la azotea. Después de subir unas escaleras, luego trepar por los peldaños de una escalera de madera y al fin entrar por una portezuela en la azotea, se encontró al aire libre, en la parte más alta de la fortaleza.

El Maestro estaba parado al lado del parapeto, mirando hacia el desierto. Ella se aclaró la garganta, pero él permaneció dándole la espalda.

La azotea no podía medir más de dos metros cuadrados y lo único que había era un canasto con tapa al centro del espacio. Las antorchas estaban encendidas e iluminaban la azotea.

Celaena volvió a aclararse la garganta y el Maestro volteó al fin. Ella hizo una reverencia que, extrañamente, sentía que él en verdad se merecía, más que pensar que era algo que debía hacer. Él le asintió y señaló el canasto para indicarle que lo destapara. Celaena hizo su mejor esfuerzo por no hacer aparente su escepticismo y se acercó al canasto con la esperanza de encontrar una hermosa arma dentro. Se detuvo cuando escuchó el siseo.

Un siseo desagradable que indicaba que no debía acercarse más. Proveniente del interior del canasto.

Volteó a ver al Maestro, quien se subió en uno de los merlones y dejó colgando sus pies descalzos en el espacio entre un bloque de roca y el siguiente. El hombre volvió a hacerle una señal. Con las palmas de las manos sudorosas, Celaena inhaló profundo y retiró la tapa.

Un áspid negro se enroscó y bajó la cabeza hacia atrás mientras siseaba.

Celaena retrocedió un metro de un salto y se dirigió al muro del parapeto, pero el Maestro dejó escapar un suave chasquido de la lengua.

El hombre empezó a mover las manos, movimientos fluidos y sinuosos en el aire como los de un río, como los de una serpiente. *Obsérvala,* parecía estarle diciendo. *Muévete con ella.*

Ella volvió a ver al interior del canasto justo a tiempo para ver la cabeza delgada y negra del áspid deslizarse por el borde y luego hacia el piso de la azotea.

Ella sintió que el corazón le estallaba en el pecho. Era venenosa, ¿no? Tenía que serlo. Parecía venenosa.

La serpiente se deslizó por la azotea y Celaena empezó a retroceder despacio, pero no se atrevía a apartar la vista del reptil ni un instante. Buscó su daga, pero el Maestro volvió a chasquear la lengua. Una mirada en su dirección le bastó para comprender el significado del sonido.

No la mates. Absorbe.

La serpiente se movía sin ningún esfuerzo, con pereza, y probó el aire de la noche con su lengua negra. Con una respiración profunda y tranquilizadora, Celaena observó.

Pasó todas las noches de esa semana en la azotea con el áspid, observándolo, copiando sus movimientos, internalizando su ritmo y sus sonidos hasta que se pudo mover igual que él, hasta que pudieron enfrentarse y ella pudo anticipar cómo iba a atacar. Hasta que ella pudo atacar como un áspid, rápida y sin titubear.

Después de eso, pasó tres días colgada de las vigas de los establos con los murciélagos. Le tomó más tiempo discernir cuáles eran sus fortalezas: cómo eran tan silenciosos que nadie se daba cuenta de que estaban ahí, cómo podían filtrar el ruido exterior y enfocarse solo en el sonido de sus presas. Después de eso, fueron dos noches en las dunas con los conejos. Aprendió de ellos su quietud, cómo usaban su velocidad y destreza para evadir las garras de sus enemigos, cómo dormían sobre la superficie para poder escuchar si se acercaba algún peligro. Noche tras noche, el Maestro la observaba de cerca, sin decir una sola palabra, sin hacer nada salvo señalar de vez en cuando cómo se movía un animal.

Conforme fueron pasando las semanas restantes, veía a Ansel solo durante las comidas y las pocas horas que pasaban cada mañana paleando estiércol. Y después de una noche larga corriendo o colgada de cabeza o avanzando de lado para ver por qué los cangrejos se molestaban con moverse así, Celaena ya no solía estar de humor para hablar. Pero Ansel estaba alegre... casi exultante, más y más con cada día que pasaba. Nunca le decía por qué, exactamente, pero Celaena sentía que su estado de ánimo era contagioso.

Y cada día, Celaena se dormía después del almuerzo hasta que se ponía el sol y sus sueños estaban llenos de serpientes y conejos y ruidosos escarabajos desérticos. A veces veía a Mikhail entrenando a los acólitos o encontraba a Ilias meditando en una habitación vacía, pero rara vez tuvo la oportunidad de pasar tiempo con ellos.

No hubo más ataques de lord Berick tampoco. Parecía que las palabras de Ansel durante esa reunión con él en Xandria, las palabras del Maestro en la carta que envió, funcionaron incluso después del robo de los caballos.

También hubo momentos tranquilos, cuando no estaba entrenando o trabajando al lado de Ansel. Momentos en que sus pensamientos regresaban con Sam, lo que había dicho. Había amenazado con *matar* a Arobynn. Por lastimarla. Intentó reconstruir lo que había sucedido, intentó descifrar qué había cambiado en Bahía de la Calavera para que Sam se atreviera a decir algo así al rey de los asesinos. Pero cada vez que se descubría pensando en esto demasiado, guardaba esos pensamientos al fondo de su mente.

CAPÍTULO 8

—¿Quieres decir que haces esto *todos los días*? —preguntó Ansel con las cejas muy arqueadas mientras Celaena le ponía rubor en las mejillas.

—A veces, dos veces al día —dijo Celaena y Ansel abrió un ojo.

Estaban sentadas en la cama de Celaena, con cosméticos regados entre ellas. Era apenas una fracción de la enorme colección de Celaena en Rifthold.

—Además de que es útil para mi trabajo, es divertido.

—¿Divertido? —preguntó Ansel y abrió el otro ojo—. ¿Embarrarte todas estas porquerías en la cara es divertido?

Celaena dejó su rubor sobre la cama.

—Si no te callas, te voy a dibujar un bigote.

Los labios de Ansel se movieron como si fuera a reír, pero volvió a cerrar los ojos cuando Celaena levantó un pequeño estuche de polvo color bronce y se lo puso en los párpados.

—Bueno, *es* mi cumpleaños. Y la Noche del Solsticio de Verano —dijo Ansel y movió las pestañas debajo del delicado cepillo de Celaena—. Rara vez tenemos oportunidad de divertirnos. Supongo que debo verme bien.

Ansel siempre se veía bien, mejor que bien, de hecho, pero Celaena no tenía que recordárselo.

—Como mínimo, al menos no hueles a estiércol de caballo.

Ansel dejó escapar una risa ronca y Celaena, que la maquillaba, sintió el aire cálido en sus manos. La joven se mantuvo en silencio mientras Celaena terminaba con el polvo y luego se quedó quieta para que le delineara los ojos con kohl y le oscureciera las pestañas.

—Muy bien —dijo Celaena y retrocedió un poco para poder ver la cara de Ansel—. Abre.

Ansel abrió los ojos y Celaena frunció el ceño.

—¿Qué? —preguntó Ansel.

Celaena sacudió la cabeza.

—Vas a tener que quitártelo todo.

—¿Por qué?

—Porque te ves mejor que yo.

Ansel le pellizcó el brazo a Celaena y ella la pellizcó con la risa entre los labios. Pero la única semana que le quedaba a Celaena en ese lugar se cernía sobre su cabeza, breve e implacable, y la hacía sentir una opresión en el pecho cuando recordaba que tendría que marcharse. Ni siquiera se había atrevido a pedirle la carta al Maestro. Pero más que eso... Bueno, nunca había tenido una amiga, en realidad nunca había tenido *ningún* amigo, y de alguna manera la noción de regresar a Rifthold sin Ansel era un poco insoportable.

El festival de la Noche del Solsticio de Verano no se parecía en nada a otras celebraciones que Celaena había experimentado. Esperaba música y bebida y risas, pero en vez de eso, los asesinos se reunieron en el patio más grande de la fortaleza. Y todos, incluida Ansel, estaban en absoluto silencio. La única luz era la de la luna, que dibujaba las siluetas de las palmeras meciéndose a lo largo de los muros del patio.

Pero la parte más extraña fue el baile. Aunque no había música, casi todos bailaron: algunos de los bailes eran extraños y desconocidos, otros eran familiares. Todos sonreían, pero aparte del rumor de las telas y el golpeteo de los pies alegres contra las rocas, no había otro sonido.

Pero *sí* hubo vino y ella y Ansel encontraron una mesa en un rincón del patio y bebieron lo que quisieron.

Aunque Celaena amaba, amaba, *amaba* las fiestas, hubiera preferido pasar la noche entrenando con el Maestro. Solo le restaba una semana y quería pasar todos y cada uno de los momentos que le quedaban trabajando con él. Pero él había insistido en que ella fuera a la fiesta, aunque fuera solo porque *él* quería ir a la fiesta. El anciano bailaba a un ritmo que Celaena no podía escuchar ni descifrar y parecía más el abuelo benévolo y torpe de alguien que el maestro de algunos de los mejores asesinos del mundo.

No pudo evitar pensar en Arobynn, quien era todo gracia calculada y agresión reprimida; Arobynn que bailaba con un grupo selecto y reducido y cuya sonrisa era afilada como una navaja.

Mikhail había arrastrado a Ansel al baile y ella sonreía al girar y brincar y pasar de pareja en pareja. Todos los asesinos llevaban ahora el mismo ritmo silencioso. Ansel había experimentado un horror indescriptible y sin embargo era tan libre, vivía con tanta intensidad. Mikhail la atrapó entre sus brazos y la acercó tanto al piso que ella abrió los ojos sorprendida.

A Mikhail en verdad le gustaba Ansel. Eso era obvio. Siempre encontraba excusas para tocarla, siempre le sonreía, siempre la veía como si fuera la única persona en donde estuvieran.

Celaena hizo girar el vino en su copa. Si era honesta, a veces pensaba que Sam la veía de la misma manera. Pero luego se daba la media vuelta y hacía algo absurdo, o trataba de hacerla menos, y ella se recriminaba por siquiera haber pensado algo así de él.

Sintió un nudo en el estómago. ¿Qué le había hecho Arobynn a Sam aquella noche? Debería haber preguntado por él. Pero en los días posteriores a la paliza, había estado tan ocupada, tan ensimismada en su rabia... No se había atrevido a ir a buscarlo. Porque si Arobynn había lastimado a Sam de la misma manera que la había lastimado a ella... si había lastimado a Sam *peor* que a ella...

Celaena se bebió el resto de su vino. Cuando despertó de la paliza de Arobynn, invirtió dos días para tomar un buen porcentaje de sus ahorros y comprarse un departamento propio, lejos y apartado de la Fortaleza de los Asesinos. No se lo había dicho a nadie, en parte porque le preocupaba cambiar de opinión durante el viaje, pero con cada día que pasaba aquí, con cada lección con el Maestro, se convencía más y más de que le diría a Arobynn que se mudaría. De hecho, estaba ansiosa por ver cómo reaccionaría. Todavía le debería dinero, por supuesto: él se había encargado de que sus deudas la mantuvieran atada a él durante un tiempo, pero no había ninguna regla que dijera que tenía que vivir *con* él. Y si él alguna vez le volvía a poner una mano encima...

Si Arobynn volvía a ponerle una mano encima a ella *o* a Sam, se encargaría de que perdiera esa mano. De hecho, se aseguraría de que perdiera todo hasta el codo.

Alguien le tocó el hombro y Celaena levantó la vista de su copa vacía y se encontró con Ilias, que estaba parado detrás de ella. No lo había visto mucho en los últimos días, aparte de a la hora de la cena, que siempre aprovechaba para mirarla y dedicarle esas hermosas sonrisas. Le ofreció la mano.

Al instante Celaena se sonrojó y negó con la cabeza, haciendo su mejor esfuerzo por comunicar que no conocía estos bailes.

Ilias se encogió de hombros. Con la mirada risueña mantuvo la mano extendida.

Ella se mordió el labio y miró deliberadamente a los pies del joven. Ilias volvió a encogerse de hombros, esta vez como si quisiera sugerir que los dedos de sus pies no tenían ningún valor, de todas maneras.

Celaena miró a Mikhail y a Ansel, que giraban rápido al ritmo de algo que solo ellos dos podían escuchar. Ilias arqueó las cejas. *¡Vive un poco, Sardothien!* le había dicho Ansel el día que robaron los caballos. ¿Por qué no vivir un poco esta noche también?

Celaena se encogió de hombros con exageración, tomó la mano de Ilias y le esbozó una sonrisa irónica. *Supongo que puedo bailar una canción o dos*, quería decir.

A pesar de que no había música, Ilias la guio en los bailes con soltura, cada uno de sus movimientos seguro y firme. Era difícil apartar la vista, no solo de su cara sino de la paz que irradiaba. Y él la miraba con tal intensidad que ella no pudo evitar preguntarse si todo el tiempo que la había estado observando estas semanas no había sido solo para proteger a su padre.

Bailaron hasta pasada la medianoche; bailes salvajes que no se parecían en nada a los valses que había aprendido en Rifthold. Incluso cuando cambiaba de pareja, Ilias siempre estaba ahí, esperando el siguiente baile. Era casi tan embriagante como la rareza de bailar sin música, de escuchar un ritmo colectivo silencioso, de permitir que el viento y los suspiros de la arena fuera de la fortaleza proporcionaran el ritmo y la melodía. Era hermoso y raro y, conforme pasaron las horas, con frecuencia se preguntó si no se habría adentrado en un sueño.

Cuando la luna empezó a ocultarse, Celaena salía de la pista de baile e intentaba comunicar lo exhausta que estaba. No era mentira. Le dolían los pies y no había tenido una noche completa de descanso en semanas y semanas. Ilias intentó llevarla de nuevo a la pista para un último baile, pero ella se escapó de sus manos y sonrió mientras negaba con la cabeza. Ansel y Mikhail seguían bailando, abrazados más cerca que cualquier otra pareja en la pista de baile. Celaena no quiso interrumpir a su amiga y salió del patio con Ilias tras ella.

No podía negar que el latido acelerado de su corazón se debía a algo más que el baile cuando iban caminando por el pasillo vacío. Ilias iba a su lado, silencioso como siempre, y ella tragó saliva.

¿Qué diría él, es decir, si hablara, si supiera que la Asesina de Adarlan nunca había recibido un beso? Había matado a hombres, liberado a esclavos, robado caballos, pero nunca había besado a nadie. Era ridículo, de cierta manera. Algo que debería haber hecho en algún momento, pero nunca había encontrado a la persona correcta.

Demasiado pronto, ya se encontraban frente a la puerta de su habitación. Celaena no estiró la mano hacia el picaporte e intentó tranquilizar su respiración al voltear a ver a Ilias.

Él estaba sonriendo. Tal vez no tenía la intención de besarla. A fin de cuentas, su habitación estaba a unas cuantas puertas de distancia.

—Bueno —dijo ella. Después de tantas horas de silencio, la palabra se escuchó sorprendentemente fuerte. Sintió que se sonrojaba y le quemaba la cara. Él dio un paso para acercarse y ella intentó no reaccionar cuando le pasó la mano alrededor de la cintura. Sería tan simple besarlo, se dio cuenta ella.

Él deslizó la otra mano detrás de su nuca y le acarició la mandíbula con el pulgar al inclinar su cabeza hacia atrás. Ella sintió cómo la sangre se agolpaba por cada centímetro de su cuerpo. Abrió los labios... pero cuando Ilias inclinó la cabeza, ella se puso rígida y dio un paso atrás.

Él se apartó de inmediato y frunció el entrecejo con preocupación. Ella quería escurrirse entre las piedras y desaparecer.

—Lo siento —dijo con la voz ronca e intentó no verse demasiado mortificada—. No... no puedo. Digo, me iré en una semana. Y... y tú vives aquí. Y yo estoy en Rifthold, así que...

Estaba hablando por hablar. Debía detenerse. De hecho, debía dejar de hablar. Para siempre.

Pero si él percibía su mortificación, no lo demostró. En vez de eso, inclinó la cabeza y le apretó el brazo. Luego se encogió de hombros como solía hacerlo, lo cual ella interpretó como, *Si tan solo no viviéramos a miles de kilómetros de distancia. ¿Pero puedes culparme por intentarlo?*

Con eso, avanzó los pocos metros hacia su habitación. Se despidió con un movimiento amistoso de la mano antes de desaparecer tras su puerta.

A solas en el pasillo, Celaena vio las sombras que proyectaban las antorchas. No había sido solo la simple imposibilidad de una relación con Ilias lo que la había hecho retroceder.

No. No lo besó por el recuerdo de la cara de Sam.

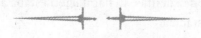

Ansel no regresó a su habitación esa noche. Y cuando llegó a los establos a la mañana siguiente, todavía traía puesta la ropa de la fiesta. Celaena asumió que había pasado toda la noche bailando o con Mikhail. Por el rubor en las mejillas pecosas de Ansel, Celaena supuso que podrían haber sido ambas cosas.

Ansel solo tuvo que ver la sonrisa en la cara de Celaena para fulminarla con la mirada.

—Ni empieces.

Celaena echó un montón de estiércol a la carreta cercana. Más tarde, lo llevaría a los jardines, donde se usaría como fertilizante.

—¿Qué? —preguntó Celaena y sonrió más todavía—. No iba a decir nada.

Ansel tomó su pala, que estaba recargada contra la pared de madera cerca del sitio donde habían hecho su nuevo hogar Kasida y Hisli.

—Bien. Ya me molestaron suficiente los demás de camino para acá.

Celaena se recargó contra su pala en el marco de la puerta abierta.

—Estoy segura de que también molestarán bastante a Mikhail.

Ansel se enderezó y su mirada se ensombreció.

—No, no será así. A él lo felicitarán, como siempre hacen, por una buena conquista —suspiró profundo por la nariz—. ¿Pero yo? A mí me molestarán hasta hacerme explotar. Siempre es igual.

Continuaron su trabajo en silencio. Después de un minuto, Celaena agregó:

—Aunque te molesten, ¿todavía quieres estar con Mikhail?

Ansel volvió a encogerse de hombros y lanzó estiércol al montón que habían acumulado en la carreta.

—Es un gran guerrero. Me ha enseñado mucho más de lo que hubiera aprendido si no estuviera aquí. Así que pueden molestarme todo lo que quieran pero, al final del día, él es el único que me está dedicando atención cuando entrenamos.

Eso no le gustó a Celaena, pero decidió mantener la boca cerrada.

—Además —dijo Ansel y miró a Celaena de reojo—, no todos podemos convencer tan fácil al Maestro de que nos entrene.

Celaena sintió que se le retorcía un poco el estómago. ¿Ansel estaba celosa de eso?

—No estoy del todo segura de por qué cambió de parecer.

—¿Ah, sí? —dijo Ansel con un tono más golpeado de lo que Celaena le había escuchado. Para su sorpresa, le provocó algo de temor—. La noble, inteligente, hermosa asesina del norte, la *gran* Celaena Sardothien, ¿no tiene idea de por qué podría querer entrenarla? ¿Ni idea de que él podría también querer dejar su marca en ti? ¿Participar en la formación de tu glorioso destino?

Celaena sintió que se le formaba un nudo en la garganta y se maldijo por sentirse tan lastimada por las palabras. No pensaba que el Maestro se sintiera así para nada, pero de todas maneras respondió:

—Sí, mi glorioso destino. Palear estiércol en un establo. Una tarea muy digna de mí.

—¿Pero una tarea digna de una chica de las Tierras Planas?

—Yo no dije eso —respondió Celaena entre dientes—. No digas cosas que no dije.

—¿Por qué no? Sé que lo piensas... y sabes que estoy diciendo la verdad. Yo no soy tan buena como para que me entrene el Maestro. Empecé a salir con Mikhail para conseguir un poco de atención durante las lecciones, y no tengo un nombre famoso que presumir.

—Bien —dijo Celaena—. Sí: la mayoría en los reinos conoce mi nombre... saben que deben temerme —su temperamento se encendió a gran velocidad—. Pero tú... ¿Quieres saber la verdad sobre ti, Ansel? La verdad es que, aunque vayas a casa y consigas lo que quieres, a nadie le importará un carajo si recuperas tu pedacito de territorio... nadie sabrá siquiera de él. Porque a nadie excepto a *ti* le importará.

Se arrepintió de sus palabras en el instante en que salieron de su boca. Ansel tenía el rostro blanco de rabia y los labios le temblaban cuando los apretó. Luego aventó su pala al suelo. Por un momento, Celaena pensó que la iba a atacar e incluso dobló las rodillas para prepararse para la pelea.

Pero Ansel pasó a su lado y dijo:

—Solo eres una perra mimada y egoísta.

Con eso, dejó a Celaena sola para terminar sus tareas de la mañana.

CAPÍTULO 9

Celaena no pudo concentrarse en su clase con el Maestro esa noche. Todo el día, las palabras de Ansel se habían estado repitiendo en sus oídos. No había visto a su amiga en horas y temía el momento en que tuviera que regresar a su habitación y enfrentarla de nuevo. Aunque Celaena odiaba admitirlo, las últimas palabras de Ansel sí se sentían verdaderas. *Sí* era mimada. Y era egoísta.

El Maestro tronó los dedos y Celaena, que de nuevo estaba estudiando un áspid, levantó la vista. Aunque había estado imitando los movimientos de la serpiente, no se había dado cuenta de que estaba avanzando despacio hacia ella.

Dio un salto hacia atrás y se agachó cerca del muro de la azotea, pero se detuvo cuando sintió la mano del Maestro en el hombro. Le hizo una señal para indicarle que dejara ser a la serpiente y se sentara a su lado en los merlones que le daban la vuelta a la azotea. Agradecida por el descanso, se subió e intentó no mirar al piso que estaba muy, muy lejos debajo de ellos. Aunque estaba bien familiarizada con las alturas y no tenía problemas de equilibrio, sentarse en el borde nunca se sintió por completo *natural*.

El Maestro arqueó las cejas. *Habla*, parecía decirle.

Ella colocó su pie izquierdo debajo del muslo derecho y se aseguró de mantenerse atenta al áspid, que se deslizó hacia las sombras de la azotea.

Pero contarle a él sobre su pelea con Ansel se sentía tan... infantil. Como si el Maestro de los Asesinos Silenciosos quisiera escuchar sobre este pleito sin importancia.

Las cigarras zumbaban en los árboles de la fortaleza y en algún lugar de los jardines un ruiseñor cantó su lamento. *Habla.* ¿Hablar de qué?

No tenía nada que decir, así que se quedaron sentados en el parapeto en silencio durante un rato, hasta que incluso las cigarras se durmieron y la luna se escondió a sus espaldas y luego el cielo empezó a aclarar. *Habla.* Hablar sobre lo que la había tenido preocupada todos estos meses. Lo que agobiaba cada uno de sus pensamientos, cada uno de sus sueños, cada una de sus respiraciones. *Habla.*

—Tengo miedo de regresar a casa —dijo al fin mientras miraba las dunas más allá de los muros.

La luz previa al amanecer ya iluminaba lo suficiente como para que alcanzara a distinguir las cejas arqueadas del Maestro. *¿Por qué?*

—Porque todo será distinto. Todo ya es diferente. Creo que todo cambió cuando Arobynn me castigó, pero... Una parte de mí todavía piensa que el mundo regresará a ser como era antes de aquella noche. Antes de que fuera a Bahía de la Calavera.

Los ojos del Maestro brillaron como esmeraldas. Compasivos... apesadumbrados.

—No estoy segura de *querer* regresar a como eran las cosas antes —admitió—. Y creo... creo que eso es lo que más me asusta.

El Maestro sonrió de manera reconfortante, luego hizo tronar los huesos de su cuello y estiró los brazos por encima de su cabeza antes de ponerse de pie sobre el merlón.

Celaena se tensó, insegura de si debería imitarlo.

Pero el Maestro no la miró cuando empezó a realizar una serie de movimientos, agraciados y sinuosos, un baile tan elegante y mortífero como el áspid que seguía oculto en la azotea.

El áspid.

Al ver al Maestro, ella alcanzó a ver todas las cualidades que había estado copiando las últimas semanas: el poder contenido y la rapidez, la astucia y el control que no parecía requerir esfuerzo.

Él volvió a realizar todos los movimientos y con solo una mirada en dirección a ella, hizo que también se subiera a los parapetos. Con atención a su equilibrio, ella lo imitó despacio, sus músculos en armonía con la *precisión* de los movimientos. Sonrió al sentir cómo noche tras noche de observación cuidadosa y mímica al fin cobraban sentido.

Una y otra vez, el movimiento y la curva de su brazo, el giro de su torso, incluso el ritmo de su respiración. Una y otra vez, hasta que ella se convirtió en el áspid, hasta que el sol salió de detrás del horizonte y los bañó en luz roja.

Una y otra vez, hasta que no quedó nada salvo el Maestro y ella que le daban la bienvenida al nuevo día.

Una hora después de la salida del sol, Celaena regresó a su habitación y se preparó para otra pelea, pero al llegar vio que Ansel ya se había ido a los establos. Como Ansel la había abandonado para que terminara las tareas sola el día anterior,

Celaena decidió devolverle el favor. Suspiró con placidez al colapsar sobre su cama.

Despertó más tarde cuando alguien la sacudió del hombro... alguien que olía a estiércol.

—Más vale que ya sea la tarde —dijo Celaena, se dio la vuelta para quedar acostada boca abajo y enterró la cabeza en la almohada.

Ansel rio.

—Ah, ya casi es hora de cenar. Y los establos y rediles están en buen estado, aunque no gracias a ti.

—Tú me dejaste sola ayer todo el día —murmuró Celaena.

—Sí, bueno... Perdón.

Celaena separó la cara de la almohada para mirar a Ansel, que estaba parada frente a la cama. Ansel se retorció las manos. Estaba usando su armadura otra vez. Al verla, Celaena se encogió un poco al recordar lo que había dicho sobre la tierra natal de su amiga.

Ansel se acomodó el cabello rojo detrás de las orejas.

—No debí haber dicho esas cosas sobre ti. No pienso que seas mimada ni egoísta.

—Ah, no te preocupes. Sí lo soy... bastante —dijo Celaena y se sentó. Ansel le sonrió un poco—. Pero —continuó—, yo también siento mucho haber dicho lo que dije. No lo dije en serio.

Ansel asintió y miró hacia la puerta cerrada, como si esperara que alguien estuviera ahí.

—Tengo muchos amigos aquí, pero tú eres la primera amiga *verdadera* que he tenido. Y lamento que tengas que irte.

—Todavía me quedan cinco días —dijo Celaena. Dado lo popular que era Ansel, le sorprendía, y le daba algo de alivio, escucharla decir que ella también se sentía un poco sola.

Ansel miró de nuevo en dirección de la puerta. ¿Por qué estaba nerviosa?

—Trata de recordarme con cariño, ¿está bien?

—Lo intentaré. Pero tal vez sea difícil.

Ansel dejó escapar una risa discreta y luego tomó dos cálices de la mesa debajo de la ventana.

—Nos traje un poco de vino —le dio uno de los cálices a Celaena. Ansel levantó su cáliz de cobre—. Por resarcir relaciones... y por los buenos recuerdos.

—Por ser las chicas más temibles e imponentes que el mundo jamás haya visto —dijo Celaena y levantó su cáliz en alto antes de beber.

Al dar el trago grande de vino, tuvo dos pensamientos.

El primero fue que los ojos de Ansel ahora estaban llenos de un dolor evidente.

Y el segundo, que explicaba el primero, era que el vino sabía extraño.

Pero Celaena ya no tuvo oportunidad de considerar qué veneno era antes de escuchar su propio cáliz caer al piso y entonces el mundo empezó a dar vueltas y luego se volvió negro.

CAPÍTULO 10

Alguien estaba martillando contra un yunque en algún sitio muy, muy cercano a su cabeza. Tan cercano que podía sentir cada golpe en su cuerpo y el sonido se abría paso por su mente y la despertaba del sueño.

Con un movimiento brusco, Celaena se sentó. No había ni martillo ni yunque... solo un punzante dolor de cabeza. Y no estaba en la fortaleza de los asesinos, sino en medio de kilómetros y kilómetros interminables de dunas rojas y con Kasida a su lado. Bueno, al menos no estaba muerta.

Maldijo y se puso de pie. ¿Qué había hecho Ansel?

La luna iluminaba el desierto lo suficiente para que ella pudiera ver que la fortaleza de los asesinos no estaba cerca y que las alforjas de Kasida estaban llenas con sus pertenencias. Excepto su espada. Buscó y buscó, pero no estaba. Celaena buscó una de sus dos dagas largas, pero se quedó rígida al sentir un pergamino en su cinturón.

Alguien también le había dejado una lámpara al lado y le tomó unos intentos encenderla y acomodarla en la duna. Se arrodilló junto a la luz tenue y desenrolló el papel con manos temblorosas.

Estaba escrito en la letra de Ansel y no era largo.

Lamento que haya tenido que terminar así. El Maestro dijo que sería más fácil dejarte ir de esta manera, en vez de avergonzarte en público al pedirte que te marcharas antes de tiempo. Kasida es tuya, al igual que la carta de aprobación del Maestro, que está dentro de la alforja. Ve a casa.

Te extrañaré,

Ansel

Celaena leyó la carta tres veces para asegurarse de que no se había perdido de algo. La estaban expulsando, pero... ¿por qué? Tenía la carta de aprobación, al menos, pero... pero, ¿qué había hecho para merecer que quisieran deshacerse de ella al grado de que la drogaran y luego la dejaran tirada en medio del desierto? Le quedaban cinco días. ¿No podría haber esperado a que ella se marchara?

Los ojos le ardieron cuando repasó los acontecimientos de los últimos días para buscar de qué maneras podría haber ofendido al Maestro. Se puso de pie y empezó a buscar en las alforjas hasta que encontró la carta de aprobación. Era un trozo cuadrado de papel doblado y sellado con lacra color verde mar, el color de los ojos del Maestro. Un poco pomposo, pero...

Sus dedos se detuvieron sobre el sello. Si lo rompía, entonces Arobynn podría acusarla de haber alterado la carta. ¿Pero si decía cosas horribles de ella? Ansel había dicho que era una carta de aprobación, así que no podía estar tan mal. Celaena guardó la carta de nuevo en la alforja.

Tal vez el Maestro también se había dado cuenta de que era una niña mimada y egoísta. Tal vez todos solo habían estado tolerándola y... tal vez se habían enterado sobre su pelea con Ansel y habían decidido correrla. No le sorprendería. Ellos estaban protegiendo a los suyos, a fin de cuentas. No importaba que, por un rato, *ella* también se hubiera sentido como una de ellos... había sentido por primera vez en mucho, mucho tiempo que había un sitio al cual pertenecía. Donde podría aprender algo más que engañar y acabar con vidas.

Pero se había equivocado. De alguna manera, darse cuenta de eso le dolía mucho más que la golpiza que le había dado Arobynn.

Le temblaban los labios, pero enderezó los hombros y estudió el cielo nocturno hasta que encontró al Ciervo y la estrella que lo coronaba y que apuntaba al norte. Con un suspiro, Celaena apagó la lámpara, se montó en Kasida y empezó a cabalgar hacia la noche.

Cabalgó en dirección de Xandria y optó por buscar abordar un barco ahí en vez de arriesgarse otra vez a hacer el recorrido por las Arenas Cantarinas a Yurpa, el puerto al que había llegado. Sin guía, en realidad no tenía muchas alternativas. Se tomó su tiempo y con frecuencia elegía caminar en vez de montar a Kasida, que parecía tan triste como ella de abandonar a los Asesinos Silenciosos y sus lujosos establos.

Al día siguiente, estaba a unos kilómetros de su recorrido de la tarde cuando escuchó un golpeteo, *pum, pum, pum*. Se iba haciendo más fuerte y los movimientos ahora incluían el sonido de golpes, choques y voces graves. Se montó en Kasida y subió a una duna.

A la distancia, podía ver marchar al menos a doscientos hombres... directo hacia el desierto. Algunos llevaban banderas rojas y negras. Los hombres de lord Berick. Marchaban en una columna larga y los soldados a caballo galopaban a lo largo de los flancos. Aunque nunca había visto a Berick, un análisis veloz del grupo no le indicó que hubiera un lord entre ellos. Seguro no había ido.

Pero aquí no había nada. Nada excepto...

Celaena sintió que se le secaba la boca. Nada excepto la fortaleza de los asesinos.

Un soldado a caballo se detuvo y el pelaje de su yegua negra brillaba de sudor. Miró en su dirección. Con la ropa blanca que ocultaba todo salvo sus ojos, no tenía manera de identificarla ni de saber qué era ella.

Incluso a la distancia, ella alcanzaba a ver el arco y la aljaba con flechas que traía. ¿Tendría buena puntería?

No se atrevió a moverse. Lo último que necesitaba era que todos esos soldados se fijaran en ella. Todos tenían espadas, dagas, escudos y flechas. Esto no parecía una visita amistosa, no con tantos hombres.

¿Por eso la había despachado el Maestro? ¿De alguna manera sabía que esto sucedería y no quería involucrarla?

Celaena le asintió al soldado y continuó avanzando hacia Xandria. Si el Maestro no quería tener nada que ver con ella, entonces ella no tenía que advertirles. En especial porque seguro ya lo sabían. Y él tenía una fortaleza llena de asesinos. Doscientos soldados no eran nada comparados con los setenta y tantos *sessíz suíkast*.

Los asesinos podían cuidarse solos. No la necesitaban. Eso se lo habían dejado muy claro.

De cualquier manera, el sonido amortiguado de los pasos de Kasida alejándose de la fortaleza se hacía cada vez más difícil de soportar.

A la mañana siguiente, el silencio en Xandria la sorprendió. Al principio, Celaena pensó que se debía a que todos los ciudadanos estaban esperando noticias sobre el ataque a los asesinos, pero pronto se dio cuenta de que le parecía silenciosa porque solo la había visto en el día de mercado. Las calles sinuosas y angostas habían estado llenas de vendedores y ahora estaban vacías y solo unas cuantas palmeras y montones de arena se movían bajo los vientos feroces provenientes del mar.

Compró su boleto para un barco que navegaría a Amier, el puerto de Melisande al otro lado del Golfo de Oro. Tenía la intención de abordar un barco hasta Innish, otro puerto, y de esa manera preguntar por la joven sanadora que había conocido en su viaje de ida, pero no encontró ninguno. Y con el embargo a los barcos provenientes de Xandria, que no podían ir a otras partes del imperio de Adarlan, un puerto distante y olvidado como Amier era su mejor opción. Desde ahí, podría viajar en Kasida y regresar a Rifthold. Esperaba poder tomar otro barco en algún punto a lo largo del río Avery para recorrer el último tramo hasta la capital.

El barco no saldría hasta que subiera la marea esa tarde, lo cual le dejaba unas horas a Celaena para recorrer la ciudad. El comerciante de seda de araña ya no estaba, como tampoco el zapatero ni las sacerdotisas.

Estaba nerviosa de que alguien reconociera a la yegua en la ciudad, pero más preocupada de que alguien se la robara si no la vigilaba. Celaena llevó a Kasida por callejones escondidos hasta que encontró un abrevadero casi privado para la yegua. Se recargó contra el muro de arenisca mientras su caballo bebía hasta quedar satisfecho. ¿Los hombres de lord Berick ya habrían llegado a la fortaleza? Al paso que iban, quizá llegarían esta noche o al amanecer del día siguiente. Solo esperaba que el Maestro estuviera preparado... y que por lo menos hubiera repuesto las partes del muro de fuego después del último ataque de Berick. ¿La había corrido por su propia seguridad o estaba a punto de ser sorprendido?

Miró hacia el palacio que se elevaba sobre la ciudad. Berick no estaba con sus hombres. Sin duda si le llevaba la cabeza del Maestro Mudo al rey de Adarlan este levantaría el embargo de esta ciudad. ¿Lo estaría haciendo por su gente o por él mismo?

Pero el Desierto Rojo también necesitaba a los asesinos... y el dinero que traían los emisarios extranjeros por igual.

Berick y el Maestro habían estado en comunicación en las últimas semanas. ¿Qué había salido mal? Ansel había hecho otro viaje para verlo hacía una semana y no había mencionado ningún problema. De hecho, parecía bastante jovial.

Celaena no supo por qué sintió un escalofrío recorrerle la espalda en ese momento. Ni por qué de repente se encontraba buscando en sus alforjas hasta encontrar la carta de aprobación del Maestro junto con la nota que le había escrito Ansel.

Si el Maestro sabía sobre el ataque, entonces ya estaría fortificando sus defensas. No hubiera sacado a Celaena. Ella era la mejor asesina de Adarlan y si doscientos hombres marchaban hacia su fortaleza, la *necesitaría*. El Maestro no era orgulloso... no como Arobynn. Él quería a sus discípulos, los cuidaba y protegía. Pero nunca había entrenado a Ansel. ¿Por qué?

Y con tantos seres amados en la fortaleza, ¿por qué correrían a Celaena? ¿Por qué no a todos?

Celaena sentía que su corazón latía con tanta rapidez que se le salía del pecho y decidió abrir la carta de aprobación.

Estaba en blanco.

Volteó el trozo de papel. El otro lado también estaba en blanco. Lo levantó al sol y no vio que tuviera tinta invisible ni marca de agua. Pero él la había sellado, ¿no? Ese era *su* sello en el...

Era fácil robar un anillo grabado. Ella lo había hecho con el capitán Rolfe. Y había visto la franja blanca alrededor del dedo del Maestro... *sí* había perdido el anillo.

Pero si Ansel la había drogado y le había dado un documento sellado con el anillo grabado del Maestro...

No, no era posible. Y no tenía sentido. ¿Por qué la correría Ansel fingiendo que el Maestro lo había hecho? A menos que...

Celaena levantó la vista hacia el palacio de lord Berick. A menos que Ansel no estuviera visitando a lord Berick en nombre del Maestro. O tal vez lo había hecho al principio, el tiempo necesario para ganarse la confianza del Maestro. Pero mientras el Maestro pensaba que ella estaba reparando la relación entre los dos hombres, Ansel estaba haciendo lo opuesto. Y ese comerciante de seda de araña había mencionado algo sobre un espía entre los asesinos... un espía que trabajaba para Berick. Pero, ¿por qué?

Celaena no tenía tiempo para pensarlo. No ahora que se acercaban esos doscientos hombres a la fortaleza. Tal vez podría haber interrogado a lord Berick, pero eso también le robaría tiempo invaluable.

Un solo guerrero tal vez no marcaría la diferencia contra doscientos, pero ella era Celaena Sardothien. Eso tenía que contar. Eso *contaba*.

Se montó en Kasida y giró hacia las puertas de la ciudad.

—Veamos qué tan rápido puedes correr —le susurró a la yegua al oído y arrancaron.

CAPÍTULO 11

Como estrella fugaz que atravesaba un cielo rojo, Kasida voló sobre las dunas e hizo el salto para cruzar la Cuchilla como si estuviera brincando sobre un arroyo. Se detuvieron solo para permitirle a la yegua descansar y beber agua y, aunque Celaena se disculpó por presionarla así, Kasida nunca flaqueó. Ella también parecía percibir la urgencia.

Cabalgaron toda la noche, hasta que el amanecer carmesí estalló sobre las dunas y sobre el cielo teñido de humo y entonces la fortaleza se extendió frente a ellas.

Había incendios en varios lugares y se escuchaban gritos junto con el choque de armas. Los asesinos todavía no habían claudicado aunque sus muros sí habían sido penetrados. Había algunos cuerpos en la arena de camino a la entrada, pero las puertas en sí no mostraban señales de haber sido forzadas... como si alguien las hubiera dejado abiertas.

Celaena se bajó de Kasida antes de llegar a la última duna y dejó al caballo libre para que la siguiera o encontrara su propio camino. Se arrastró el resto de la distancia hacia la fortaleza. Se detuvo para quitarle una espada a uno de los soldados muertos y la guardó en su cinturón. Era barata y no estaba bien balanceada, pero la punta era suficientemente afilada para cumplir con su propósito. Por el sonido amortiguado de los cascos a sus espaldas, supo que Kasida la había seguido. De todas maneras, Celaena no se atrevió a apartar la mirada de la escena frente a ella y sacó sus dos dagas largas.

Dentro de los muros, había cuerpos por todas partes: asesinos y soldados por igual. Fuera de eso, el patio principal estaba vacío y en sus pequeños riachuelos el agua corría roja. Ella hizo su mejor esfuerzo por no fijarse demasiado en los rostros de los caídos.

Había incendios en varios lugares, aunque la mayoría eran solo montones de cenizas humeantes. Los restos carbonizados de las flechas revelaban que quizás habían estado encendidas cuando llegaron a sus blancos. Cada uno de los pasos que daba hacia el patio le parecía eterno. Los gritos y el choque de las armas provenían de otras partes de la fortaleza. ¿Quién estaba ganando? Si todos los soldados habían logrado entrar dejando tan pocos muertos sobre la arena, entonces alguien *tenía* que haberlos dejado entrar, seguro a la mitad de la noche. ¿Cuánto tiempo les había tomado antes de que la guardia nocturna se diera cuenta de que estaban metiéndose los soldados? ...A menos que hubieran eliminado a la guardia nocturna antes de que pudieran hacer sonar la alarma.

Sin embargo, conforme Celaena avanzaba paso a paso, se dio cuenta de que la pregunta que *debería* estarse haciendo era mucho peor. *¿Dónde estaba el Maestro?*

Eso era lo que quería lord Berick: la cabeza del Maestro.

Y Ansel...

Celaena no quiso terminar ese pensamiento. Ansel no la había sacado por esto. Ansel no podía estar detrás de esto. Pero...

Celaena empezó a correr hacia la sala de recepción del Maestro sin prestar atención al ruido. Había sangre y destrucción por todas partes. Pasó al lado de patios llenos de soldados y asesinos enfrascados en una batalla a la muerte.

Iba a medio camino por las escaleras hacia la habitación del Maestro cuando un soldado bajó corriendo con la espada desenvainada. Ella esquivó el ataque a su cabeza y clavó su daga abajo y profundo. El arma se enterró en el abdomen del hombre. Debido al calor, los soldados no habían utilizado una armadura de metal y su armadura de cuero no bastaba para impedir el paso a un cuchillo hecho de acero adarlaniano.

Se hizo a un lado de un salto cuando el soldado gimió y cayó por los escalones. No se molestó en volver a verlo y continuó su ascenso. El nivel superior estaba en completo silencio.

Sintió el aliento que le desgarraba la garganta, pero continuó a toda velocidad hacia las puertas abiertas de la sala de recepción. Los doscientos soldados tenían la misión de destruir la fortaleza... y proporcionar un distractor. El Maestro podría estar sin escolta si todos estaban concentrados en el ataque. Pero él era el Maestro. ¿Cómo podía pensar Ansel que lograría superarlo?

A menos que también lo hubiera drogado. ¿De qué otra manera podría desarmarlo y sorprenderlo?

Celaena se lanzó por las puertas de madera abiertas y casi se tropezó con el cuerpo postrado entre ellas.

Mikhail estaba tirado de espaldas, degollado y con los ojos viendo los mosaicos del techo. Muerto. A su lado estaba Ilias, intentando ponerse de pie mientras sostenía su abdomen sangrante. Celaena ahogó un grito e Ilias levantó la cabeza. Le escurría sangre de los labios. Ella se acercó e intentó arrodillarse a su lado, pero él gruñó y señaló hacia la siguiente habitación.

A su padre.

El Maestro estaba recostado de lado sobre la plataforma. Tenía los ojos abiertos y sus túnicas no estaban manchadas de sangre todavía. Pero tenía la quietud de alguien drogado... paralizado por lo que fuera que le hubiera dado Ansel.

La chica estaba parada frente a él y le daba la espalda a Celaena mientras hablaba, rápido y en voz baja. Balbuceaba. Tenía la espada de su padre en la mano, el arma ensangrentada estaba caída, apuntando al piso. Los ojos del Maestro se movieron hacia el rostro de Celaena y luego al de su hijo. Estaban llenos de dolor. No por sí mismo, sino por Ilias... por su hijo que se desangraba. Volvió a ver a Celaena a la cara y sus ojos verde mar suplicaban. *Salva a mi hijo.*

Ansel inhaló profundo y levantó la espada en el aire, lista para cortarle la cabeza al Maestro.

Celaena tuvo un instante para lanzar el cuchillo que tenía en la mano. Movió la muñeca y lo dejó salir volando.

La daga chocó contra el antebrazo de Ansel, exactamente donde Celaena había apuntado. Ansel gritó y abrió los dedos. La espada de su padre cayó al piso. Su rostro se puso blanco de la sorpresa cuando se dio la vuelta, sosteniendo su herida sangrante, pero la expresión se modificó y se convirtió en algo oscuro e inflexible cuando vio a Celaena. Ansel se apresuró para recuperar su espada del piso.

Pero Celaena ya iba corriendo.

Ansel recogió su espada, se lanzó hacia el Maestro y la levantó por encima de su cabeza. Con un movimiento rápido, bajó la espada para clavársela en el cuello.

Celaena logró derribarla antes de que la espada llegara a su objetivo y ambas jóvenes rodaron por el piso. Tela y acero y hueso, retorciéndose y rodando. Celaena levantó las piernas lo suficiente para patear a Ansel. Se separaron y Celaena se puso de pie en el instante que dejó de rodar.

Pero Ansel ya se estaba parando también y todavía tenía la espada en las manos, todavía entre Celaena y el Maestro paralizado. La sangre del brazo de Ansel goteaba en el piso.

Jadeando, Celaena intentó poner en orden sus pensamientos.

—No lo hagas —exhaló.

Ansel dejó escapar una risa grave.

—Pensé que te había dicho que te fueras a casa.

Celaena sacó la espada de su cinturón. Si tan solo tuviera una como la de Ansel, no este pedazo de metal de segunda. Le empezó a temblar entre las manos cuando se dio cuenta de quién, exactamente, estaba entre ella y el Maestro. No era un soldado sin nombre, no era un desconocido ni una persona a quien le hubieran pagado por matar. Era Ansel.

—¿Por qué? —susurró Celaena.

Ansel ladeó la cabeza y levantó un poco más la espada.

—¿Por qué? —el odio que deformaba el rostro de Ansel era lo más horrible que Celaena había visto jamás—. Porque lord Berick me prometió mil hombres para marchar a las Tierras Planas. Por eso. Robar esos caballos fue justo la excusa pública que necesitaba para atacar esta fortaleza. Y todo lo que tuve que hacer fue encargarme de los guardias y dejar abierta la puerta esta noche. Y llevarle esto —hizo un ademán con la espada hacia el Maestro detrás de ella—, la cabeza del Maestro.

Estudió el cuerpo de Celaena de arriba a abajo y Celaena se odió un poco por ponerse a temblar aún más.

—Baja tu espada, Celaena —ordenó Ansel.

Celaena no se movió.

—Vete al infierno.

Ansel rio.

—Ya estuve en el infierno. Pasé un tiempo ahí cuando tenía doce años, ¿recuerdas? Y cuando entre con las tropas de Berick a las Tierras Planas, me encargaré de que el Alto Rey Loch también conozca un poco del infierno. Pero antes...

Volteó hacia el Maestro y Celaena inhaló horrorizada.

—*No*... —dijo Celaena.

Desde ese lugar, Ansel lo podría matar antes de que ella pudiera hacer algo para detenerla.

—Solo mira en otra dirección, Celaena —dijo Ansel y dio un paso hacia el hombre.

—Si lo tocas, te atravesaré el cuello con mi espada —gruñó Celaena. Las palabras le salieron temblorosas y tuvo que parpadear para apartar la humedad creciente en sus ojos.

Ansel la miró por encima del hombro.

—No creo que lo hagas.

Ansel dio otro paso para acercarse al Maestro y la segunda daga de Celaena salió volando. Rozó el costado de la armadura de Ansel y dejó una marca larga en ella antes de caer y detenerse en la base de la plataforma.

Ansel hizo una pausa y apenas le sonrió a Celaena.

—Fallaste.

—No lo hagas.

—¿Por qué?

Celaena se puso una mano sobre el corazón y sostuvo su espada con fuerza en la otra.

—Porque sé cómo se siente —se atrevió a dar otro paso—. Porque *sé* cómo se siente tener ese tipo de odio, Ansel. Sé cómo se siente. Y esta no es la solución. *Esto*... —dijo en voz más fuerte e hizo un gesto hacia la fortaleza y todos los cadáveres que había en ella, todos los soldados y asesinos que seguían peleando— ...Esto no es el camino.

—Lo dice la asesina —escupió Ansel.

—Me convertí en asesina porque no tenía alternativa. Pero *tú* sí la tienes, Ansel. Siempre la has tenido. Por favor no lo mates.

En el fondo, lo que quería decir era *por favor no me hagas matarte*.

Ansel cerró los ojos. Celaena estabilizó su muñeca, probó el equilibrio de su espada e intentó evaluar bien su peso. Cuando Ansel abrió los ojos, quedaba poco de la chica que había empezado a querer a lo largo del último mes.

—Estos hombres —dijo Ansel y levantó aún más su espada—. Estos hombres lo destruyen *todo*.

—Lo sé.

—¡Lo sabes pero no haces nada! Eres solo un perro encadenado a su amo.

Ansel se acercó un poco a ella y empezó a bajar la espada. Celaena casi sintió que su cuerpo se relajaba de alivio, pero no aflojó la mano que tenía en la espada. La respiración de Ansel se escuchaba entrecortada.

—Podrías venir conmigo —le dijo y acomodó un mechón del cabello de Celaena detrás de la oreja—. Entre las dos podríamos conquistar las Tierras Planas... y con las tropas de lord Berick... —le acarició la mejilla con la mano y Celaena intentó no retroceder al sentir su contacto y escuchar las palabras que salían de su boca—. Te convertiría en mi mano derecha. Recuperaríamos las Tierras Planas.

—No puedo —respondió Celaena, aunque podía vislumbrar con toda claridad el plan de Ansel, aunque sonaba tentador.

Ansel dio un paso atrás.

—¿Qué tiene Rifthold que lo hace tan especial? ¿Cuánto tiempo obedecerás y te someterás a ese monstruo?

—No puedo ir contigo y lo sabes. Así que llévate a tus tropas, Ansel.

Vio toda una gama de expresiones recorrer la cara de Ansel. Dolor. Negación. Ira.

—Que así sea —dijo Ansel.

Atacó y Celaena solo tuvo tiempo de ladear la cabeza para esquivar la daga oculta que salió volando de la muñeca de Ansel. La cuchilla le rozó la mejilla y la sangre le calentó la cara. Su *cara*.

Ansel atacó con la espada, tan cerca que Celaena tuvo que hacer una voltereta hacia atrás. Aterrizó de pie, pero Ansel fue rápida y quedaron tan cerca que la única alternativa de Celaena fue levantar su propia arma. Chocaron espadas.

Celaena giró y empujó la espada de Ansel para alejarla de la de ella. Ansel dio un traspié y Celaena usó ese instante para aprovechar su ventaja y atacó una y otra vez. La espada de Ansel era superior y casi no sufrió por los ataques.

Pasaron al lado del Maestro postrado y la plataforma. Celaena se dejó caer al piso e hizo girar la pierna para tirar a Ansel. Pero Ansel saltó hacia atrás y esquivó el golpe. Celaena usó los pocos segundos que tenía para recoger su daga de donde había caído en los escalones de la plataforma.

Cuando Ansel volvió a atacar, se encontró con la espada y la daga cruzadas.

Ansel se carcajeó.

—¿Cómo te imaginas que va a terminar esto? —dijo y presionó sobre las armas de Celaena—. ¿O será una pelea a la muerte?

Celaena apoyó los pies firmemente en el piso. No se había dado cuenta de que Ansel era tan fuerte, o tanto más alta que ella. Y la armadura de Ansel... ¿cómo lograría atravesar *eso*? Había una unión entre la axila y las costillas... y luego alrededor del cuello...

—Tú dime —respondió Celaena. La sangre de su mejilla ya le escurría hasta el cuello—. Parecería que tienes todo planeado.

—Intenté protegerte —dijo Ansel y empujó las armas de Celaena, pero no tan fuerte como para moverlas—. Y de todas maneras regresaste.

—¿Llamas a eso protección? ¿Drogarme y dejarme tirada en el desierto? —preguntó Celaena y le enseñó los dientes.

Pero antes de que pudiera atacar de nuevo, Ansel la golpeó con la mano libre, justo a través de la X que formaban las armas y su puño chocó entre los ojos de Celaena.

La cabeza de Celaena se movió con violencia hacia atrás, el mundo se volvió un destelló y cayó de rodillas. Su espada y daga cayeron al piso.

Ansel llegó tras ella al instante y la sostuvo pasándole el brazo ensangrentado sobre el pecho. Con la otra mano presionaba el filo de su espada contra la mejilla no lastimada de Celaena.

—Dame una razón para no matarte en este momento —le susurró Ansel al oído y pateó lejos la espada de Celaena. La daga seguía junto a ellas, pero fuera de su alcance.

Celaena luchó para intentar poner un poco de distancia entre la espada de Ansel y su cara.

—Ah, ¿qué tan vanidosa puedes *ser*? —dijo Ansel y le provocó una mueca de dolor al enterrar un poco la espada en su piel—. ¿Te da miedo que te deje cicatrices en la cara? —Ansel ladeó la espada hacia abajo y presionó contra la garganta de Celaena—. ¿Qué me dices del cuello?

—Detente.

—No quería que las cosas terminaran así entre nosotras. No quería que tú fueras parte de esto.

Celaena le creía. Si Ansel tuviera la intención de matarla, ya lo habría hecho. Si quisiera matar al Maestro, también ya lo hubiera hecho. Todo este titubeo entre odio sádico y pasión y arrepentimiento...

—Estás loca —dijo Celaena.

Ansel resopló.

—¿Quién mató a Mikhail? —exigió saber Celaena. Lo que fuera para mantenerla hablando, para mantenerla enfocada en ella misma. Porque a poca distancia de ellas estaba su daga...

—Yo lo maté —respondió Ansel, pero su voz había perdido un poco de su ferocidad. Con la espalda presionada contra el pecho de Ansel, Celaena no podía estar segura sin ver su rostro, pero podría haber jurado que las palabras tenían un dejo de remordimiento—. Cuando atacaron los hombres de Berick, me aseguré de ser yo personalmente quien le informara al Maestro. El tonto no pensó en oler la jarra de la cual bebió antes de dirigirse a las puertas. Pero en ese momento, Mikhail comprendió qué estaba haciendo y entró aquí de repente... Pero demasiado tarde para evitar que el Maestro bebiera. Y luego Ilias, bueno... se interpuso en mi camino.

Celaena vio a Ilias, que seguía en el piso... y todavía respiraba. El Maestro observaba a su hijo con los ojos suplicantes muy abiertos. Si no se hacía nada por detener el sangrado de Ilias, moriría pronto. Los dedos del Maestro se movieron con un gesto curvo.

—¿A cuántos más mataste? —preguntó Celaena, intentando seguir distrayendo a Ansel. El Maestro volvió a hacer el movimiento. Una especie de seña lenta y ondulatoria...

—Solo a ellos. Y los tres de la guardia nocturna. Dejé que los soldados hicieran lo demás.

El Maestro torció y deslizó los dedos... como una serpiente.

Un ataque: eso era lo único que necesitaría. Justo como el áspid.

Ansel era rápida. Celaena tenía que ser más rápida.

—¿Sabes qué, Ansel? —exhaló Celaena y memorizó los movimientos que tendría que hacer en los siguientes segundos, imaginó cómo se moverían sus músculos y rezó por que no fallaran, por lograr mantenerse enfocada.

Ansel presionó el borde de la espada contra la garganta de Celaena.

—¿Qué, *Celaena*?

—¿Quieres saber qué me enseñó el Maestro durante todas esas lecciones?

Sintió cómo Ansel se tensaba, sintió que la pregunta la distraía. Era la oportunidad que necesitaba.

—Esto.

Celaena giró y azotó el hombro contra el torso de Ansel. Sus huesos conectaron con la armadura con un golpe seco y duro y la espada le lastimó el cuello, pero Ansel perdió el equilibrio y se meció hacia atrás. Celaena golpeó los dedos de Ansel con tanta fuerza que soltó la espada justo en la mano de Celaena.

En un destello, como una serpiente que giraba sobre sí misma, Celaena atrapó a Ansel boca abajo sobre el piso y le presionó la espada de su padre contra la nuca.

Celaena no se había dado cuenta de lo silenciosa que se había quedado la habitación hasta que estuvo hincada ahí, con una rodilla apoyada en Ansel para mantenerla en el suelo y la otra apoyada en el piso. Salía sangre del lugar donde la punta de la espada descansaba contra el cuello bronceado de Ansel, más roja que su cabello.

—No lo hagas —susurró Ansel con esa voz que había escuchado con tanta frecuencia: esa voz infantil y despreocupada. ¿Siempre la estaría fingiendo?

Celaena presionó con más fuerza y Ansel inhaló profundo y cerró los ojos.

Con la espada firme en la mano, Celaena intentó endurecerse como el acero. Ansel debería morir; por lo que había hecho, merecía morir. Y no solo por todos esos asesinos que yacían muertos a su alrededor, sino también por los soldados que perdieron sus vidas por sus planes. Y por la propia Celaena, quien, hincada ahí en esa posición, podía sentir cómo se le rompía el corazón. Aunque no le atravesara el cuello a Ansel con la espada, de todas maneras la perdería. Ya la había perdido.

Pero tal vez el mundo había perdido a Ansel mucho antes que hoy.

Celaena no pudo evitar que le temblaran los labios y preguntó:

—¿Siquiera fue real en algún momento?

Ansel abrió un ojo y miró hacia la pared al fondo.

—Hubo unos momentos en que lo fue. El momento en que te saqué de aquí fue real.

Celaena intentó controlar su sollozo e inhaló profundo para tranquilizarse. Con lentitud, levantó la espada del cuello de Ansel, solo una fracción de centímetro.

Ansel intentó moverse, pero Celaena presionó de nuevo el acero contra su piel y se volvió a quedar quieta. Del exterior, se escucharon gritos de victoria y preocupación en voces que sonaban roncas por el desuso. Los asesinos habían ganado. ¿Cuánto tiempo tardarían en llegar aquí? Si veían a Ansel, lo que había hecho... la matarían.

—Tienes cinco minutos para empacar todas tus cosas e irte de la fortaleza —dijo Celaena en voz baja—. Porque en veinte minutos, voy a subir a las almenas y voy a lanzarte una flecha. Y más vale que estés fuera de mi alcance entonces, porque si no lo estás, esa flecha va a atravesarte el cuello.

Celaena levantó la espada. Ansel se puso de pie despacio, pero no huyó. Le tomó un instante a Celaena darse cuenta de que estaba esperando que le devolviera la espada de su padre.

Celaena miró la empuñadura en forma de lobo y la sangre que manchaba el acero. El único vínculo que Ansel tenía con su padre, con su familia y con la retorcida pizca de esperanza que le pudiera quedar aún en su corazón.

Celaena volteó la espada y se la entregó, empuñadura primero, a Ansel. La chica tenía los ojos llorosos cuando recibió la espada. Abrió la boca, pero Celaena la interrumpió.

—Ve a casa, Ansel.

El rostro de Ansel volvió a palidecer. Enfundó la espada a su costado. Miró a Celaena una sola vez antes de salir corriendo. Saltó por encima del cadáver de Mikhail como si no fuera más que un montón de escombros.

Luego se marchó.

CAPÍTULO 12

Celaena se apresuró a llegar al lado de Ilias, quien gimió cuando lo volteó. La herida de su abdomen seguía sangrando. Se arrancó tiras de la túnica, que ya estaba empapada en sangre, y gritó para pedir ayuda mientras lo vendaba con firmeza.

Escuchó el sonido de tela moverse sobre la roca, Celaena volteó por encima del hombro y vio al Maestro, que se intentaba arrastrar por las rocas hacia su hijo. El efecto de la sustancia paralizante debía estar ya desapareciendo.

Cinco asesinos ensangrentados llegaron corriendo por las escaleras con los ojos muy abiertos y los rostros pálidos al ver a Mikhail e Ilias. Celaena dejó a Ilias en su cuidado y corrió hacia el Maestro.

—No te muevas —le dijo y sintió un poco de horror al ver que la sangre de su rostro goteaba sobre su ropa blanca—. Podrías lastimarte.

Buscó en el podio si había rastro del veneno y se apresuró a recoger el cáliz de bronce que había caído al piso. Tan solo de olerlo supo que el vino tenía una pequeña cantidad de gloriella, solo lo necesario para paralizarlo, no matarlo. Ansel debía haber querido inmovilizarlo por completo antes de asesinarlo... debía haber querido que *supiera* que ella era quien lo había traicionado. Que estuviera consciente al cortarle la cabeza. ¿Cómo no se había dado cuenta antes de beber? Tal vez no era tan humilde como parecía; tal vez había sido arrogante y creía que estaba seguro en este lugar.

—El efecto desaparecerá pronto —le dijo al Maestro, pero de todas maneras pidió un antídoto para acelerar el proceso. Uno de los asesinos salió corriendo.

Se sentó junto al Maestro y se cubrió el cuello sangrante con una mano. Los asesinos al otro lado de la habitación se llevaron a Ilias, pero se detuvieron para asegurarle al Maestro que su hijo se recuperaría.

Celaena casi gimió aliviada al escucharlo, pero se enderezó cuando sintió una mano llena de callos envolver la suya y apretar con suavidad. Miró el rostro del Maestro, cuyos ojos se movieron hacia la puerta abierta. Estaba recordándole la promesa que había hecho. Ansel tenía veinte minutos para salir del alcance de las flechas.

Era hora.

Ansel ya era un manchón oscuro en la distancia. Hisli iba galopando como si demonios le fueran mordiendo los cascos. Iba en dirección noroeste sobre las dunas, hacia las Arenas Cantarinas, al angosto puente selvático que separaba la Tierra Desierta del resto del continente, y luego hacia la extensión de los Yermos Occidentales más allá. Hacia Briarcliff.

Sobre las almenas, Celaena sacó una flecha de su aljaba y la acomodó en su arco.

El arco tronó cuando lo estiró hacia atrás, más y más, aplicando fuerza con su brazo.

Enfocó la diminuta figura sobre el caballo oscuro y apuntó.

En el silencio de la fortaleza, el arco sonó como un arpa lúgubre.

La flecha salió volando, girando sin piedad. Las dunas rojas pasaron debajo en un borrón y se fue cerrando la distancia. Una astilla de oscuridad alada con bordes de acero. Una muerte expedita y sangrienta.

La cola de Hisli se hizo a un lado cuando la flecha se enterró en la arena a unos centímetros de sus patas traseras.

Pero Ansel no se atrevió a ver por encima de su hombro. Siguió cabalgando y no se detuvo.

Celaena bajó el arco y se quedó viendo a Ansel hasta que desapareció detrás del horizonte. Una flecha, esa había sido su promesa.

Pero también le había prometido a Ansel que tenía veinte minutos para salir de rango.

Celaena disparó después de veintiuno.

El Maestro llamó a Celaena a sus habitaciones a la mañana siguiente. Había sido una noche larga, pero Ilias ya estaba recuperándose gracias a que, por unos milímetros, la herida no había perforado ningún órgano. Todos los soldados de lord Berick estaban muertos y en el proceso de ser enviados a Xandria como recordatorio a Berick de que buscara la aprobación del rey de Adarlan en otro lugar. Habían muerto veinte asesinos, y un silencio pesado y doliente cubría la fortaleza.

Celaena tomó asiento en una ornamentada silla de madera labrada y observó al Maestro, que miraba por la ventana hacia el cielo. Casi se cayó cuando lo escuchó empezar a hablar.

—Me alegra que no hayas matado a Ansel —dijo con voz áspera y un acento pronunciado lleno de los sonidos breves y vibrantes de un idioma que ella nunca había escuchado—. Me había estado preguntando cuándo decidiría qué hacer con su destino.

—Así que lo sabías...

El Maestro apartó la vista de la ventana.

—Lo he sabido desde hace años. Unos meses después de la llegada de Ansel, envié una indagatoria a las Tierras Planas. Su familia no le había escrito ninguna carta y me preocupaba que hubiera sucedido algo —dijo y se sentó en la silla frente a Celaena—. Mi mensajero regresó unos meses después diciendo que no había Briarcliff. El lord y su hija mayor habían sido asesinados por el Alto Rey y la hija menor, Ansel, había desaparecido.

—¿Por qué nunca... la confrontaste? —preguntó Celaena.

Se tocó la costra delgada en la mejilla izquierda. No le dejaría una cicatriz si la curaba bien. Y si *sí* le dejaba una cicatriz... entonces tal vez emprendería una cacería hasta encontrar a Ansel para devolverle el favor.

—Porque esperaba que tarde o temprano confiara en mí y me lo contara. Tenía que darle esa oportunidad, aunque era un riesgo. Esperaba que aprendiera a enfrentar su dolor, que aprendiera a soportarlo —le sonrió con tristeza a Celaena—. Si puedes aprender a soportar el dolor, puedes sobrevivir a lo que sea. Algunas personas aprenden a aceptarlo... a quererlo. Algunas lo sobreviven ahogándolo en tristeza u obligándose a olvidar. Otros lo transforman en rabia. Pero Ansel permitió que su dolor se convirtiera en odio y permitió que la consumiera hasta que ella misma se volvió algo completamente distinto, una persona que supongo nunca quiso ser.

Celaena absorbió sus palabras, pero las guardó para considerarlas más adelante.

—¿Le vas a decir a todos lo que hizo?

—No. Les ahorraré ese enojo. Muchos creían que Ansel era su amiga... y una parte de mí también cree que lo fue en ciertos momentos.

Celaena miró el piso y se preguntó qué hacer con el dolor que sentía en el pecho. ¿Convertirlo en rabia, como dijo él, le ayudaría a soportarlo?

—Por si te sirve de algo, Celaena —dijo con voz rasposa—, creo que fuiste lo más cercano a una amiga que Ansel se ha permitido tener. Y creo que te sacó de la fortaleza porque de verdad le importabas.

Celaena se odió por no poder controlar el temblor de sus labios.

—No por ello duele menos.

—No pensé que lo hiciera. Pero creo que dejarás una marca duradera en el corazón de Ansel. Le perdonaste la vida y le devolviste la espada de su padre. No lo olvidará. Y tal vez cuando vuelva a intentar reclamar su título, recuerde a la asesina del norte y la amabilidad que le demostraste e intente dejar menos cadáveres a su paso.

Se dirigió hacia un gabinete de celosía, como si le estuviera dando a Celaena tiempo para recuperar la compostura, y sacó una carta. Para cuando regresó a su lado, ella ya tenía los ojos despejados.

—Cuando le des esto a tu maestro, mantén la cabeza en alto.

Ella tomó la carta. Su recomendación. Después de todo lo que acababa de suceder, parecía ya no tener importancia.

—¿Por qué estás hablando conmigo? Pensé que tu voto de silencio era eterno.

Él se encogió de hombros.

—Es lo que el mundo parece pensar, pero si mi memoria no me falla, nunca hice un juramento. Elijo ser silencioso la mayor parte del tiempo y me he acostumbrado tanto que con frecuencia olvido que tengo la capacidad de hablar, pero hay algunos momentos donde las palabras son necesarias... cuando se requieren explicaciones que no se pueden comunicar a través de gestos.

Ella asintió intentando ocultar lo más posible su sorpresa. Después de una pausa, el Maestro dijo:

—Si en algún momento quieres marcharte del norte, siempre tendrás un hogar aquí. Te prometo que los meses del invierno son mucho mejores que los del verano. Y creo que mi hijo se sentiría contento también si decidieras regresar —rio un poco y Celaena se sonrojó. El Maestro tomó su mano—. Cuando te vayas mañana, te acompañarán algunos de los míos.

—¿Por qué?

—Porque los necesitarás para llevar la carreta a Xandria. Sé que eres una empleada no remunerada de tu maestro, que todavía le debes mucho dinero antes de que seas libre de vivir tu propia vida. Él te está obligando a pagarle una fortuna que te obligó a pedir prestada —le apretó la mano antes de acercarse a uno de tres cofres recargados contra la pared—. Por salvar mi vida... y por perdonar la de ella...

Abrió la tapa de un cofre, luego otro y otro.

El sol se reflejó el oro del interior e inundó toda la habitación como luz sobre agua. Todo ese oro... y el trozo de seda de araña que le había dado el comerciante... no podía pensar en todas las posibilidades que esa riqueza le abriría, no en este momento.

—Cuando le des esta carta a tu maestro, también dale estos cofres. Y dile que en el Desierto Rojo no abusamos de nuestros discípulos.

Celaena sonrió despacio.

—Creo que puedo hacerlo.

Dirigió la mirada hacia la ventana abierta, hacia el mundo más allá. Por primera vez en mucho tiempo, escuchó la canción de un viento del norte que la llamaba a casa. Y no tuvo miedo.

LA ASESINA Y EL INFRAMUNDO

CAPÍTULO 1

El cavernoso vestíbulo de entrada de la Fortaleza de los Asesinos estaba en silencio cuando Celaena Sardothien cruzó el piso de mármol con una carta entre los dedos. Nadie la había saludado en las enormes puertas de roble salvo el ama de llaves, quien había recibido su capa empapada por la lluvia y, después de ver la sonrisa maliciosa en la cara de Celaena, decidió no decir nada.

Las puertas al estudio de Arobynn Hamel estaban al fondo del pasillo y en ese momento estaban cerradas. Pero ella sabía que estaba ahí. Wesley, su guardaespaldas, vigilaba el exterior. Sus ojos oscuros no le comunicaron nada a Celaena cuando caminó hacia él. Aunque Wesley no era oficialmente un asesino, ella no tenía duda de que sabía usar las espadas y dagas que traía atadas a su enorme cuerpo con habilidad mortífera.

Tampoco dudaba que Arobynn tuviera espías en todas las puertas de la ciudad. En el momento que entró a Rifthold, seguro lo alertaron de que al fin había regresado. Las botas empapadas y enlodadas de Celaena iban dejando huellas mientras se acercaba a las puertas del estudio... y a Wesley.

Habían pasado tres meses desde la noche en que Arobynn la había golpeado hasta dejarla inconsciente... el castigo por arruinar su convenio de comercio de esclavos con el Señor de los Piratas, el capitán Rolfe. Habían pasado tres meses desde que la había enviado al Desierto Rojo para que aprendiera obediencia y disciplina y para ganarse la aprobación del Maestro Mudo de los Asesinos Silenciosos.

La carta que traía en la mano era la prueba de que lo había hecho. La prueba de que Arobynn no la había quebrantado aquella noche.

Y no podía *esperar* a ver su expresión cuando se la entregara.

Eso sin mencionar cuando le contara de los tres cofres de oro que había traído y que iban camino a su habitación en ese preciso momento. Con unas cuantas palabras le explicaría que así saldaba su deuda con él, que se marcharía de la Fortaleza y que se mudaría al nuevo departamento que había adquirido. Que se liberaba de él.

Celaena llegó al otro extremo del pasillo y Wesley se paró frente a las puertas del estudio. Parecía ser unos cinco años más joven que Arobynn y las delgadas cicatrices de su rostro y manos sugerían que la vida que había pasado sirviéndole al rey de los asesinos no había sido sencilla. Ella sospechaba que había más cicatrices debajo de su ropa oscura... tal vez unas brutales.

—Está ocupado —dijo Wesley. Sus manos colgaban a sus flancos, listas para desenfundar sus armas. Tal vez ella era la protegida de Arobynn, pero Wesley siempre había dejado claro que si ella se convertía en una amenaza para su amo, no dudaría en matarla. No era necesario verlo en acción para saber que sería un oponente interesante. Supuso que por eso entrenaba en privado y mantenía en secreto su historia personal también. Mientras menos supiera sobre él, más ventajas tendría Wesley si tuvieran que pelear. Inteligente y de cierta forma halagador para ella, supuso.

—Un placer verte también, Wesley —le dijo con una sonrisa. Él se tensó, pero no la detuvo cuando pasó a su lado y abrió de golpe las puertas al estudio de Arobynn.

El Rey de los Asesinos estaba sentado detrás de su escritorio ornamentado, atento a un montón de documentos frente a él. Sin siquiera un hola, Celaena caminó hasta el escritorio y lanzó la carta sobre la superficie de madera reluciente.

Abrió la boca porque las palabras casi la estaban haciendo estallar. Pero Arobynn levantó un dedo, esbozó una sonrisa, y regresó a sus documentos. Wesley cerró las puertas a sus espaldas.

Celaena se quedó inmóvil. Arobynn pasó la página y echó un vistazo rápido al documento que tenía frente a él. Luego le hizo una señal con la mano. *Siéntate.*

Con la atención aún en el documento que leía, Arobynn recogió la carta de aprobación del Maestro Mudo y la colocó sobre otro montón de papeles. Celaena parpadeó. Una. Dos veces. Él no levantó la vista. Siguió leyendo. El mensaje era clarísimo: ella tendría que esperar hasta que *él* estuviera listo. Y hasta ese momento, aunque ella gritara hasta que le reventaran los pulmones, no reconocería su existencia.

Así que Celaena se sentó.

La lluvia tintineaba contra las ventanas del estudio. Pasaron segundos, luego minutos. Sus planes de un gran discurso melodramático se desvanecieron en el silencio. Arobynn leyó otros tres documentos antes de siquiera tomar la carta del Maestro Mudo.

Mientras la leía, ella solo podía pensar en la última vez que se había sentado en esa silla.

Vio la exquisita alfombra roja debajo de sus pies. Alguien había hecho un trabajo extraordinario para limpiar toda la sangre. ¿Cuánta de esa sangre en la alfombra había sido de ella y cuánta le pertenecería a Sam Cortland, su rival y coconspirador en la destrucción del convenio de venta de esclavos de Arobynn? Todavía no sabía qué le había hecho Arobynn a Sam aquella noche. No lo había visto cuando llegó hacía unos momentos. No estaba en el vestíbulo de entrada. Pero por otro lado, tampoco había visto a ninguno de los asesinos que vivían ahí. Así que tal vez Sam estaba ocupado. *Esperaba* que estuviera ocupado, porque eso significaría que estaba vivo.

Por fin Arobynn la miró y dejó la carta del Maestro Mudo a un lado como si no fuera más que un trozo de papel. Ella conservó la espalda recta y la barbilla en alto incluso cuando los ojos plateados de Arobynn recorrieron cada centímetro de su cuerpo. La mirada de su maestro se concentró en la angosta cicatriz rosada que tenía en el cuello, a pocos centímetros de su mandíbula y oreja.

—Bueno —dijo Arobynn al fin—, pensé que regresarías más bronceada.

Ella casi rio, pero intentó controlar su expresión.

—La ropa cubre de la cabeza a los pies para evitar el sol —explicó. Sus palabras fueron más discretas, más débiles, de lo que ella hubiera querido. Las primeras palabras que le había dirigido después de la paliza. No fueron precisamente satisfactorias.

—Ah —dijo él y empezó a hacer girar el anillo de oro que tenía en el dedo índice.

Ella inhaló por la nariz y recordó lo que había estado ansiosa por decirle todos estos meses y durante el recorrido de regreso a Rifthold. Unas oraciones y todo terminaría. Más de ocho años con él que acabarían con un conjunto de palabras y una montaña de oro.

Se preparó para empezar, pero Arobynn habló primero.

—Lo siento —dijo.

De nuevo, las palabras desaparecieron de sus labios.

Él la miró fijamente y luego dejó de jugar con el anillo.

—Si pudiera borrar toda esa noche, Celaena, lo haría.

Se inclinó sobre el escritorio y formó puños con las manos. La última vez que había visto esas manos, estaban llenas de su sangre.

—Lo siento —repitió Arobynn.

Era casi veinte años mayor que ella y aunque su cabello rojo tenía algunas canas, su rostro aún lucía joven. Tenía facciones elegantes y definidas, ojos intensos de color gris claro... Tal vez no era el hombre más apuesto que hubiera visto, pero era uno de los más atractivos.

—Todos los días —continuó él—. Todos y cada uno de los días desde que te fuiste he ido al templo de Kiva a rezar para pedir perdón.

Ella se hubiera reído ante la noción del rey de los asesinos hincado frente a una estatua del dios de la redención, pero sus palabras se escuchaban sinceras. ¿Sería posible que se arrepintiera de lo que había hecho?

—No debí haber permitido que mi temperamento me dominara. No debí haberte enviado con los Asesinos Silenciosos.

—¿Entonces por qué no me mandaste traer? —preguntó ella antes de poder controlar el tono recriminatorio en su voz.

Arobynn entrecerró los ojos un poco, lo más cercano a una mueca de compungimiento que se permitiría, supuso.

—Con el tiempo que requeriría que los mensajeros te encontraran, seguro ya vendrías de regreso de todas maneras.

Ella apretó la mandíbula. Era una excusa fácil.

Él percibió la ira en su mirada... y su incredulidad.

—Permíteme compensarte.

Se levantó de su silla de cuero y le dio la vuelta al escritorio. Sus piernas largas y sus años de entrenamiento hacían que sus movimientos fueran agraciados sin tener que esforzarse, incluso al tomar una caja del borde de la mesa. Se hincó en una rodilla frente a ella y su rostro quedó casi al mismo nivel que el de ella. Había olvidado lo alto que era.

Extendió la mano con el regalo. La caja en sí era una obra de arte, con incrustaciones de madreperla, pero ella mantuvo su rostro inexpresivo al abrir la tapa.

Dentro había un prendedor de esmeraldas y oro que destellaba en la luz gris de la tarde. Era impresionante, el trabajo de un maestro artesano... y de inmediato ella supo qué vestidos y túnicas complementaría mejor. Él lo había comprado porque también conocía su guardarropa, sus gustos, todo sobre ella. De toda la gente en el mundo, solo Arobynn sabía la verdad absoluta.

—Para ti —dijo—. El primero de muchos.

Ella estaba muy consciente de todos sus movimientos y se puso en alerta cuando lo vio levantar la mano y acercarla con cuidado a su cara. Le recorrió de la sien al arco de sus pómulos con la punta del dedo.

—Lo siento —susurró de nuevo y Celaena levantó la vista y lo miró a los ojos.

Padre, hermano, amante... él nunca se había pronunciado como ninguna de esas personas. Sin duda no como amante, aunque si Celaena hubiera sido otro tipo de chica, y si Arobynn la hubiera criado de otra manera, tal vez hubiera terminado en eso. Él la quería como si fuera su familia pero de todas maneras la ponía en las situaciones más peligrosas. La cuidó y la educó, pero había hecho añicos su inocencia la primera vez que la obligó a ponerle fin a una vida. Le había dado todo, pero también le había quitado todo. Poder desenmarañar los sentimientos que tenía hacia el rey de los asesinos sería una tarea igual de difícil que contar todas las estrellas del firmamento.

Celaena apartó la cara y Arobynn se puso de pie. Se recargó contra la orilla del escritorio y le sonrió levemente:

—Tengo otro regalo, si lo quieres.

Todos esos meses de soñar con irse, a punto de pagar todas sus deudas... ¿Por qué no podía abrir la boca y *decírle*?

—Benzo Doneval vendrá a Rifthold —dijo Arobynn.

Celaena ladeó la cabeza. Había escuchado sobre Doneval: era un empresario inmensamente poderoso de Melisande, un país lejano al suroeste y una de las conquistas más recientes de Adarlan.

—¿Por qué? —preguntó ella en voz baja... cautelosa.

A Arobynn le brillaron los ojos.

—Vendrá como parte de un convoy más grande que Leighfer Bardingale trae de camino a la capital. Leighfer es buena amiga de la exreina de Melisande, quien le pidió que viniera a abogar por ella ante el rey de Adarlan.

Según Celaena recordaba, Melisande era uno de los pocos reinos cuya familia real no había sido ejecutada. En vez de eso, le habían entregado la corona y jurado lealtad al rey y sus legiones conquistadoras. No sabía qué era peor: una decapitación rápida o claudicar ante el rey de Adarlan.

—Tal parece —continuó Arobynn—que el convoy tiene el propósito de exponer todo lo que Melisande tiene para ofrecer: cultura, bienes, riqueza. Su intención es convencer al rey de que les conceda la autorización y los recursos necesarios para construir un camino. Dado que la joven reina de Melisande es una simple prestanombres, admitiré que me impresiona su ambición y su descaro al hacerle esta petición al rey.

Celaena se mordió el labio y visualizó un mapa del continente.

—¿Un camino que conecte Melisande con Fenharrow y Adarlan?

Durante años, el comercio con Melisande había sido complicado debido a su ubicación. Estaba rodeado de montañas casi intransitables y del bosque de Oakwald, por lo cual la mayor parte de su comercio se reducía a lo que podían sacar desde sus puertos. Un camino podría cambiar todo eso. Un camino podría enriquecer a Melisande y aumentar su influencia.

Arobynn asintió.

—El convoy se quedará aquí una semana y tienen planeados festivales y mercados, incluyendo una gala en tres días para celebrar la Luna de la Cosecha. Tal vez si los ciudadanos de Rifthold se enamoran de sus bienes, entonces el rey tome en serio su petición.

—¿Y qué tiene que ver Doneval con el camino?

Arobynn se encogió de hombros.

—Está aquí para discutir los acuerdos comerciales en Rifthold. Y tal vez también para restarle autoridad a su exesposa, Leighfer. Y para formalizar un negocio específico que ocasionó que Leighfer quisiera deshacerse de él.

Celaena arqueó las cejas. *Un regalo*, le había dicho Arobynn.

—Doneval viaja con documentos muy delicados —dijo Arobynn en voz tan baja que la lluvia que azotaba la ventana casi las ahogaba—. No solo tendrías que encargarte de él sino que también tendrías que recuperar esos documentos.

—¿Qué tipo de documentos?

Arobynn abrió bien sus ojos plateados.

—Doneval quiere establecer un negocio de esclavos entre él y alguien en Rifthold. Si se aprueba el camino y se construye, quiere ser el primero en Melisande en lucrar a partir de la importación y exportación de esclavos. Tal parece que los documentos contienen las pruebas de que algunos melisandrianos en Adarlan se oponen al comercio de esclavos. Considerando todo lo que el rey de Adarlan ha hecho para castigar a quienes se pronuncian en contra de sus políticas... Bueno, averiguar quién está en su contra en el tema de los esclavos, en especial porque parece que están dando pasos para *ayudar* a liberar a los esclavos de sus garras, sería información que al rey le interesaría *muchísimo* conseguir. Doneval y su nuevo socio en Rifthold planean usar esa lista para chantajear a esas personas y que cambien de opinión, para que dejen de resistirse e inviertan con él para darle forma al comercio de esclavos en Melisande. O, si se niegan a hacerlo, Leighfer cree que su exesposo se encargará de que esa lista de nombres llegue a manos del rey.

Celaena tragó saliva. ¿Entonces esto era una ofrenda de paz? ¿Una señal de que Arobynn había cambiado de parecer sobre el comercio de esclavos y la había perdonado por lo de la Bahía de la Calavera?

Pero enredarse de nuevo en este tipo de asunto...

—¿Qué tiene que ver Bardingale en esto? —preguntó con cautela—. ¿Por qué nos contrataría para matarlo?

—Porque Leighfer no cree en la esclavitud y quiere proteger a la gente de esa lista: gente que está preparándose para dar los pasos necesarios para suavizar el golpe de la esclavitud en Melisande. Y posiblemente incluso ayudar a llevar en secreto a los esclavos capturados a un sitio seguro.

Arobynn hablaba como si conociera a Bardingale en persona, como si fueran algo más que socios.

—¿Y el socio de Doneval en Rifthold? ¿Quién es?

Tenía que considerar todos los ángulos antes de aceptar, tenía que pensarlo bien.

—Leighfer no lo sabe. Sus fuentes no han podido encontrar un nombre en la correspondencia en código de Doneval con su socio. Lo único que ha podido deducir es que dentro de seis días, en algún momento del día, Doneval intercambiará los documentos con su nuevo socio en la casa que renta aquí. No sabe qué documentos llevará a la mesa su socio, pero está segura de que deben incluir una lista de personas importantes que se oponen a la esclavitud en Adarlan. Leighfer dice que quizá Doneval tenga una habitación privada en su casa para hacer la transacción: tal vez un estudio en los niveles superiores o algo por el estilo. Lo conoce lo suficiente como para estar segura de ello.

Celaena empezaba a ver hacia dónde se dirigía esto. Doneval casi estaba envuelto con un moño para ella. Lo único que tendría que hacer sería averiguar a qué hora era la reunión, informarse sobre sus defensas y elaborar un plan para evadirlas.

—¿Entonces no solo tendría que eliminar a Doneval, sino también esperar a que termine su intercambio para obtener tanto sus documentos *como* los documentos que traiga su socio? —Arobynn sonrió un poco—. ¿Qué hay del socio? ¿Debo eliminarlo también?

La sonrisa de Arobynn se convirtió en una línea apretada.

—Como no sabemos con quién estará tratando, no se te ha contratado para eliminarlo. Pero se ha sugerido que Leighfer y sus aliados quieren que el contacto también sea eliminado. Podrían darte un bono por ello.

Celaena miró el prendedor de esmeraldas en su regazo.

—¿Y qué tan bien pagará esto?

—Extraordinariamente bien —dijo Arobynn y ella alcanzó a percibir la sonrisa en su voz, pero seguía observando la hermosa joya verde—. Y yo no cobraré mi parte. Es todo tuyo.

Al escuchar eso, ella levantó la cabeza. Había un dejo de súplica en la mirada de Arobynn. Tal vez de verdad lamentaba lo que había hecho. Y tal vez había elegido esta misión solo para ella, para demostrarle, a su manera, que entendía por qué había liberado esos esclavos en Bahía de la Calavera.

—¿Asumo que Doneval estará bien protegido?

—Muy —dijo Arobynn y sacó una carta del escritorio a sus espaldas—. Está esperando hacer la transacción hasta el día posterior al fin de las celebraciones en la ciudad para poderse ir a casa al día siguiente.

Celaena miró hacia el techo, como si pudiera ver a través de las vigas de madera y hacia su recámara en el piso de arriba, donde ahora estaban sus cofres llenos de oro. No *necesitaba* el dinero, pero si planeaba saldar su deuda con Arobynn, sus fondos terminarían severamente mermados. Y aceptar esta misión no sería solo matar, también ayudaría a otros. ¿Cuántas vidas terminarían destruidas si ella no eliminaba a Doneval y su socio y se encargaba de esos documentos con información delicada?

Arobynn se volvió a acercar y ella se puso de pie. Él le apartó un mechón de pelo de la cara.

—Te extrañé —dijo.

Abrió los brazos, pero no hizo ningún movimiento para abrazarla. Ella lo miró con atención. El Maestro Mudo le había dicho que la gente lidiaba de maneras distintas con el dolor: que algunos elegían ahogarlo, otros amarlo y otros elegían permitirle convertirse en rabia. Aunque no tenía ningún remordimiento por haber liberado a esos doscientos esclavos de Bahía de la Calavera, había traicionado a Arobynn al hacerlo. Tal vez lastimarla había sido su manera de lidiar con su propio dolor.

Y a pesar de que no existía excusa en el mundo por lo que había hecho, Arobynn era lo único que tenía. La historia que había entre ambos, oscura y retorcida y llena de secretos, estaba forjada de algo más que simple oro. Y si ella lo dejaba, si pagaba sus deudas en este momento y no lo volvía a ver...

Dio un paso atrás y Arobynn bajó los brazos despreocupado, sin alterarse por su rechazo.

—Pensaré lo de Doneval.

No era mentira. Siempre se tomaba un tiempo para considerar sus misiones. Arobynn le había sugerido que hiciera eso desde el principio.

—Lo siento —repitió él.

Celaena lo volvió a ver fijamente y luego se marchó.

El agotamiento la alcanzó de golpe en el momento que empezó a subir por las elegantes escaleras de mármol pulido. Un mes de viajar en condiciones difíciles después de un mes de entrenamiento agotador y de sufrimiento. Cada vez que veía la cicatriz de su cuello, o la tocaba, o sentía que la ropa la rozaba, se estremecía de dolor al recordar la traición que la había provocado. Había creído que Ansel era su amiga, una amiga de vida, una amiga del corazón. Pero la necesidad de Ansel por vengarse había sido mayor que cualquier otra cosa. No obstante, donde fuera que Ansel estuviera ahora, Celaena esperaba que al fin estuviera enfrentando lo que la atormentaba desde hacía tanto tiempo.

Un sirviente que pasó a su lado inclinó la cabeza y apartó la mirada. Todos los que trabajaban aquí sabían más o menos quién era ella y mantendrían su identidad secreta bajo pena de muerte. Aunque ya no tenía mucho sentido, dado que todos y cada uno de los Asesinos Silenciosos ya la podían identificar.

Con la respiración entrecortada, se pasó la mano por el cabello. Esta mañana, antes de entrar a la ciudad, se había detenido en una taberna en las afueras de Rifthold para bañarse, para lavar su ropa sucia y para ponerse algo de maquillaje. No quería entrar a la Fortaleza con aspecto de rata de alcantarilla. Pero todavía se sentía *sucia*.

Pasó junto a una de las salas de estar del piso superior y arqueó las cejas al escuchar el pianoforte y a la gente riendo en el interior. Si Arobynn tenía invitados, ¿entonces por qué estaba *tan ocupado* en su estudio cuando ella llegó?

Celaena apretó los dientes. Así que esa tontería de hacerla esperar mientras terminaba su trabajo...

Hizo puños con las manos y estaba a punto de darse la media vuelta y bajar las escaleras para decirle a Arobynn que se iría y que él ya no era su dueño, cuando alguien salió al pasillo elegantemente decorado.

Sam Cortland.

Los ojos castaños de Sam se abrieron como platos y su cuerpo se puso rígido. Como si requiriera un esfuerzo de su parte, cerró la puerta al baño del pasillo y caminó hacia ella, pasó junto a las cortinas de terciopelo verde azulado que colgaban frente a los ventanales de piso a techo, junto a los cuadros de obras de arte, más y más cerca. Ella permaneció inmóvil y observó cada centímetro de él antes de que se detuviera apenas a un metro de distancia.

No le faltaban extremidades, no cojeaba, no tenía ninguna señal de algo que lo atormentara. Su cabello color café estaba un poco más largo, pero le quedaba bien. Y estaba bronceado, un bronceado divino, como si hubiera pasado todo el verano tirado bajo el sol. ¿Arobynn no lo había castigado para nada?

—Regresaste —dijo Sam como si no pudiera terminar de creerlo.

Ella levantó la barbilla y metió las manos a los bolsillos.

—Obvio.

Él ladeó un poco la cabeza.

—¿Cómo estuvo el desierto?

No tenía ni un rasguño. Por supuesto, la cara de ella también ya había sanado, pero...

—Caluroso —respondió ella. Sam rio un poco.

No era que estuviera *enojada* con él por no estar herido. Se sentía tan aliviada que, de hecho, podría vomitar. Pero no se había imaginado que verlo hoy se sentiría tan... extraño. Y después de lo que había sucedido con Ansel, ¿de verdad podía decir que confiaba en él?

En la sala a unas puertas de distancia, una mujer rio con un sonido agudo. ¿Cómo era posible que tuviera tantas preguntas y, al mismo tiempo, tan poco que decirle?

Los ojos de Sam se movieron de su rostro a su cuello. Frunció el entrecejo por un segundo al ver la delgada cicatriz nueva.

—¿Qué pasó?

—Alguien me puso una espada al cuello.

La mirada de Sam se ensombreció, pero ella no quiso explicarle toda la larga y miserable historia. No quería hablar de Ansel y para nada quería hablar de lo que había sucedido con Arobynn aquella noche cuando regresaron de Bahía de la Calavera.

—¿Estás herida? —preguntó Sam en voz baja y se acercó un paso más.

A ella le tomó un momento darse cuenta de que la imaginación de su compañero lo había llevado a un sitio mucho, mucho peor cuando escuchó que alguien le había puesto una espada al cuello.

—No —respondió ella—. No, no fue eso.

—¿Entonces qué fue?

Ahora la miraba con más atención, la línea blanca casi invisible en su mejilla, otro regalo de Ansel, sus manos, todo. El cuerpo delgado y musculoso de Sam se tensó. Su pecho también se ensanchó.

—Fue nada de tu incumbencia, eso fue —respondió ella.

—Dime qué pasó —dijo él entre dientes.

Ella le esbozó una de esas sonrisas fingidas que sabía que él odiaba. No habían tenido problemas desde Bahía de la Calavera, pero después de tantos años de tratarlo muy mal, no sabía cómo recuperar esa camaradería y respeto recién adquirido que habían descubierto.

—¿Por qué tendría que decirte algo?

—Porque —masculló él y dio un paso al frente— la última vez que te vi, Celaena, estabas inconsciente sobre la alfombra de Arobynn y tan ensangrentada que ni se te alcanzaba a distinguir la maldita cara.

Estaba tan cerca ahora que lo podía tocar. La lluvia seguía azotando las ventanas del pasillo, un recordatorio distante de que el mundo seguía existiendo a su alrededor.

—Dime —insistió él.

¡Te voy a matar! le había gritado Sam a Arobynn cuando el rey de los asesinos la estaba golpeando. Había sido un rugido. En esos horribles minutos, el vínculo que había surgido entre

ella y Sam no se había quebrantado. Él había cambiado de lealtades, había elegido apoyarla, pelear por *ella*. Tan solo *eso* ya lo hacía distinto a Ansel. Sam podría haberla lastimado o traicionado una docena de veces, pero nunca había aprovechado la oportunidad.

Una media sonrisa tiró de las comisuras de sus labios. Lo había extrañado. Al ver la expresión de su cara, él le sonrió un poco confundido. Ella tragó saliva y sintió cómo las palabras le subían por el cuerpo, *Te extrañé*, pero en ese momento se abrió la puerta de la sala de estar.

—¡Sam! —le reprochó una mujer joven de cabello oscuro y ojos verdes con la risa en los labios—. Ahí estás...

Los ojos de la chica se encontraron con los de Celaena. Celaena dejó de sonreír cuando la reconoció.

Una sonrisa de aspecto felino se dibujó en la cara de la joven de facciones impresionantes y cruzó el umbral de la puerta para acercarse. Celaena observó cada movimiento de su cadera, el ángulo elegante de su mano, el vestido exquisito con un escote pronunciado que revelaba su busto generoso.

—Celaena —murmuró y Sam miró a las dos con cautela cuando la chica se detuvo a su lado. Demasiado cerca de él para ser una simple conocida.

—Lysandra —dijo Celaena.

Había conocido a Lysandra cuando ambas tenían diez años y, en los siete años que habían transcurrido desde entonces, Celaena no podía recordar una sola ocasión en que no quisiera golpearla en la cara con un ladrillo. O aventarla por una ventana. O hacer alguna de las muchas cosas que había aprendido de Arobynn.

Algo que no contribuía a mejorar su relación era que Arobynn había gastado una cantidad considerable de dinero para ayudar a Lysandra a pasar de ser una huérfana que vivía en la calle a una de las cortesanas más cotizadas de la historia de Rifthold. Era buen amigo de la madama de Lysandra y había sido el generoso benefactor de la chica durante años. Lysandra y su madama eran las únicas cortesanas que sabían que la chica que Arobynn llamaba su «sobrina» en realidad era su protegida. Celaena no sabía por qué les había contado eso Arobynn, pero cada vez que se quejaba del riesgo de que Lysandra revelara su identidad, él parecía estar seguro de que no lo haría. Celaena, no era de sorprenderse, tenía dificultad para creer eso, pero tal vez las amenazas del rey de los asesinos eran suficiente para mantener callada incluso a la bocona de Lysandra.

—Pensé que te habían empacado y mandado al desierto —dijo Lysandra y miró con ojo experto la ropa de Celaena. Gracias al Wyrd que se había cambiado en esa taberna—. ¿Es posible que el verano haya pasado *tan* rápido? Supongo que cuando la estás pasando así de bien...

Una calma mortífera y cruel llenó las venas de Celaena. Una vez ya había reaccionado con violencia a algo que había hecho Lysandra. Cuando tenían trece años y Lysandra le había arrebatado de las manos un hermoso abanico de encaje. La pelea que tuvo lugar a continuación las hizo rodar por las escaleras. Celaena había pasado la noche en los calabozos de la Fortaleza por los moretones que le había dejado a Lysandra en la cara al golpearla con el abanico.

Intentó no hacer caso a lo cerca de Sam que la chica se había parado. Él siempre había sido amable con las cortesanas y todas lo adoraban. Su madre había sido una de ellas y le había pedido a Arobynn, uno de sus patrocinadores, que cuidara a su hijo. Sam solo tenía seis años cuando un cliente celoso la mató. Celaena se cruzó de brazos.

—¿Debería molestarme en preguntarte qué estás haciendo aquí?

Lysandra le sonrió con suficiencia.

—Ah, Arobynn —ronroneó su nombre como si fueran íntimos— me organizó un almuerzo en honor de mi próxima subasta de Iniciación.

Por supuesto que lo haría.

—¿Invitó a tus futuros clientes?

—Ah, no —rio Lysandra—. Esto fue solo para mí y las chicas. Y para Clarisse, por supuesto.

Usó el nombre de la madama como un arma también, una palabra que tenía la intención de aplastar y dominar, una palabra que susurraba: *yo soy más importante que tú; yo tengo más influencia que tú; yo soy todo y tú no eres nada.*

—Qué bien —respondió Celaena. Sam seguía sin decir palabra.

Lysandra levantó la barbilla y la miró hacia abajo siguiendo la línea de su delicada nariz pecosa.

—Mi Iniciación es en seis días. Esperan que rompa todos los récords.

Celaena había visto a varias jóvenes cortesanas pasar por el proceso de la subasta de Iniciación. Las chicas entrenaban hasta que cumplían diecisiete años y entonces se vendía su virginidad al mejor postor.

—Sam —continuó Lysandra y le puso una mano delgada sobre el brazo— me ha ayudado *tanto* asegurándose de que todos los preparativos estén listos para mi fiesta de Iniciación.

Celaena se sorprendió ante lo rápido que la invadió el deseo de arrancarle esa mano de la muñeca. Solo porque era amable y comprensivo con las cortesanas no significaba que tuviera que ser tan... amistoso con ellas.

Sam se aclaró la garganta y se enderezó.

—No tanto. Arobynn quería asegurarse de que los proveedores y la ubicación fueran seguros.

—La clientela importante *debe* recibir el mejor trato —canturreó Lysandra—. Me *encantaría* poderte decir quién va a asistir, pero Clarisse me mataría. Es un secreto categórico y solo pueden enterarse los que estén relacionados de alguna manera.

Era suficiente. Una palabra más de la boca de la cortesana y Celaena estaba bastante segura de que le tiraría los dientes y haría que se los tragara. Celaena ladeó la cabeza y sus dedos formaron puños. Sam reconoció el gesto familiar y retiró la mano de Lysandra de su brazo.

—Vuelve a tu almuerzo —le dijo.

Lysandra se despidió de Celaena con una de sus sonrisitas y luego volteó a ver a Sam.

—¿Cuándo vas a regresar? —preguntó e hizo un mohín con sus labios carnosos y rojos.

Suficiente, suficiente, *suficiente*.

Celaena se dio la media vuelta.

—Disfruta tu compañía de calidad —dijo por encima del hombro.

—Celaena —dijo Sam.

Pero ella no volteó, ni siquiera cuando escuchó a Lysandra reír y susurrar algo. Ni siquiera porque lo único que quería en el mundo era tomar su daga y *lanzarla*, con todas sus fuerzas, justo hacia la cara de Lysandra, de una belleza insoportable.

Siempre había odiado a Lysandra, se dijo a sí misma. *Siempre* la había odiado. Que hubiera tocado así a Sam, que le hubiera *hablado* así a Sam, eso no cambiaba las cosas. Pero...

Aunque la virginidad de Lysandra era incuestionable, *tenía* que serlo, había muchas otras cosas que podía hacer. Cosas que podría haber hecho con Sam...

Celaena ya se sentía enferma y furiosa y humillada cuando llegó a su habitación y azotó la puerta con tanta fuerza que hizo temblar las ventanas salpicadas por la lluvia.

CAPÍTULO 2

La lluvia seguía cayendo al día siguiente y Celaena despertó con el rugido de un trueno y un sirviente que colocaba una caja larga y envuelta de manera muy hermosa sobre su vestidor. Abrió el regalo mientras bebía su té matutino. Se tomó su tiempo para quitar el listón de color turquesa e hizo un esfuerzo por fingir que no estaba *tan* interesada en lo que le había enviado Arobynn. Ninguno de sus regalos se había acercado siquiera un poco a ganarle algún tipo de perdón. Pero no pudo contener su gritito de emoción cuando abrió la caja y encontró dos brillantes peinetas de oro. Eran exquisitas, con forma de aleta de pez, cada una acentuada con una astilla de zafiro.

Casi volcó su bandeja del desayuno cuando corrió de la mesa junto a la ventana a su tocador de palo de rosa. Con manos hábiles, se pasó una de las peinetas por el cabello y la movió hacia atrás antes de darle la vuelta para fijarla en su posición. Luego repitió los movimientos del otro lado de su cabeza. Cuando terminó, le sonrió satisfecha a su reflejo. Exótica, seductora, imperial.

Tal vez Arobynn fuera un infeliz, y tal vez se asociara con Lysandra, pero vaya que tenía buen gusto. Ah, era tan *lindo* estar de vuelta en la civilización, ¡con su ropa hermosa y sus zapatos y sus joyas y sus cosméticos y todos los lujos que había extrañado durante el verano!

Celaena examinó las puntas de su cabello y frunció el ceño. El gesto se hizo más profundo cuando su atención pasó a sus manos: a sus cutículas deshechas y sus uñas irregulares. Protestó cuando vio por una de las ventanas de su elegante recámara. El otoño empezaba, lo cual significaba lluvia en Rifthold durante unas dos semanas.

A través de las nubes bajas y la lluvia inclemente, alcanzaba a ver el resto de la capital brillando bajo la luz grisácea. Las casas de roca clara estaban muy pegadas, las unían avenidas anchas que se extendían desde los muros de alabastro hasta los muelles en el distrito del este y desde el bullicioso centro de la ciudad hasta los edificios en ruinas de los barrios bajos en el extremo sur, donde el río Avery daba vuelta tierra adentro. Incluso los techos color esmeralda de cada edificio parecían estar hechos de plata. El castillo de cristal se elevaba por encima de todo con sus torretas superiores envueltas en niebla.

El convoy de Melisande no podía haber elegido un peor momento para visitar. Si querían organizar festivales callejeros, encontrarían pocos participantes dispuestos a lidiar con la tormenta inclemente.

Celaena se quitó las peinetas del cabello. El convoy llegaría hoy, según lo que le había dicho Arobynn anoche en su cena privada. Ella aún no le había dado una respuesta sobre eliminar a Doneval en cinco días y él no la había presionado al respecto. Se había comportado amable y generoso. Le sirvió él mismo la comida y le hablaba con suavidad, como si fuera una mascota asustada.

Miró de nuevo su cabello y sus uñas. Era una mascota muy desaliñada y de aspecto salvaje.

Se dirigió a su vestidor. Decidiría qué hacer con el tema de Doneval y sus fines oscuros más tarde. Por ahora, ni siquiera la lluvia impediría que se mimara un poco.

En su salón de belleza favorito se alegraron de verla y se sintieron completamente horrorizados al ver el estado de su cabello. Y de sus uñas. *¡Y las cejas! ¿No podría haberse tomado la molestia de depilarlas un poco mientras estuvo fuera?* Medio día más tarde, con el cabello cortado y reluciente, las uñas suaves y brillantes, Celaena salió de nuevo a las calles empapadas de la ciudad.

Incluso con la lluvia, la gente encontró pretextos para estar en la calle cuando llegó el convoy gigante de Melisande. Celaena se detuvo debajo del toldo de una florería. El dueño del local estaba en la puerta para ver pasar la gran procesión. Los melisandrianos avanzaron por la amplia avenida que se extendía desde la puerta oeste de la ciudad hasta las puertas del castillo.

Eran los malabaristas y tragafuegos habituales, cuyo desempeño se complicaba gracias a la maldita lluvia. Los pantalones holgados de las bailarinas estaban empapados hasta la rodilla y, al final, iba la fila de Gente Muy Importante y Muy Rica, que venían protegidos con sus capas y no con el porte orgulloso que quizá se habían imaginado iban a lucir al hacer su entrada.

Celaena metió sus dedos fríos en los bolsillos de la túnica. Pasaron por ahí varias carretas de colores brillantes. Traían las puertas cerradas por el clima y eso significaba que Celaena regresaría a la Fortaleza y no se quedaría más tiempo.

Melisande era célebre por sus inventores, por las manos astutas que creaban artefactos astutos. Relojería tan fina que casi se podría jurar que estaba viva, instrumentos musicales de sonido tan límpido y hermoso que podía romperte el corazón, juguetes tan encantadores que parecería que la magia no había desaparecido del continente. Si las carretas que contenían esas cosas venían cerradas, entonces ella no tenía ningún interés en ver el desfile de gente empapada y miserable.

La multitud seguía caminando hacia la avenida principal, así que Celaena regresó por callejones angostos y sinuosos para evadir el gentío. Se preguntó si Sam estaría yendo a ver la procesión... y si Lysandra estaría con él. Vaya lealtad inquebrantable la de Sam. ¿Cuánto tiempo después de que se fuera al desierto había tardado en convertirse en un amigo *tan* querido de Lysandra?

Las cosas estaban mejor cuando disfrutaba pensar en cómo destriparlo. Al parecer, Sam era tan susceptible a una cara bonita como Arobynn. No sabía por qué había pensado que él sería distinto. Frunció el ceño y avanzó más rápido. Traía los brazos helados cruzados sobre el pecho y la espalda encorvada para protegerse de la lluvia.

Veinte minutos después goteaba por todo el piso de mármol del vestíbulo de la Fortaleza. Y un minuto después, ya estaba goteando sobre la alfombra del estudio de Arobynn para decirle que aceptaba la misión de eliminar a Doneval, recuperar sus documentos de chantaje por el comercio de esclavos y deshacerse también de quien resultara ser su coconspirador.

A la mañana siguiente, Celaena bajó la vista y su boca se quedó atrapada entre una sonrisa y una expresión de desagrado. El traje negro del cuello a los pies estaba todo hecho de la misma tela oscura: tan gruesa como el cuero, pero sin el brillo. Era como una armadura, solo que estaba pegada a la piel y hecha de una tela extraña, no de metal. Podía sentir el peso de sus armas en los sitios donde las traía ocultas con tanta precisión que si alguien la cacheaba pensaría que eran solo las costuras. Experimentó meciendo los brazos.

—Cuidado —le dijo el hombre de baja estatura frente a ella con los ojos muy abiertos—. Podrías arrancarme la cabeza.

Detrás de ellos, Arobynn rio. Estaba recargado contra los paneles de la pared de la sala de entrenamiento. Ella no había hecho preguntas cuando la llamó y luego le dijo que se pusiera el traje negro y las botas a juego que tenían forro de vellón.

—Cuando quieras desenvainar las espadas —dijo el inventor y dio un paso grande hacia atrás—, es con un movimiento hacia abajo y un giro adicional de la muñeca.

Le mostró el movimiento con su propio brazo flacucho y Celaena lo imitó.

Sonrió al ver cómo salía un cuchillo del pliegue oculto en su antebrazo. Pegado al traje de forma permanente, era como tener una espada corta soldada al brazo. Hizo el mismo movimiento con la otra muñeca y apareció el cuchillo gemelo. Seguro el traje tenía unos mecanismos internos que lo hacían funcionar: algún invento brillante con resortes y engranes. Hizo la prueba con otros movimientos mortíferos de sus brazos y disfrutó del silbido *zum-zum-zum* de las espadas. También eran de manufactura fina. Arqueó las cejas con admiración.

—¿Cómo las vuelvo a guardar?

—Ah, eso es un poco más difícil —dijo el inventor—. La muñeca debe estar inclinada hacia arriba y se presiona este botoncito de aquí. Eso debe activar el mecanismo... ahí lo tienes.

Celaena vio cómo el cuchillo se deslizaba de nuevo al interior del traje y volvió a sacar y guardar el arma varias veces.

La reunión de Doneval y su socio sería en cuatro días, apenas el tiempo suficiente para que ella aprendiera a usar el traje nuevo. Cuatro días era suficiente tiempo para entender cómo funcionaban las defensas de la casa y averiguar la hora exacta del encuentro, en especial porque ya sabía que tendría lugar en un estudio privado.

Al fin volteó a ver a Arobynn.

—¿Cuánto cuesta?

Él se despegó de la pared con un empujón.

—Es un regalo. Al igual que las botas.

Ella chocó la punta de la bota contra la loseta del piso y sintió los bordes y surcos de las suelas. Eran perfectas para trepar. El interior de vellón mantendría sus pies a la temperatura del cuerpo, le dijo el inventor, incluso si se empapaban. Ella nunca había *escuchado* hablar de un traje como este. Cambiaría por completo la manera en que se conducía en sus misiones. No que necesitara el traje para conseguir una ventaja. Pero era Celaena Sardothien, malditos fueran los dioses, ¿acaso no se merecía el mejor equipo? Con este traje, nadie cuestionaría su posición como la Asesina de Adarlan. Nunca. Y si lo hacían... que el Wyrd los ayudara.

El inventor pidió tomarle las últimas medidas, aunque las que Arobynn le había proporcionado eran casi perfectas. Ella levantó los brazos para que él terminara de medir y le preguntó cosas intrascendentes sobre su viaje desde Melisande y qué planeaba vender en Adarlan. Era un maestro inventor, dijo, y se especializaba en crear cosas que se consideraban imposibles. Como un traje que fuera a la vez armadura y armería, y que fuera suficientemente ligero como para usarlo con comodidad.

Celaena miró a Arobynn por encima del hombro. Había estado observando su interrogatorio con una sonrisa confundida.

—¿Vas a mandar hacer uno para ti? —le preguntó.

—Por supuesto. Y para Sam también. Solo lo mejor para los mejores de mi equipo.

Celaena se dio cuenta de que no dijo «asesinos», pero si el inventor sabía a qué se dedicaban o no, no lo expresó en su rostro.

Ella no pudo ocultar su sorpresa.

—Nunca le das regalos a Sam.

Arobynn se encogió de hombros y empezó a limpiarse las uñas.

—Ah, Sam va a pagar por ese traje. No puedo dejar completamente vulnerable a mi segundo mejor, ¿o sí?

Ella ocultó su sorpresa mejor en esta ocasión. Un traje como este seguro costaría una pequeña fortuna. Aparte de los materiales, tan solo las horas que debió tardar el inventor en crearlo... Arobynn debió haberlo mandado hacer inmediatamente después de enviarla al Desierto Rojo. Tal vez de verdad se sentía mal por lo que había pasado. Pero obligar a Sam a comprarlo...

El reloj dio las once y Arobynn exhaló profundo.

—Tengo una reunión —hizo un ademán con la mano llena de anillos en dirección al inventor—. Dale la cuenta a mi sirviente cuando termines.

El maestro inventor asintió y continuó midiendo a Celaena.

Arobynn se acercó a ella, cada uno de sus pasos tan agraciado como un baile. Le plantó un beso en la cabeza.

—Me alegra que estés de regreso —le murmuró en el cabello. Con eso, salió de la habitación silbando.

El inventor se arrodilló para medir la distancia entre su rodilla y la punta de la bota, por los motivos que fueran. Celaena se aclaró la garganta y esperó hasta estar segura de que Arobynn no la podía escuchar.

—¿Si te diera un trozo de seda de araña, lo podrías incorporar a uno de estos uniformes? Es pequeño, así que solo querría que estuviera alrededor del corazón.

Con las manos le indicó el tamaño del trozo de material que le había dado el comerciante de la ciudad desierta de Xandria.

La seda de araña era un material casi mítico elaborado por las arañas estigias, unas bestias del tamaño de un caballo. Era tan escaso que la única forma de conseguirlo era enfrentando a las arañas en persona. Y las arañas no aceptaban oro a cambio. No, ellas deseaban cosas como sueños y recuerdos y almas. El comerciante que conoció había intercambiado veinte años de su juventud por cien metros de seda. Y después de una conversación larga y extraña con él, le había dado unos centímetros cuadrados del material. *Un recordatorio*, le dijo. *De que todo tiene un precio.*

El maestro inventor arqueó las cejas tupidas.

—Su-supongo. ¿En el interior o en el exterior? Yo creo que en el interior —continuó y respondió su propia pregunta—. Si lo cosiera al exterior, la iridiscencia podría arruinar lo discreto del negro. Pero evitaría el paso de cualquier arma y es justo del tamaño correcto para proteger el corazón. ¡Ah, lo que daría por diez metros de seda de araña! Serías invencible, querida.

Ella sonrió discreta.

—Solo necesito que proteja el corazón.

Dejó al inventor en el salón. Su traje estaría listo pasado mañana.

No se sorprendió al encontrarse a Sam de camino de regreso. Había visto el maniquí donde estaba esperándolo su traje en la sala de entrenamiento. A solas con ella en el pasillo, Sam observó su traje. Ella aún tenía que quitárselo y dárselo al inventor para que pudiera hacer los ajustes finales en el taller que seguro había montado mientras estaba en Rifthold.

—Elegante —dijo Sam. Ella iba a poner las manos en la cadera, pero se detuvo. Hasta no dominar el traje, tendría que poner cuidado con sus movimientos o podría clavarle un cuchillo a alguien—. ¿Otro regalo?

—¿Hay algún problema si sí lo es?

No había visto a Sam para nada el día anterior pero, por otro lado, también había procurado estar fuera todo el tiempo posible. No lo estaba evadiendo, solo no tenía ganas de verlo si eso implicaba encontrarse también con Lysandra. Pero le pareció extraño que no estuviera en una misión. La mayoría de los demás asesinos estaban trabajando en diversas misiones o tan ocupados que casi no estaban en casa. Pero Sam parecía estarse quedando cerca de la Fortaleza o ayudando a Lysandra y su madama.

Sam se cruzó de brazos. Su camisa blanca era lo suficientemente ajustada para que ella pudiera ver sus músculos moverse debajo.

—Para nada. Aunque me sorprende un poco que estés aceptando sus regalos. ¿Cómo puedes perdonarlo después de lo que hizo?

—¡Perdonarlo! Yo no soy la que anda por ahí paseándose con Lysandra y asistiendo a almuerzos y haciendo... haciendo lo que sea que hayas estado haciendo todo el verano.

Sam gruñó.

—¿De verdad crees que disfruto algo de esto?

—A ti no te enviaron al Desierto Rojo.

—Créeme, hubiera preferido estar a miles de kilómetros.

—*No* te creo. ¿Cómo puedo creer cualquier cosa que digas? Él frunció el entrecejo.

—¿De qué estás *hablando*?

—De nada. No es de tu incumbencia. No quiero hablar de esto. Y no quiero hablar en particular *contigo*, Sam Cortland.

—Entonces, adelante —exhaló él—. Regresa arrastrándote al estudio de Arobynn y habla con *él*. Deja que te compre regalos y que te dé palmadas en la cabeza y te ofrezca sus misiones mejor pagadas. No le tomará mucho tiempo saber cuál es el precio de tu perdón, no ahora que...

Ella lo empujó.

—No te *atrevas* a juzgarme. No digas una palabra más.

Un músculo de la mandíbula de Sam se movió involuntariamente.

—Está bien por mí. No me escucharías de todas maneras. Celaena Sardothien y Arobynn Hamel: solo ustedes dos, inseparables, hasta el fin del mundo. El resto de nosotros bien podríamos ser invisibles.

—¿Estás celoso? En especial considerando que tú tuviste tres meses ininterrumpidos con él en el verano. ¿Qué pasó, eh? ¿No pudiste convencerlo de que *tú* fueras su favorito? ¿No diste el ancho?

Sam se le plantó en la cara tan rápido que ella tuvo que concentrarse para no dar un salto hacia atrás.

—No sabes *nada* sobre cómo estuvo mi verano. *Nada*, Celaena.

—Muy bien. Pues tampoco me interesa.

Él abrió tanto los ojos que Celaena se preguntó si lo habría golpeado sin darse cuenta. Al fin se alejó y ella pasó furiosa a su lado. Se detuvo cuando él volvió a hablar.

—¿Quieres saber cuál fue mi precio para perdonar a Arobynn, Celaena?

Ella se dio la vuelta despacio. Con la lluvia constante, el pasillo estaba lleno de sombras y luces. Sam estaba tan inmóvil que podría haber sido una estatua.

—Mi precio fue que jurara nunca volvería a ponerte una mano encima. Le dije que lo perdonaría a cambio de eso.

Ella deseó que él le hubiera dado un puñetazo en el estómago. Eso le hubiera dolido menos. No confiaba en que sus rodillas la mantuvieran de pie por la vergüenza que sentía en ese momento, así que se marchó por el pasillo.

No quería volver a hablar con Sam jamás. ¿Cómo podría verlo a los ojos? Él había hecho que Arobynn jurara eso *por ella*. No sabía qué palabras podrían transmitir la mezcla de gratitud y culpa que sentía. Odiarlo había sido mucho más fácil... Y hubiera sido mucho más simple si él la hubiera culpado por el castigo de Arobynn. Ella le había dicho cosas tan crueles en el pasillo, ¿cómo podría siquiera empezar a disculparse?

Arobynn la visitó en su recámara después del almuerzo y le dijo que tuviera un vestido planchado y listo. Doneval, según había escuchado, iría al teatro esa noche y, a cuatro días del encuentro, sería bueno asistir también.

Ella ya tenía un plan formulado para seguir a Doneval, pero no era tan orgullosa como para rechazar la oferta de Arobynn de usar su palco en el teatro para espiar: vería con quién hablaba Doneval, quiénes se sentaban cerca de él, quién lo cuidaba. Y ver un baile clásico con la orquesta completa... bueno, eso nunca lo rechazaría. Pero Arobynn no le advirtió quién iría con ellos.

Lo descubrió por las malas cuando se subió al carruaje de Arobynn y descubrió a Lysandra y Sam dentro. Con los cuatro días que faltaban para su subasta de Iniciación, la joven cortesana necesitaba exhibirse lo más posible, explicó Arobynn con toda tranquilidad. Y Sam iba para proporcionar la seguridad adicional.

Celaena se atrevió a ver a Sam al sentarse en la banca a su lado. Él la observó, con la mirada cautelosa, los hombros tensos, como si esperara que ella se lanzara en un ataque verbal en ese momento. Como si se fuera a burlar de él por lo que había hecho. ¿En verdad la consideraba tan cruel? Se sentía un poco asqueada y apartó la vista de Sam. Lysandra solo le sonrió a Celaena del otro lado del carruaje y tomó a Arobynn del brazo.

CAPÍTULO 3

Dos empleados les dieron la bienvenida en el palco privado de Arobynn, recibieron sus capas empapadas y las intercambiaron por copas de vino espumoso. De inmediato, uno de los conocidos de Arobynn se asomó a saludar y Arobynn, Sam y Lysandra permanecieron en la antecámara forrada de terciopelo mientras conversaban. Celaena, que no tenía ningún interés en ver a Lysandra poner a prueba su coqueteo con el amigo de Arobynn, pasó por la cortina carmesí para ocupar su lugar habitual en el asiento más cercano al escenario.

El palco de Arobynn estaba en uno de los costados de la enorme sala, cerca del centro para que ella pudiera ver casi sin obstáculos todo el escenario y el foso de la orquesta, pero también tenía el ángulo para que viera con añoranza los palcos reales vacíos. Ocupaban la preciada posición central y no había nadie. Qué desperdicio.

Observó los asientos en el piso de abajo y los otros palcos, prestando atención a las joyas brillantes, los vestidos de seda, el viso dorado del vino espumoso en flautas de cristal, el murmullo de la multitud que conversaba emocionada. Si había un sitio donde se sintiera como en casa, un sitio donde se sintiera más feliz, era este, en este teatro, con los cojines de terciopelo rojo y los candelabros de cristal y el domo dorado muy, muy alto. ¿Sería una coincidencia o estaría planeado que el teatro hubiera sido construido justo en el centro de la ciudad, apenas a veinte minutos caminando desde la Fortaleza de los Asesinos? Sabía que sería difícil para ella adaptarse a su nuevo departamento, que estaba al doble de distancia del teatro. Pero era un sacrificio que estaba dispuesta a hacer, si lograba encontrar el momento adecuado para decirle a Arobynn que le pagaría su deuda y se mudaría. Lo haría. Pronto.

Sintió los pasos relajados y confiados de Arobynn sobre la alfombra y se enderezó cuando él se acercó por encima de su hombro.

—Doneval está justo enfrente —le susurró Arobynn y ella sintió su aliento caliente sobre la piel—. Tercer palco desde el escenario. Segunda fila de asientos.

De inmediato localizó al hombre que le habían asignado para matar. Era alto, de mediana edad, con cabello rubio claro y piel bronceada. No era particularmente apuesto, pero tampoco espantoso. No se veía gordo, pero tampoco musculoso. Aparte de su túnica color violeta, que incluso a la distancia se veía muy costosa, no tenía nada especial.

Había otras personas en el palco. Una mujer alta y elegante que parecía acercarse a los treinta años estaba parada cerca de la cortina separadora y estaba rodeada de un grupo de hombres. Se conducía como si fuera miembro de la nobleza, pero no se veía ninguna diadema sobre su cabello oscuro y lustroso.

—Leighfer Bardingale —murmuró Arobynn al ver dónde tenía ella la mirada. La exesposa de Doneval y quien la había contratado—. Fue un matrimonio arreglado. Ella quería su riqueza y él quería su juventud. Pero cuando no pudieron tener hijos y se revelaron algunos de sus comportamientos menos... deseables, ella logró escapar del matrimonio, aún joven, pero mucho más rica.

Era inteligente de parte de Bardingale, en realidad. Si ella tenía planeado mandarlo asesinar, entonces le convenía fingir que era su amiga para evitar que la señalaran como la culpable. Aunque Bardingale podría parecer una dama educada y elegante, Celaena sabía que debía correrle acero helado por las venas. Y debía tener un compromiso inquebrantable con sus amigos y aliados... eso sin mencionar a los derechos comunes de todo ser humano. Era difícil no admirarla.

—¿Y la gente que la acompaña? —preguntó Celaena.

A través de una pequeña abertura en las cortinas detrás de Doneval, alcanzaba a ver a tres hombres altos y vestidos de color gris oscuro. Todos parecían guardaespaldas.

—Sus amigos e inversores. Bardingale y Doneval todavía tienen algunos negocios en común. Los tres hombres al fondo son sus guardias.

Celaena asintió y le hubiera preguntado más de no ser porque Sam y Lysandra entraron y se sentaron detrás de ellos después de despedirse del amigo de Arobynn. Había tres lugares frente a la barandilla del balcón y tres detrás. Lysandra, para decepción de Celaena, se sentó junto a ella y Arobynn y Sam ocuparon los asientos de atrás.

—Ah, *mira* cuánta gente hay aquí —dijo Lysandra. Su vestido escotado color azul hielo destacaba su busto cuando se asomó por encima de la barandilla. Celaena bloqueó el parloteo de Lysandra cuando la escuchó empezar a mencionar nombres importantes.

Celaena podía percibir a Sam a sus espaldas, podía sentir su mirada enfocada exclusivamente en el telón de terciopelo dorado que ocultaba el escenario. Debía decirle algo, disculparse o agradecerle o solo... decir algo amable. También sintió su tensión, como si él también quisiera decir algo. En algún lugar del teatro, un gong empezó a indicarle al público que ocupara sus lugares.

Era ahora o nunca. No sabía por qué el corazón le latía desbocado, pero no se permitió pensarlo dos veces y volteó a verlo. Miró su ropa y luego dijo:

—Te ves bien.

Él arqueó las cejas y ella se volvió a voltear y se concentró en el telón. Se veía mejor que bien, pero... Bueno, al menos ya le había dicho algo amable. Había *intentado* ser amable. Pero por alguna razón eso no la hizo sentir mucho mejor.

Celaena puso las manos sobre su regazo, cubierto por su vestido color rojo sangre. No era tan escotado como el de Lysandra, pero con las mangas delgadas y los hombros desnudos, se sentía particularmente expuesta a Sam. Se había rizado el cabello y se lo peinó de lado sobre un hombro, y *no* para ocultar la cicatriz de su cuello.

Doneval se veía relajado en su asiento y miraba al escenario. ¿Cómo podía un hombre que se veía tan aburrido e inútil ser el responsable no solo del destino de varias vidas, sino de todo su país? ¿Cómo podía estar sentado en este teatro y no agachar la cabeza avergonzado por lo que estaba a punto de hacerle a sus compatriotas y a los esclavos que quedaran atrapados en este negocio? Los hombres que rodeaban a Bardingale le besaron las mejillas y se marcharon a sus propios palcos. Los tres guardaespaldas de Doneval observaron a los hombres con mucha, mucha atención cuando se fueron. No eran guardias perezosos y aburridos, por lo visto. Celaena frunció el ceño.

Pero en ese momento elevaron los candelabros hacia el domo y atenuaron la luz. La gente guardó silencio para escuchar las primeras notas de la orquesta. En la oscuridad, era casi imposible ver a Doneval.

La mano de Sam le rozó el hombro y ella casi saltó cuando él acercó la boca a su oreja y murmuró:

—Tú te ves hermosa. Aunque apuesto que ya lo sabes.

Claro que lo sabía.

Lo miró de reojo y notó que estaba sonriendo al recargarse de nuevo en el respaldo de su asiento.

Celaena controló sus ganas de sonreír y volteó al escenario. La música estaba estableciendo el contexto para el público. Un mundo de sombras y niebla. Un mundo en el cual las criaturas y mitos habitaban los momentos oscuros previos al amanecer.

Celaena se quedó muy quieta cuando se abrió el telón dorado y todo lo que sabía y todo lo que ella era se desvaneció en la nada.

La música la aniquiló.

El baile la dejó sin aliento, sí, y la historia que contaba era hermosa: la leyenda de un príncipe que buscaba rescatar a su esposa y el pájaro astuto que capturó para que le ayudara a hacerlo... pero la *música*.

¿Alguna vez había existido algo más hermoso, más doloroso y exquisito al mismo tiempo? Celaena apretó los brazos de su asiento y clavó los dedos en el terciopelo cuando la música se precipitó hacia su final y la arrastró como un diluvio.

Con cada batir del tambor, cada trino de la flauta y graznido del corno, ella sentía la música en la piel, en los huesos. La música la quebrantó y luego la volvió a reconstruir, solo para volverla a desgarrar una y otra vez.

Y luego el clímax, la compilación de todos los sonidos que más le habían gustado, amplificados hasta que hacían eco hacia la eternidad. Con la última nota dejó escapar un grito ahogado y rompió en llanto. No le importó quién la viera.

Luego, silencio.

El silencio era lo peor que había escuchado. Con el silencio regresaba todo a su alrededor. El recinto estalló en aplausos y ella ya estaba de pie, llorando todavía y aplaudió hasta que le dolieron las manos.

—Celaena, no sabía que albergaras ni un fragmento de emociones humanas —se acercó Lysandra a decirle en voz baja—. Y el espectáculo tampoco me pareció *así* de bueno.

Sam puso la mano en el respaldo de la silla de Lysandra.

—Cállate, Lysandra.

Arobynn chasqueó la lengua como advertencia, pero Celaena seguía aplaudiendo. La defensa de Sam le produjo un ligero toque de placer que la recorrió completa. La ovación continuó un rato. Los bailarines salían de detrás del telón una y otra vez para hacer reverencias y recibían un baño de flores. Celaena aplaudió todo el tiempo, después de que se secaran sus lágrimas, después de que la gente empezara ya a salir.

Cuando recordó volver a ver a Doneval, el palco ya estaba vacío.

Arobynn, Sam y Lysandra también se habían ido del palco, mucho antes de que ella estuviera lista para dejar de aplaudir. Pero cuando terminó, Celaena se quedó viendo hacia el escenario y el telón, viendo a la orquesta recoger sus instrumentos.

Fue la última persona en salir del teatro.

Había otra fiesta en la Fortaleza esa noche: una fiesta para Lysandra y su madama y los artistas y filósofos y escritores que Arobynn favorecía en ese momento. Por fortuna, la fiesta se celebró en una de las salas de estar, pero la risa y la música llenaban todo el segundo piso. En el camino de regreso en el carruaje, Arobynn le pidió a Celaena que los acompañara, pero lo último que quería hacer era ver cómo Arobynn, Sam y todos los demás atendían a Lysandra como reina. Así que le dijo que estaba cansada y que tenía que dormir.

Pero no estaba nada cansada. Agotada emocionalmente, tal vez, pero eran apenas las diez y media y pensar en quitarse el vestido y meterse a la cama la hacía sentir un poco patética. Ella era la Asesina de Adarlan, había liberado a esclavos, robado caballos Asterion y se había ganado el respeto del Maestro Mudo. Seguro podía hacer algo mejor que irse a acostar temprano.

Así que se metió en uno de los cuartos de música, donde había suficiente silencio para alcanzar a escuchar solo de vez en cuando alguna carcajada. Los otros asesinos o estaban en la fiesta o en alguna misión. El sonido de su vestido al moverse fue lo único que se escuchó cuando abrió la tapa del pianoforte. Había aprendido a tocar a los diez años, bajo las órdenes de Arobynn de que encontrara al menos *un* talento refinado aparte de acabar con vidas... y se había enamorado de inmediato. Aunque ya no tomaba clases, tocaba siempre que podía dedicarle algunos minutos.

La música del teatro todavía hacía eco en su mente. Una y otra vez, el mismo conjunto de notas y armonías. Podía sentirlas vibrando bajo la superficie de su piel, moviéndose al ritmo de su corazón. ¡Lo que no daría por escuchar la música otra vez!

Tocó unas notas con una mano, frunció el ceño, acomodó los dedos e intentó de nuevo, aferrada a la música en su mente. Poco a poco, la melodía familiar empezó a sonar bien.

Pero eran solo unas notas y esto era un pianoforte, no una orquesta. Golpeó las teclas con más fuerza y trabajó en los acordes. *Casi* lo lograba, pero no estaba del todo bien. No recordaba las notas con la perfección con la que sonaban en su mente. No las podía sentir como las había sentido apenas hacía una hora.

Lo intentó de nuevo durante unos minutos, pero terminó cerrando la tapa y abandonando la habitación. Encontró a Sam recargado en una pared en el pasillo. ¿Había estado escuchándola intentar tocar en el pianoforte todo este tiempo?

—Cerca, pero no es lo mismo, ¿no? —dijo él.

Ella le dedicó una mirada fulminante y empezó a caminar hacia su recámara, aunque no tenía ningún deseo de pasar el resto de la noche sentada ahí sola.

—Debe volverte loca, no poder reproducirlo tal como lo recuerdas.

Empezó a caminar a su lado. Su túnica color azul medianoche resaltaba las tonalidades doradas de su piel.

—Solo estaba perdiendo el tiempo —dijo ella—. No puedo ser la mejor en *todo*, ¿sabes? No sería justo con el resto de ustedes, ¿o sí?

Al fondo del pasillo, alguien había empezado a tocar una melodía alegre con los instrumentos que estaban en el cuarto de juegos.

Sam se mordió el labio.

—¿Por qué no seguiste a Doneval al salir del teatro? ¿No te quedan solo cuatro días?

No le sorprendió que Sam supiera, sus misiones por no general no eran *tan* secretas.

Se detuvo, aún deseosa por escuchar la música otra vez.

—Algunas cosas son más importantes que la muerte.

Sam parpadeó.

—Lo sé.

Ella intentó no parecer incómoda cuando él no la dejó de mirar a los ojos.

—¿Por qué estás ayudando a Lysandra? —preguntó. No sabía por qué lo había hecho.

Sam frunció el ceño.

—No es mala persona, sabes. Cuando no está con otras personas es... mejor. No me ataques por decirlo, pero, aunque la fastidies por ello, ella no eligió este camino para su vida... como nosotros —sacudió la cabeza—. Ella solo quiere tu atención y que reconozcas su existencia.

Ella apretó la mandíbula. Por supuesto que él había pasado bastante tiempo a solas con Lysandra. Y por supuesto que sería sensible a su situación.

—No me importa mucho en particular lo que ella *quiera*. Pero sigues sin responder mi pregunta. *¿Por qué* la estás ayudando?

Él se encogió de hombros.

—Porque Arobynn me dijo que lo hiciera. Y como no tengo ningún deseo de que me vuelva a dejar la cara destrozada, no lo cuestionaré.

—¿Él... él te lastimó mucho también?

Sam rio en voz baja pero no respondió hasta que pasó un sirviente con una bandeja repleta de botellas de vino. Tal vez sería mejor si hablaran en una habitación donde hubiera menos probabilidades de que los escucharan, pero la idea de estar a solas con él le aceleraba el pulso.

—Estuve inconsciente un día y luego dormité otros tres después de la paliza —dijo Sam.

Celaena masculló una palabra altisonante.

—A ti te envió al Desierto Rojo —continuó Sam y sus palabras sonaron suaves y bajas—. Pero *mi* castigo fue tener que verlo golpearte esa noche.

—¿Por qué?

Otra pregunta que no había tenido la intención de hacer.

Él acortó la distancia entre ambos y se paró lo suficientemente cerca como para que ella pudiera ver el detallado bordado de fino hilo de oro de su túnica.

—Después de lo que pasó en Bahía de la Calavera, deberías saber la respuesta.

Ella no *quería* saber la respuesta, ahora que lo pensaba.

—¿Vas a participar en la subasta por Lysandra?

Sam soltó una carcajada.

—¿Participar en la subasta? Celaena, no tengo dinero. Y el dinero que *sí* tengo, lo destinaré a pagarle a Arobynn. Aunque *quisiera*...

—¿*Quieres*?

Él esbozó una sonrisa perezosa.

—¿Por qué lo quieres saber?

—Porque tengo curiosidad de averiguar si la golpiza de Arobynn te dañó el cerebro, por eso.

—¿Te da miedo que hayamos tenido un romance de verano?

Otra vez esa sonrisita insufrible.

Podría haberle arañado la cara. Pero en vez de eso, eligió otra arma.

—Espero que sí. Porque *yo* sí disfruté mi verano.

Se le borró la sonrisa al escuchar eso.

—¿A qué te refieres?

Ella se sacudió una brizna invisible de polvo del vestido rojo.

—Solo diré que el hijo del Maestro Mudo fue *mucho* más hospitalario que los demás Asesinos Silenciosos.

No era del todo mentira. Ilias *sí* había intentado besarla y ella *sí* había disfrutado su atención, pero no había querido nada con él.

Sam palideció. Las palabras de Celaena habían sido certeras, pero no fue tan satisfactorio como ella se lo había imaginado. En vez de eso, el simple hecho de que *sí* le afectara la hacía sentir... sentir... Ah, ¿por qué había siquiera *mencionado* a Ilias?

Bueno, pues sabía muy bien por qué. Sam empezó a darse la vuelta, pero ella lo sostuvo del brazo.

—Ayúdame con Doneval —dijo sin pensar. No necesitaba la ayuda, pero esto era lo mejor que le podía ofrecer a cambio de lo que él había hecho por ella—. Te... te daré la mitad del dinero.

Él resopló.

—Quédate tu dinero. No lo necesito. Arruinar otra transacción de esclavos será suficiente para mí —la miró por un momento y luego sonrió un poco—. ¿Estás segura de que quieres mi ayuda?

—Sí —respondió ella. La voz le salió un poco entrecortada. Él buscó su mirada para intentar detectar alguna señal de burla. Ella se odió por haberlo hecho desconfiar tanto de ella.

Pero al fin asintió.

—Entonces, empezaremos mañana. Iremos a estudiar su casa. A menos que ya hayas hecho eso —dijo y ella negó con la cabeza—. Pasaré por tu recámara después de desayunar.

Ella asintió. Tenía más cosas que quería decirle y tampoco quería que él se fuera, pero se le había cerrado la garganta con tantas palabras no pronunciadas. Empezó a dar la vuelta para irse.

—Celaena.

Ella volteó a verlo y su vestido rojo giró a su alrededor. Con mirada alegre, Sam esbozó una sonrisa torcida.

—Te extrañé este verano.

Ella lo miró sin parpadear, le devolvió la sonrisa y respondió:

—Odio admitirlo, Sam Cortland, pero yo también extrañé tu tonto trasero.

Él solo rio y regresó a la fiesta con las manos en los bolsillos.

CAPÍTULO 4

Agachada bajo las sombras de una gárgola la siguiente tarde, Celaena intentó reacomodar sus piernas adormecidas y gimió con suavidad. Por lo general optaba por usar máscara pero, con la lluvia, tener la cara cubierta solo hubiera limitado aún más su visión. Sin embargo, no usarla la hacía sentir algo expuesta.

La lluvia también había hecho que la roca se volviera resbalosa, así que fue especialmente cuidadosa al cambiar de posición. Seis horas. Seis horas en esta azotea, viendo al otro lado de la calle, hacia la casa de dos pisos que Doneval había rentado durante su estancia. La mansión estaba a poca distancia de la avenida más elegante de la ciudad y era enorme para los estándares de las casas citadinas. Estaba construida de roca blanca sólida y el techo tenía teja verde de cerámica. Se veía igual que todas las demás casas de gente adinerada en la ciudad, incluyendo sus puertas y postigos labrados con mucho detalle. El jardín delantero estaba bien cuidado y, a pesar de la lluvia, se podía ver a los sirvientes trabajando por toda la propiedad, llevando comida, flores y otros artículos.

Eso fue lo primero que ella notó: que la gente iba y venía todo el día. Y que había guardias en todas partes. Se fijaban bien en los rostros de los sirvientes que entraban y asustaban mucho a algunos.

Se escuchó el susurro de botas en la cornisa y Sam saltó con agilidad hacia la sombra de la gárgola. Venía de regreso de investigar el otro lado de la casa.

—Un guardia en cada esquina —murmuró Celaena cuando Sam se acomodó a su lado—. Tres en la puerta principal, dos en la cerca. ¿Cuántos había en la parte de atrás?

—Uno de cada lado de la casa, otros tres junto a los establos. Y no parecen ser empleados improvisados. ¿Los mataremos o intentaremos pasar desapercibidos?

—Preferiría no matarlos —admitió ella—. Pero veamos si podemos colarnos cuando llegue el momento. Parece que están rotando cada dos horas. Los guardias que terminan su turno regresan al interior de la casa.

—¿Doneval sigue fuera?

Ella asintió y se acercó más a él. Por supuesto, era solo para absorber su calor en la lluvia helada. Intentó no fijarse que él se acercó más también.

—No ha regresado.

Doneval se había marchado hacía casi una hora, protegido de cerca por un hombre gigante que parecía estar hecho de granito. El guardaespaldas inspeccionó el carruaje, registró al chofer y al lacayo, sostuvo la puerta abierta hasta que Doneval estuvo dentro y luego entró. Parecía como si Doneval supiera muy bien qué tan preciada y sensible era su lista de simpatizantes con los esclavos. Celaena rara vez había visto este tipo de seguridad.

Ya habían estudiado la casa y el terreno, tomando nota de todo, desde las rocas con las que estaba construido el edificio y qué tipo de chapas sellaban las ventanas hasta la distancia entre las azoteas vecinas y la azotea de la casa. A pesar de la lluvia, alcanzaba a ver bastante bien por la ventana del segundo piso y distinguía un pasillo largo. Algunos sirvientes salían de las habitaciones cargando sábanas y mantas: recámaras, entonces. Cuatro. Había un armario cerca del cubo de la escalera al centro del pasillo. Por la luz que se filtraba, podía deducir que la escalera principal era abierta y enorme, igual a la que había en la Fortaleza de los Asesinos. No había posibilidad de esconderse a menos que encontraran los pasillos de los sirvientes.

Pero corrieron con suerte, porque vieron a un sirviente entrar a una de las habitaciones del segundo piso con un montón de periódicos vespertinos. Unos minutos después, una mujer entró con un balde y herramientas para limpiar una chimenea y luego otro hombre llevó algo que parecía ser una botella de vino. No había visto que alguien cambiara ropa de cama en esa habitación, así que le prestaron especial atención a los sirvientes que entraban y salían de ahí.

Tenía que ser el estudio privado que Arobynn había mencionado. Doneval probablemente tendría un estudio formal en el primer piso pero, para sus negocios turbios, tenía sentido que prefiriera un espacio más discreto en la casa. Pero todavía tenían que averiguar a qué hora sería la reunión, porque hasta ahora solo tenían información sobre la fecha acordada.

—Ahí está —susurró Sam. El carruaje de Doneval se acercó a la casa y el guardaespaldas gigante salió del carruaje, estudió la calle por un momento y luego le indicó al empresario que podía salir. Celaena tenía la sensación de que la prisa de Doneval por entrar a la casa no se debía solamente a la lluvia.

Volvieron a esconderse en las sombras.

—¿A dónde crees que haya ido? —preguntó Sam.

Ella se encogió de hombros. La fiesta de la Luna de la Cosecha de su exesposa era esta noche. Tal vez eso tenía que ver con lo que estaba haciendo, o el festival callejero que Melisande estaba patrocinando en el centro de la ciudad el día de hoy. Ella y Sam estaban agachados tan juntos que Celaena empezó a sentir cómo se extendía una calidez deliciosa por uno de sus costados.

—A ningún lugar bueno, estoy segura.

Sam exhaló con una risa ronca, pero no apartó la mirada de la casa. Permanecieron en silencio durante unos minutos. Al fin, él dijo:

—Entonces, el hijo del Maestro Mudo...

Ella casi suelta un bufido, pero él continuó:

—¿Qué tan cercanos se hicieron, exactamente? —preguntó con la mirada en la casa, aunque ella notó que tenía los puños apretados.

¡Solo díle la verdad, idiota!

—No pasó nada con Ilias. Solo coqueteamos, pero... no pasó nada —repitió.

—Bueno —dijo él después de un momento—, tampoco pasó nada con Lysandra. Ni pasará. Jamás.

—¿Y *por qué*, exactamente, crees que me importa?

Era su turno de mantener la vista fija en la casa.

Él le dio un empujón con el hombro.

—Como ahora ya somos *amigos*, asumí que querrías saber.

Ella agradeció que su capucha le estaba cubriendo casi toda la cara, sonrojada y caliente.

—Creo que prefería cuando me querías matar.

—Yo también creo eso a veces. Por lo menos mi vida era más interesante. Pero me pregunto, ahora que ya te estoy ayudando, ¿eso quiere decir que yo seré tu segundo cuando tú dirijas el gremio de los asesinos? ¿O solo significa que podré presumir que al fin la famosa Celaena Sardothien me ha considerado digno?

Ella le dio un codazo.

—Significa que deberías callarte y prestar atención.

Se sonrieron y luego siguieron esperando. Cerca de la hora en que se empezó a poner el sol, que se sintió muy temprano ese día debido a la densa cubierta de nubes, emergió el guardaespaldas. Doneval no estaba por ninguna parte y el guardaespaldas le hizo señales a los guardias. Habló en voz baja con ellos y luego se fue caminando por la calle.

—¿Lo habrán enviado por un encargo? —se preguntó Celaena.

Sam ladeó la cabeza en dirección al guardaespaldas, una sugerencia de que lo siguieran.

—Buena idea.

Las extremidades rígidas de Celaena protestaron adoloridas cuando empezó a alejarse despacio y con cuidado de la gárgola. Mantuvo la vista en los guardias cercanos y no se descuidó ni siquiera cuando se sostuvo de la cornisa de la azotea y se subió. Sam la siguió.

Deseó ya tener las botas que el maestro inventor estaba ajustando, pero no llegarían hasta el día siguiente. Sus botas de cuero negras, aunque eran flexibles y cómodas, se sentían algo traicioneras en la canaleta empapada de la azotea. No obstante, ella y Sam se mantuvieron agachados y avanzaron de prisa por la cornisa, siguiendo al hombre enorme que iba por la calle. Por suerte, dio la vuelta en un callejón pequeño y la siguiente casa estaba lo suficientemente cerca para que pudieran saltar a la azotea vecina. Sus botas se resbalaron, pero sus dedos enguantados alcanzaron a sostenerse de las tejas de roca verde. Sam aterrizó con precisión a su lado y, para su sorpresa, Celaena no le dio un puñetazo cuando la sostuvo de la parte de atrás de la capa para ayudarla a enderezarse.

El guardaespaldas continuó avanzando por el callejón y lo fueron siguiendo por las azoteas, sombras en la creciente oscuridad. Al fin, llegó a una calle más amplia donde los espacios entre las casas eran demasiado grandes como para saltar y Celaena y Sam bajaron por un tubo de desagüe. Sus botas no hicieron ruido cuando llegaron al suelo. Retomaron un paso despreocupado detrás de su presa, tomados del brazo, solo dos ciudadanos de la capital que iban a alguna parte, ansiosos por salir de la lluvia.

Era fácil distinguirlo entre la multitud, incluso cuando llegaron a la avenida principal de la ciudad. La gente se hacía a un lado al verlo venir. El festival callejero de Melisande en honor de la Luna de la Cosecha estaba en su apogeo y la gente asistió en grandes cantidades a pesar de la lluvia. Celaena y Sam siguieron al guardaespaldas unas cuadras más, por otros cuantos callejones. El guardaespaldas volteó hacia atrás una sola vez, pero los vio recargados en una pared, unas figuras encapuchadas que se estaban refugiando de la lluvia.

Con toda la basura que había generado el convoy de Melisande sumada a la de los otros festivales callejeros que ya habían tenido lugar, las calles y las alcantarillas casi desbordaban de desperdicios. Mientras iban siguiendo al guardaespaldas, Celaena escuchó a la gente comentar sobre cómo los guardias de la ciudad habían tapado ciertas partes del alcantarillado para que se llenaran con agua de lluvia. Mañana en la noche liberarían esas presas y el torrente que fluiría por las alcantarillas tendría tanta fuerza que arrasaría con la basura atorada y la arrastraría hasta el río Avery. Al parecer, ya lo habían hecho antes. Si el alcantarillado no se limpiaba así de vez en cuando, la suciedad se estancaría y apestaría aún más. De todas maneras, Celaena planeaba estar en lo alto, muy por arriba de las calles para cuando llegara el momento de abrir esas presas. Sin duda habría inundaciones en las calles antes de que saliera toda el agua y no tenía ningún deseo de caminar a través de eso.

El guardaespaldas se metió a una taberna en la parte más alta de los sucios barrios bajos y ellos lo esperaron al otro lado de la calle. A través de las ventanas rotas podían verlo sentado frente a la barra, bebiendo tarro tras tarro de cerveza. Celaena empezó a desear con fervor estar también en el festival callejero en vez de ahí.

—Bueno, si tiene una debilidad por el alcohol, entonces tal vez podemos aprovecharlo —dijo Sam. Ella asintió, pero no dijo nada. Sam miró en dirección del castillo de cristal. Sus torres estaban envueltas en niebla.

—Me pregunto si Bardingale y los demás están teniendo suerte en su intento por convencer al rey de que les dé fondos para su camino —dijo—. Me pregunto por qué querría siquiera que se construya, si parece estar muy a favor de que el comercio de esclavos permanezca fuera de Melisande el mayor tiempo posible.

—En cualquier caso, significa que ella tiene fe absoluta en que no fallaremos —dijo Celaena.

Al ver que no decía nada más, Sam también guardó silencio. Pasó una hora y el guardaespaldas no habló con nadie. Pagó su cuenta con una moneda de plata y luego se dirigió de regreso a la casa de Doneval. A pesar de la cantidad de cerveza que había consumido, sus pasos eran firmes, y para cuando Sam y Celaena regresaron a la casa, ella casi lloraba del aburrimiento, y eso sin mencionar que tiritaba de frío y no estaba segura si sus dedos entumidos ya se le habrían caído dentro de las botas.

Observaron desde una esquina cercana cuando el guardaespaldas subía por los escalones de la puerta principal. Tenía una posición respetable, entonces, si no lo habían obligado a entrar por la puerta trasera. Pero incluso con los fragmentos de información que habían obtenido, cuando hicieron el recorrido de veinte minutos de regreso por la ciudad hacia la Fortaleza, Celaena no pudo evitar sentirse un poco inútil y miserable. Incluso Sam venía en silencio cuando llegaron a su casa y le dijo que la vería en unas horas.

La fiesta de la Luna de la Cosecha era esa noche... y la reunión de Doneval estaba a tres días de distancia. Considerando lo poco que habían podido averiguar, tal vez tendría que trabajar más de lo que anticipaba para encontrar cómo deshacerse de su presa. Tal vez el «regalo» de Arobynn había sido más bien una maldición.

Qué desperdicio.

Pasó una hora remojándose en su bañera. Usó tanta agua caliente que estaba segura de no haber dejado nada para el resto de la Fortaleza. Arobynn había mandado a construir las instalaciones hidráulicas de la Fortaleza, que habían costado lo mismo que todo el edificio, pero ella lo agradecía muchísimo.

Cuando el hielo de sus huesos se derritió al fin, se puso la bata de seda negra que Arobynn le había regalado esa mañana. Pero aún no era suficiente para que estuviera considerando perdonarlo pronto. Regresó a su recámara. Un sirviente había encendido la chimenea y Celaena se empezó a vestir para la fiesta de la Luna de la Cosecha cuando encontró un montón de papeles sobre su cama.

Estaban amarrados con un hilo rojo y ella sintió mariposas en el estómago al levantar la nota que estaba encima.

> *Trata de no mancharlas con tus lágrimas cuando toques. Fueron necesarios muchos sobornos para conseguirlas.*

Hubiera puesto los ojos en blanco de no ser porque vio qué tenía frente a ella.

Partituras. De la función de la noche anterior. De las notas que no podía sacarse de la mente, ni siquiera un día después. Vio la nota otra vez. No era la caligrafía elegante de Arobynn, sino los garabatos apresurados de Sam. ¿Cuándo demonios había encontrado el tiempo hoy para conseguirlas? Seguro había salido en cuanto regresaron.

Se sentó en la cama y empezó a pasar las hojas. El espectáculo había debutado apenas hacía unas semanas. Las partituras no estaban siquiera en circulación todavía. Ni estarían, a menos que resultara ser un éxito. Podrían pasar meses, incluso años antes de que eso sucediera.

No pudo contener su sonrisa.

A pesar de la lluvia constante esa noche, la fiesta de la Luna de la Cosecha de Leighfer Bardingale en su casa a las orillas del río estaba tan llena que Celaena apenas tenía espacio para lucir su exquisito vestido dorado y azul o las peinetas de aleta de pez con las que se había recogido el pelo. Toda la gente importante de Rifthold estaba ahí. Es decir, todos los que *no* tenían sangre real, aunque podría haber jurado que vio a uno que otro miembro de la nobleza mezclado entre la multitud enjoyada.

El salón de la casa era enorme. Su techo alto estaba decorado con hileras de faroles de todos los colores, formas y tamaños. Se habían colocado guirnaldas alrededor de las columnas de la habitación y en las muchas mesas había cornucopias rebosantes de comida y flores. Varias mujeres jóvenes, vestidas solo con corsés y lencería de encaje, se mecían en columpios que colgaban del techo de filigrana y hombres de pecho desnudo con ornamentados collares de marfil repartían vino.

Celaena había asistido a docenas de fiestas extravagantes durante su vida en Rifthold. Se había infiltrado a eventos organizados por dignatarios extranjeros y de la nobleza local. Había visto de todo, al grado de que pensaba que ya nada podría sorprenderla. Pero esta fiesta las superaba a todas por mucho.

Había una pequeña orquesta acompañada por dos cantantes gemelas idénticas. Ambas jóvenes tenían el cabello oscuro y voces absolutamente etéreas. El sonido hacía que la gente se moviera en su lugar y atraía a todos a la pista de baile, que ya estaba a reventar.

Con Sam a su lado, Celaena bajó las escaleras desde la parte superior del salón. Arobynn se mantuvo a su izquierda y estudió a los presentes con sus ojos de plata. Su mirada expresó deleite cuando su anfitriona les dio la bienvenida en la base de las escaleras. La túnica de tono metálico de Arobynn lo hacía ver muy apuesto y se agachó sobre la mano de Bardingale para besarla.

La mujer lo observó con ojos oscuros y astutos. En sus labios rojos se dibujó una sonrisa amable.

—Leighfer — Arobynn la llamó con voz melodiosa y volteó un poco para llamar a Celaena—. Permíteme presentarte a mi sobrina, Dianna, y mi encomendado, Sam.

Su sobrina. Esa era siempre la historia, siempre el engaño cuando asistían juntos a algún evento social. Sam hizo una reverencia y Celaena también. El brillo en la mirada de Bardingale reflejaba que sabía de sobra que no era la sobrina de Arobynn. Celaena intentó no fruncir el ceño. Nunca le había gustado conocer en persona a sus clientes. Era mejor si todo se hacía a través de Arobynn.

—Encantada —le dijo Bardingale y luego le hizo una reverencia a Sam—. Ambos son encantadores, Arobynn —agregó. Era un comentario bonito y superficial, dicho por alguien acostumbrada a decir palabras bonitas y superficiales para conseguir cosas—. ¿Me acompañas? —le preguntó al rey de los asesinos y Arobynn le ofreció el brazo.

Justo antes de que se perdieran entre la multitud, Arobynn volteó a ver a Celaena y esbozó una sonrisa depravada.

—Intenten no meterse en demasiados problemas.

Luego Arobynn y la dama desaparecieron entre los asistentes a la fiesta y dejaron solos a Sam y Celaena al pie de las escaleras.

—¿Y ahora qué? —murmuró Sam al ver alejarse a Bardingale. Su túnica verde oscuro resaltaba las pequeñas manchas de esmeralda en sus ojos castaños—. ¿Ya viste a Doneval?

Habían venido a observar con quién convivía Doneval, cuántos guardias lo esperaban afuera y si parecía estar nervioso. La reunión sería en tres noches, en el estudio del piso superior de su casa. Pero, ¿a qué hora? *Eso* le urgía averiguar más que nada. Y esta noche sería la única oportunidad que ella tendría de acercarse a él lo suficiente como para lograrlo.

—Está junto a la tercera columna —dijo sin apartar la mirada de la multitud.

Bajo la sombra de las columnas que rodeaban la mitad del salón, se habían colocado plataformas con pequeñas áreas para sentarse. Las separaban cortinas de terciopelo negro: zonas privadas para los huéspedes más distinguidos de Bardingale. Celaena localizó a Doneval cuando se dirigía hacia una de estas áreas, con su guardaespaldas gigante siguiéndolo de cerca. En cuanto Doneval se dejó caer sobre los cojines mullidos, cuatro de las chicas de corsé se acomodaron a su alrededor fingiendo grandes sonrisas.

—Mira qué cómodo se ve —dijo Sam—. Me pregunto cuánto ganará Clarisse después de esta fiesta.

Eso explicaba de dónde provenían las chicas. Celaena solo esperaba que Lysandra no estuviera aquí.

Uno de los meseros hermosos le ofreció a Doneval y las cortesanas copas de vino espumoso. El guardaespaldas, que montaba guardia junto a las cortinas, le dio un sorbo antes de asentirle a Doneval para que aceptara. Doneval, con una mano ya sobre los hombros desnudos de la chica a su lado, no le agradeció ni al guardaespaldas ni al mesero. Celaena sintió cómo se le fruncía la boca cuando Doneval presionó sus labios contra el cuello de la cortesana. Esa chica no debía tener más de veinte años. No le sorprendía para nada que a este hombre le atrajera el creciente comercio de esclavos... ni que estuviera dispuesto a destruir a todos los que se opusieran a que sus negocios fueran un éxito.

—Tengo la impresión de que no se va a parar de ahí en un rato —dijo Celaena y, cuando volteó a ver a Sam, notó que estaba frunciendo el ceño. Él siempre había sentido una mezcla de tristeza y compasión por las cortesanas... y un odio feroz por sus clientes. La muerte de su madre había sido trágica. Tal vez por ese motivo toleraba a la insufrible de Lysandra y sus compañeras insípidas.

Alguien casi chocó contra la espalda de Celaena, pero ella alcanzó a percibir al hombre y se logró hacer a un lado.

—Esto es una casa de locos —murmuró ella y elevó la vista a las chicas en los columpios que flotaban por lo alto en el salón. Arqueaban la espalda tanto que era un milagro que sus senos se mantuvieran dentro del corsé.

—Ni siquiera puedo imaginarme cuánto gastó Bardingale en esta fiesta —dijo Sam. Estaba tan cerca de ella que alcanzó a sentir cómo su aliento le acariciaba la mejilla. En realidad, a Celaena le interesaba más saber cuánto estaba gastando la anfitriona en distraer a Doneval. Claramente, pagaría lo que fuera, si había contratado a Celaena para ayudarle a desmantelar el acuerdo comercial de Doneval y a recuperar esos documentos. Pero tal vez había algo más de fondo en esta misión y no solo el convenio de comercio de esclavos y la lista de personas para chantajear. Tal vez Bardingale estaba harta de tolerar el estilo de vida decadente de su exmarido. Celaena no podía culparla.

Aunque el apartado acojinado de Doneval tenía la intención de ser privado, él *quería* que lo vieran. Y a juzgar por las botellas de vino espumoso que se habían colocado en la mesa frente a él, Celaena podía deducir que no tenía ninguna intención de pararse. Un hombre que quería que los demás se acercaran a él... que quería sentirse poderoso. Le gustaba que lo veneraran. Por otro lado, en una fiesta organizada por su exesposa, era bastante descarado estar asociándose con esas cortesanas. Era mezquino... y cruel, si lo pensaba. Pero, ¿en qué le beneficiaba a ella saber eso?

Por lo visto, él rara vez le hablaba a otros hombres. ¿Pero quién había dicho que su socio tenía que ser hombre? Tal vez era una mujer. O una cortesana.

Doneval babeaba el cuello de la chica a su lado y le iba recorriendo el muslo desnudo con la mano. Pero si Doneval estuviera en contubernio con una cortesana, ¿por qué esperaría hasta dentro de tres días para hacer el intercambio de documentos? No podía ser una de las chicas de Clarisse. Tampoco la propia Clarisse.

—¿Crees que vaya a reunirse con su socio esta noche? —preguntó Sam.

Celaena volteó a verlo.

—No. No creo que sea tan tonto como para hacer cualquier tipo de negociación aquí. Aparte de con Clarisse, claro.

El rostro de Sam se ensombreció.

Si a Doneval le gustaba la compañía femenina, bueno, pues funcionaba a favor del plan de que se acercara a él, ¿no? Celaena empezó a abrirse paso entre la multitud.

—¿Qué haces? —le preguntó Sam haciendo un esfuerzo por mantenerse a su lado.

Ella lo miró por encima del hombro y continuó avanzando entre la gente para llegar al apartado.

—No me sigas —dijo, aunque no de manera brusca—. Voy a intentar algo. Quédate aquí. Vendré a buscarte cuando termine.

Él la miró un momento y luego asintió.

Celaena inhaló profundo por la nariz y empezó a subir los escalones hacia el apartado elevado donde estaba Doneval.

CAPÍTULO 5

Las cuatro cortesanas la vieron, pero Celaena mantuvo la vista fija en Doneval, quien levantó la mirada del cuello de la cortesana que besaba en ese momento. Su guardaespaldas se puso alerta pero no la detuvo. Tonto. Ella forzó una pequeña sonrisa al ver que Doneval le recorría descaradamente todo el cuerpo con la mirada. De arriba a abajo y de abajo a arriba. *Ese* era el motivo por el cual había elegido un vestido más escotado de lo normal. Sentía que se le revolvía el estómago, pero dio otro paso al frente. Lo único que la separaba del sofá de Doneval era la mesa de centro. Hizo una reverencia elegante.

—Mi lord —ronroneó.

Él no era un lord en el estricto sentido, pero un hombre como él sin duda disfrutaría los títulos elegantes, por inmerecidos que fueran.

—¿Te puedo ayudar en algo? —le respondió mirando su vestido. Iba más cubierta que las cortesanas a su alrededor. Pero a veces era más atractivo *no* revelarlo todo.

—Ah, perdón por interrumpir —dijo y ladeó la cabeza para que la luz de los faroles le iluminara los ojos y los hiciera brillar. Sabía bien cuáles de sus atractivos solían notar, y apreciar, los hombres—. Mi tío es comerciante y habla tan bien de usted que yo... —miró a las cortesanas como si las advirtiera por primera vez, como si fuera una chica buena y decente que se apenas se daba cuenta de la compañía que lo rodeaba e intentaba no avergonzarse demasiado.

Doneval pareció detectar su incomodidad y se enderezó. Retiró la mano del muslo de la chica junto a él. Las cortesanas se sentaron un poco más rígidas y la miraron molestas. Ella les habría sonreído de no ser porque estaba muy concentrada en su actuación.

—Continúa, querida —dijo Doneval ahora con la mirada fija en ella. Esto era demasiado fácil.

Ella se mordió el labio y bajó la barbilla... recatada, tímida, una flor esperando que la arrancaran.

—Mi tío se enfermó y no pudo venir esta noche. Tenía *tantas* ganas de conocerlo que pensé que yo podría presentarme en su nombre, pero lamento mucho haberlo interrumpido.

Empezó a darse la vuelta y contó los segundos hasta que...

—No, no... me gustaría conocerlo. ¿Cómo te llamas, mi niña?

Ella volteó y dejó que la luz volviera a encender sus ojos azul y oro.

—Dianna Brackyn. Mi tío es Erick Brackyn... —miró a las cortesanas y fingió su mejor expresión de doncella-inocente-alarmada—. Yo... yo de verdad no quisiera interrumpir —continuó. Doneval no dejaba de observarla con voracidad—. Tal vez, si no fuera un inconveniente o una impertinencia, ¿podríamos visitarlo después? No mañana, ni el día siguiente, porque mi tío tiene que trabajar en un contrato con el virrey de Bellhaven, pero ¿el día después de *ese*? En tres días, eso es lo que quiero decir —aclaró y luego rio con timidez.

—No sería una impertinencia en lo más mínimo —respondió Doneval con voz melodiosa y se inclinó hacia adelante. La mención de la ciudad más adinerada de Fenharrow y su gobernante había sido suficiente—. De hecho, te admiro mucho por haber tenido el valor de acercarte a mí. No muchos hombres se hubieran atrevido, ya no digamos una joven.

Ella casi puso los ojos en blanco, pero se limitó a mover las pestañas ligeramente.

—Gracias, mi lord. ¿A qué hora sería conveniente para usted?

—Ah —dijo Doneval—. Bueno, tengo planes para la cena esa noche —dijo sin asomo de nerviosismo ni destello de ansiedad en su mirada—. Pero estoy libre para el desayuno o el almuerzo —agregó con una sonrisa creciente.

Ella suspiró con dramatismo.

—Ah, no... creo que no me es posible a esas horas porque ya tengo un compromiso. ¿Qué tal un té esa tarde? Dice que tiene planes para la cena pero, ¿tal vez algo antes...? O quizás podamos vernos en el teatro esa noche.

Él no respondió y ella se preguntó si estaría empezando a sospechar, pero parpadeó y apretó los brazos a su cuerpo lo suficiente para que su busto sobresaliera un poco más en su escote. Era un truco que usaba con frecuencia y sabía que funcionaba.

—Sí, me gustaría tomar el té —dijo él al fin—, pero también estaré en el teatro después de mi cena.

Ella le sonrió alegre.

—¿Le gustaría acompañarnos en nuestro palco? Mi tío ya invitó a dos de sus contactos de la corte del virrey de Bellhaven, pero estoy *segura* de que le honraría que nos acompañara.

Él ladeó la cabeza y ella casi podía leer los pensamientos fríos y calculadores que se cernían detrás de sus ojos. *Vamos*, pensó. *Muerde la carnada*... La promesa de contactos con un empresario adinerado y el virrey de Bellhaven debería ser suficiente.

—Me encantaría —dijo él y le esbozó una sonrisa que apestaba a hipocresía interesada.

—Estoy segura de que tiene un carruaje para llegar al teatro, pero sería un doble honor si nos acompañara en el nuestro. Podríamos pasar por usted después de la cena, ¿tal vez?

—Me temo que mi cena es un poco tarde... no me gustaría retrasarlos para el teatro.

—Ah, no sería problema. ¿A qué hora empieza su cena? O, mejor dicho, ¿a qué hora termina? —dijo con una risita inocente y un brillo en la mirada que sugerían curiosidad por lo que un hombre como Doneval le pudiera enseñar a una chica sin experiencia. Él se inclinó más hacia el frente. Ella sintió deseos de arañarle la cara cuando su mirada la recorrió de nuevo con franca sensualidad.

—La cena no debe durar más de una hora —dijo él despacio—, si no es que menos. Solo es una comida rápida con un viejo amigo. ¿Por qué no pasan a la casa a las ocho y media?

La sonrisa de ella se hizo más grande y esta vez fue genuina. Siete treinta, entonces. A esa hora se haría la transacción. ¿Cómo podía ser *así* de tonto, así de arrogante? Se merecía morir solo por ser tan irresponsable... por permitir que lo engañara tan fácil una chica que era demasiado joven para él.

—Ah, sí —dijo ella—. Por supuesto.

Continuó dándole detalles sobre el negocio de su tío y lo bien que se llevarían y poco después hizo una reverencia de nuevo y le permitió asomarse otra vez a su escote antes de marcharse. Las cortesanas seguían viéndola furiosas y podía sentir la mirada de Doneval devorándola hasta que se perdió entre la gente. Hizo alarde de acercarse a la comida y conservó su fachada de doncella recatada. Cuando Doneval la dejó de ver, suspiró. *Eso* había salido bastante bien. Se le hacía agua la boca con la comida y llenó un plato: jabalí asado, moras con crema, pastel de chocolate caliente.

A un par de metros de distancia, vio a Leighfer Bardingale observándola. La mirada de la mujer parecía expresar mucha tristeza. O lástima. ¿O estaba arrepentida por haber contratado a Celaena para hacer lo que iba a hacer? Bardingale se acercó y la tela de su falda rozó la de Celaena de camino a la mesa del bufé, pero Celaena eligió no dirigirse a ella. No sabía qué le habría dicho Arobynn sobre ella y no quería averiguarlo. Aunque *sí* le hubiera encantado saber qué perfume estaba usando Bardingale: olía a jazmín y vainilla.

De pronto, Sam ya estaba a su lado. Apareció de ese modo silencioso-como-la-muerte que siempre tenía.

—¿Conseguiste lo que necesitabas?

Siguió a Celaena mientras ella se servía más comida. Leighfer tomó unos cucharones de moras y un poco de crema y desapareció entre la multitud de nuevo.

Celaena sonrió y echó un vistazo hacia el apartado, donde Doneval ya había devuelto la atención a su compañía pagada. Puso el plato sobre la mesa.

—Claro que sí. Parece ser que estará ocupado a las siete y media de la noche ese día.

—Así que ya tenemos la hora de la reunión —dijo Sam.

—Así es —respondió Celaena.

Volteó a verlo con una sonrisa triunfal, pero ahora Sam estaba viendo a Doneval y su ceño se fruncía cada vez más al verlo manosear a las chicas que lo acompañaban.

La música cambió y se hizo más alegre. Las voces de las gemelas se elevaron con una armonía espectral.

—Y ahora que ya conseguí lo que quería, quiero bailar —dijo Celaena—. Así que bebe, Sam Cortland. No nos lavaremos las manos con sangre esta noche.

Bailó y bailó. Los hermosos jóvenes de Melisande se habían reunido cerca de la plataforma donde estaban las cantantes gemelas y Celaena gravitó hacia ellos. Las botellas de vino espumoso circulaban de mano en mano, de boca en boca. Celaena bebió de todas.

Alrededor de la medianoche, la música cambió y pasó de bailes organizados y elegantes a un sonido frenético y sensual que la hacía aplaudir y llevar el ritmo con los pies al mismo tiempo. Los melisandrianos parecían ansiosos por retorcerse y lanzarse de un lado al otro. Si una música y unos movimientos pudieran representar el salvajismo y la intrepidez y la inmortalidad de la juventud, eran estos, en esta pista de baile.

Doneval permaneció en su sitio sobre los cojines, bebiendo botella tras botella. No se fijó en ella ni una vez. No sabía quién pensaría él que era Dianna Brackyn, pero ya había quedado olvidada. Bien.

El sudor le escurría por todo el cuerpo, pero echó la cabeza hacia atrás y levantó los brazos, feliz de disfrutar la música. Una de las cortesanas de los columpios voló tan bajo que sus dedos se tocaron. El contacto le provocó chispas por todo el cuerpo. Esto era más que una fiesta: era un *performance*, una orgía y un llamado a adorar el altar del exceso. Celaena se ofrecía como sacrificio voluntario.

La música volvió a cambiar, un escándalo de tambores batientes y el staccato de notas de las gemelas. Sam se mantuvo a una distancia respetuosa, bailando solo y de vez en cuando separándose de los brazos de alguna chica que al ver su hermoso rostro trataba de llevárselo para ella sola. Celaena intentó no sonreír cuando vio decirle a una chica que se buscara a alguien más, amable pero firme.

Muchos de los asistentes de mayor edad ya se habían ido hacía tiempo y le habían cedido la pista de baile a los jóvenes y bellos. Celaena se tomó un momento para confirmar qué hacía Doneval y vio a Arobynn sentado con Bardingale en uno de los apartados cercanos. Estaban acompañados de otras personas y a pesar de que se veían muchas copas en su mesa, todos tenían las cejas juntas y expresiones serias. Aunque Doneval había venido a este lugar a festejar con la fortuna de su exesposa, al parecer ella tenía otras ideas sobre cómo disfrutar su fiesta. ¿Qué clase de fortaleza se requería para aceptar que asesinar a su exesposo era la única opción que le quedaba? ¿O era debilidad?

El reloj dio las tres... ¡tres! ¿Cómo habían pasado ya tantas horas? Un destello de movimiento atrajo su atención hacia las enormes puertas al final de las escaleras. Notó a cuatro jóvenes con máscaras que escudriñaban a la multitud. Le tomó dos instantes deducir que el de cabello oscuro era el líder y que la ropa fina y las máscaras que traían puestas los distinguían como nobleza. Quizá nobles intentando escapar de alguna ceremonia formal para saborear las delicias de Rifthold.

Los desconocidos enmascarados bajaron las escaleras con arrogancia. Uno de ellos se mantenía cerca del de cabellera negra. Celaena notó que traía una espada y, por la tensión en sus hombros, dedujo que no estaba del todo contento con estar ahí. Pero los labios del líder esbozaron una sonrisa cuando se mezcló entre la multitud. Dioses, incluso con la máscara que le tapaba la mitad de la cara, era apuesto.

Continuó bailando mientras lo observaba y, como si él la hubiera percibido todo este tiempo, sus miradas se encontraron desde los extremos del salón. Ella le sonrió y luego a propósito le dio la espalda a las cantantes e hizo su baile más intencional, más seductor. Vio que Sam fruncía el ceño. Ella se encogió de hombros.

El desconocido enmascarado requirió de unos minutos, y de una sonrisa cómplice de ella que le sugería que también sabía exactamente dónde estaba él, pero Celaena no tardó en sentir una mano que se deslizaba alrededor de su cintura.

—Vaya fiesta —le susurró el desconocido al oído. Ella se dio la vuelta y vio unos ojos de zafiro brillando tras la máscara—. ¿Eres de Melisande?

Ella se meció al ritmo de la música.

—Tal vez.

Él sonrió más. Ella ansiaba arrancarle la máscara. Los nobles que seguían fuera a esta hora no estaban ahí con propósitos inocentes. Pero... ¿quién le iba a prohibir divertirse un poco?

—¿Cómo te llamas? —le preguntó él en un volumen alto para que lo escuchara a pesar del rugido de la música.

—Me llamo Viento —susurró ella—. Y Lluvia. Y Hueso y Polvo. Mi nombre es un fragmento de una canción medio olvidada.

Él rio. Un sonido grave y encantador. Ella estaba borracha y desinhibida y tan llena de la gloria de ser joven y estar viva en la capital del mundo que apenas podía contenerse.

—No tengo nombre —ronroneó—. Soy quien sea que los dueños de mi destino me digan que sea.

Él la sostuvo de la muñeca y acarició la parte sensible de abajo con su pulgar.

—Entonces permíteme llamarte Mía por uno o dos bailes.

Ella sonrió, pero de pronto alguien llegó a pararse entre ellos. Una persona alta y de complexión poderosa. Sam. Le quitó la mano al desconocido de su muñeca.

—Ella está acompañada —masculló demasiado cerca del rostro del joven enmascarado. El amigo del desconocido llegó en un instante y fijó sus ojos de color bronce en Sam.

Celaena tomó a Sam del brazo.

—Ya fue suficiente —le advirtió.

El desconocido enmascarado miró a Sam de pies a cabeza y luego levantó las manos.

—Mi error —dijo, pero le guiñó a Celaena antes de desaparecer entre la multitud con su amigo armado siguiéndolo de cerca.

Celaena se dio la vuelta para ver a Sam.

—¿Qué demonios fue eso?

—Estás borracha —le dijo él, tan cerca que su pecho rozaba el de ella—. Y él lo sabía.

—¿Y?

Justo al decir eso, alguien que bailaba desenfrenado chocó con ella y la hizo perder el equilibrio. Sam la sostuvo de la cintura con manos firmes y evitó que cayera al suelo.

—Me lo agradecerás en la mañana.

—Solo porque estamos trabajando juntos no significa que de pronto ya no tenga la capacidad de comportarme —dijo.

Él aún tenía las manos en su cintura.

—Déjame llevarte a casa.

Ella dirigió la mirada hacia los apartados. Doneval estaba inconsciente sobre el hombro de una cortesana que se veía muy aburrida. Arobynn y Bardingale seguían perdidos en su conversación.

—No —dijo ella—. No necesito escolta. Iré a casa cuando se me dé la gana.

Se escapó de entre sus manos y chocó con el hombro de alguien detrás de ella. El hombre se disculpó y se alejó.

—Además —continuó Celaena sin poder detener las palabras o los estúpidos celos inútiles que se apoderaron de ella—, ¿no tienes a Lysandra o a alguien que puedas contratar para que te acompañe?

—No quiero estar con Lysandra ni *con nadie que pueda contratar* —le respondió entre dientes. Intentó tomarla de la mano—. Y tú eres una tonta por no darte cuenta.

Ella se soltó.

—Yo soy lo que soy y no me importa en particular lo que pienses de mí.

Tal vez en algún momento él le hubiera creído eso, pero ahora...

—Bueno, pues a *mí* sí me importa lo que tú pienses de *mí*. Y me importó lo suficiente para quedarme en esta asquerosa fiesta solo por ti. Y me importa lo suficiente para asistir a otras mil como esta si eso significa que puedo pasar unas horas contigo en las que *no* me estés viendo como si no valiera ni siquiera lo que la tierra en tus zapatos.

Eso sí la hizo olvidarse de su enojo. Tragó saliva y sintió que la cabeza le daba vueltas.

—Tenemos ya suficiente en mente con Doneval. No necesito estar peleando contigo —dijo y, aunque quería tallarse los ojos, no lo hizo para no arruinar su maquillaje. Suspiró profundo—. ¿No podemos tan solo... intentar divertirnos por el momento?

Sam se encogió de hombros, pero su mirada seguía sombría.

—Si quieres ir a bailar con ese hombre, entonces adelante.

—No es eso.

—Entonces dime qué es.

Ella empezó a retorcerse los dedos y luego se obligó a detenerse.

—Mira —dijo. La música sonaba tan fuerte que le costaba trabajo oír incluso sus propios pensamientos—. Yo... Sam, no sé cómo ser tu amiga todavía. No sé si sé cómo ser la amiga de *alguien*. Y... ¿podríamos hablar de esto mañana?

Él sacudió la cabeza pero le sonrió, aunque la expresión no se veía reflejada en sus ojos.

—Seguro. Eso *sí* es que puedes recordar algo mañana —dijo con despreocupación forzada. Ella se obligó a sonreírle. Él movió la barbilla hacia la pista de baile.

—Ve a divertirte. Hablamos en la mañana.

Se acercó un poco, como si le fuera a dar un beso en la mejilla, pero luego lo pensó bien. Decidió solo ponerle la mano sobre el hombro y Celaena no supo si eso la decepcionaba o no.

Sin más, Sam desapareció entre la gente. Celaena se quedó viéndolo hasta que una joven la atrajo a su círculo de chicas danzantes y la fiesta volvió a apoderarse de ella.

La azotea bardeada de su nuevo departamento tenía vista al río Avery y Celaena se sentó en el borde del muro con las piernas colgando. La piedra se sentía fría y húmeda, pero la lluvia ya había cesado esa noche y los vientos feroces habían despejado las nubes. Las estrellas empezaban a desaparecer con la luz de la aurora.

Cuando el sol cruzó la línea del horizonte, inundó de luz el brazo sinuoso del Avery y lo convirtió en un listón de oro viviente.

La capital empezó a despertar. Las chimeneas exhalaban el humo de las primeras fogatas del día, los pescadores se comunicaban a gritos desde los muelles cercanos, los niños pequeños corrían por las calles con hatos de madera o los periódicos matutinos o baldes de agua. A sus espaldas, el castillo de cristal brillaba en el amanecer.

No había ido a su nuevo departamento desde su regreso del desierto, así que se había tomado unos minutos para recorrer las espaciosas habitaciones ocultas en el piso superior de una bodega falsa. Era el último sitio donde se esperaría que alguien comprara una casa. La bodega almacenaba botellas de tinta: algo que a nadie le interesaría robar. Este lugar era de ella y solo de ella. O lo sería, en cuanto le dijera a Arobynn que se iba. Lo cual haría en cuanto terminara con este asunto de Doneval. O poco después de eso. Tal vez.

Inhaló el aire húmedo de la mañana y permitió que la recorriera completa. Sentada en el borde de la azotea, se sentía maravillosamente insignificante, una mera brizna en la vastedad de esta gran ciudad. Y sin embargo, las posibilidades para ella aquí eran incontables.

Sí, la fiesta había sido increíble, pero había más cosas en el mundo. Cosas más importantes, más hermosas, más *reales*. Su futuro le pertenecía y tenía tres cofres de oro escondidos en su recámara que lo solidificarían. Podía hacer lo que quisiera de su vida.

Celaena se inclinó hacia atrás y se recargó en sus manos para absorber la vista de la ciudad que despertaba. Y mientras veía la capital, tuvo la sensación dichosa de que la capital la veía de regreso.

CAPÍTULO 6

Dado que había olvidado mencionarlo en la fiesta la noche anterior, tenía la intención de ir a agradecerle a Sam por las partituras durante su sesión de acrobacia después del desayuno. Pero también había otros asesinos en la sala de entrenamiento y ella no tenía ganas de explicarle ese regalo a ninguno de esos hombres mayores. Ellos sin duda lo interpretarían de la manera equivocada. No que les importara en particular lo que ella estuviera haciendo; hacían lo posible por mantenerse apartados de su camino y ella tampoco tenía ninguna intención de conocerlos. Además, la cabeza le punzaba gracias a que se había quedado despierta hasta el amanecer y había bebido todo el vino espumoso que había podido, así que no podía ni siquiera pensar en las palabras adecuadas en ese momento.

Realizó sus ejercicios de entrenamiento hasta el mediodía e impresionó a su instructor con las nuevas técnicas que había aprendido para moverse durante su estancia en el Desierto Rojo. Sentía a Sam viéndola a unas colchonetas de distancia. Intentó no fijarse en su pecho desnudo, brillante de sudor, cuando corrió y dio un giro ágil en el aire para aterrizar sin hacer casi ningún sonido. Por el Wyrd, vaya que era rápido. Se notaba que él también había pasado el verano entrenando.

—Mi lady —tosió el instructor y ella volteó a verlo y le dirigió una mirada que le advertía que no comentara nada. Hizo un arco hacia atrás y luego salió de un salto. Sin esfuerzo, elevó las piernas sobre su cabeza y luego regresó al suelo.

Aterrizó de rodillas y levantó la vista para ver a Sam, que se acercaba. Se detuvo frente a ella, movió la barbilla para indicarle al instructor que se fuera, y el hombre compacto y corpulento buscó ocuparse en otro sitio.

—Me estaba ayudando —dijo Celaena. Al ponerse de pie, le temblaban los músculos. Había entrenado arduamente esa mañana, a pesar de lo poco que había dormido... Pero eso no tenía nada que ver con el hecho de que no había querido pasar un momento a solas con Sam en la sala de entrenamiento.

—Viene un día sí y uno no. No creo que te vayas a perder de nada vital —respondió Sam. Ella no apartó la vista de su cara. Había visto a Sam sin camisa muchas veces, había visto a todos los asesinos en diversos estados de desnudez gracias a su entrenamiento, pero esto se sentía distinto.

—Entonces —dijo ella—, ¿nos vamos a meter a la casa de Doneval esta noche?

Intentó mantener la voz baja. No le gustaba mucho compartir esta información con sus compañeros asesinos. Antes le contaba todo a Ben, pero él estaba muerto y bajo tierra.

—Ahora que ya sabemos la hora de la reunión, deberíamos ir a ese estudio del piso de arriba para tener una idea de qué y cuántos documentos hay antes de que los comparta con su socio —terminó de decir Celaena.

El sol había reaparecido y era casi imposible vigilar la casa sin ser descubiertos.

Él frunció el ceño y se pasó una mano por la cabellera.

—No puedo. *Quiero*, pero no puedo. Es el ensayo de la ceremonia por la subasta de Iniciación de Lysandra y me toca montar guardia. Nos podríamos ver después, si quieres esperarme.

—No. Iré yo sola. No debe ser tan difícil.

Empezó a salir de la sala de entrenamiento y Sam la siguió y se mantuvo a su lado.

—Va a ser peligroso.

—Sam, liberé a doscientos esclavos en la Bahía de la Calavera y derroté a Rolfe. Creo que puedo con esto.

Llegaron a la entrada principal de la Fortaleza.

—Y lo hiciste con *mi* ayuda. ¿Por qué no paso a la casa de Doneval cuando termine y me dices si puedo ayudar en algo?

Ella le dio unas palmadas en el hombro. Su piel se sentía pegajosa por el sudor.

—Haz lo que quieras, aunque tengo la sensación de que para ese momento yo ya habré terminado. Pero te lo contaré todo mañana en la mañana —respondió con voz melodiosa y se detuvo en la base de la gran escalera.

Él la tomó de la mano.

—Por favor, ten cuidado. Solo revisa los documentos y sal de ahí. Nos quedan dos días antes de la reunión. Si es demasiado peligroso, podemos intentarlo mañana. No te arriesgues.

Las puertas de la Fortaleza se abrieron de golpe y Sam dejó caer su mano al ver entrar a Lysandra y Clarisse.

Lysandra venía sonrojada y eso hacía que sus ojos verdes destellaran.

—Ah, *Sam* —dijo Lysandra y corrió hacia él con las manos extendidas. Celaena no pudo evitar molestarse. Sam tomó a Lysandra de los dedos con amabilidad. Por la manera en que ella lo veía, en especial su torso desnudo, Celaena podía intuir que en dos días, en cuanto pasara la noche de su Iniciación y ella ya pudiera estar con quien quisiera, buscaría a Sam. ¿Y quién no lo haría?

—¿Otro almuerzo con Arobynn? —preguntó Sam, pero Lysandra no le soltaba las manos. Madam Clarisse asintió secamente al pasar a su lado y se fue directo al estudio de Arobynn. La madama del burdel y el rey de los asesinos ya eran amigos cuando Celaena llegó a vivir a la Fortaleza, pero Clarisse nunca le había dicho más de un par de palabras.

—Ah, no... vinimos para tomar el té. Arobynn prometió un servicio de té de plata —dijo Lysandra y sus palabras por alguna razón se sintieron como si fueran dirigidas a Celaena—. *Tienes* que acompañarnos, Sam.

Por lo general, Celaena le habría arrancado la cabeza por el insulto. Lysandra no soltaba las manos de Sam.

Como si pudiera percibir su reacción, Sam apartó las manos.

—Yo... —empezó a decir.

—Deberías ir —dijo Celaena. Lysandra miró a ambos—. Yo tengo trabajo, de todas formas. No llegué a ser la mejor quedándome acostada todo el día.

Era un golpe bajo, pero pudo ver la reacción en la mirada de Lysandra. Celaena sonrió con malicia. No era que ella quisiera quedarse platicando con Sam, ni invitarlo a escucharla practicar la música que le había conseguido, ni pasar un *momento* más de lo necesario con él.

Él tragó saliva.

—Acompáñame a comer, Celaena.

Lysandra chasqueó la lengua y se alejó murmurando:

—¿Por qué podrías querer comer con *ella*?

—Estoy ocupada —respondió Celaena. No era mentira, *sí*

tenía que finalizar su plan para infiltrarse a la casa y averiguar más sobre los documentos de Doneval. Movió la barbilla en dirección de Lysandra y la sala de estar al fondo—. Ve y diviértete.

Sin ningún deseo de enterarse sobre lo que él decidiría, mantuvo la vista en los pisos de mármol, las cortinas color verde azulado y los techos dorados mientras caminaba rumbo a su habitación.

Los muros de la casa de Doneval no tenían vigilancia. No sabía dónde habría ido el hombre esta noche, aunque a juzgar por el aspecto de su ropa, probablemente al teatro o a una fiesta. Había salido acompañado de varios guardias, pero Celaena no vio al guardaespaldas enorme entre ellos. Tal vez era su noche libre. De todas formas, aún quedaban varios centinelas que patrullaban el terreno y, por supuesto, los que estuvieran dentro.

Aborrecía la noción de mojar su nuevo traje negro, pero Celaena agradeció que empezara a llover de nuevo al atardecer, aunque eso significara que no podría usar su máscara habitual para mantener alertas sus sentidos limitados por el clima. Por suerte, la tormenta también implicaba que el guardia junto a la casa no la vio pasar a su lado. El segundo piso estaba bastante alto, pero la ventana se veía oscura y el cerrojo se podía abrir desde afuera sin problema. Ya tenía un mapa de la casa. Si estaba en lo correcto, y estaba segura de que así era, esa ventana conduciría directo al estudio del segundo piso.

Escuchó con atención mientras esperaba a que el guardia mirara en otra dirección y luego empezó a trepar. Sus botas nuevas se sostenían muy bien a la roca y no le costó ningún trabajo encontrar cuarteaduras para sostenerse. El traje era un poco más pesado que su túnica habitual, pero con los cuchillos integrados a los guanteletes, no tenía el estorbo adicional de la espada en la espalda o las dagas en la cintura. Incluso tenía dos cuchillos integrados a sus botas. Le sacaría mucho provecho a este regalo de Arobynn.

Pero a pesar de que la lluvia servía para encubrir la presencia de *ella*, también servía para amortiguar el sonido de alguien más aproximándose. Mantuvo los ojos y los oídos muy atentos pero no vio más guardias darle la vuelta a la casa. El riesgo adicional valía la pena. Ahora que sabía a qué hora tendría lugar la reunión, tenía dos días para conseguir toda la información específica que pudiera sobre los documentos, en particular de cuántas páginas eran y dónde los había ocultado Doneval. En cuestión de momentos, ya había llegado a la cornisa de la ventana del estudio. El guardia del piso de abajo nunca levantó la vista hacia la casa que se elevaba a sus espaldas. Vaya guardias de calidad.

Una mirada hacia el interior le reveló una habitación oscura: un escritorio lleno de papeles y nada más. Doneval no sería tan tonto como para dejar las listas a la vista, pero...

Celaena se trepó en la saliente y sacó el cuchillo delgado de su bota. Se veía opaco cuando lo metió en la delgada ranura entre las puertas de la ventana. Dos movimientos con el ángulo correcto, un giro de la muñeca y...

Abrió la ventana procurando no hacer ruido y rezó por que las bisagras fueran silenciosas. Una rechinó ligeramente, pero la otra se abrió sin hacer ningún sonido. Se metió al estudio y sus botas no hicieron ruido sobre la alfombra suntuosa. Con cautela, conteniendo el aliento, volvió a cerrar las ventanas.

Percibió el ataque un instante antes de que ocurriera.

CAPÍTULO 7

Celaena giró y esquivó y en un instante ya tenía en la mano el otro cuchillo de las botas. El guardia cayó al piso con un gemido. Atacó rápida como un áspid... uno de los movimientos que había aprendido en el Desierto Rojo. Cuando sacó el cuchillo del muslo del guardia, la herida chorreó sangre caliente a las manos. Otro guardia la atacó con una espada, pero la detuvo con los dos cuchillos y le dio una patada directo al abdomen. Él se tambaleó hacia atrás, pero no fue tan rápido como para escapar al golpe a la cabeza que lo noqueó. Otra maniobra que le había enseñado el Maestro Mudo cuando estaba estudiando cómo se movían los animales del desierto. En la oscuridad de la habitación, pudo sentir la vibración del cuerpo del guardia cuando cayó al piso.

Pero había otros. Y contó otros tres más. Tres más que gruñían y gemían conforme se iban acercando. Y entonces alguien la alcanzó por la espalda. Se escuchó un golpe terrible contra su cabeza y algo húmedo y putrefacto que se presionó contra su cara y luego...

Nada.

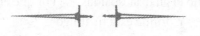

Celaena despertó, pero no abrió los ojos. Mantuvo su respiración pausada e inhaló el hedor de la suciedad y el aire húmedo y putrefacto a su alrededor. Y prestó atención a lo que escuchaba, como la risa de voces masculinas y el borboteo de agua. Se mantuvo muy quieta y percibió las cuerdas que la ataban a la silla y el agua que ya le llegaba a las pantorrillas. Estaba en el sistema de alcantarillado.

Escuchó el chapoteo de algo que se acercaba... algo suficientemente pesado para que el agua del drenaje le salpicara el regazo.

—Creo que ya fue suficiente dormir —dijo una voz grave. Celaena sintió una mano poderosa que le daba una cachetada. A través de las lágrimas que le brotaron de los ojos, pudo distinguir los rasgos toscos del guardaespaldas de Doneval, que le sonreían—. Hola, hermosa. ¿Pensabas que no te habíamos visto espiándonos estos días, eh? Tal vez seas buena, pero no eres invisible.

A sus espaldas, había cuatro guardias frente a una puerta de hierro. Detrás de la primera puerta, había otra por la cual alcanzaba a ver unos escalones que llevaban a un nivel superior. Debía ser la puerta al sótano de la casa. Varias casas antiguas de Rifthold tenían esas puertas: rutas de escape en las guerras, una manera de meter a la casa visitas dignas de escándalo o una forma sencilla de deshacerse de los desperdicios de la casa. Las puertas dobles eran para mantener el agua fuera... sellaban a prueba de aire, y las habían construido hábiles artesanos hacía mucho tiempo con magia para recubrir los umbrales con hechizos repelentes de agua.

—Hay muchas habitaciones a las que te puedes meter en esta casa —dijo el guardaespaldas—. ¿Por qué elegiste el estudio de arriba? ¿Y dónde está tu amigo?

Ella le esbozó una sonrisa torcida y estudió con cuidado la alcantarilla cavernosa a su alrededor. El nivel del agua iba subiendo. No quería pensar en lo que flotaba en ella.

—¿Esto será un interrogatorio, luego tortura y *luego* muerte? —preguntó—. ¿O estoy mal en el orden?

El hombre le sonrió.

—Insolente. Me gusta.

Tenía mucho acento, pero lo entendía bien. Apoyó las manos en los brazos de su silla. Tenía los brazos atados a la espalda y lo único que podía mover era la cara.

—¿Quién te envió aquí?

El corazón le latía sin control, pero su sonrisa no flaqueó. Soportar la tortura era una de las primeras lecciones que había aprendido.

—¿Por qué asumes que alguien me *envió*? ¿No puede una chica ser independiente?

La silla de madera crujió bajo el peso del hombre cuando se acercó tanto a ella que casi chocaban sus narices. Ella intentó no inhalar su aliento caliente.

—¿Por qué razón querría una perra como tú meterse a esta casa? No creo que estés buscando joyas u oro.

Ella sintió cómo se ensanchaban sus fosas nasales. Pero no entraría en acción... todavía no. Antes tenía que averiguar si podía extraerle algo de información a *él*.

—Si me vas a torturar —dijo arrastrando las palabras—, entonces empieza de una vez. No me gusta mucho el olor aquí abajo.

El hombre retrocedió y su sonrisa no titubeó ni un instante.

—Ah, no te vamos a torturar. ¿Sabes cuántos espías y ladrones y asesinos han intentado terminar con Doneval? Ya estamos más allá de las preguntas. Si no quieres hablar, bien. No hables. Hemos aprendido a lidiar con basura como tú.

—Philip —dijo uno de los guardias y señaló con la espada hacia el fondo del túnel oscuro de la alcantarilla—. Tenemos que irnos.

—Cierto —dijo Philip y volvió a ver a Celaena—. Verás, me imagino que si alguien fue lo suficientemente tonto como para enviarte *aquí*, entonces debes ser alguien que nadie extrañará. Y no creo que nadie te busque cuando inunden las alcantarillas. Ni siquiera tu amigo. De hecho, la mayoría está despejando las calles en este momento. A ustedes los capitalinos no les gusta ensuciarse los pies, ¿verdad?

Ella sintió que el corazón le latía con más fuerza, pero no apartó la mirada.

—Qué mal que no van a poder arrasar con *toda* la basura —dijo con una mirada coqueta.

—No —dijo él—, pero sí arrasarán contigo. Como mínimo, el río se va a llevar tus restos si las ratas dejan algo.

Philip le dio unas palmadas en la mejilla con fuerza. Como si la alcantarilla lo hubiera escuchado, empezó a sonar la corriente de agua que se acercaba desde la oscuridad.

Ah, no. No.

Él regresó al escalón donde esperaban los guardias. Celaena lo vio salir por la segunda puerta y luego subir las escaleras y luego...

—Disfruta el chapuzón —le dijo Philip y cerró la puerta de hierro a sus espaldas.

Oscuridad y agua. En los momentos que se tardó en acostumbrarse a la poca luz de la calle que se filtraba por la rejilla muy, muy por arriba de su cabeza, sintió el agua correr contra sus piernas. En un instante ya le llegaba al regazo.

Maldijo y se sacudió con fuerza contra las cuerdas. Pero cuando sintió cómo le apretaban los brazos, recordó: cuchillos integrados. Hablaba maravillas de la habilidad del inventor que Philip no los hubiera encontrado a pesar de que seguro los buscó. Pero las ataduras eran demasiado firmes para poder liberar las armas.

Movió las muñecas e intentó crear aunque fuera un milímetro de espacio para mover las manos. El agua ya se arremolinaba alrededor de su cintura. Debieron haber construido la presa del alcantarillado al otro lado de la ciudad. Pasarían unos minutos antes de que esta parte se inundara por completo.

La cuerda no cedía, pero ella sacudió la muñeca con el movimiento que le había enseñado el maestro inventor una y otra vez. Luego, al fin, escuchó el zumbido y el salpicar del agua cuando el cuchillo salió disparado. Sintió dolor en el lado de la mano y maldijo de nuevo. Se había cortado con el maldito cuchillo. Por suerte, no parecía ser una herida muy profunda.

De inmediato empezó a cortar las cuerdas. Le dolían los brazos al girarlos lo más que podía para poder inclinar el cuchillo y rasgar las ataduras. Deberían haber usado grilletes de hierro.

Sintió una repentina liberación de la tensión alrededor de la cintura y casi se cayó de cara en las turbulentas aguas negras cuando la cuerda cedió. Dos instantes después, terminó de deshacerse de esas cuerdas y, aunque la horrorizó, metió las manos al agua asquerosa para cortar las ataduras de sus pies y soltarlos de las patas de la silla.

Cuando se puso de pie, el agua le llegaba a los muslos. Y estaba fría. Como hielo. Sentía que había cosas flotando que se deslizaban contra su cuerpo mientras avanzaba con dificultad hacia la escalera. La corriente era feroz. Pasaban ratas a su lado por docenas, sus chillidos de terror apenas se alcanzaban a escuchar por el rugido del agua. Para cuando llegó a los escalones, el agua ya había empezado a acumularse ahí también. Intentó girar el picaporte de hierro. Estaba cerrado. Intentó clavar uno de sus cuchillos en los bordes de la puerta, pero no entraba. Estaba tan bien sellada que nada penetraba por ahí.

Estaba atrapada.

Celaena miró hacia el túnel del alcantarillado. La lluvia seguía cayendo desde arriba, pero las luces de la calle brillaban lo suficiente y le permitían distinguir los muros curvos. Tenía que haber una escalera que subiera a la calle... *tenía* que haber.

No alcanzaba a ver ninguna, al menos no cerca. Y las rejillas estaban tan arriba que tendría que esperar a que se llenara toda la alcantarilla antes de intentar salir por ahí, pero la corriente era tan fuerte que seguro la arrastraría antes.

—Piensa —susurró—. Piensa, piensa.

El agua subió más en el escalón y ya le llegaba a los tobillos.

Mantuvo tranquila la respiración. Entrar en pánico no le serviría de nada.

«*Piensa*». Buscó al fondo del túnel.

Podría haber una escalera, pero estaría más lejos. Eso significaría adentrarse en las aguas... y en la oscuridad.

A su izquierda, el agua seguía subiendo sin parar proveniente de la otra mitad de la ciudad. Miró a su derecha. Aunque no hubiera una rejilla, podría tal vez llegar al Avery.

Era un «podría» muy, muy condicionado.

Pero era mejor que esperar la muerte en este lugar.

Celaena guardó sus cuchillos y se lanzó hacia el agua maloliente y aceitosa. Sintió que se le cerraba la garganta, pero hizo acopio de toda su fuerza de voluntad para no vomitar.

No estaba nadando en el drenaje de toda la capital. *No* estaba nadando en aguas infestadas de ratas. *No iba a morir*.

La corriente era más rápida de lo que anticipaba, pero hizo lo posible por controlar su avance. Podía ver pasar rejillas de la superficie, cada vez más cerca pero todavía a una buena distancia. Y luego, ahí, ¡a la derecha! A media pared, un par de metros por arriba del nivel del agua, vio la apertura a un pequeño túnel. Estaba hecho para un solo trabajador. El agua de lluvia caía por la boca del estrecho pasaje así que, en alguna parte, *tenía* que llevar a la calle.

Nadó con rapidez hacia la pared, luchando para evitar que la corriente la arrastrara más allá del túnel. Chocó contra la pared y se sostuvo con fuerza. El túnel estaba tan alto que tuvo que estirarse y clavar los dedos en la roca. Pero logró sostenerse y, a pesar del dolor que le perforaba las uñas, se pudo subir al angosto pasaje.

El interior era tan estrecho que tenía que permanecer acostada boca abajo. Y estaba lleno de lodo y supieran los dioses qué más, pero ahí, a lo lejos, se podía ver un rayo de luz. Un túnel vertical que subía y llevaba a la calle. Detrás de ella, la alcantarilla continuaba llenándose y el rugir del agua era ya casi ensordecedor. Si no se apresuraba, terminaría atrapada.

El techo era tan bajo que tenía que mantener la cabeza agachada. Tenía la cara casi dentro del lodo putrefacto, pero estiró los brazos y *jaló*. Centímetro a centímetro, se fue arrastrando por el túnel siguiendo la luz frente a ella.

Luego el agua llegó al nivel del túnel. En cosa de momentos, pasó por sus pies, sus piernas, luego su abdomen y luego su cara. Se arrastró más rápido. No necesitaba la luz para saber lo ensangrentadas que tenía las manos ya. Cada partícula de suciedad dentro de sus heridas le ardía como fuego.

Vamos, pensó para sí misma con cada empujón y tirón de sus brazos, cada patada de sus pies. *Vamos, vamos, vamos*. Esa palabra era lo único que evitaba que empezara a gritar. Porque cuando empezara a gritar... en ese momento se rendiría ante la muerte.

El agua del pasaje ya tenía varios centímetros de profundidad para cuando llegó al túnel ascendente y casi lloró al ver la escalera. Eran unos cinco metros hasta la superficie. A través de los agujeros circulares de la rejilla alcanzaba a ver el farol de la calle. Olvidó el dolor en sus manos al subir por la escalera oxidada y rogó que no se fuera a romper. El agua llenó el fondo del túnel, podía ver toda la basura flotando.

Llegó hasta la superficie muy rápido e incluso se permitió sonreír un poco cuando empujó la rejilla redonda.

Pero no se movió.

Acomodó sus pies en la escalera enclenque y volvió a empujar con ambas manos. Seguía sin moverse. Ladeó el cuerpo en el escalón superior de modo que pudiera apoyar la espalda y los hombros contra la rejilla y empujó con todas sus fuerzas. Nada. Ni un crujido, ni una insinuación de que el metal estaba cediendo. Debía estar tan oxidada que se había quedado pegada. La golpeó hasta que sintió que algo se rompía en su mano. Vio chispas por el dolor, una descarga de chispas negras y blancas, y se aseguró de no haberse roto ningún hueso antes de volver a golpear. Nada. *Nada*.

El agua estaba ya muy cerca. Su espuma lodosa estaba ya tan alta que podía estirarse hacia abajo y tocarla.

Se volvió a lanzar contra la rejilla una última vez. No la movió.

Si la gente había despejado las calles hasta que pasara la inundación reglamentaria... El agua de lluvia le caía en la boca, los ojos, la nariz. Golpeó contra el metal, con la esperanza de que alguien la escuchara a pesar del rugido de la lluvia, que alguien viera los dedos lodosos y ensangrentados que salían por la rejilla de la ciudad. El agua le llegó a las botas. Metió los dedos en los agujeros de la rejilla y empezó a gritar.

Gritó hasta que le quemaron los pulmones, gritó pidiendo ayuda, pidiendo que alguien la escuchara. Y entonces...

—¿Celaena?

Era un grito y estaba cerca. Celaena empezó a sollozar cuando alcanzó a escuchar la voz de Sam a pesar del sonido la lluvia y el rugido de las aguas bajo sus pies. Le había dicho que iría a ayudarle después de la fiesta de Lysandra... debía haber ido de camino o de regreso de la casa de Doneval. Ella movió los dedos en los agujeros y golpeó con fuerza la tapa con la otra mano.

—¡AQUÍ! ¡En la coladera!

Pudo sentir la vibración de los pasos y luego...

—Santos dioses.

La cara de Sam apareció a través de la rejilla.

—Te he estado buscando desde hace veinte minutos —dijo—. Espera.

Sus dedos llenos de callos sostuvieron la rejilla. Ella vio cómo se ponían blancos con el esfuerzo, vio cómo su rostro enrojecía y luego... soltó una mala palabra.

El agua ya le llegaba a las pantorrillas.

—Sácame de aquí.

—Empuja conmigo —exhaló él y mientras jalaba, ella empujaba. La rejilla no se movía. Intentaron otra vez, y otra. El agua le llegó a las rodillas. Por un golpe de suerte, la rejilla estaba bastante lejos de la casa de Doneval y los guardias no podían escucharlos.

—Sube lo más que puedas —gritó él. Ella ya estaba lo más arriba posible, pero no dijo nada. Vio brillar un cuchillo y escuchó cómo empezaba a raspar contra la rejilla. Sam estaba intentando aflojar el metal usando el cuchillo como palanca—. Empuja del otro lado.

Ella empujó. El agua oscura le llegaba ya al muslo.

El cuchillo se partió en dos.

Sam vociferó con violencia y empezó a jalar la coladera otra vez.

—Vamos —susurró, más para él mismo que a ella—. *Vamos.*

El agua ya le llegaba a la cintura y al pecho un momento después. La lluvia continuaba entrando por la rejilla y le nublaba los sentidos.

—Sam —dijo.

—¡Estoy tratando!

—Sam —repitió ella.

—No —escupió él al escuchar el tono de su voz—. *No.*

Empezó a gritar para pedir ayuda. Celaena presionó la cara a uno de los agujeros de la rejilla. No iba a llegar ayuda... ya no daba tiempo.

Nunca se había detenido a pensar en cómo moriría, pero por alguna razón morir ahogada era algo que le quedaba bien. Un río en su país natal de Terrasen casi había cobrado su vida hacía nueve años, y ahora parecía ser que el trato que había hecho con los dioses aquella noche al fin había terminado. El agua se la llevaría, de una u otra manera, no importaba cuánto tiempo tardara.

—Por favor —suplicaba Sam y golpeaba y tiraba de la rejilla. Luego intentó hacer palanca con otra daga bajo la tapa—. Por favor, no.

Ella sabía que no se dirigía a ella.

El agua le llegó al cuello.

—*Por favor* —gimió Sam y sus dedos tocaron los de ella. Tendría un último respiro. Sus últimas palabras.

—Lleva mi cuerpo a casa, a Terrasen, Sam —susurró. Y con un último respiro jadeante, quedó sumergida.

CAPÍTULO 8

—¡*Respira!* —alguien gritaba mientras le golpeaba el pecho—. ¡*Respira!*

Y de un momento a otro, su cuerpo se estremeció y el agua brotó de ella. Vomitó en las rocas y tosió con tanta fuerza que se convulsionó.

—Ah, dioses —gimió Sam. A través de sus ojos llorosos, lo vio hincado junto a ella con la cabeza colgando entre los hombros y las manos recargadas en las rodillas. Detrás de él, dos mujeres intercambiaban expresiones de alivio y confusión. Una de ellas tenía una palanca. A su lado estaba la rejilla y el agua del drenaje brotaba a su alrededor.

Vomitó otra vez.

Se bañó tres veces seguidas y comió solo con la intención de vomitar otra vez para limpiar cualquier rastro del líquido repugnante en su interior. Metió sus manos lastimadas y adoloridas en un contenedor de licor fuerte y se mordió el labio para no gritar, pero al mismo tiempo saboreó la sensación del desinfectante que le quemaba todo lo que había estado en esa agua. Al ver que eso le calmaba un poco la repulsión, pidió que llenaran su bañera con el mismo licor y se sumergió por completo en el líquido.

Nunca volvería a sentirse limpia. Incluso después del cuarto baño, el inmediato posterior a su baño de licor, seguía sintiendo como si todo su cuerpo estuviera cubierto de porquería. Arobynn parecía preocupado y le hablaba en tonos tranquilizantes, pero ella le ordenó que se fuera. Le ordenó a *todos* que se fueran. Volvería a darse dos baños en la mañana, se prometió a sí misma al meterse a la cama.

Se escuchó alguien que tocaba a la puerta. Estaba a punto de gritarle a la persona que se largara, pero entonces Sam asomó la cabeza. El reloj marcaba más de las doce, pero los ojos de él seguían alertas.

—Estás despierta —dijo y entró sin siquiera esperar a que ella le asintiera para darle permiso. Aunque Sam no lo necesitaba. Le había salvado la vida. Estaría en deuda con él para siempre.

Cuando iban de regreso a casa, le había contado que después del ensayo para la Iniciación de Lysandra, había ido a la casa de Doneval para ver si necesitaba ayuda. Pero cuando llegó, la casa estaba en silencio, excepto por los guardias que no dejaban de reír con disimulo sobre algo que había sucedido. Estaba buscando en las calles de alrededor para ver si veía alguna señal de ella cuando escuchó sus gritos.

Ella lo miró desde la cama.

—¿Qué quieres?

No era lo más amable que le podía decir a alguien que le había salvado la vida. Pero, carajo, se suponía que ella era *mejor* que él. ¿Cómo podía ser la mejor si había necesitado que Sam la rescatara? Le daban ganas de golpearlo.

Él solo sonrió.

—Quería ver si por fin habías terminado con todos los baños. Ya no queda agua caliente.

Ella frunció el ceño.

—No esperes que me disculpe.

—¿Alguna vez he esperado que te disculpes por algo?

Bajo la luz de las velas, los hermosos rasgos de su rostro se veían aterciopelados y seductores.

—Podrías haberme dejado para que muriera —dijo pensativa—. Me sorprende que no estuvieras celebrando sobre la coladera.

Él rio un poco y el sonido le subió por las extremidades y la recorrió con una sensación de calidez.

—Nadie merece ese tipo de muerte, Celaena. Ni siquiera tú. Y, además, pensé que ya habíamos superado eso.

Ella tragó saliva, pero no pudo apartar la mirada.

—Gracias por salvarme.

Él arqueó las cejas. Ella ya se lo había dicho cuando iban de camino de regreso, pero había sido un torrente de palabras pronunciadas sin aliento. Esta vez era distinto. Aunque le dolían los dedos, en especial las uñas rotas, buscó su mano.

—Y... y lo siento —dijo y se obligó a mirarlo, a ver esas facciones que se movieron para indicar incredulidad—. Lamento haberte involucrado en lo que sucedió en Bahía de la Calavera. Y por lo que Arobynn te hizo en consecuencia.

—Ah —exclamó Sam, como si de repente hubiera entendido un gran rompecabezas. Posó la mirada sobre sus manos entrelazadas y ella lo soltó rápido.

El silencio de pronto se sintió demasiado cargado, el rostro de Sam demasiado hermoso bajo la luz. Ella levantó la barbilla y notó que Sam se fijaba en la cicatriz de su cuello. La ligera franja desaparecería... algún día.

—Se llamaba Ansel —dijo ella y sintió que se le cerraba la garganta—. Era mi amiga.

Sam se sentó con cuidado sobre la cama. Y entonces Celaena le contó toda la historia.

Sam solo hizo preguntas cuando necesitaba aclarar algo. El reloj dio la una para cuando ella terminó de contarle sobre la flecha final que había disparado a Ansel y cómo, a pesar de su pena, le había dado a su amiga un minuto más antes de soltar lo que hubiera sido un tiro mortal. Cuando dejó de hablar, Sam tenía una mirada de dolor y asombro.

—Y ese fue mi verano —dijo ella encogiéndose de hombros—. Una gran aventura para Celaena Sardothien, ¿no?

Pero él estiró la mano y le recorrió la cicatriz del cuello con los dedos, como si de alguna manera pudiera borrar la herida.

—Lo siento —dijo.

Ella sabía que lo decía en serio.

—Yo también —murmuró Celaena.

Se movió un poco, consciente de repente de lo poco que ocultaba su camisón. Como si él lo notara también, quitó la mano de su cuello y carraspeó.

—Bueno —dijo ella—, supongo que nuestra misión se volvió un poco más complicada.

—¿Ah? ¿Y por qué piensas eso?

Ella se sacudió el rubor provocado por su caricia y le sonrió con malicia. Philip *no* tenía idea de a quién había intentado eliminar ni sobre el mundo de dolor que se aproximaba. No era posible intentar ahogar a la Asesina de Adarlan en una *coladera* y salirse con la suya. Aunque viviera mil vidas.

—Porque —dijo ella— mi lista de asesinatos ahora tiene un nombre más.

CAPÍTULO 9

Durmió hasta el mediodía, se bañó las dos veces que se había prometido a sí misma, y luego fue al estudio de Arobynn. Estaba bebiendo una taza de té cuando ella abrió la puerta.

—Me sorprende verte fuera de la tina —le dijo.

Al contarle a Sam la historia sobre su mes en el Desierto Rojo, recordó por qué había deseado tanto regresar a casa en el verano, así como lo que había logrado. No tenía ya motivos para andarse a tientas alrededor de Arobynn, no después de lo que había hecho y lo que ella había tenido que soportar. Así que Celaena le sonrió al rey de los asesinos mientras mantenía abierta la puerta para que entraran los sirvientes cargando un cofre pesado. Luego otro. Y otro.

—¿Me atrevo a preguntar? —dijo Arobynn y se dio un masaje en la sien.

Los sirvientes se marcharon rápido y Celaena cerró la puerta a sus espaldas. Sin decir palabra, abrió las tapas de los cofres. El oro brilló bajo el sol del mediodía.

Volteó a ver a Arobynn y se concentró en el recuerdo de cómo se había sentido en la azotea después de la fiesta. El rostro de él no le transmitía nada.

—Creo que esto salda mi deuda —dijo y forzó una sonrisa—. De sobra.

Arobynn permaneció sentado.

Ella tragó saliva y de repente sintió náuseas. ¿Por qué había pensado que era una buena idea?

—Quiero seguir trabajando contigo —agregó con cuidado. Él la observaba con una expresión que ella había visto antes... la noche que la golpeó—. Pero ya no eres mi dueño.

Los ojos de plata miraron los cofres, luego otra vez a ella. En un momento de silencio que duró una eternidad, ella permaneció inmóvil mientras él la miraba. Luego Arobynn sonrió, un poco melancólico.

—¿Puedes culparme por albergar la esperanza de que nunca llegara este día?

Ella casi se desplomó del alivio.

—Lo digo en serio: quiero seguir trabajando contigo.

Supo en ese momento que no podía decirle sobre el departamento y que se mudaría... no ahora. Pasos pequeños. Hoy, la deuda. Tal vez en unas semanas, podría mencionarle que se iría. Tal vez a él ya ni siquiera le importara que se mudara a su propia casa.

—Y a mí siempre me gustará trabajar *contigo* —dijo, pero permaneció sentado. Dio un sorbo a su té—. ¿Quiero saber de dónde conseguiste ese dinero?

Ella se hizo consciente de la cicatriz en su cuello y dijo:

—El Maestro Mudo. Me lo dio por salvarle la vida.

Arobynn tomó el periódico matutino.

—Bien, pues permíteme felicitarte —la miró por encima del periódico—. Eres una mujer libre ahora.

Ella intentó no sonreír. Tal vez no era libre en el sentido completo de la palabra, pero al menos él ya no podría usar su deuda como pretexto para actuar contra ella. Eso era suficiente por el momento.

—Buena suerte con Doneval mañana en la noche —agregó él—. Dime si necesitas ayuda.

—Siempre y cuando no me la cobres.

Él no le devolvió la sonrisa y colocó el periódico sobre el escritorio.

—Nunca te haría eso.

Algo parecido al dolor cruzó por su mirada.

Celaena se resistió al impulso repentino por disculparse y salió del estudio sin decir una palabra más.

El recorrido de regreso a su recámara fue largo. Había anticipado que estaría loca de dicha cuando le diera el dinero, había anticipado caminar orgullosa por la Fortaleza. Pero la mirada de Arobynn hacía que todo ese oro se sintiera... vulgar.

Un glorioso principio para su nuevo futuro.

Aunque Celaena no tenía ningún deseo de volver a poner un pie dentro de esa alcantarilla repulsiva, tuvo que regresar esa misma tarde. Todavía fluía un río por el túnel, pero el pasaje angosto que se extendía por su costado estaba seco a pesar de la llovizna que caía en la calle sobre sus cabezas.

Una hora antes, Sam se había presentado en su recámara, listo para ir a espiar a la casa de Doneval. Ahora venía detrás de ella, sin decir nada mientras se acercaban a esas puertas de hierro que recordaba demasiado bien. Colocó su antorcha al lado de la puerta y pasó las manos sobre la superficie desgastada y oxidada.

—Tendremos que entrar por aquí mañana —dijo con voz apenas audible por el escándalo del agua del drenaje—. El frente de la casa está demasiado bien vigilado ahora.

Sam recorrió la ranura entre la puerta y el marco con un dedo.

—A menos que encontremos cómo meter un ariete acá abajo, no creo que logremos entrar.

Ella lo miró con expresión siniestra.

—Podrías intentar tocar.

Sam rio en voz baja.

—Estoy seguro de que a los guardias les encantaría. Tal vez hasta me inviten a tomar una cerveza. Digo, después de llenarme el estómago de flechas.

Se dio unas palmadas en el plano firme de su abdomen. Traía puesto el traje que Arobynn lo había obligado a comprar y Celaena intentó no fijarse demasiado en lo bien que resaltaba su figura.

—Entonces no podemos entrar por esta puerta —murmuró ella y la recorrió con las manos—. A menos que averigüemos a qué hora tiran la basura los sirvientes.

—Eso no es confiable —la contradijo él con la atención aún puesta en la puerta—. Los sirvientes pueden bajar a tirar la basura a la hora que sea.

Ella dijo una mala palabra y miró a su alrededor en la alcantarilla. Qué horrible lugar para casi haber muerto. Sin duda, esperaba encontrarse con Philip mañana. El idiota arrogante no tendría idea de qué pasaba hasta que ella estuviera justo frente a él. Ni siquiera la había reconocido de la fiesta de la otra noche.

Celaena sonrió despacio. ¿Qué mejor manera de vengarse de Philip que meterse a la casa justo por la puerta que él le había revelado?

—Entonces uno de nosotros tendrá que quedarse aquí sentado unas horas —susurró y se quedó viendo hacia la puerta—. Con esos escalones justo frente a la puerta, los sirvientes tienen que avanzar unos pasos para poder llegar al agua —continuó Celaena y su sonrisa se hizo más grande—. Y estoy segura de que si traen un montón de basura, seguro no van a pensar en ver hacia atrás.

Los dientes de Sam destellaron bajo la luz de la antorcha cuando sonrió.

—Y van a estar ocupados suficiente tiempo para que alguien pueda meterse y encontrar un buen lugar para ocultarse en el sótano y esperar el resto del tiempo hasta que den las siete y media.

—Qué sorpresa se llevarán mañana cuando encuentren la puerta de su sótano abierta.

—Creo que esa será la menor de sus sorpresas mañana.

Ella levantó su antorcha.

—Así es.

Él la siguió de regreso por el pasillo que corría al costado del túnel. Habían encontrado una entrada al alcantarillado en un callejón oscuro suficientemente alejado de la casa como para que nadie sospechara de ellos. Por desgracia, eso implicaba un recorrido largo por los túneles de drenaje.

—Supe que le pagaste a Arobynn en la mañana —dijo él con la mirada fija en las rocas oscuras bajo sus pies. Seguía hablando en voz baja—. ¿Cómo se siente ser libre?

Ella lo miró de reojo.

—No como me imaginé que se sentiría.

—Me sorprende que haya aceptado el dinero sin pelear.

Ella no dijo nada. En la luz tenue, se escuchó la respiración entrecortada de Sam.

—Creo que me iré —susurró él.

Ella casi tropezó.

—¿Irte?

Él no la miró.

—Voy a ir a Eyllwe... a Banjali, para ser preciso.

—¿Tienes una misión?

Era frecuente que Arobynn los enviara por todo el continente, pero por la manera en que Sam estaba hablando, esto
se sentía... diferente.

—Me voy para siempre —dijo él.

—¿Por qué? —preguntó ella y su voz sonó un poco aguda.

Él la volteó a ver.

—¿Qué me ata a este lugar? Arobynn ya mencionó que
podría ser de utilidad que nos establezcamos también en el sur.

—Arobynn —dijo ella furiosa mientras intentaba mantener la voz baja—. ¿Hablaste con Arobynn de esto?

Sam se encogió un poco de hombros.

—Fue una plática informal. No es oficial.

—Pero... pero Banjali está a casi dos mil kilómetros de aquí.

—Sí, pero Rifthold les pertenece a ti y a Arobynn. Yo
siempre seré... una alternativa.

—Yo preferiría ser una alternativa en Rifthold que gobernante de los asesinos en Banjali.

Odiaba tener que mantener la voz baja. Iba a aplastar a
alguien contra la pared. Iba a demoler esta alcantarilla con
las manos.

—Me iré a finales del mes —dijo él con tranquilidad.

—¡Faltan solo dos semanas!

—¿Tengo algún motivo para quedarme aquí?

—¡Sí! —exclamó ella lo más fuerte que pudo sin dejar de
susurrar—. Sí lo tienes —insistió, pero él no respondió—. No
puedes irte.

—Dame un motivo por el cual no debería.

—Porque, ¿cuál es el *punto* de todo si nada más desapareces para siempre? —gritó ella y extendió los brazos.

—¿El punto de qué, Celaena?

¿Cómo podía estar tan tranquilo cuando ella estaba tan desesperada?

—El punto en Bahía de la Calavera, y el punto en conseguirme esas partituras, y el punto en... el punto en decirle a Arobynn que lo perdonarías si nunca más me volvía a lastimar.

—Tú dijiste que no te importaba lo que yo pensara. Ni lo que hiciera. Ni si moría, si mal no recuerdo.

—¡Mentí! ¡Y tú *sabías* que estaba mintiendo, maldito estúpido!

Él rio en voz baja.

—¿Quieres saber cómo pasé el verano?

Celaena se quedó inmóvil. Él se pasó la mano por el cabello castaño y continuó:

—Pasé todos y cada uno de los días luchando contra mis deseos de cortarle el cuello a Arobynn. Y él *sabía* que quería matarlo.

¡Te voy a matar!, le había gritado Sam a Arobynn.

—En el momento que desperté después de la paliza, me di cuenta de que *tenía* que irme. Porque lo mataría si no. Pero no pude —dijo y la miró con atención—. No hasta que tú regresaras. No hasta saber que estabas bien... hasta saber que estabas a salvo.

A ella le empezó a costar mucho, mucho trabajo respirar.

—Él lo sabía también —siguió Sam—. Así que decidió aprovecharse. No me ofreció ninguna misión. En vez de eso, me obligó a ayudar a Lysandra y Clarisse. Me hizo escoltarlas por la ciudad en sus días de campo y sus fiestas. Se volvió una especie de juego entre los dos, cuánta mierda podía soportar antes de estallar. Pero ambos sabemos que él siempre tiene un as bajo la manga. Él siempre te tendrá a *ti*. De todas formas, pasé todos y cada uno de los días de este verano esperando que regresaras en una pieza. Más que eso, esperaba que regresaras y te vengaras de lo que él te hizo.

Pero ella no lo había hecho. Regresó y permitió que Arobynn la llenara de regalos.

—Y ahora que estás bien, Celaena, ahora que ya pagaste tu deuda, no puedo quedarme en Rifthold. No después de todas las cosas que Arobynn nos hizo.

Ella sabía que era egoísta, y horrible, pero susurró:

—Por favor, no te vayas.

Él dejó escapar una exhalación entrecortada.

—Estarás bien sin mí. Siempre ha sido así.

Tal vez antes, pero ya no.

—¿Cómo puedo convencerte de que te quedes?

—No puedes.

Ella lanzó su antorcha al piso.

—¿Quieres que te ruegue, es eso?

—No... nunca.

—Entonces dime...

—¿Qué más puedo decirte? —explotó él con un susurro áspero y brusco—. Ya te lo dije todo... Ya te dije que si me quedo aquí, si tengo que vivir con Arobynn, le voy a romper el maldito cuello.

—¿Pero por qué? ¿Por qué no puedes superarlo?

Él la tomó por los hombros y la sacudió.

—¡Porque te amo!

Ella se quedó con la boca abierta.

—Te amo —repitió él y volvió a sacudirla—. Te he amado desde hace *años*. Y él te *lastimó* y me obligó a ver mientras lo hacía porque siempre lo ha sabido. Pero si te pidiera que eligieras, elegirías a Arobynn, y... Yo. No. Podría. Soportarlo.

Los únicos sonidos eran los de su respiración, un ritmo irregular sumergido en el rugido del agua del drenaje.

—Eres un maldito idiota —exhaló ella y lo tomó de la túnica—. Eres un tarado y un imbécil y un *maldito* idiota.

Él la miró como si lo hubiera golpeado. Pero ella continuó, tomó ambos lados de su cara entre las manos y le dijo:

—Porque te elegiría a *tí*.

Y luego lo besó.

CAPÍTULO 10

Nunca había besado a nadie. Y cuando sus labios tocaron los de él, y cuando él envolvió sus brazos alrededor de su cintura y la acercó mucho a él, la verdad no supo por qué había esperado tanto tiempo. Su boca se sentía tibia y suave; su cuerpo firme contra el de ella, maravilloso; su cabello, sedoso cuando le pasó los dedos por la cabeza. Sin embargo, ella permitió que él la guiara y se obligó a recordar que debía respirar cuando él le abrió los labios con los suyos.

Cuando sintió el roce de su lengua contra la de ella, la inundó una corriente eléctrica tan grande que pensó que podría matarla. Quería más. Quería *todo* de él.

No podía abrazarlo con suficiente fuerza, besarlo con suficiente rapidez. Sintió una vibración en la parte de atrás de la garganta de Sam, un sonido tan lleno de anhelo que ella lo pudo sentir en el centro de su cuerpo. Más abajo, de hecho.

Lo empujó contra la pared y sintió cómo las manos de Sam se movían por su espalda, sus costados, sus caderas. Quería gozar esa sensación, quería arrancarse el traje para poder sentir sus manos llenas de callos contra su piel desnuda. La intensidad de ese deseo arrasó con ella.

No le importó un carajo estar en los túneles de las alcantarillas. Ni Doneval, ni Philip, ni Arobynn.

Los labios de Sam se apartaron de su boca y empezaron a recorrerle el cuello. Rozaron el punto detrás de su oreja y ella sintió que se quedaba sin aliento.

No, nada le importaba un carajo en este momento.

Era de noche cuando salieron del alcantarillado con el cabello despeinado y las bocas hinchadas. Él no le soltó la mano durante todo el recorrido de regreso a la Fortaleza y, cuando llegaron, ella le ordenó a los sirvientes que les subieran la cena a su recámara. Aunque se quedaron despiertos hasta tarde, hablando muy poco, nunca se quitaron la ropa. Ya habían sucedido suficientes cosas importantes en su vida ese día y no estaba de humor de hacer otro cambio significativo.

Pero lo que había sucedido en el túnel del drenaje...

Celaena permaneció despierta esa noche, mucho después de que Sam se fuera de su recámara, mirando hacia la nada.

Él la amaba. Durante años. Y había soportado tanto por ella.

No podía comprender por qué. Ella había sido siempre horrible con él y le había agradecido con desdén cualquier gesto de amabilidad. Y lo que ella sentía por él...

Ella *no* llevaba años enamorada de él. Hasta antes del viaje a Bahía de la Calavera, no le hubiera importado matarlo.

Pero ahora... No, no podía pensar en eso en este momento. Y tampoco mañana. Porque mañana se infiltrarían a la casa de Doneval. Seguía siendo arriesgado, pero la recompensa... No podía rechazar ese dinero, no ahora que tendría que ser responsable de solventar sus propios gastos. Además de que no

permitiría que el bastardo de Doneval se saliera con la suya
con ese convenio de comercio de esclavos ni con sus intenciones de chantajear a quien quisiera oponerse.

Rezó por que Sam no saliera herido.

En el silencio de su recámara, hizo un juramento a la luz
de la luna de que si Sam salía lastimado, no habría fuerza en
el mundo que le impidiera masacrar a todos los responsables.

Al día siguiente, después del almuerzo, Celaena estaba esperando oculta en las sombras junto a la puerta del sótano que daba
al túnel del alcantarillado. Un poco más al fondo, Sam también
esperaba. Su traje negro lo hacía casi invisible en la oscuridad.

El almuerzo en la casa seguro estaría terminando y Celaena consideraba probable que pronto surgiera la oportunidad
de meterse. Ya llevaba una hora esperando y cada sonido afilaba el nerviosismo que la invadía desde el amanecer. Tendría
que ser rápida y silenciosa y despiadada. Un error, un grito... o
siquiera un sirviente ausente, podría arruinarlo todo.

Un sirviente *tenía* que bajar pronto a vaciar la basura. Sacó
un pequeño reloj de bolsillo de su traje. Con cuidado, encendió un cerillo para ver la carátula. Las dos. Le quedaban todavía
cinco horas antes de tener que entrar a escondidas al estudio
de Doneval para esperar a la junta de las siete y media. Y apostaría que él no entraría al estudio hasta ese momento. Un hombre como él querría saludar a su visitante en la puerta, ver la
mirada de su socio mientras lo conducía por los salones opu-
lentos. De pronto, oyó crujir las primeras puertas interiores
hacia el túnel y se escucharon pasos y gruñidos. Su oído entrenado detectó un sirviente... una mujer. Celaena apagó el cerillo.

Se pegó a la pared al escuchar que se abrió el cerrojo de la puerta exterior y luego la puerta pesada se deslizó en el piso. No alcanzó a escuchar otros pasos, salvo los de la mujer que traía el cubo de la basura y que lo arrastraba a los escalones. La mujer estaba sola. El sótano en el piso superior también estaba vacío.

La mujer, demasiado distraída con vaciar el cubo de metal lleno de basura, no pensó en mirar hacia las sombras junto a la puerta. Ni siquiera hizo una pausa cuando Celaena pasó a su lado, atravesó ambas puertas, subió las escaleras y llegó al sótano antes de siquiera escuchar el sonido de la basura cayendo en el agua.

Conforme Celaena se apresuraba hacia el rincón más oscuro del sótano enorme y poco iluminado, se fijó en todos los detalles que pudo. Incontables barriles de vino y repisas llenas de comida y bienes provenientes de todo Erilea. Una escalera hacia el piso superior. No se escucharon más sirvientes, salvo alguien en el piso de arriba. La cocina, quizás.

La puerta exterior se cerró de un golpe y se escuchó el cerrojo. Pero Celaena ya estaba agachada junto a un enorme barril de vino. La puerta interior también se cerró con llave. Celaena se puso la máscara negra que había traído y luego la capucha sobre el cabello. El sonido de pasos y un ligero jadeo, luego la mujer reapareció en la parte superior de las escaleras con el cubo de basura vacío rechinando al mecerse en su mano. Pasó a su lado, tarareando y subió las escaleras que llevaban a la cocina.

Celaena exhaló cuando se desvaneció el sonido de los pasos de la mujer y luego sonrió. Si Philip hubiera sido inteligente, le habría cortado la garganta en el túnel aquella noche. Tal vez cuando lo matara le diría exactamente cómo se había metido a la casa.

Cuando estuvo cien por ciento segura de que la mujer no regresaría con un segundo cubo de basura, Celaena se apresuró a bajar los escalones que llevaban de vuelta al túnel. Silenciosa como conejo del Desierto Rojo, abrió la primera puerta, entró y luego abrió la segunda. Sam no entraría hasta justo antes de la reunión... para evitar que alguien bajara y lo descubriera preparando el sótano para el incendio que usarían como distractor. Y si alguien encontraba las dos puertas abiertas antes de eso, podía echarle la culpa a la mujer que había salido a tirar la basura.

Celaena cerró ambas puertas con cuidado y se aseguró de que los cerrojos no se volvieran a cerrar. Luego regresó a su sitio en las sombras de la vasta colección de vinos del sótano.

Luego esperó.

A las siete salió del sótano antes de que Sam pudiera llegar con las antorchas y el aceite. La inhumana cantidad de alcohol almacenado en este lugar se encargaría del resto. Solo esperaba poder salir de ahí antes de que el fuego volara el sótano en pedazos.

Tenía que estar arriba y oculta antes de que eso ocurriera y antes de que se hiciera el intercambio. Cuando empezara el incendio unos minutos después de las siete y media, algunos de los guardias tendrían que bajar de inmediato y eso dejaría a Doneval y su socio con menos hombres para protegerlos.

Los sirvientes estaban cenando en la cocina subterránea de servicio y, a juzgar por sus risas, ninguno de ellos parecía estar consciente de lo que ocurriría tres pisos arriba. Celaena avanzó sigilosa para cruzar la puerta de la cocina. Con su traje, capa y máscara, era apenas una sombra recorriendo los muros de roca clara. Contuvo la respiración mientras subía por la espiral de la angosta escalera de servicio.

Con su nuevo traje, era mucho más sencillo mantener el control sobre sus armas y sacó una daga larga de la ranura oculta en su bota. Se asomó al pasillo del segundo piso.

Todas las puertas de madera estaban cerradas. No había guardias, ni sirvientes, ni miembros de la familia Doneval. Puso un pie sobre los tablones de madera del piso. ¿Dónde diablos estaban los guardias?

Rápida y silenciosa como un gato, llegó a la puerta del estudio de Doneval. No se veía luz debajo de la puerta. No vio la sombra de pies ni escuchó nada.

La puerta estaba cerrada con llave. Una molestia menor. Enfundó su daga y sacó dos piezas delgadas de metal, las metió al cerrojo y las movió hasta que... *clic*.

Al poco tiempo estaba dentro, con la puerta cerrada de nuevo y miró el interior oscuro. Con el ceño fruncido, Celaena sacó el reloj de bolsillo de su traje. Encendió un cerillo.

Todavía tenía suficiente tiempo para investigar en la habitación.

Apagó el cerillo y corrió hacia las cortinas. Las cerró muy bien hacia la noche exterior. La lluvia seguía cayendo suavemente contra las ventanas. Avanzó hacia el enorme escritorio de roble en el centro de la habitación y encendió la lámpara de aceite que estaba sobre él. Bajó la flama hasta que solo quedó la parte azul más pequeña. Revisó los papeles sobre el escritorio. Periódicos, cartas informales, recibos, los gastos de la casa...

Abrió todos los cajones. Más de lo mismo. ¿Dónde estarían esos documentos?

Se tragó las malas palabras que estaba pensando y se mordió el puño. Giró. Había un sillón, un armario, una cómoda...

Buscó en la cómoda y en el armario, pero no había nada. Solo papel en blanco y tinta. Mantuvo el oído atento por si se acercaba algún guardia.

Vio los libros en las repisas y les fue dando golpecitos en los lomos para ver si alguno estaba hueco, intentando escuchar si...

La duela rechinó bajo sus pies. Se puso de rodillas en un instante y golpeó con suavidad sobre la madera oscura y pulida. Recorrió toda el área hasta que encontró un sonido hueco.

Con cuidado, con el corazón acelerado, clavó la daga entre los tablones e hizo palanca hacia arriba. Los papeles estaban ahí.

Los sacó, volvió a colocar el tablón y regresó en un instante al escritorio para extender los documentos frente a ella. Solo les echaría un vistazo, solo para confirmar que tuviera los documentos correctos.

Le temblaban las manos al ir pasando las hojas, una tras otra. Mapas con marcas rojas en distintos sitios, gráficas con cifras y nombres, lista tras lista de nombres y ubicaciones. Ciudades, poblados, bosques, montañas, todo en Melisande.

Estos no eran solo los melisandrianos que se oponían a la esclavitud, estas eran las ubicaciones para las casas de seguridad planeadas para llevar a los esclavos a la libertad. Era suficiente información para que toda esta gente terminara ejecutada o esclavizada también.

Y Doneval, ese maldito bastardo, iba a usar esta información para forzar a esas personas a apoyar el comercio de esclavos o ser entregados al rey.

Celaena tomó los documentos. Nunca permitiría que Doneval se saliera con la suya. Nunca.

Dio un paso hacia el tablón secreto. Luego escuchó voces.

CAPÍTULO 11

Apagó la lámpara y abrió las cortinas en un instante. Luego maldijo en voz baja, se guardó los documentos en el traje y se ocultó en el armario. En unos minutos, Doneval y su socio se enterarían de que los documentos no estaban ahí. Pero eso era todo lo que necesitaba... solo tenía que meterlos a esta habitación, lejos de los guardias, el tiempo suficiente para matarlos a ambos. El incendio empezaría en el sótano en cualquier momento y esperaba que eso distrajera a muchos de los guardias y, con suerte, todo sucedería antes de que Doneval se diera cuenta de que los documentos ya no estaban. Dejó la puerta del armario entreabierta para poder asomarse al exterior.

Escuchó abrirse el cerrojo y luego la puerta.

—¿Brandy? —preguntó Doneval al hombre encapuchado que entró detrás de él.

—No —dijo el hombre y se quitó la capucha. Era de altura promedio y no tenía rasgos distintivos. Su única característica notable era su rostro bronceado por el sol y sus pómulos pronunciados. ¿Quién era él?

—¿Quieres que ya terminemos con esto? —rio Doneval, pero se notó un titubeo en su voz.

—Sí—respondió el hombre con frialdad. Inspeccionó la habitación y Celaena no se atrevió a moverse, ni a respirar, cuando sus ojos azules pasaron por el armario—. Mis socios empezarán a buscarme en treinta minutos.

—Terminaremos en diez. De cualquier forma, tengo que ir al teatro esta noche. Hay una joven que tengo especial interés en ver —dijo Doneval con su encanto de empresario—. ¿Supongo que tus asociados ya están listos para actuar rápido y darme una respuesta antes del amanecer?

—Lo están. Pero primero necesito ver esos documentos. Necesito ver qué estás ofreciendo.

—Por supuesto, por supuesto —respondió Doneval y dio un sorbo al brandy que se había servido para él. A Celaena le empezaron a sudar las manos y también la cara bajo la máscara—. ¿Vives aquí o estás de visita?

Como el hombre no respondió, Doneval agregó con una sonrisa:

—De cualquier forma, espero que hayas pasado al local de Madam Clarisse. Nunca he visto chicas más finas en toda mi vida.

El hombre miró a Doneval con obvia repulsión. Si Celaena no estuviera aquí para matarlos, tal vez le habría gustado el desconocido.

—¿No estás de humor para platicar? —insistió Doneval y dejó el brandy para dirigirse al tablón del piso. Por el ligero temblor de las manos de Doneval, Celaena podía notar que toda esta conversación se debía a simples nervios. ¿Cómo se había topado este hombre con información tan delicada e importante?

Doneval se hincó frente al tablón y lo levantó. Dijo una mala palabra.

Celaena sacó la espada del compartimento oculto en su traje y se puso en movimiento.

Ya estaba fuera del armario antes de que siquiera voltearan a verla, y Doneval murió un instante después. Su sangre salió disparada de la herida que le cercenó la columna a la altura de la nuca. El otro hombre gritó. Ella giró hacia él con la espada empapada en sangre.

Una explosión cimbró la casa, con tanta fuerza que ella perdió el equilibrio.

¿Qué demonios había detonado Sam allá abajo?

Eso fue todo lo que el hombre necesitó para salir huyendo por la puerta del estudio. Su velocidad era admirable. Se movía como alguien acostumbrado a toda una vida de correr.

Ella cruzó el umbral casi al instante. El humo ya subía por las escaleras. Giró a la izquierda detrás del hombre, pero chocó de frente con Philip, el guardaespaldas.

Saltó hacia atrás cuando él la atacó con una espada dirigida a su cara. Detrás de él, el hombre seguía corriendo y lo vio voltear una vez por encima del hombro antes de bajar las escaleras a toda velocidad.

—¿Qué *hiciste*? —escupió Philip al ver la sangre en su espada. No necesitó verle la cara debajo de la máscara para identificarla... debió haber reconocido el traje.

Ella sacó la espada de su otro brazo también.

—Quítate de mi camino.

La máscara hacía que su voz se escuchara grave y rasposa: la voz de un demonio, no una joven. Movió las espadas frente a ella con presteza y se pudo escuchar su silbido mortífero.

—Voy a hacerte pedazos —gruñó Philip.

—Inténtalo.

La cara de Philip se contorsionó de rabia y se abalanzó contra ella.

Ella recibió la primera arremetida con la espada izquierda. El brazo le dolió con el impacto y Philip apenas se pudo apartar del paso para evitar que ella le perforara el abdomen con la espada de la derecha. Volvió a atacar, un golpe ingenioso a sus costillas, pero ella lo bloqueó.

Él empujó contra sus dos espadas. De cerca, ella podía notar que su arma era de una excelente calidad.

—Quería que esto durara más —dijo Celaena—. Pero creo que va a ser rápido. Mucho más limpio que la muerte que intentaste darme.

Philip la empujó hacia atrás con un rugido.

—¡No tienes *idea* de lo que acabas de hacer!

Ella blandió sus espadas de nuevo.

—Sé exactamente lo que acabo de hacer. Y sé exactamente lo que estoy a punto de hacer.

Philip atacó, pero el pasillo era demasiado angosto y su ataque demasiado indisciplinado. Ella burló su defensa al instante. La sangre del hombre le empapó la mano enguantada.

Luego, la espada rechinó contra hueso cuando se la sacó del cuerpo.

Los ojos de Philip se abrieron como platos y dio unos pasos hacia atrás sosteniendo la herida delgada que entraba por sus costillas y hasta su corazón.

—Tonta —susurró y cayó al suelo—. ¿Te contrató Leighfer?

Ella no dijo nada mientras él luchaba por respirar, mientras le brotaba la sangre por los labios.

—Doneval... —dijo Philip con voz rasposa— amaba su país... —agregó con una inhalación húmeda y el odio y el dolor se mezclaron en su mirada—. No sabes nada.

Murió un momento después.

—Tal vez —dijo ella y miró el cuerpo desde arriba—. Pero sabía suficiente.

Le había tomado menos de dos minutos... eso era todo. Noqueó a dos guardias al brincar por las escaleras para salir de la casa en llamas y por la puerta principal. Desarmó otros tres guardias cuando saltó por la cerca de hierro y hacia las calles de la capital.

¿A dónde demonios se había ido el hombre?

No había callejones entre la casa y el río, así que no había ido a la izquierda. Lo cual significaba que se había ido directo por el callejón al frente de ella o a la derecha. No habría ido a la derecha... era la avenida principal de la ciudad, donde vivía la gente rica. Celaena tomó el callejón.

Corrió tan rápido que apenas podía respirar y guardó sus espadas de nuevo en los compartimentos ocultos.

Nadie le prestó atención. La mayoría de la gente estaba demasiado ocupada corriendo hacia las llamas que ya subían al cielo sobre la casa de Doneval. ¿Qué le había pasado a Sam?

Alcanzó a ver al hombre que corría por un callejón que llevaba al Avery. Casi lo perdió porque dio la vuelta en una esquina y desapareció en un instante. Había mencionado a sus socios... ¿iría a buscarlos? ¿Sería tan tonto?

Corrió por charcos y saltó sobre montones de basura y se sostuvo del muro de un edificio al dar la vuelta en la esquina. Y llegó a un callejón sin salida.

El hombre intentaba escalar la gran pared de ladrillo al otro extremo. Los edificios que los rodeaban no tenían puertas y no había ventanas suficientemente bajas como para que las alcanzara.

Celaena sacó ambas espadas y frenó su paso. Empezó a caminar con actitud amenazadora.

El hombre intentó dar un salto más para llegar a la parte superior de la pared, pero no alcanzó. Cayó con un fuerte golpe en las piedras de la calle. Tirado en el piso, giró hacia ella. Le brillaban los ojos y sacó un montón de documentos de su chaqueta desgastada. ¿Qué clase de documentos le iba a dar a Doneval? ¿El contrato oficial?

—Vete al infierno —escupió y encendió un cerillo. Los papeles se prendieron en un instante y los lanzó al piso. Tan rápido que ella apenas alcanzó a verlo, sacó un frasco de su bolsillo y se bebió el contenido.

Ella se abalanzó hacia él, pero era demasiado tarde.

Para cuando lo alcanzó, el hombre estaba muerto. Incluso con los ojos cerrados, la rabia seguía visible en su cara. Ya no había nada que hacer. Era irrevocable. Pero... ¿por qué... un negocio fracasado?

Celaena lo dejó en el suelo y se puso de pie de un salto. Pisoteó los papeles para apagar las llamas en cosa de segundos. Pero ya se había quemado la mitad y solo quedaban fragmentos.

Bajo la luz de la luna, ella se arrodilló sobre las rocas húmedas y recogió los restos de los documentos por los cuales ese hombre había estado dispuesto a morir.

No era un contrato comercial. Al igual que los papeles que traía en el bolsillo, estos documentos contenían los nombres, las cantidades y ubicaciones de las casas de seguridad. Pero estas estaban en Adarlan e incluso se extendían hacia el norte, hasta la frontera con Terrasen.

Ella volteó a ver el cadáver. No tenía ningún sentido. ¿Por qué se suicidaría para mantener secreta esta información si había planeado compartirla con Doneval para su propio beneficio? Una pesadez indefinida le recorrió las venas. *No sabes nada*, había dicho Philip.

De alguna manera, de pronto le pareció una gran verdad. ¿Cuánto sabría Arobynn? Las palabras de Philip sonaron en sus oídos una y otra vez. No tenía sentido. Algo estaba mal... algo no *cuadraba*.

Nadie le había explicado que estos documentos serían así de extensos, así de condenatorios de la gente que enlistaban. Le temblaban las manos, pero movió el cadáver para dejarlo sentado y que no tuviera que permanecer con la cara en el suelo asqueroso. ¿Por qué se había sacrificado para mantener esta información a salvo? Noble o no, tonto o no, no podía dejar de pensar en esto. Le acomodó el abrigo.

Luego recogió los documentos semidestruidos, encendió un cerillo y dejó que ardieran hasta que ya no eran nada salvo cenizas. Era lo único que podía ofrecer.

Encontró a Sam recargado contra el muro de otro callejón. Se apresuró a llegar con él. Estaba hincado con una mano sobre el pecho y jadeaba con fuerza.

—¿Estás herido? —exigió saber ella e inspeccionó el callejón para comprobar que no hubiera señal de los guardias. Se alcanzaba a ver un resplandor anaranjado que se extendía a sus espaldas. Esperaba que los sirvientes hubieran salido a tiempo de la casa de Doneval.

—Estoy bien —repuso Sam con voz rasposa. Pero bajo la luz de la luna, ella alcanzaba a ver la laceración de su brazo.

—Los guardias me encontraron en el sótano y me dispararon —se llevó la mano al pecho de su traje—. Uno de ellos me dio justo en el corazón. Pensé que me había matado, pero la flecha rebotó. Ni siquiera me tocó la piel.

Abrió la rasgadura en el frente de su traje y vio el brillo iridiscente.

—Seda de araña —murmuró con los ojos muy abiertos.

Celaena sonrió con seriedad y se quitó la máscara de la cara.

—Con razón el maldito traje salió tan caro —dijo Sam y dejó escapar una risa entrecortada. Ella no sintió la necesidad de decirle la verdad. Él buscó en su cara—. ¿Ya está hecho?

Ella se acercó para besarlo, un rápido roce de su boca contra la de él.

—Está hecho —le dijo hacia los labios.

CAPÍTULO 12

Las nubes de tormenta habían desaparecido y el sol se ponía cuando Celaena entró al estudio de Arobynn y se detuvo frente a su escritorio. Wesley, el guardaespaldas de Arobynn, ni siquiera hizo el intento por detenerla. Solo cerró las puertas del estudio detrás de ella antes de regresar a su puesto de vigilancia en el pasillo exterior.

—El socio de Doneval quemó sus documentos antes de que los pudiera ver —le dijo a Arobynn a modo de saludo—. Y luego se envenenó.

Le había echado los documentos de Doneval por debajo de la puerta de su recámara la noche anterior, pero había decidido esperar a explicarle todo hasta la mañana.

Arobynn apartó la vista de su cuaderno. Su rostro estaba en blanco.

—¿Eso fue antes o después de que incendiaras la casa de Doneval?

Ella se cruzó de brazos.

—¿Eso qué tiene que ver?

Arobynn miró hacia la ventana, al cielo despejado más allá.

—Le envié los documentos a Leighfer esta mañana. ¿Los revisaste?

Ella resopló.

—Sí, claro. Justo después de matar a Doneval y antes de pelear para escapar de su casa, encontré un rato para sentarme a tomar el té y revisarlos.

Arobynn seguía sin sonreír.

—Nunca te había visto dejar semejante cochinero a tu paso.

—Al menos la gente pensará que Doneval murió en el incendio.

Arobynn azotó las manos en el escritorio.

—Sin un cuerpo identificable, ¿cómo podemos estar seguros de que murió?

Ella se negó a reaccionar con temor, se negó a retractarse.

—Está muerto.

Los ojos de plata de Arobynn se endurecieron.

—No te pagarán por esto. Sé con certeza que Leighfer no te pagará. Quería un cuerpo y *ambos* documentos. Solo me diste una de esas tres cosas.

Ella sintió que se le ensanchaban las fosas nasales.

—Está bien. Los aliados de Bardingale están a salvo de cualquier manera. Y el trato comercial ya no ocurrirá.

No podía mencionar que ni siquiera había *visto* el documento del contrato entre los papeles, no sin revelar que había leído los documentos.

Arobynn rio en voz baja.

—No lo has descifrado todavía, ¿verdad?

Celaena sintió un nudo en la garganta.

Arobynn se recargó en el respaldo de su silla.

—Para ser honesto, esperaba más de ti. Todos esos años entrenándote y no pudiste deducir qué estaba sucediendo justo frente a tus ojos.

—Ya dilo —exigió.

—No había ningún convenio comercial —dijo Arobynn con un destello triunfal en la mirada de plata—. Al menos no entre Doneval y su informante en Rifthold. Las verdaderas reuniones de negociación para el comercio de esclavos se han estado celebrando en el castillo de cristal, entre el rey y Leighfer. Era un punto clave en su estrategia de persuasión para convencerlo de que les permitiera construir su camino.

Ella mantuvo el rostro impasible y evitó reaccionar. El hombre que se había envenenado no había ido a la reunión para intercambiar documentos que les permitieran desenmascarar a quienes se oponían a la esclavitud. Él y Doneval habían estado trabajando para...

Doneval ama su país, le había dicho Philip.

Doneval había estado trabajando para establecer una red de casas de seguridad y formar una alianza de gente que se oponía a la esclavitud a lo largo de todo el imperio. Doneval, malos hábitos aparte o no, había estado trabajando para *ayudar* a los esclavos.

Y ella lo había matado.

Peor que eso, le había entregado los documentos a Bardingale, quien no tenía ningún interés en terminar con la esclavitud. No, ella quería sacar provecho de ello y valerse del nuevo camino que planeaba construir para hacer negocios. Y entre ella y Arobynn habían inventado la mentira perfecta para hacer que Celaena cooperara.

Arobynn seguía sonriendo.

—Leighfer ya se encargó de que los documentos de Doneval estén seguros. Si eso tranquiliza tu conciencia, dijo que no se los dará al rey, no todavía. No hasta que haya tenido la oportunidad de hablar con la gente de esta lista y...

persuadirlos de que la apoyen en sus emprendimientos. Pero si no lo hacen, tal vez esos documentos encuentren su camino al palacio de cristal.

Celaena tuvo que esforzarse por no empezar a temblar.

—¿Esto es un castigo por Bahía de la Calavera?

Arobynn la miró con detenimiento.

—Aunque me arrepiento de haberte golpeado, Celaena, *sí* arruinaste un negocio que hubiera sido extremadamente lucrativo para nosotros.

«Nosotros», como si ella fuera parte de todo este cochinero.

—Tal vez te hayas liberado de mí, pero no debes olvidar quién soy. De lo que soy capaz.

—Mientras tenga vida —respondió ella—, nunca lo olvidaré.

Se dio la media vuelta y se dirigió a la puerta, pero se detuvo antes de salir.

—Ayer —dijo—, Leighfer Bardingale me compró a Kasida.

Había visitado la casa de Bardingale en la mañana antes de infiltrarse a la casa de Doneval. La mujer había estado más que dispuesta a comprarle el caballo Asterion. No mencionó ni una vez la inminente muerte de su esposo.

Y anoche, después de matar a Doneval, había pasado un rato viendo su firma en el recibo de transferencia de propietario, estúpidamente aliviada de que Kasida fuera al hogar de una buena mujer como Bardingale.

—¿Y? —preguntó Arobynn—. ¿Por qué me habría de importar tu caballo?

Celaena lo miró un rato. Siempre eran estos juegos de poder, siempre el engaño y el dolor.

—El dinero está en camino a tu bóveda en el banco.

Él no dijo nada.

—A partir de este momento, la deuda que tiene Sam contigo está pagada —dijo con el ligerísimo rastro victoria que alcanzaba a asomarse a través de su creciente vergüenza y miseria—. Desde este instante y hasta la eternidad, es un hombre libre.

Arobynn le sostuvo la mirada y luego se encogió de hombros.

—Supongo que es algo bueno —dijo. Ella sintió que venía el golpe final y sabía que debería correr, pero se quedó ahí parada como idiota y lo escuchó decir—: Porque gasté todo el dinero que me diste en la subasta de Iniciación de Lysandra anoche. Mi bóveda se siente un poco vacía hoy.

Le tomó un momento comprender las palabras.

El dinero por el cual ella había sacrificado tanto...

Él lo había utilizado para ganar la subasta de Iniciación de Lysandra.

—Me voy a mudar —susurró ella. Él solo la miró y su boca cruel y astuta formó una ligera sonrisa—. Compré un departamento y me mudaré. Hoy.

La sonrisa de Arobynn se hizo más grande.

—No dudes en volver a visitarnos algún día, Celaena.

Ella tuvo que morderse el labio para que no le temblara.

—¿Por qué lo hiciste?

Arobynn se volvió a encoger de hombros.

—¿Por qué no debería disfrutar de Lysandra después de todos estos años de invertir en su carrera? ¿Y a ti qué te importa lo que haga con mi dinero? Por lo que supe, ya tienes a Sam. Ahora ambos están libres de mí.

Por supuesto que ya lo sabía. Y por supuesto que intentaría hacer que esto tuviera que ver con ella, trataría de hacer que fuera *su* culpa. ¿Por qué darle tantos regalos solo para hacerle esto? ¿Por qué engañarla sobre Doneval y luego torturarla con esto? ¿Por qué le había salvado la vida hacía nueve años solo para tratarla así?

Se había gastado el dinero de *ella* en una persona que *sabía* que ella odiaba. Para menospreciarla.

Hacía meses, eso hubiera funcionado. Ese tipo de traición la hubiera devastado. Y sí dolía, pero ahora, con Doneval y Philip y los demás muertos a manos de *ella*, con esos documentos en posesión de Bardingale y con Sam a su lado, firme... Esta despedida rencorosa y cruel de Arobynn no había sido tan desgarradora.

—No me busques en un buen rato —dijo—. Porque podría matarte si te veo antes de eso, Arobynn.

Hizo un gesto con la mano.

—No puedo esperar a esa pelea.

Se marchó. Al salir por las puertas del estudio, casi chocó con los tres hombres altos que estaban llegando. Ellos la miraron y luego murmuraron disculpas. Celaena no les hizo caso e ignoró la mirada sombría de Wesley al pasar a su lado. Los negocios de Arobynn eran solo de él. Ella ya tenía su propia vida.

Los tacones de sus botas chocaban contra el piso de mármol del gran vestíbulo. Alguien bostezó del otro lado del espacio y Celaena vio a Lysandra recargada contra el barandal de la escalera. Estaba usando un camisón blanco de seda que apenas le cubría las áreas más privadas.

—Creo que ya te enteraste, pero mi precio estableció un récord —ronroneó Lysandra y estiró las hermosas líneas de su cuerpo—. Gracias, puedes estar segura de que tu oro rindió mucho.

Celaena se quedó congelada y volteó despacio. Lysandra esbozó una sonrisa burlona.

Rápida como un rayo, Celaena lanzó una daga.

El arma se clavó en el barandal de madera, a un pelo de la cabeza de Lysandra.

Lysandra empezó a gritar, pero Celaena solo salió por la puerta principal, cruzó el jardín de la Fortaleza y continuó caminando hasta que la capital se la tragó.

Celaena estaba sentada en el borde de la azotea, viendo hacia la ciudad. El convoy de Melisande ya se había marchado y se había llevado consigo las últimas nubes de tormenta. Algunos de ellos vestían de negro para guardar el luto por la muerte de Doneval. Leighfer Bardingale iba montada en Kasida, trotando orgullosa por la avenida principal. A diferencia de quienes portaban los tonos de luto, la dama había elegido vestirse de color amarillo azafrán y sonreía sin reservas. Por supuesto, esto se debía a que el rey de Adarlan había accedido a concederle los fondos y recursos para construir su camino. Celaena pensó en ir a atacarla... robarle esos documentos y vengarse de Bardingale por su engaño. Y de paso, recuperar a Kasida.

Pero no lo hizo. La habían engañado y ella había perdido... por mucho. No quería seguir siendo parte de esta red enmarañada. No ahora que Arobynn le había dejado en claro que ella nunca podría ganar.

Para distraerse de ese pensamiento miserable, Celaena pasó todo el día supervisando el ir y venir de sirvientes entre la Fortaleza y su departamento. Le llevaron toda la ropa y libros y joyería que ahora le pertenecían solo a ella. La luz del atardecer se tornó de un color dorado profundo e hizo brillar todos los tejados verdes.

—Me imaginé que estarías aquí arriba —dijo Sam y avanzó por la azotea plana hacia el sitio donde ella estaba sentada en el muro construido en la orilla. Estudió la ciudad—. Qué buena vista. Puedo entender por qué decidiste mudarte.

Ella volteó a verlo por encima del hombro con una leve sonrisa. Sam llegó a pararse detrás de ella y estiró la mano con cuidado para pasársela por el cabello. Celaena se recargó contra su mano.

—Supe lo que hizo... sobre Doneval y Lysandra —murmuró Sam—. No imaginé que fuera a caer tan bajo, ni a usar tu dinero así. Lo lamento.

—Era lo que me hacía falta —dijo ella y miró hacia la ciudad— Era lo que me hacía falta para decidirme a decirle que me mudaría.

Sam asintió en aprobación.

—Yo solo... dejé mis cosas en tu recámara principal. ¿Está bien?

Ella asintió.

—Ya les encontraremos un lugar después.

Sam se quedó en silencio.

—Entonces, somos libres —dijo al fin.

Ella volteó a verlo de frente. Los ojos castaños de Sam brillaban de alegría.

—También me enteré de que pagaste mi deuda —dijo él con voz tensa—. Vendiste... vendiste tu caballo Asterion para hacerlo.

—No tenía alternativa —dijo ella y giró en su sitio y se puso de pie—. Nunca te dejaría encadenado a él si yo me iba a marchar.

—Celaena —dijo su nombre como una caricia y le pasó la mano alrededor de la cintura. Presionó su frente contra la de ella—. ¿Cómo podré pagarte algún día?

Ella cerró los ojos.

—No tienes que hacerlo.

Él rozó sus labios contra los de ella.

—Te amo —le susurró en la boca—. Y a partir de este día, nunca quiero estar separado de ti. Donde sea que vayas, yo iré. Aunque eso signifique ir al mismísimo infierno, donde sea que tú estés, ahí es donde yo quiero estar. Para siempre.

Celaena le pasó los brazos por el cuello y lo besó para darle su respuesta sin palabras.

Más allá, el sol se puso sobre la capital y sumergió a todo el mundo en luz carmesí y sombras.

LA
ASESINA
Y EL
IMPERIO

DESPUÉS

Hecha un ovillo en el rincón de una carreta de prisioneros, Celaena Sardothien veía el juego de luces y sombras en la pared. Los árboles apenas empezaban a adquirir las profundas tonalidades del otoño y parecían estarla observando a través de la pequeña ventana con barrotes.

Apoyó la cabeza contra la pared de madera mohosa y prestó atención al crujir de la carreta, el sonido metálico de los grilletes alrededor de sus muñecas y tobillos, los tonos graves del parloteo de los guardias que llevaban dos días escoltando el carruaje en su ruta y sus risas ocasionales.

Pero a pesar de que estaba muy consciente de todo esto, una especie de silencio ensordecedor se había asentado sobre ella como una capa. Bloqueaba todo lo demás. Ella sabía que tenía sed y hambre, que sus dedos estaban adormecidos por el frío, pero no podía sentirlo con interés.

El carruaje pasó por un agujero y el movimiento la sacudió con tanta fuerza que su cabeza chocó contra la pared. Inclusive ese dolor lo sintió distante.

Las pecas de luz a sobre de los paneles danzaban como nieve que caía.

Como cenizas.

Cenizas de un mundo que había sido quemado hasta quedar en la nada, en ruinas a su alrededor. Podía sentir el sabor de la ceniza de ese mundo muerto en sus labios resecos, sentir cómo iba acomodándose en su lengua pesada.

Prefería el silencio. En el silencio no podía escuchar la peor pregunta de todas: ¿ella había provocado todo esto?

La carreta pasó por debajo de una cobertura de árboles particularmente espesa que bloqueaba la luz. Por un instante se levantó el silencio y eso bastó para que la pregunta se le metiera al cráneo, debajo de la piel, en el aliento y en los huesos.

Y, en la oscuridad, recordó.

CAPÍTULO 1

Once días antes

Celaena Sardothien había estado esperando que llegara esta noche todo un año. Sentada en el pasillo de madera construido en el costado del domo dorado del Teatro Real, aspiró la música que subía desde la orquesta debajo. Las piernas le colgaban sobre el borde del barandal y se inclinó hacia el frente para recargar la mejilla en sus brazos cruzados.

Los músicos estaban sentados en un semicírculo sobre el escenario. Llenaban el teatro con un sonido tan maravilloso que Celaena a veces olvidaba cómo respirar. Había visto esta sinfonía en vivo cuatro veces en los últimos cuatro años, pero siempre había asistido con Arobynn. Se había convertido en su tradición anual de otoño.

Aunque sabía que no debía, permitió que su mirada se desviara hasta el palco privado donde, hasta el mes anterior, siempre había estado sentada.

No sabía si era por rencor o simple ceguera, pero Arobynn Hamel ahora estaba sentado ahí con Lysandra a su lado. *Sabía* lo que esta noche significaba para Celaena... sabía cuánto anticipaba ir todos los años. Y aunque Celaena no quería ir con él, y nunca quería tener nada que ver con él jamás, hoy había traído a Lysandra. Como si esta noche no significara nada para él.

Incluso desde el techo, alcanzaba a ver al rey de los asesinos, que sostenía la mano de la joven cortesana. Recargaba la pierna contra las faldas de su vestido rosado. Un mes después de que Arobynn ganara la subasta por la virginidad de Lysandra, parecería que todavía estaba monopolizando su tiempo. No le sorprendería saber que hubiera llegado a un acuerdo con su madama para quedarse con Lysandra hasta que se cansara de ella.

Celaena no estaba segura si sentía lástima por Lysandra.

Pero devolvió su atención al escenario. No sabía por qué había venido ni por qué le había dicho a Sam que tenía «planes» y no podía verlo para cenar en su taberna favorita.

En el mes previo, no había visto ni hablado con Arobynn ni había querido hacerlo. Pero esta era su sinfonía favorita, la música era tan hermosa que, para llenar la espera de un año entre presentaciones, había aprendido a tocar una buena porción de la pieza en el pianoforte.

El tercer movimiento de la sinfonía terminó y los aplausos resonaron en toda la resplandeciente curvatura del domo. La orquesta esperó a que los aplausos se acallaran un poco antes de empezar con el entusiasta allegro que conducía al gran final.

Al menos desde el techo no tenía que molestarse con vestirse elegante o fingir que encajaba con la gente enjoyada de allá abajo. Se había metido sin dificultad desde la azotea y nadie había levantado la vista para ver la figura vestida de negro sentada tras el barandal, casi oculta por uno de los candelabros de cristal que se había elevado y apagado para el espectáculo.

Ahí arriba, podía hacer lo que quisiera. Podía apoyar la cabeza en sus brazos o mecer las piernas al ritmo de la música o levantarse a *bailar* si quería. ¿Y qué si nunca más iba a sentarse en ese amado palco, tan hermoso con sus asientos de terciopelo rojo y barandillas de madera pulida?

La música llenaba el teatro y cada nota era más radiante que la anterior.

Ella había *elegido* dejar a Arobynn. Había pagado su deuda y la de Sam y se había mudado. Se había alejado de su vida como la protegida de Arobynn Hamel. Eso había sido su decisión y no se arrepentía, no después de la manera tan vil en que Arobynn la había traicionado. La había humillado y le había mentido y luego había usado su dinero ganado con sangre para ganar la subasta de Iniciación de Lysandra solo por fastidiarla.

Aunque todavía se consideraba a sí misma la Asesina de Adarlan, parte de ella se preguntaba cuánto tiempo le permitiría Arobynn conservar ese título antes de nombrar a alguien más como su sucesor. Pero nadie en *realidad* podía reemplazarla. Ya fuera que le perteneciera o no a Arobynn, ella seguía siendo la mejor. Siempre sería la mejor.

¿O no?

Parpadeó y se dio cuenta de que por algún motivo había dejado de escuchar la música. Debería moverse de lugar, moverse a un sitio donde los candelabros bloquearan de su vista a Arobynn y Lysandra. Se puso de pie y sintió dolor en el coxis por estar sentada tanto tiempo en la madera.

Celaena dio un paso. Los tablones se pandearon bajo sus botas negras, pero se detuvo. Aunque la pieza era como la recordaba y cada una de las notas estaba siendo ejecutada a la perfección, la música se sentía desarticulada ahora. Aunque la podía tocar de memoria, de pronto era como si nunca antes la hubiera escuchado o como si su ritmo interior ahora estuviera *desajustado* del resto del mundo.

Celaena miró hacia el familiar palco abajo, donde Arobynn ahora pasaba el brazo largo y musculoso por el respaldo del asiento de Lysandra. *Su* asiento, el más cercano al escenario.

Pero había valido la pena. Era libre y Sam era libre y Arobynn... Él había hecho su mejor esfuerzo por lastimarla, por quebrantarla. Renunciar a estos lujos no era nada a cambio de una vida sin su dominio sobre ella.

La música avanzó hacia el frenesí de su clímax y se convirtió en un remolino de sonido que ella estaba atravesando. Pero no se dirigió hacia otro sitio donde sentarse, sino hacia la pequeña puerta que llevaba a la azotea.

La música estalló, cada nota un golpe del aire contra su piel. Celaena se echó la capucha de la capa sobre la cabeza y salió por la puerta hacia la noche.

Ya eran casi las once cuando Celaena abrió la puerta de su departamento e inhaló los olores ya familiares de su hogar. Había pasado la mayor parte del mes anterior amueblando el espacioso departamento, oculto en el piso superior de una bodega en los barrios bajos, que ahora compartía con Sam.

Él le ofreció una y otra vez pagar la mitad del departamento pero, cada vez, ella lo ignoraba. No porque no quisiera su dinero, aunque no lo quería en realidad, sino porque, por primera vez, este era un lugar que era de *ella*. Y aunque Sam era muy importante en su vida, quería mantener las cosas así.

Entró y admiró la sala que le dio la bienvenida. A la izquierda, una mesa de roble brillante de tamaño suficiente para que cupieran ocho sillas acolchadas a su alrededor. A su derecha, un sofá rojo y mullido, dos sillones individuales y una mesa de centro frente a la chimenea oscura.

La chimenea apagada le dio suficiente información. Sam no estaba en casa.

Celaena podría haber ido a la cocina adyacente a devorar la mitad restante de la tarta de moras que Sam no se había terminado en el almuerzo. Podría haberse quitado las botas para sentarse cómoda a admirar la increíble vista de la capital que tenía desde su ventana de piso a techo. Podría haber hecho varias cosas, de no ser porque vio una nota sobre la mesa pequeña al lado de la puerta.

Salí, decía el mensaje en la letra de Sam. *No me esperes despierta.*

Celaena arrugó la nota en su puño. Sabía *de sobra* a dónde había ido... y *de sobra* por qué no quería que lo esperara despierta.

Porque si estaba dormida, entonces lo más probable era que no viera la sangre y los moretones en su cuerpo cuando regresara.

Con una sarta de palabras altisonantes, Celaena lanzó la nota arrugada al piso y salió del departamento. Azotó la puerta a sus espaldas.

Si había un lugar en Rifthold donde siempre se podía encontrar la basura de la capital era en los Sótanos.

En una calle tranquila de los barrios bajos, Celaena mostró su dinero a los malvivientes que vigilaban la puerta de hierro que daba al exterior y entró al salón del placer. El calor y el hedor le golpearon la cara casi de inmediato, pero no permitió que eso resquebrajara la fachada de tranquilidad impasible que tenía en el rostro al descender en esta madriguera de cámaras subterráneas. Echó un vistazo a la multitud que se apelotonaba alrededor de la arena de pelea y supo muy bien quién estaba provocando esos gritos.

Avanzó por los escalones de piedra sin apartar demasiado las manos de las espadas y dagas enfundadas en el cinturón que colgaba a su cadera. La mayoría de la gente hubiera optado por usar más armas en los Sótanos, pero Celaena había estado ahí con frecuencia suficiente para anticipar las amenazas que solían posar los clientes y sabía que era perfectamente capaz de cuidarse a sí misma. De todas maneras, no se quitó la capucha para ocultar en las sombras la mayor parte de su cara. Ser una joven en un sitio como este tenía sus obstáculos, en especial porque muchos hombres venían a este sitio en busca del *otro* entretenimiento que ofrecían los Sótanos.

Al llegar al final de las escaleras angostas, el olor de los cuerpos sin lavar, la cerveza rancia y cosas peores la alcanzó con toda su fuerza. Era suficiente para revolverle el estómago y agradeció no haber comido nada recién.

Avanzó entre la multitud que se amontonaba alrededor de la arena principal e intentó no prestar atención a las habitaciones expuestas a los lados, a las chicas y mujeres que no tenían la fortuna de ser vendidas en un burdel de clase alta, como Lysandra. A veces, cuando Celaena tenía ganas de sentirse miserable, se preguntaba si su destino no habría terminado siendo igual al de ellas de no ser porque Arobynn la había rescatado. Se preguntaba si podría verlas a los ojos y encontrar una versión de ella mirándola de regreso.

Así que era más sencillo no mirar.

Celaena pasó entre los hombres y las mujeres reunidos alrededor de la arena de pelea construida en un nivel más bajo y se mantuvo alerta por las muchas manos inquietas que estaban motivadas a quitarle su dinero o una de sus hermosas espadas.

Se recargó contra una columna de madera y miró hacia la arena.

Sam se movía tan rápido que el enorme hombre frente a él no tenía ninguna oportunidad. Esquivaba todos los golpes poderosos de su contrincante con gracia y poder. Algunos de sus movimientos surgían de su talento natural y otros de los muchos años de entrenar en la Fortaleza de los Asesinos. Ambos combatientes peleaban sin camisa y el pecho torneado de Sam brillaba con sudor y sangre. Pero Celaena notó que no era su sangre. Las únicas heridas que le alcanzaba a ver eran el labio partido y un moretón en la mejilla.

El oponente atacó e intentó taclear a Sam al suelo arenoso. Pero Sam giró y, cuando el gigante pasó de largo, le hundió el pie descalzo en la espalda. El hombre cayó a la arena con un golpe que Celaena sintió a través del asqueroso piso de piedra. La multitud estalló en gritos.

Sam podría haber dejado inconsciente al hombre en un segundo. Podría haberle tronado el cuello justo ahora o terminar la pelea de una variedad de maneras. Pero a juzgar por la mirada semisalvaje y satisfecha en los ojos de Sam, Celaena sabía que estaba jugando con su oponente. Lo más probable era que las lesiones en su cara fueran errores intencionales, para que pareciera que era una pelea remotamente justa.

Pelear en los Sótanos no se trataba de noquear al oponente, se trataba de ofrecer un espectáculo. La multitud estaba casi enloquecida de emoción. Era probable que Sam les hubiera estado proporcionando un espectáculo muy entretenido. Y, por toda la sangre que tenía encima, parecía ser que su actuación ya llevaba varios *encores*.

Tenía ganas de gritar. Solo había una regla en los Sótanos: nada de armas, solo puños. Pero aun así, era posible salir de ahí horriblemente lesionado.

Su oponente se puso de pie con dificultad, pero Sam ya se había cansado de esperar.

El pobre bruto no tuvo tiempo ni de levantar las manos cuando Sam lo atacó con una violenta patada voladora. Su pie chocó tan fuerte con la cara del hombre que el impacto sonó por encima de los gritos de la multitud.

El oponente se fue de lado con sangre brotándole de la boca. Sam volvió a atacar, un puñetazo al abdomen. El hombre se dobló hacia el frente solo para encontrarse con la rodilla de Sam en su nariz. Su cabeza se movió con violencia hacia atrás y empezó a caer, caer, caer...

La multitud gritó para celebrar el triunfo cuando el puño de Sam, cubierto de sangre y arena, conectó con el rostro expuesto del hombre. Incluso antes de terminar de dar el puñetazo, Celaena ya sabía que era un golpe que lo iba a noquear.

El hombre cayó a la arena y no se movió.

Jadeando, Sam levantó los brazos ensangrentados hacia la multitud que lo rodeaba.

Las orejas de Celaena casi se reventaron con el rugido que respondió a su gesto. Apretó los dientes cuando el maestro de ceremonias salió a la arena y proclamó a Sam como el ganador.

No era justo, en realidad. No importaba qué oponentes se enfrentaran a él, cualquier persona que retara a Sam perdería.

Celaena casi decidió saltar a la arena y desafiar a Sam ella misma.

Eso sería una actuación que los Sótanos nunca olvidarían.

Ella se cruzó de brazos furiosa. No había conseguido ni un contrato en el mes desde que había dejado a Arobynn, y aunque ella y Sam continuaron su entrenamiento lo mejor que podían... Ah, las ganas de saltar a esa arena y derrotarlos a *todos* la dominaban. Una sonrisa malévola se extendió por su cara. Si pensaban que Sam era bueno, entonces ella le daría a esta multitud algo para que *de verdad* se pusieran a gritar.

Sam la vio recargada contra la columna. No borró su sonrisa triunfal, pero ella pudo alcanzar a notar un destello de molestia en sus ojos castaños.

Inclinó la cabeza hacia la salida. El gesto le indicó a él todo lo que necesitaba saber: a menos que quisiera que *ella* entrara a la arena con él, ya había terminado por esa noche y se reuniría con ella en la calle cuando cobrara lo que había ganado.

Y entonces empezaría la verdadera pelea.

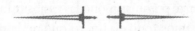

—¿Debería sentirme aliviado o preocupado de que no hayas dicho nada aún? —le preguntó Sam mientras caminaban por las calles de la capital para regresar a casa.

Celaena esquivó un charco que podría haber sido agua de lluvia u orina.

—He estado pensando en formas de empezar a hablar que no impliquen gritar.

Sam resopló riendo y ella apretó los dientes. Él traía un bolso con monedas que colgaba de su cintura. Aunque la capucha le cubría la cabeza, ella alcanzaba a ver claramente el labio roto.

Celaena apretó los puños y dijo:

—Prometiste que no regresarías.

Sam mantuvo la vista en el angosto callejón frente a ellos, siempre alerta, siempre atento a cualquier fuente de peligro.

—No *prometí*. Dije que lo pensaría.

—¡La gente *muere* en los Sótanos! —lo dijo más fuerte de lo que quería y sus palabras hicieron eco en los muros del callejón.

—La gente muere porque son tontos en busca de gloria. No son asesinos entrenados.

—Los accidentes suceden de cualquier manera. Cualquiera de esos hombres podría haber llevado un cuchillo.

Él dejó escapar una risa corta y brusca, llena de arrogancia masculina pura.

—¿En verdad valoras tan poco mis habilidades?

Dieron la vuelta en otra calle, donde había un grupo de personas fumando pipas en las afueras de una taberna apenas iluminada. Celaena esperó hasta que los pasaron para volver a hablar.

—Arriesgarte por unas monedas es absurdo.

—Necesitamos todo el dinero que podamos conseguir —dijo Sam en voz baja.

Ella se tensó.

—Tenemos dinero.

Algo de dinero. Menos y menos cada día.

—No durará para siempre. No ahora que no hemos podido conseguir ningún otro contrato. Y en especial, no con tu estilo de vida.

—¡*Mí* estilo de vida! —contestó ella.

Pero era verdad. Podía intentar vivir con más sobriedad, pero su corazón le pertenecía al lujo: a la ropa fina y la comida deliciosa y los muebles exquisitos. No había valorado todo lo que se le proveía en la Fortaleza de los Asesinos. Arobynn tal vez llevaba una lista detallada de los gastos que ella le debía, pero nunca les había cobrado por la comida, ni por los sirvientes, ni por los carruajes. Y ahora que estaba sola...

—Las peleas en los Sótanos son fáciles —dijo Sam—. Dos horas ahí y puedo ganar buen dinero.

—Los Sótanos son una apestosa montaña de mierda —dijo ella molesta—. Nosotros no pertenecemos ahí, no somos iguales. Podemos ganar dinero de otra manera.

No sabía exactamente cuál, ni cómo, pero podía encontrar algo mejor que hacer que pelear en los Sótanos.

Sam la tomó del brazo y la hizo detenerse para mirarlo.

—¿Entonces qué opinas de que nos vayamos de Rifthold? —aunque su propia capucha cubría la mayor parte de su rostro, ella le arqueó las cejas—. ¿Qué nos mantiene aquí?

Nada. Todo.

Incapaz de contestarle, Celaena se lo quitó de encima y continuó caminando.

Era una idea absurda, en realidad. Irse de Rifthold. *¿A dónde* podrían ir siquiera?

Llegaron a la bodega y subieron corriendo las escaleras desvencijadas al fondo y luego entraron al departamento en el segundo piso.

Ella no le dijo nada cuando se quitó la capa y las botas, encendió unas velas y se fue a la cocina para comerse una rebanada de pan cubierta de una gruesa capa de mantequilla. Y él no dijo nada cuando entró al baño para lavarse. El agua corriente era un lujo en el cual el dueño anterior había gastado una fortuna... y había sido la mayor prioridad para Celaena cuando estaba buscando un sitio para vivir.

Los lujos como el agua corriente eran abundantes en la capital, pero poco comunes en otras partes. Si se iban de Rifthold, ¿a qué tipo de cosas tendría que renunciar?

Seguía contemplando eso cuando Sam entró a la cocina. Ya se había lavado todos los restos de sangre y arena. Tenía el labio inferior todavía hinchado y el moretón en su mejilla, eso sin mencionar los nudillos lastimados, pero parecía estar entero.

Sam se sentó en una de las sillas de la mesa de la cocina y se cortó un trozo de pan. Comprar comida para la casa tomaba más tiempo de lo que ella había calculado e incluso había considerado la posibilidad de contratar un ama de llaves, pero... eso costaría dinero. *Todo* costaba dinero.

Sam comió un bocado, se sirvió un vaso de agua de la jarra que ella había dejado sobre la mesa de roble y se recargó en el respaldo de su silla. Detrás de él, la ventana sobre el fregadero dejaba ver la brillante extensión de la capital y el castillo de cristal iluminado encima de todo.

—¿Ya nunca me vas a volver a hablar?

Ella lo miró molesta.

—Mudarse es caro. Si nos fuéramos a marchar de Rifthold, entonces necesitaríamos más dinero para poder tener un respaldo si no podemos empezar a trabajar de inmediato —dijo Celaena, considerando la idea—. Un contrato más para cada uno de nosotros —dijo—. Tal vez ya no sea la protegida de Arobynn, pero sigo siendo la Asesina de Adarlan y tú eres... bueno... tú eres *tú* —concluyó. Él le dirigió una mirada molesta y ella, a pesar de todo, sonrió—. Un contrato más —repitió— y podríamos mudarnos. Nos ayudaría con los gastos... nos daría un colchón suficiente.

—O podríamos mandar todo al infierno e irnos.

—No voy a renunciar a todo solo para irme a vivir a una pocilga en algún lado. *Si* nos vamos, lo haremos a mi manera.

Sam se cruzó de brazos.

—Sigues diciendo *sí*, pero, ¿qué más hay que decidir?

De nuevo: nada. Todo.

Ella inhaló profundo.

—¿Cómo nos asentaremos en una nueva ciudad sin el apoyo de Arobynn?

Sam la miró triunfal. Ella tuvo que controlar su irritación. No había dicho directamente que estaba de acuerdo en mudarse, pero su pregunta era confirmación suficiente para ambos.

Antes de que él pudiera responder, ella continuó:

—Crecimos aquí y aun así en los últimos meses no hemos conseguido ningún contrato. Arobynn siempre se encargaba de esas cosas.

—A propósito —gruñó Sam—. Y podemos hacerlo perfectamente bien, creo. No necesitamos su apoyo. *Cuando* nos mudemos, dejaremos el gremio también. No quiero estar pagando cuotas por el resto de mi vida y no quiero tener nada que ver con ese bastardo conspirador nunca más.

—Sí, pero *sabes* que necesitamos su bendición. Necesitamos... hacer las paces. Y necesitas que esté de acuerdo en dejarnos ir del gremio en paz —terminó de decir y casi se ahogó por pronunciar esas palabras, pero logró escupirlas todas.

Sam se puso de pie de un salto.

—¿Necesito recordarte lo que nos hizo? ¿Lo que *te* hizo? Sabes que la razón por la cual no encontramos contratos es porque Arobynn se ha asegurado de que todo el mundo sepa que no deben acercarse a nosotros.

—Exacto. Y las cosas se pondrán peores. El gremio de los asesinos nos castigará por empezar nuestro propio negocio en otra parte sin la aprobación de Arobynn.

Lo cual era cierto. Aunque ya habían pagado sus deudas con Arobynn, seguían siendo miembros del gremio y seguían obligados a pagar las cuotas cada año. Todos los asesinos del gremio le respondían a Arobynn. Lo obedecían. En más de una ocasión habían enviado a Celaena y Sam a buscar miembros del gremio que se habían separado para trabajar por su cuenta, que se negaban a pagar las cuotas o que habían violado alguna regla sagrada del gremio. Esos asesinos habían intentado esconderse, pero siempre había sido solo cuestión de tiempo que los encontraran. Y las consecuencias no habían sido agradables.

Celaena y Sam le habían ganado mucho dinero y bastante fama y prestigio a Arobynn y al gremio, por lo cual habían vigilado muy de cerca sus decisiones y carreras. Aunque hubieran terminado de saldar sus deudas, se les pediría que pagaran una cuota de salida, si tenían suerte. Si no... bueno, sería una solicitud muy peligrosa.

—Entonces —continuó ella—, a menos que quieras terminar degollado, necesitamos tener la aprobación de Arobynn para renunciar al gremio antes de irnos. Y como tú pareces tener mucha prisa en salir de la capital, podemos ir a verlo mañana.

Sam frunció los labios.

—No voy a ir a suplicarle. No a él.

—Yo tampoco.

Celaena se fue hacia el fregadero y apoyó las manos a los lados mientras veía hacia la ventana. Rifthold. ¿Algún día podría marcharse de verdad? A veces la odiaba, pero... era *su* ciudad. Dejarla, empezar de nuevo en otro lugar lejano, en otro continente... ¿podría hacerlo?

Se escucharon pasos en el piso de madera y luego un aliento cálido le acarició el cuello y Sam le envolvió la cintura con los brazos. Apoyó la barbilla en el espacio entre el cuello y el hombro de Celaena.

—Solo quiero estar contigo —murmuró—. No me importa a dónde vayamos. Es todo lo que quiero.

Ella cerró los ojos y recargó su cabeza en la de él. Olía a su jabón de lavanda... su jabón *costoso* de lavanda que alguna vez le había advertido que no volviera a usar. Seguro él no tenía idea de cuál era el jabón por el cual le estaba gritando. Tendría que empezar a ocultar sus amados artículos de tocador y dejarle a la mano algo menos costoso para él. Sam no notaría la diferencia de todas maneras.

—Siento mucho haber ido a los Sótanos —le dijo hacia la piel y le plantó un beso debajo de la oreja.

Ella sintió que un escalofrío le recorría la columna. Aunque habían estado compartiendo la misma recámara durante un mes, aún no habían cruzado ese último umbral de intimidad. Ella quería, y él *sin duda* quería, pero habían cambiado tantas cosas tan rápido. Algo tan serio podría esperar un poco más. Eso no evitaba que se disfrutaran mucho.

Sam le besó la oreja y le rozó el lóbulo con los dientes, lo cual hizo que el corazón de Celaena latiera descontrolado.

—No uses tus besos para engañarme para que acepte tu disculpa —logró decir ella, pero inclinó la cabeza a un lado para permitirle un mejor acceso.

Él rio y su aliento le acarició el cuello.

—Valía la pena intentarlo.

—Si vuelves a ir a los Sótanos —dijo mientras él le mordisqueaba la oreja—, me meteré a la arena y te dejaré inconsciente con mis propias manos.

Lo sintió sonreír contra su piel.

—Lo podrías intentar —dijo y le mordió la oreja. No tan fuerte como para que le doliera, pero lo suficiente para indicarle que ya la había dejado de escuchar.

Ella giró en sus brazos y lo miró hacia arriba, ese rostro hermoso iluminado por el resplandor de la ciudad, sus ojos, tan oscuros y profundos.

—Y usaste mi jabón de lavanda. No vuelvas a hacer eso...

Pero en ese momento los labios de Sam encontraron los de ella y Celaena dejó de hablar por un buen rato después de eso.

Sin embargo, mientras estaban ahí, sus cuerpos entrelazados el uno con el otro, una pregunta se quedó sin ser planteada... una pregunta que ninguno de ellos se atrevía a pronunciar.

¿Arobynn Hamel les permitiría marcharse?

CAPÍTULO 2

Cuando Celaena y Sam entraron a la Fortaleza de los Asesinos al día siguiente, era como si nada hubiera cambiado. La misma ama de llaves temblorosa les dio la bienvenida en la puerta antes de escabullirse y Wesley, el guardaespaldas de Arobynn, estaba parado en su posición habitual afuera del estudio del rey de los asesinos.

Caminaron hasta la puerta y Celaena aprovechó cada uno de sus pasos, cada respiración, para fijarse en los detalles. Dos espadas en la espalda de Wesley, una a su costado, dos dagas enfundadas en la cintura, el brillo de una que traía en la bota. Tal vez una más oculta en la otra bota. Los ojos de Wesley estaban alertas, atentos... no había señal de agotamiento o enfermedad o algo que ella pudiera usar para sacar ventaja en caso de que tuvieran que pelear.

Pero Sam caminó hasta donde estaba Wesley y, a pesar de lo silencioso que había estado en el camino hacia la Fortaleza, extendió la mano y le dijo:

—Me da gusto verte, Wesley.

Wesley le devolvió el apretón y le sonrió un poco.

—Te diría que te ves bien, chico, pero ese moretón me dice lo contrario —dijo el guardaespaldas y luego volteó a ver a Celaena, quien levantó la barbilla y resopló—. *Tú* te ves más o menos igual —agregó con un toque desafiante en su mirada. Ella nunca le había gustado, el guardaespaldas nunca se había molestado por ser amable. Como si siempre hubiera sabido que ella y Arobynn terminarían en lados opuestos y que él sería la primera línea de defensa.

Ella pasó a su lado.

—Y tú sigues siendo imbécil —dijo con dulzura y abrió las puertas del estudio. Sam murmuró una disculpa cuando Celaena entró a la habitación para encontrar a Arobynn esperándolos.

El rey de los asesinos los observó con una sonrisa. Tenía las manos juntas sobre el escritorio delante de él. Wesley cerró la puerta detrás de Sam. Se sentaron en silencio en las dos sillas frente al enorme escritorio de roble de Arobynn.

Una mirada al rostro tenso de Sam le comunicó a Celaena que él también estaba recordando la última vez que ambos habían estado juntos en esta habitación. Esa noche había terminado con ambos golpeados hasta la inconsciencia a manos de Arobynn. Fue la noche que la lealtad de Sam cambió, cuando amenazó con matar a Arobynn por lastimarla. Y había sido la noche que lo había cambiado todo.

Arobynn sonrió de oreja a oreja. Era una expresión ensayada y elegante disfrazada de benevolencia.

—Aunque me siento dichoso de ver que ambos están sanos —dijo—, ¿siquiera quiero saber qué los trae de regreso a casa?

Casa... esta ya no era su casa y Arobynn lo sabía. La palabra era otra arma.

La molestia de Sam era visible, pero Celaena se inclinó hacia adelante. Habían acordado que *ella* sería quien hablara, ya que era más probable que Sam perdiera el control sobre su temperamento cuando estuviera tratando con Arobynn.

—Te tenemos una propuesta —dijo y se mantuvo perfectamente inmóvil.

Estar cara a cara con Arobynn, después de todas sus traiciones, le provocó un nudo en el estómago. Cuando salió de su oficina hacía un mes, juró que lo mataría si la volvía a molestar. Y para sus sorpresa, Arobynn había conservado su distancia.

—¿Ah? —dijo Arobynn y se recargó en el respaldo de su silla.

—Nos iremos de Rifthold —dijo ella con voz fría y tranquila—. Y nos gustaría también salir del gremio. Lo ideal sería asentar nuestro negocio en otra ciudad del continente. Nada que compita con el gremio —agregó con tacto—, solo un negocio privado que nos permita vivir de él.

Tal vez necesitara su aprobación, pero tampoco tenía que suplicar.

Arobynn vio a Celaena y luego a Sam. Sus ojos de plata se estrecharon al ver el labio herido de Sam.

—¿Pelea de amantes?

—Un malentendido —dijo Celaena antes de que Sam pudiera responder algo. Por supuesto que Arobynn se negaría a darles una respuesta de inmediato. Sam apretó los brazos de madera de su silla.

—Ah —respondió Arobynn todavía con una sonrisa. Todavía lucía tranquilo, agraciado y letal—. ¿Y dónde, exactamente, viven ahora? Espero que en un lugar agradable. No me gustaría que mis mejores asesinos vivieran en la miseria.

Los haría jugar este juego de intercambio de trivialidades hasta que *él* quisiera responder a su pregunta. A su lado, Sam se puso rígido en su silla. Ella casi podía sentir la rabia ardiente que emanaba de él cuando Arobynn dijo *mis asesinos*. Otro uso mordaz de sus palabras. Ella tuvo que controlar también su temperamento, porque empezaba a molestarse.

—Te ves bien, Arobynn —dijo ella.

Si él no le respondía a sus preguntas, entonces ella tampoco le respondería a él. En especial las que tuvieran que ver con su ubicación actual, aunque seguro él ya la conocía.

Arobynn hizo un gesto la mano y volvió a recargarse en el respaldo de la silla.

—Esta Fortaleza se siente demasiado vacía sin ustedes dos.

Lo dijo con tanta convicción, como si ellos se hubieran marchado solo por hacerlo enojar, que ella se preguntó si lo diría en serio, si él de alguna manera había olvidado lo que le había hecho a ella y cómo había tratado a Sam.

—Y ahora están diciendo que se van a mudar de la capital y dejar el gremio —dijo Arobynn. Su expresión era ilegible. Ella continuó respirando con tranquilidad para evitar que el corazón le latiera sin control. Una no-respuesta a su pregunta.

Ella mantuvo la barbilla en alto.

—Entonces, ¿es aceptable para el gremio si nos vamos?

Cada una de las palabras se balanceaba en el borde de una navaja.

Los ojos de Arobynn brillaron.

—Son libres de mudarse.

Mudarse de la ciudad. No dijo nada sobre dejar el gremio.

Celaena abrió la boca para exigir que le dijera algo más claro, pero entonces...

—Danos una maldita respuesta —dijo Sam y enseñó los dientes. Su rostro estaba blanco de rabia.

Arobynn miró a Sam, su sonrisa era tan mortífera que Celaena tuvo que contener el instinto de buscar su daga.

—Lo acabo de hacer. Ambos son libres de hacer lo que quieran.

Ella tenía unos segundos, si acaso, antes de que Sam explotara, antes de que empezara a pelear y lo arruinara todo. Arobynn sonrió más y Sam dejó caer las manos a su costado, sus dedos tan, tan cerca de las empuñaduras de su espada y su daga.

Mierda.

—Estamos dispuestos a ofrecer esto para irnos del gremio —interrumpió Celaena, desesperada por encontrar algo que evitara que esto terminara en golpes. Por los dioses, ella también deseaba pelear, pero no *esta* pelea... no con Arobynn. Por fortuna, tanto Arobynn como Sam la voltearon a ver cuando ella mencionó la cifra.

—El monto es más que satisfactorio para que nos vayamos y empecemos nuestro propio negocio en otra parte.

Arobynn la miró un momento demasiado largo y le hizo una contrapropuesta.

Sam se puso de pie de un salto.

—¿Estás *loco*?

Celaena estaba demasiado impresionada para moverse. Esa cantidad específica de dinero... Sin duda Arobynn sabía cuánto tenía ella todavía en el banco. Porque pagarle lo que estaba pidiendo la dejaría en ceros. El único dinero que tendrían serían los escasos ahorros de Sam y lo que fuera que ella pudiera obtener por el departamento, que tal vez sería difícil de vender debido a su ubicación y su distribución poco común.

Ella le hizo otra oferta a su contrapropuesta, pero él solo negó con la cabeza y miró a Sam.

—Ustedes dos son mis mejores asesinos —dijo Arobynn con calma irritante—. Si se van, entonces se perderá el respeto y el dinero que ingresaban al gremio Tengo que tomar eso en cuenta. Este precio es generoso.

—*Generoso* —respondió Sam.

Pero Celaena, con el estómago revuelto, levantó la barbilla. Podía seguir proponiéndole cifras hasta que se le acabara el aire, pero él había elegido esa cifra por un motivo. No se movería. Era una última bofetada en la cara... un último giro del cuchillo con la única intención de castigarla.

—Acepto —dijo ella y le sonrió con gesto inexpresivo. Sam volteó a verla, pero ella no separó la mirada del rostro elegante de Arobynn—. Pediré que transfieran los fondos a tu cuenta de inmediato. Y en cuanto eso esté hecho, nos iremos... y espero que nunca más nos molesten ni tú ni tu gremio. ¿Entendido?

Celaena se puso de pie. Tenía que irse de este sitio. Regresar había sido un error. Metió las manos a los bolsillos para ocultar cómo le habían empezado a temblar.

Arobynn le sonrió y ella se dio cuenta que él ya lo había notado.

—Entendido.

—No tenías derecho a aceptar su oferta —le dijo Sam furioso. Tenía el rostro tan contorsionado por la rabia que la gente a lo largo de la ancha avenida de la ciudad casi saltaba para apartarse de su camino—. ¡Ningún derecho a hacer algo así sin consultarme! ¡Ni siquiera *negociaste*!

Celaena se asomaba a las vitrinas de las tiendas que iban pasando. Le encantaba el distrito comercial en el corazón de la capital: las aceras limpias bordeadas de árboles de la avenida principal que conducía directo a los escalones de mármol del Teatro Real, la manera en que siempre podía encontrar cualquier cosa, desde zapatos hasta perfumes hasta joyería hasta armas finas.

—Si pagamos eso, ¡entonces necesitamos encontrar un contrato antes de irnos!

Sí pagamos eso. Ella dijo:

—Yo *voy* a pagar eso

—Por supuesto que no.

—Es mi dinero y puedo hacer lo que quiera con él.

—Tú ya pagaste tu deuda y la mía... no te voy a permitir que le des ni una moneda de cobre más. Podemos encontrar una manera de pagar esta cuota de salida.

Pasaron por la entrada de un salón de té al aire libre muy popular que estaba lleno de gente. Varias mujeres bien vestidas conversaban bajo el cálido sol del otoño.

—¿El problema es que esté exigiendo tanto dinero o que *yo* lo pague?

Sam se detuvo en seco y, aunque no les prestó atención a las señoras del té, ellas sí lo vieron a él. Incluso con la rabia que le brotaba, Sam era hermoso. Y estaba demasiado enojado para darse cuenta de que este *no* era el sitio para discutir.

Celaena lo tomó del brazo y lo arrastró para que siguiera caminando. Podía sentir las miradas de las mujeres al hacerlo. No pudo evitar sentir un ligero orgullo cuando vieron su túnica azul de exquisito bordado dorado en las solapas y los puños, sus pantalones color marfil ajustados y sus botas cafés a la rodilla elaboradas con cuero suave como la mantequilla. Aunque la mayoría de las mujeres, en especial las adineradas o de familias nobles, optaban por usar vestidos y corsés miserables, los pantalones y las túnicas eran suficientemente comunes como para que su ropa fina no pasara desapercibida entre las mujeres que conversaban afuera del salón de té.

—El problema —dijo Sam entre dientes— es que estoy harto de jugar sus juegos y preferiría cortarle el cuello que pagarle ese dinero.

—Entonces eres un tonto. Si nos vamos de Rifthold por las malas, nunca podremos asentarnos en ningún lugar, no si queremos conservar nuestras ocupaciones actuales. E incluso si decidimos encontrar profesiones decentes, siempre me preguntaré si él o el gremio se presentarán algún día a exigirnos dinero. Así que si tengo que darle hasta mi última moneda de cobre en el banco para asegurarme de dormir en paz por el resto de mi vida, entonces así será.

Llegaron a la enorme intersección en el corazón del distrito comercial, donde el domo de Teatro Real se elevaba por encima de las calles llenas de caballos y carruajes y personas.

—¿Dónde trazaremos la línea? —le preguntó Sam en voz baja—. ¿Cuándo diremos que ya fue *suficiente*?

—Esta es la última vez.

Él dejó escapar un resoplido de incredulidad.

—Seguro que sí.

Se dio la vuelta en una de las avenidas... en dirección opuesta a la casa.

—¿A dónde vas?

Él la miró por encima del hombro.

—Necesito despejarme. Nos vemos en casa.

Ella lo miró cruzar la calle transitada, lo miró hasta que desapareció en el bullicio de la capital.

Celaena empezó a caminar también, a donde fuera que la llevaran sus pies. Pasó junto a los escalones del Teatro Real y continuó caminando. Ya no le iba prestando atención a las tiendas y los vendedores. El día estaba convirtiéndose en un ejemplo hermoso del otoño... el aire fresco, pero el sol cálido.

De cierta forma, Sam tenía razón. Pero ella lo había arrastrado a este asunto... Ella fue quien echó a andar las cosas con lo ocurrido en la Bahía de la Calavera. Aunque él decía haber estado enamorado de ella desde hacía años, si ella hubiera mantenido su distancia los últimos meses, él no estaría en esta situación. Tal vez, si hubiera sido inteligente, solo le habría roto el corazón y le habría permitido quedarse con Arobynn. Que la odiara era más sencillo que esto. Ella era... responsable de él ahora. Y eso era aterrador.

Nadie nunca le había importado más que él. Y ahora que le había arruinado la profesión, usaría todo su dinero para asegurarse de que al menos pudiera ser libre. Pero no podía solo decir que había pagado todo porque se sentía culpable. Él se ofendería.

Celaena se detuvo en su caminata y se dio cuenta de que ya había llegado al otro extremo de la amplia avenida. Si cruzaba la calle, llegaría a las puertas del castillo de cristal. No se había dado cuenta de que había caminado tanto, ni que había estado tan perdida en sus pensamientos. Por lo general, evitaba acercarse tanto al castillo.

La cerca de hierro solía estar muy bien vigilada y conducía a un camino bordeado de árboles que serpenteaba hasta el famoso edificio. Levantó la mirada y echó la cabeza hacia atrás para ver las torres que rozaban el cielo, las torretas que brillaban bajo el sol de media mañana. Había sido construido sobre el castillo original de roca y era la joya de la corona del imperio de Adarlan.

Ella lo odiaba.

Incluso desde la calle, alcanzaba a ver a la gente trabajando a la distancia en los terrenos del castillo: guardias uniformados, damas en vestidos voluminosos, sirvientes vestidos con la ropa correspondiente a su posición... ¿qué tipo de vidas tenían al vivir a la sombra del rey?

Elevó la mirada hacia la torre de roca gris más alta, de la cual salía un pequeño balcón cubierto de enredadera. Era tan fácil imaginar que la gente dentro no tenía nada de qué preocuparse.

Pero dentro de ese edificio reluciente, a diario se tomaban decisiones que alteraban el curso de Erilea. Dentro de ese edificio se había decretado que la magia era ilegal y que se establecerían los campos de trabajos forzados como Calaculla y Endovier. Dentro de ese edificio vivía el asesino que se hacía llamar rey, el hombre a quien ella temía más que a cualquier otro. Si los Sótanos eran el corazón del bajo mundo de Rifthold, entonces el castillo de cristal era el alma del imperio de Adarlan.

Ella sentía como si la estuviera observando, una enorme bestia de cristal y roca y hierro. Verlo hacía que sus problemas con Arobynn y Sam parecieran sin importancia, como mosquitos zumbando en las fauces abiertas de una criatura lista para devorar el mundo.

Sopló un viento frío y le despeinó algunos mechones de la trenza. No debería haber llegado tan cerca, aunque las probabilidades de encontrarse con el rey fueran casi nulas. Solo pensar en él le generaba un terrible temor que se extendía como astillas por su cuerpo.

Su única consolación era que quizá la mayoría de la gente de los reinos que había conquistado el rey se sentía igual. Cuando entró a Terrasen hacía nueve años, su invasión había sido rápida y brutal... tan brutal que Celaena sentía náuseas al recordar algunas de las atrocidades que se habían cometido para asegurar que él tomara el control.

Con un estremecimiento, dio media vuelta y se dirigió a casa.

+ +

Sam no regresó hasta la hora de la cena.

Celaena estaba recostada en el sillón frente a la chimenea encendida con un libro en la mano cuando Sam entró al departamento. La capucha aún le cubría media cara y la empuñadura de su espada atada a la espalda brilló bajo la luz anaranjada de la habitación. Cuando cerró la puerta después de entrar, ella alcanzó a ver en sus antebrazos el ligero brillo de los guanteletes de cuero grueso y bordado que ocultaban dagas. Se movía con tanta precisión y poder controlado que la hizo parpadear. A veces era fácil olvidar que el joven con quien compartía el departamento también era un asesino entrenado y despiadado.

—Encontré a un cliente —dijo.

Se quitó la capucha y se recargó en la puerta con los brazos cruzados sobre su amplio pecho.

Celaena cerró el libro que había estado devorando y lo puso sobre el sofá.

—¿Ah, sí?

Aunque los ojos de color castaño de Sam mostraban entusiasmo, su expresión era ilegible.

—Pagarán. Bien. Y quieren evitar que la información llegue a los oídos del gremio de los asesinos. Incluso hay un contrato para ti.

—¿Quién es el cliente?

—No lo sé. El hombre con quien hablé estaba disfrazado con lo de siempre: capucha, ropa sin distintivos. Podría estar hablando en nombre de alguien más.

—¿Por qué quieren evitar pasar por el gremio?

Celaena se movió y se sentó en el brazo del sillón. La distancia entre ella y Sam se sentía demasiado grande, demasiado llena de electricidad.

—Porque quieren que mate a Ioan Jayne y su segundo al mando, Rourke Farran.

Celaena se quedó viéndolo.

—Ioan Jayne.

El mayor Señor del Crimen de Rifthold.

Sam asintió.

Un rugido le llenó los oídos.

—Está demasiado bien vigilado —dijo ella—. Y Farran... Ese hombre es un psicópata. Es un *sádico*.

Sam se acercó a ella.

—Dijiste que para mudarnos a otra ciudad necesitamos dinero. Y como insistes en que le paguemos al gremio, entonces de *verdad* necesitamos dinero. Así que a menos que quieras que terminemos como ladrones, sugiero que lo aceptemos.

Ella tuvo que inclinar la cabeza hacia atrás para verlo.

—Jayne es peligroso.

—Entonces qué bueno que somos los mejores, ¿no?

Aunque le esbozó una sonrisa perezosa, ella podía notar la tensión en sus hombros.

—Deberíamos encontrar otro contrato. Tiene que haber alguien más.

—No lo sabes. Y nadie nos pagará esta cantidad.

Dio la cifra y Celaena arqueó las cejas. Vivirían *muy* cómodos con eso. Podrían irse a cualquier parte.

—¿Estás seguro de que no sabes quién es el cliente?

—¿Estás *buscando* pretextos para decir que no?

—Estoy tratando de asegurarme que estemos a salvo —respondió molesta—. ¿Sabes cuánta gente ha intentado eliminar a Jayne y Farran? ¿Sabes cuántos siguen vivos?

Sam se pasó la mano por el cabello.

—¿Quieres estar conmigo?

—¿Qué?

—¿Quieres estar conmigo?

—Sí.

En este momento, era lo único que quería.

Una sonrisa empezó a tirar de las comisuras de los labios de Sam.

—Entonces haremos esto y tendremos suficiente dinero para dejar todo resuelto en Rifthold y asentarnos en otra parte del continente. Si me preguntas, yo aún me iría hoy mismo sin darle a Arobynn ni al gremio una sola moneda, pero tienes razón: no quiero pasar el resto de mi vida viendo por encima del hombro. Tenemos que hacerlo bien. Eso quiero para nosotros.

Celaena sintió que se le hacía un nudo en la garganta y miró al fuego. Sam le levantó la barbilla con un dedo para que lo mirara y dijo:

—Entonces, ¿irás tras Jayne y Farran conmigo?

Era tan hermoso... tan lleno de todas las cosas que ella quería, todo lo que anhelaba. ¿Cómo era que nunca se había percatado de esto hasta este año? ¿Cómo había pasado tanto tiempo odiándolo?

—Lo pensaré —respondió con voz rasposa. No era simple bravuconería. *Sí* necesitaba pensarlo. En especial si sus objetivos eran Jayne y Farran.

Sam sonrió más y se acercó para besarle la sien.

—Eso es mejor que un *no*.

Sus alientos se mezclaron.

—Lamento lo que dije antes.

—¿Una disculpa de Celaena Sardothien? —con mirada risueña—. ¿Acaso estoy soñando?

Ella frunció el ceño, pero Sam la besó. Celaena le pasó los brazos alrededor del cuello, abrió su boca para él y un gruñido se le escapó a Sam cuando sus lenguas se encontraron. Las manos de ella se enredaron en la correa que sostenía la espada en su espalda y ella se le despegó el tiempo necesario para desabrochar en su pecho la hebilla de la funda.

La espada cayó al piso de madera detrás de ellos. Sam la miró de nuevo a los ojos y eso fue suficiente para que ella lo acercara más. Él la besó a fondo, con lentitud, como si tuviera una vida entera de besos esperándolo.

A ella le gustaba eso. Mucho.

Él le pasó un brazo por la espalda y otro bajo las rodillas y la levantó con un movimiento fluido y agraciado. Aunque ella nunca se lo confesaría, casi se desmayó.

La llevó de la sala a la recámara y la colocó con cuidado sobre la cama. Se le despegó el tiempo necesario para quitarse los guanteletes mortíferos de las muñecas y después las botas, la capa, el jubón y la camisa. Ella vio su piel dorada y su pecho musculoso, las cicatrices delgadas que tenía por todo el torso, y su corazón empezó a latir tan rápido que apenas podía respirar.

Él era suyo. Esta criatura magnífica y poderosa era suya.

La boca de Sam volvió a encontrar la de ella y la acomodó en la cama. Abajo, más abajo, sus manos hábiles exploraron cada centímetro de ella hasta que ella estaba completamente recostada y él recargado en sus antebrazos sobre ella. Le besó el cuello y ella se arqueó hacia él al sentir cómo le recorría el torso con la mano mientras le desabotonaba la túnica. Ella no quería saber dónde había aprendido a hacer estas cosas. Porque si algún día sabía el nombre de esas chicas...

Celaena contuvo la respiración cuando él llegó al último botón y le quitó la chaqueta. Sam la miró y admiró su cuerpo con la respiración entrecortada. Habían llegado más lejos que esto antes, pero él tenía una pregunta en la mirada... una pregunta escrita en cada centímetro de su cuerpo.

—No esta noche —le susurró ella con las mejillas encendidas—. Todavía no.

—No tengo prisa —dijo él y se acercó para acariciarle el hombro con la nariz.

—Es que... —dioses, sería mejor que dejara de hablar. No le debía ninguna explicación y él no se la estaba pidiendo, pero— ...si solo voy a hacer esto una vez, entonces quiero disfrutar cada paso.

Él entendía a qué se refería ella con *esto*: esta relación entre ellos, este vínculo que se estaba formando, tan inquebrantable y sólido que hacía que el eje de su mundo entero girara hacia él. Que la aterraba más que nada.

—Puedo esperar —dijo él con voz ronca y le besó la clavícula—. Tenemos todo el tiempo del mundo.

Tal vez tenía razón. Y pasar todo el tiempo del mundo con Sam...

Eso era un tesoro por el cual valía la pena pagar lo que fuera.

CAPÍTULO 3

La aurora se coló a su recámara y la llenó de luz dorada que se reflejaba en el cabello de Sam y lo hacía parecer de bronce.

Recargada en un codo, Celaena lo observaba dormir.

Su torso desnudo conservaba el bronceado glorioso del verano, lo cual sugería que había pasado días entrenando en uno de los patios de la Fortaleza, o tal vez descansando a lo largo de la ribera del Avery. Tenía cicatrices de varios tamaños en la espalda y los hombros... algunas eran delgadas y rectas, otras más gruesas e irregulares. Una vida de entrenamiento y batalla... Su cuerpo era un mapa de sus aventuras o prueba de cómo era crecer con Arobynn Hamel.

Ella recorrió su columna con un dedo. No quería ver otra cicatriz en su cuerpo. No quería *esta* vida para él. Él era mejor que esto. Merecía algo mejor.

Cuando se mudaran, tal vez no podrían dejar atrás la muerte, los asesinatos y todo lo que ello implicaba, no al principio pero algún día, en el futuro lejano, tal vez...

Le apartó el pelo de los ojos. Algún día, ambos dejarían sus espadas y dagas y flechas. Y al marcharse de Rifthold y salir del gremio, darían el primer paso hacia ese día, aunque tuvieran que seguir trabajando como asesinos al menos unos años más.

Sam abrió los ojos, la vio observándolo y le sonrió soñoliento.

Eso la hizo sentir como si le hubieran dado un puñetazo en el estómago. Sí... por él algún día dejaría de ser la Asesina de Adarlan y abandonaría la fama y la fortuna.

Él la jaló para acercarla, la abrazó con fuerza por la cintura y la pegó a su cuerpo. Le rozó el cuello con la nariz e inhaló profundo.

—Vamos a eliminar a Jayne y Farran —dijo ella con suavidad.

Sam le ronroneó una respuesta a la piel, estaba todavía medio dormido y su mente estaba en todo salvo en Jayne y Farran.

Ella le clavó las uñas en la espalda y él gruñó molesto, pero no hizo nada por despertar.

—Eliminaremos primero a Farran para debilitar la cadena de mando. Sería demasiado arriesgado asesinarlos al mismo tiempo. Pueden salir mal demasiadas cosas. Pero si eliminamos primero a Farran, aunque eso signifique que los guardias de Jayne estén en alerta, será el caos absoluto. Y en ese momento, nos desharemos de Jayne.

Era un plan sólido. Le gustaba este plan. Solo necesitaban unos días para descifrar las defensas de Farran y cómo evadirlas.

Sam murmuró otra respuesta que sonaba como *lo que quieras, ya vuélvete a dormir*.

Celaena miró hacia el techo y sonrió.

Después del desayuno, y después de ir al banco a transferir una cantidad enorme de dinero a la cuenta de Arobynn (lo cual dejaba a Celaena y a Sam en la miseria y nerviosos), pasaron el día recopilando información sobre Ioan Jayne. Como el mayor Señor del Crimen de Rifthold, Jayne estaba bien protegido y sus secuaces estaban en todas partes: huérfanos que espiaban en las calles, prostitutas que trabajaban en los Sótanos, cantineros y comerciantes e incluso algunos guardias de la ciudad.

Todo el mundo sabía dónde estaba su casa: era un enorme edificio de tres pisos construido con roca blanca en una de las calles más bonitas de Rifthold. El lugar estaba tan bien vigilado que lo más que se podía hacer sin correr demasiados riesgos era pasar caminando enfrente. Incluso detenerse a observar un par de minutos podría generar interés en uno de sus empleados disfrazados que andaban por la calle.

Parecía absurdo que Jayne tuviera su casa en esta calle. Sus vecinos eran comerciantes adinerados y nobleza menor. ¿Sabían quién vivía a su lado y qué tipo de maldad se desplegaba debajo de ese techo de tejas color esmeralda?

Tuvieron un golpe de suerte al pasar frente a la casa. Tenían el aspecto de una pareja bien vestida que había salido a caminar por la capital. Justo cuando iban pasando, Farran, el segundo de Jayne, salió por la puerta y se dirigió al carruaje negro que estaba estacionado enfrente.

Celaena sintió el brazo de Sam tensarse bajo su mano. Seguía viendo al frente y no se atrevió a mirar a Farran demasiado tiempo en caso de que alguien se diera cuenta. Pero Celaena fingió que había encontrado un hilo suelto en su túnica verde bosque y pudo mirarlo un par de veces.

Había escuchado sobre Farran. Casi todo el mundo había escuchado sobre él. Si alguien rivalizaba con Celaena en cuanto a fama, era él.

Alto, de hombros anchos y de casi treinta años de edad, Farran nació y fue abandonado en las calles de Rifthold. Empezó a trabajar con Jayne como uno de sus espías huérfanos y a lo largo de los años había subido por el escalafón de la corte retorcida de Jayne, dejando un rastro de cadáveres a su paso hasta que lo designó su segundo. Al verlo ahora, con su fina ropa gris y su cabello negro brillante alisado hacia atrás, era imposible saber que alguna vez había sido una de esas pequeñas bestias que recorrían los barrios bajos en manadas salvajes.

Cuando bajó las escaleras hacia el carruaje que lo aguardaba en la entrada, se notaron sus pasos fluidos y calculados: su cuerpo vibraba con poder apenas contenido. Incluso del otro lado de la calle, Celaena podía ver la seguridad de sus ojos oscuros. El rostro pálido estaba congelado en una sonrisa que le provocó escalofríos.

Sabía que los cuerpos que Farran había dejado a su paso no habían quedado en una pieza. En algún momento en los años que pasó subiendo de huérfano a segundo, Farran había adquirido un gusto por la tortura sádica. Este comportamiento le había asegurado su lugar al lado de Jayne y eso hacía que sus rivales no quisieran desafiarlo.

Farran se subió al carruaje. El movimiento fue tan natural que su ropa costosa casi no se movió. El carruaje empezó a avanzar hacia la calle, dio la vuelta y Celaena levantó la vista cuando lo vio pasar.

Y vio a Farran asomado por la ventana... mirándola a los ojos.

Sam fingió no darse cuenta. Celaena mantuvo el rostro sin expresión, el desinterés de una dama de buena cuna que no tenía idea de que el hombre que la veía como gato que ve a un ratón de hecho era uno de los hombres más retorcidos del imperio.

Farran le sonrió. No había nada de humano en su gesto.

Y era por *eso* que su cliente les había ofrecido una fortuna de reyes a cambio de las muertes de Farran y Jayne.

Ella movió la cabeza con recato para deshacerse de su atención y la sonrisa de Farran se hizo más grande conforme el vehículo fue avanzando y desapareció en el flujo del tráfico de la ciudad.

Sam exhaló.

—Me da gusto que sea el primero que eliminemos.

Una parte oscura y malvada de ella deseaba lo opuesto... deseaba ver cómo desaparecía esa sonrisa felina cuando Farran se enterara de que Celaena Sardothien había matado a Jayne. Pero Sam tenía razón. No dormiría ni un segundo si mataran primero a Jayne a sabiendas de que Farran utilizaría todos sus recursos para cazarlos.

Caminaron el resto del circuito de calles que rodeaban la casa de Jayne.

—Será más fácil capturar a Farran de camino a alguna parte —dijo Celaena muy consciente de todos los ojos que los iban siguiendo por estas calles—. Esta casa está demasiado bien vigilada.

—Creo necesitaré un par de días para averiguarlo —dijo Sam.

—¿Necesitarás *tú solo*?

—Pensé que tú ibas a querer la gloria de eliminar a Jayne. Así que me encargaré de Farran.

—¿Por qué no trabajamos juntos?

La sonrisa de Sam se desvaneció.

—Porque quiero que participes lo menos posible.

—Solo porque estemos juntos eso no significa que me haya convertido en una inútil debilucha.

—No estoy diciendo eso. Pero, ¿puedes culparme si quiero mantener a la chica que amo lejos de alguien como Farran? Y antes de que empieces a enumerarme todos tus logros, permíteme decirte que *sé* a cuánta gente has matado y los raspones que has recibido a cambio. Pero *yo* encontré a este cliente, así que lo haremos a mi manera.

De no haber sido por las miradas en cada esquina, Celaena lo habría golpeado.

—¿Cómo te *atreves*...?

—Farran es un monstruo —le dijo Sam sin voltear a verla—. Tú misma lo dijiste. Y si algo sale mal, el *último* lugar donde quiero que estés es en sus manos.

—Estaríamos más seguros si trabajáramos juntos.

A Sam se le movió un músculo de la mandíbula.

—No necesito que me cuides, Celaena.

—¿Esto tiene que ver con el dinero? ¿Porque he pagado las cosas?

—Es porque yo soy responsable de este contrato y porque *tú* no eres la que siempre va a dictar las reglas.

—Al menos déjame hacer algo de vigilancia aérea —insistió ella.

Podía dejar que Sam se encargara de Farran, podía ocupar un papel secundario en esta misión. ¿Acaso no acababa de aceptar que algún día podría dejar su título de la Asesina de Adarlan? Él podía adjudicarse la fama.

—Nada de vigilancia aérea —dijo Sam con brusquedad—. Estarás del otro lado de la ciudad... lejos de esto.

—Sabes lo ridículo que es eso, ¿verdad?

—He entrenado lo mismo que tú, Celaena.

Ella podría haber insistido, podría haber seguido discutiendo hasta hacerlo ceder, pero detectó un flechazo de amargura en su mirada. Hacía meses que no veía esa amargura, desde la Bahía de la Calavera, cuando eran poco más que enemigos. Sam siempre se había visto obligado a observar mientras ella recibía toda la gloria y siempre había tomado las misiones que ella no se dignaba a aceptar. Lo cual era absurdo, porque él era muy talentoso.

Si repartir muerte se podía considerar un talento.

Y aunque ella amaba la fama y lucirla, llamarse la Asesina de Adarlan, ese tipo de arrogancia ahora le parecía crueldad contra Sam.

Así que, aunque la mataba tener que decirlo, y aunque acceder iba en contra de todo su entrenamiento, Celaena le dio un empujón con el hombro y dijo:

—Está bien. Tú elimina a Farran solo. Pero luego, yo eliminaré a Jayne y entonces lo haremos a *mi modo*.

Celaena tuvo su clase semanal de baile con madame Florine, quien también trabajaba con las bailarinas del Teatro Real, así que dejó a Sam para que terminara su investigación y se dirigió al estudio privado de la anciana.

Cuatro horas después, sudorosa y adolorida y completamente agotada, Celaena regresó a su casa al otro lado de la ciudad. Conocía a la estricta madame Florine desde que era niña: ella le enseñaba a todos los asesinos de Arobynn los bailes populares de moda. Pero a Celaena le gustaba tomar clases por la flexibilidad y gracia que le daban los bailes clásicos. Siempre había sospechado que la instructora huraña apenas la toleraba pero, para su sorpresa, madame Florine se negó a aceptar su dinero por las clases ahora que se había independizado de Arobynn.

Tendría que encontrar otra instructora de baile cuando se mudaran. Más que eso, un estudio con alguien que tocara el pianoforte decentemente.

Y la ciudad también tendría que tener una biblioteca. Una enorme y maravillosa biblioteca. O una librería con un dueño conocedor que se asegurara de saciar su sed por los libros.

Y un buen sastre. Y perfumero. Y joyero. Y dulcero.

Arrastraba los pies cuando llegó a las escaleras de su departamento sobre la bodega. Le echó la culpa a la clase. Madame Florine era una maestra exigente y brutal: no aceptaba mala posición de las muñecas ni postura descuidada ni nada salvo lo mejor de Celaena. Aunque *sí* se hacía de la vista gorda siempre en los últimos veinte minutos de la clase, cuando le permitía a Celaena decirle al estudiante de pianoforte que le tocara su música favorita y entonces se liberaba de toda constricción y bailaba con abandono salvaje. Y ahora que Celaena no tenía su propio pianoforte en el departamento, madame Florine incluso le permitió quedarse un rato después de la clase para practicar.

Celaena llegó a la parte superior de las escaleras y vio la puerta color verde plateado.

Podía marcharse de Rifthold. Si eso significaba liberarse de Arobynn, renunciaría a todas esas cosas que amaba. Otras ciudades del continente tenían bibliotecas y librerías y proveedores de cosas finas. Tal vez no tan maravillosas como en Rifthold, y tal vez el corazón de la ciudad no latiera con el ritmo familiar que ella adoraba, pero... por Sam, se marcharía.

Con un suspiro, Celaena abrió la puerta y entró a su departamento.

Arobynn Hamel estaba sentado en su sofá.

—Hola, querida —dijo y sonrió.

CAPÍTULO 4

A solas en la cocina, Celaena se sirvió una taza de té e intentó controlar el temblor de las manos. Seguro Arobynn había averiguado su dirección de los sirvientes que le habían ayudado a traer las cosas. Encontrarlo aquí, dentro de su casa... ¿Cuánto tiempo llevaba sentado dentro? ¿Había hurgado en sus cosas?

Le sirvió otra taza de té a Arobynn. Con las tazas y platos en la mano, regresó a la sala. Él tenía las piernas cruzadas y un brazo extendido en el respaldo del sofá. Parecía muy cómodo en su casa.

Ella no dijo nada y le dio la taza. Luego se sentó en uno de los sillones individuales. La chimenea estaba apagada y había hecho suficiente calor como para que Sam dejara abiertas las ventanas de la sala. La brisa salada del Avery entraba al departamento y movía las cortinas de terciopelo rojo y el cabello de Celaena. Extrañaría también ese olor.

Arobynn dio un sorbo y luego se asomó a su taza de té para ver el líquido ambarino dentro.

—¿A quién le puedo agradecer el gusto impecable en el té?

—A mí. Pero eso ya lo sabías.

—Hmm —dijo Arobynn y dio otro sorbo—. Sabes, *sí* lo sabía.

La luz de la tarde se reflejó en sus ojos grises y los convirtió en azogue. Arobynn continuó:

—Lo que *no* sé es por qué piensan Sam y tú que es buena idea eliminar a Ioan Jayne y Rourke Farran.

Por supuesto que lo sabía.

—No es de tu incumbencia. Nuestro cliente quería operar fuera del gremio y ahora que ya te transferí el dinero a tu cuenta, Sam y yo ya no somos parte de él.

—Ioan Jayne —repitió Arobynn como si ella no supiera quién era—. *Ioan Jayne.* ¿Estás *loca*?

Ella apretó la mandíbula.

—No sé por qué debería confiar en tu consejo.

—Ni siquiera *yo* me atrevería a meterme con Jayne —dijo Arobynn con la mirada encendida—. Y estoy diciendo esto como alguien que pasó *años* intentando encontrar la manera de poner a ese hombre en un ataúd.

—No voy a participar en tus juegos mentales —le dijo ella. Dejó su té sobre la mesa y se puso de pie—. Vete de mi casa.

Arobynn solo la miró como si ella fuera una niña haciendo un berrinche.

—Jayne es el indiscutido Señor del Crimen en Rifthold por algo. Y Farran también tiene sus malditas razones para ser su segundo. Tal vez seas excelente, Celaena, pero no eres invencible.

Ella se cruzó de brazos.

—Tal vez estés intentando disuadirme porque te preocupa que, cuando lo mate, te habré superado.

Arobynn se paró de un salto. De pie, era mucho más alto que ella.

—La razón por la cual intento disuadirte, mocosa estúpida y malagradecida, es porque Jayne y Farran son *letales*. ¡Si un cliente me ofreciera el mismísimo castillo de cristal, no aceptaría su oferta!

Ella sintió cómo se abrían sus fosas nasales.

—Después de todo lo que has hecho, ¿cómo puedes esperar que crea una sola palabra que sale de tu boca?

Empezó a mover su mano hacia la daga que traía a la cintura. Los ojos de Arobynn permanecieron en su rostro, pero estaba consciente de lo que hacía... conocía cada uno de los movimientos que ella estaba haciendo con su mano y no tenía que verla para estar atento.

—*Vete de mi casa* —sentenció ella.

Arobynn le esbozó una media sonrisa y miró por el departamento con atención deliberada.

—Dime algo, Celaena: ¿confías en Sam?

—¿Qué clase de pregunta es esa?

Arobynn metió las manos a los bolsillos de su túnica plateada.

—¿Ya le contaste la verdad sobre tus orígenes? Creo que le interesaría conocerlos. Tal vez antes de que dedique su vida a ti.

Ella se concentró en seguir respirando y señaló la puerta de nuevo.

—*Vete*.

Arobynn se encogió de hombros e hizo un gesto con la mano como para desestimar las preguntas que acababa de hacer. Luego caminó a la puerta. Ella observó atenta cada uno de sus movimientos, cada paso y giro de sus hombros, cada cosa que él observaba. Cuando llegó al picaporte de latón, volteó a verla. Sus ojos, esos ojos de plata que seguro la perseguirían el resto de su vida, estaban llenos de vida.

—Sin importar lo que haya hecho, te adoro, Celaena.

La palabra la golpeó como una pedrada a la cabeza. Nunca le había dicho esa palabra. Jamás.

Se hizo el silencio entre ambos.

Arobynn tragó saliva.

—Hago lo que hago porque tengo miedo... y porque no sé cómo expresar lo que siento —lo dijo en voz tan baja que ella apenas lo escuchó—. Hice todas esas cosas porque estaba molesto contigo porque hubieras elegido a Sam.

¿Hablaba el rey de los asesinos, o el padre o el amante que nunca se había manifestado?

Arobynn se quitó la máscara que había construido con tanto cuidado y en sus ojos deslumbrantes percibió la herida que ella le había provocado.

—Quédate conmigo —susurró—. Quédate en Rifthold.

Ella tragó saliva con mucho trabajo.

—Me iré.

—No —dijo él suavemente—. No te vayas.

No.

Eso era lo que le había dicho la noche que él la golpeaba, un momento antes de que lo hiciera, cuando pensaba que iba a lastimar a Sam. Y luego la había golpeado con tanta brutalidad que había quedado inconsciente. Y luego también había golpeado a Sam.

No.

Eso le había dicho Ansel en el desierto, cuando Celaena le presionó la espada contra la nuca, cuando la agonía de la traición de Ansel había sido casi suficiente para que Celaena matara a la chica que llamaba amiga. Pero esa traición seguía siendo poca cosa comparada con lo que Arobynn le había hecho cuando la engañó para que matara a Doneval, un hombre que podría haber liberado a incontables esclavos.

Estaba usando sus palabras como cadenas para volver a atarla.

Había tenido muchísimas oportunidades a lo largo de los años para decirle que la amaba. *Sabía* lo mucho que ella ansiaba escuchar esas palabras. Pero no se las había dicho hasta que las necesitó usar como armas. Y ahora que tenía a Sam... Sam, que le había dicho esas palabras sin esperar nada a cambio; Sam, que la amaba por motivos que ella nunca comprendería...

Celaena ladeó la cabeza, la única advertencia que daría de que seguía lista para atacarlo.

—Vete de mi casa.

Arobynn solo asintió lentamente y se marchó.

La taberna del Cisne Negro estaba a reventar, como estaba casi todas las noches. Sentada con Sam en una de las mesas en medio de la habitación llena de gente, Celaena no sintió muchas ganas de comer el guiso de res frente a ella. Ni de hablar, aunque Sam le había contado toda la información que había averiguado sobre Farran y Jayne. No había mencionado la visita sorpresa de Arobynn.

Un grupo de jóvenes risueñas estaba sentado cerca de ellos. Comentaban entre risitas cómo el príncipe heredero había ido a vacacionar a la costa de Suria y cómo *ellas* deseaban poder unirse al grupo del príncipe y sus apuestos amigos y no paraban de parlotear, y Celaena consideró lanzarles una cuchara para callarlas.

Pero el Cisne Negro no era una taberna violenta. Sus clientes venían a disfrutar de la buena comida, la buena música y la buena compañía. No había peleas, no había negocios turbios y no había prostitutas. Tal vez por eso ella y Sam venían a cenar aquí la mayoría de las noches. Se sentía tan *normal*.

Era otro lugar que extrañaría.

Cuando regresaron a casa después de cenar, el departamento se sentía distinto, como si ya no fuera suyo después de que se metiera Arobynn. Celaena fue directo a la recámara y encendió unas velas. Estaba lista para que este día terminara. Lista para eliminar a Jayne y Farran y largarse.

Sam apareció en la puerta.

—Nunca te había visto tan callada —dijo.

Ella se vio en el espejo del tocador. La cicatriz de su pelea con Ansel había desaparecido de su mejilla y la del cuello también estaba en vías de desvanecerse.

—Estoy cansada —dijo ella. No era mentira. Empezó a desabotonarse la túnica y sintió las manos extrañamente torpes. ¿Por eso la había visitado Arobynn? ¿Porque sabía que provocaría este efecto en ella? Se enderezó y odió la idea tanto que quiso destrozar el espejo frente a ella.

—¿Pasó algo?

Ella llegó al último botón de la túnica, pero no se la quitó. Volteó a verlo y lo miró de arriba a abajo. ¿*Podría* decirle todo algún día?

—Cuéntame —dijo Sam y sus ojos castaños reflejaban preocupación sincera. No había intenciones ocultas, ningún juego mental...

—Cuéntame tu secreto más oscuro —dijo ella en voz baja.

Sam entrecerró los ojos, pero avanzó desde el umbral de la puerta y se sentó en el borde de la cama. Se pasó la mano por el cabello y esto le dejó unos picos extraños en la cabeza. Después de un momento, habló:

—El único secreto que he cargado toda la vida es que te amo —le sonrió—. Era lo único que pensaba me llevaría a la tumba sin decir jamás.

Sus ojos estaban tan llenos de luz que a ella casi se le detuvo el corazón.

Sin darse cuenta, empezó a caminar hacia él y luego le puso una mano en la mejilla y le pasó la otra por el cabello. Él volteó para besarle la palma de la mano, como si la sangre fantasma que le cubría la piel no le molestara. La volvió a mirar a los ojos.

—¿Cuál es el tuyo?

La habitación se sentía demasiado pequeña, el aire demasiado espeso. Cerró los ojos. Le tomó un minuto y más valor de lo que pensaba, pero la respuesta al fin llegó. Siempre había estado ahí, susurrándole mientras dormía, detrás de cada respiración, un peso oscuro del cual nunca podría escapar.

—En el fondo —dijo—, soy una cobarde.

Él arqueó las cejas.

—Soy una cobarde —repitió ella—. Y tengo miedo. Tengo miedo todo el tiempo. Siempre.

Él le tomó la mano de la mejilla y le besó las puntas de los dedos.

—Yo también tengo miedo —le murmuró hacia la piel—. ¿Quieres escuchar algo ridículo? Cuando estoy demasiado asustado, empiezo a decirme a mí mismo: *Me llamo Sam Cortland... y no tendré miedo.* Llevo años haciéndolo.

Fue el turno de Celaena de arquear las cejas.

—¿Y eso funciona?

Él rio entre sus dedos.

—A veces sí, a veces no. Pero por lo general me hace sentir un poco mejor. O me hace reírme un poco de mí mismo.

No era el tipo de miedo al que ella se refería, pero...

—Me gusta —dijo ella.

Él entrelazó sus dedos con los de ella y la atrajo hacia su regazo.

—A mí me gustas *tú* —murmuró y Celaena lo dejó besarla hasta que había olvidado otra vez la pesada carga que siempre la atormentaría.

CAPÍTULO 5

Rourke Farran era un hombre muy, muy ocupado. Celaena y Sam estaban esperando a una cuadra de la casa de Jayne antes del amanecer al día siguiente. Ambos traían ropa que no llamaba la atención y capas con capuchas que alcanzaban a cubrir la mayor parte de sus caras sin dar motivos para sospechar tampoco. Farran apareció antes de que el sol terminara de salir. Siguieron su carruaje por la ciudad y lo observaron en cada parada. Era una maravilla que siquiera tuviera *tiempo* para dedicarle a sus deleites sádicos, porque parecía que los asuntos de Jayne lo ocupaban buena parte del día.

Usaba el mismo carruaje negro para ir a todas partes... más pruebas de su arrogancia, ya que eso lo convertía en un blanco fácilmente identificable. A diferencia de Doneval, quien siempre salía acompañado de guardias, Farran parecía pasearse sin escolta a propósito, como si estuviera desafiando a la gente a acercarse.

Lo siguieron al banco, a los restaurantes y tabernas que eran propiedad de Jayne, a los burdeles y puestos del mercado negro ocultos en callejones medio abandonados y luego de regreso al banco. Hizo varias paradas en la casa de Jayne también. Y luego sorprendió a Celaena, porque se metió a una librería... y no para amenazar al dueño ni para cobrar cuotas, sino para comprar libros.

Odiaba eso, por alguna razón. En especial porque, a pesar de las protestas de Sam, ella había entrado mientras el vendedor estaba en la parte de atrás y había espiado el libro de contabilidad detrás del escritorio. Farran no había comprado libros sobre tortura o muerte ni nada malvado. Ah, no. Había comprado novelas de aventura. Novelas que *ella* había leído y disfrutado. La idea de que Farran las leyera también se sentía como una especie de violación.

El día transcurrió y averiguaron poco más que lo descarado que era al recorrer la ciudad. Sam no tendría problema en matarlo mañana en la noche.

Cuando la luz del sol empezó a cambiar a los tonos dorados de finales de la tarde, Farran llegó a la puerta de hierro que llevaba a los Sótanos.

Al final de la calle, Celaena y Sam lo observaron mientras fingían lavarse el estiércol de las botas en una fuente pública.

—Parece adecuado que Jayne sea el dueño de los Sótanos —dijo Sam en voz baja entre el sonido del chorro de agua.

Celaena lo vio molesta. O lo hubiera hecho, si no le hubiera estorbado la capucha.

—¿Por qué crees que me molesta tanto que vayas ahí a pelear? Si te metes en problemas con la gente de los Sótanos, si los haces enojar, te convertirás un objetivo de suficiente importancia como para que Farran en persona te castigue.

—Puedo lidiar con Farran.

Ella puso los ojos en blanco.

—Pero no esperaba que viniera en persona. Parece demasiado sucio, incluso para él —dijo Celaena.

—¿Nos asomamos? —preguntó Sam.

La calle estaba tranquila. Los Sótanos despertaban en las noches, pero durante el día no había nadie en el callejón salvo algunos borrachos tambaleándose y media docena de guardias que siempre vigilaban la entrada.

Era un riesgo, supuso, entrar a los Sótanos tras Farran, pero... Si Farran en verdad era su rival en fama, sería interesante tener una noción de cómo era en realidad antes de que Sam terminara con su vida mañana en la noche.

—Vamos —dijo.

Le dieron algo de plata a los guardias de afuera, y luego a los de adentro, y se metieron. Los maleantes no hacían preguntas y no exigían que se quitaran las armas ni las capuchas. La clientela usual buscaba discreción mientras se divertían con los placeres retorcidos de los Sótanos.

Desde la parte superior de las escaleras, justo después de la puerta de entrada, Celaena vio a Farran de inmediato, sentado en una de las mesas de madera rasguñadas y quemadas que ocupaban el centro de la habitación. Hablaba con un hombre que ella reconoció como Helmson, el maestro de ceremonias durante las peleas. Había un pequeño grupo de gente que comía en las demás mesas, aunque todos dejaban bastante espacio alrededor a Farran. Al fondo del lugar, las arenas de pelea estaban oscuras y en silencio. Unos esclavos lavaban la sangre y materia orgánica antes de las celebraciones de la noche.

Celaena intentó no ver demasiado tiempo los grilletes ni la postura encorvada de los esclavos. Era imposible saber de dónde provenían, si habían empezado como prisioneros de guerra o si habían sido secuestrados de sus reinos. Se preguntó si sería mejor terminar como esclavo aquí o como prisionero en uno de los brutales campos de trabajos forzados como Endovier. Ambas opciones parecían ser versiones similares del mismo infierno viviente.

Comparado con la multitud de la otra noche, los Sótanos estaban casi desiertos el día de hoy. Incluso las prostitutas en las habitaciones expuestas a los lados del espacio cavernoso estaban descansando mientras podían. Muchas de las chicas dormían en grupos enredados sobre los catres angostos apenas ocultos de la vista por unas cortinas raídas diseñadas para generar la ilusión de privacidad.

Celaena quería quemar todo este lugar hasta que no quedaran más que cenizas. Y que entonces todo el mundo se enterara de que la Asesina de Adarlan no toleraba esto. Tal vez después de eliminar a Farran y Jayne haría justo eso. Una pequeña victoria y venganza de Celaena Sardothien, una última oportunidad de que la recordaran para siempre antes de marcharse.

Sam se mantuvo cerca de ella y llegaron a la base de las escaleras para dirigirse hacia el bar que estaba debajo, en las sombras. Un hombre delgado estaba detrás de la barra, fingiendo limpiar la superficie de madera sin apartar de Farran sus ojos azul claro.

—Dos cervezas —masculló Sam.

Celaena azotó una moneda de plata sobre la barra y el cantinero los miró con atención. Ella estaba pagando mucho más de lo necesario, pero las manos delgadas y llenas de costras del cantinero tomaron la plata en un parpadeo.

Había suficiente gente dentro de los Sótanos para que Celaena y Sam se perdieran dentro... la mayoría eran borrachos que nunca se iban y gente que parecía disfrutar este tipo de entorno desdichado mientras almorzaba. Celaena y Sam fingían beber sus cervezas, pero tiraban la bebida al piso cuando nadie los veía, y observaban a Farran.

Sobre la mesa al lado de Farran y el corpulento maestro de ceremonias había un cofre de madera cerrado con llave. Celaena estaba segura de que ese cofre tenía todas las ganancias de los Sótanos de la noche anterior. Farran fijaba su atención de intensidad felina en Helmson y parecía haber olvidado el cofre. Era casi una invitación.

—¿Cuánto se enojaría si le robara ese cofre? —se preguntó Celaena.

—Ni se te ocurra.

Ella chasqueó la lengua.

—Qué aguafiestas.

No alcanzaban a escuchar lo que discutían Farran y Helmson, pero terminaron rápido. En vez de volver a subir las escaleras, Farran se dirigió al lugar donde estaban las chicas. Recorrió todos los nichos y habitaciones de roca y todas las chicas se enderezaron. Las que dormían despertaron rápido y para cuando Farran pasaba a su lado se habían sacudido el sueño. Las miró con cuidado, las inspeccionó e hizo comentarios al hombre que caminaba detrás de él. Helmson asentía y hacía reverencias y gritaba órdenes a las chicas.

Incluso al otro lado de la habitación el terror de los rostros de las chicas era evidente.

Tanto Celaena como Sam tuvieron que esforzarse mucho para que no se notara su tensión. Farran cruzó la sala e inspeccionó las habitaciones del otro lado. Para ese momento, ya las chicas estaban preparadas. Cuando Farran terminó, miró por encima de su hombro y le asintió a Helmson.

Helmson se relajó y lució aliviado, pero luego volvió a palidecer y se ocupó de prisa en otro lugar cuando Farran le tronó los dedos a uno de los vigilantes cerca de una portezuela. De inmediato, se abrió la puerta y entró otro guardia arrastrando a un hombre con grilletes, sucio y musculoso. El prisionero parecía ya estar medio muerto, pero en el momento que vio a Farran empezó a suplicar y a azotarse para liberarse del guardia.

No se escuchaba bien, pero Celaena alcanzó a discernir suficiente de lo que suplicaba el hombre para darse una idea de lo que ocurría: era un luchador de los Sótanos, le debía a Jayne más dinero del que jamás podría pagar y había intentado hacer trampa para liberarse.

Aunque el prisionero prometió pagarle a Jayne con intereses, Farran solo sonrió y permitió que el hombre continuara hablando hasta que al fin se detuvo para inhalar con un estremecimiento. Entonces Farran movió la barbilla hacia una puerta oculta detrás de una cortina deshilachada y sonrió cuando el guardia arrastró al hombre, que todavía suplicaba, hacia allá. Cuando se abrió la puerta, Celaena alcanzó a ver una escalera que descendía.

Sin siquiera voltear a ver en la dirección de los clientes que observaban con discreción desde sus mesas, Farran condujo al guardia y su prisionero al interior y cerró la puerta. Lo que iba a suceder ahí era la versión particular de la justicia de Jayne.

Y, dicho y hecho, unos cinco minutos después un grito recorrió todo el espacio de los Sótanos.

Era más animal que humano. Ella había escuchado gritos como ese antes... había sido testigo de suficientes torturas en la Fortaleza como para saber cuándo la gente gritaba así.

Significaba que el dolor apenas empezaba. Para el final, cuando sucedía ese tipo de dolor, las víctimas por lo general ya se habían deshecho las cuerdas vocales y solo podían emitir gritos roncos y desarticulados.

Celaena apretó los dientes con tanta fuerza que le dolió la mandíbula. El cantinero le hizo una seña rápida a los músicos de la esquina y de inmediato empezaron a tocar una canción para disimular el ruido. Pero los gritos seguían escuchándose desde el piso de piedra. Farran no mataría al hombre de inmediato. No, su placer provenía del dolor en sí.

—Es hora de irnos —dijo Celaena al notar cuánto apretaba Sam su tarro.

—No podemos...

—*Sí* podemos —dijo ella con brusquedad—. Créeme, a mí también me gustaría meterme ahí. Pero este lugar está diseñado como una trampa mortal y no quiero morir aquí ni ahora —concluyó. Pero Sam seguía viendo hacia la puerta de la escalera—. Cuando llegue el momento —continuó ella y le puso la mano sobre el brazo—, tú te asegurarás de que él pague su deuda.

Sam volteó a verla. Su rostro estaba oculto dentro de las sombras de su capucha, pero ella alcanzaba a leer la agresión en su cuerpo bastante bien.

—Pagará su deuda por *todo* esto —masculló Sam. Y en ese momento Celaena se dio cuenta de que algunas de las chicas lloraban, unas temblaban y otras veían a la nada. Sí, Farran ya los había visitado, ya había usado ese cuarto para hacer el trabajo sucio de Jayne, y al mismo tiempo le recordaba a todos que no debían hacer enojar al Señor del Crimen. ¿Cuántos horrores habían presenciado, o al menos escuchado, esas chicas?

Los gritos seguían subiendo del nivel de abajo cuando se fueron de los Sótanos.

Ella tenía la intención de ir a casa, pero Sam insistió en que fueran al parque público a lo largo de una zona adinerada en la ribera del Avery. Después de recorrer los pulcros caminos de grava, se dejó caer en una banca que veía hacia el río. Se quitó la capucha y se frotó la cara con las manos anchas.

—Nosotros no somos así —susurró entre sus dedos.

Celaena entonces se sentó también en la banca de madera. Sabía a qué se refería él. Había estado albergando el mismo pensamiento de camino a este sitio. Ellos habían aprendido cómo matar y mutilar y torturar... Ella sabía cómo despellejar a un hombre y mantenerlo vivo mientras lo hacía. Sabía cómo mantener a alguien despierto y coherente durante largas horas de tormento... Sabía dónde producir más dolor sin que alguien se desangrara.

Arobynn había sido muy, muy astuto con este tema. Traía a la gente más despreciable, violadores, homicidas, asesinos independientes que habían masacrado inocentes, y la había obligado a leer toda la información que tenía sobre ellos. La había obligado a leer todas las cosas horribles que habían hecho hasta que ella estaba tan enfurecida que no podía pensar bien, hasta que sentía una *necesidad* de hacerlos sufrir. Había afilado su rabia y la había convertido en un arma letal. Y ella lo había permitido.

Antes de la Bahía de la Calavera, lo había hecho todo y rara vez se lo cuestionaba. Había fingido que tenía una especie de código moral, se mentía a sí misma y decía que como no lo *disfrutaba*, eso significaba que tenía una especie de excusa, pero... de todas maneras, había estado en esa habitación bajo la Fortaleza de los Asesinos y había visto fluir la sangre hacia el drenaje en el piso inclinado.

—No *podemos* ser así —dijo Sam.

Ella tomó las manos de Sam para alejarlas de su rostro.

—No somos como Farran. Sabemos cómo hacerlo, pero no lo disfrutamos. Esa es la diferencia.

Los ojos color marrón de él se veían distantes mientras miraba la suave corriente del Avery abrirse paso hacia el mar cercano.

—Cuando Arobynn nos ordenaba hacer cosas así, nunca dijimos que no.

—No teníamos alternativa. Pero ahora la tenemos.

Cuando se marcharan de Rifthold, nunca tendrían que volver a tomar este tipo de decisiones, podrían crear sus propios códigos.

Sam la miró con una expresión tan atormentada y sombría que le provocó náuseas.

—Pero siempre queda esa parte. La parte que *sí* lo disfrutaba cuando era alguien que se lo merecía.

—Sí —exhaló ella—. Sí, siempre queda esa parte. Pero de todas maneras, teníamos un límite, Sam... nunca cruzamos esa línea. Para la gente como Farran no existen límites.

No eran como Farran... *Sam* no era como Farran. Ella lo sabía en sus huesos. Sam nunca sería como Farran. Nunca sería como *ella* tampoco. A veces se preguntaba si él sabía qué tan oscura podía ser.

Sam se recargó en ella y apoyó la cabeza en su hombro.

—Cuando muramos, ¿crees que nos castiguen por las cosas que hemos hecho?

Ella miró al otro lado del río, donde se había construido una hilera de casas en ruinas y muelles.

—Cuando muramos —dijo ella—, no creo que los dioses siquiera sepan qué hacer con nosotros.

Sam la miró risueño.

Celaena le sonrió y el mundo, por un instante fugaz, se sintió bien.

La daga protestaba mientras Celaena la afilaba. Sentía sus vibraciones en las manos. Sentado a su lado en la sala, Sam estudiaba un mapa de la ciudad y recorría las calles con los dedos. La chimenea frente a ellos proyectaba sombras parpadeantes por todos lados y les proporcionaba una calidez bienvenida en esa noche fresca.

Habían regresado a los Sótanos a tiempo para ver a Farran entrar de nuevo a su carruaje. Así que pasaron el resto de la tarde siguiéndolo, más viajes al banco y otros lugares, más paradas en la casa de Jayne. Ella se había separado un rato para seguir a Jayne, para seguir estudiando la casa y ver a dónde iba el Señor del Crimen. Fueron dos horas de poca actividad mientras averiguaba también dónde se escondían los espías en las calles, ya que Jayne no salió del edificio para nada.

Si Sam planeaba matar a Farran mañana en la noche, estaban de acuerdo en que el mejor momento sería cuando se subiera al carruaje en la casa para dirigirse a hacer sus diligencias, ya fuera las personales o las de Jayne. Después de un largo día de hacer cosas para Jayne, Farran estaría agotado y sus defensas estarían menos alertas. No sabría qué le había sucedido hasta ver correr su sangre.

Sam usaría el traje especial que el maestro inventor de Melisande le había hecho y que era, en sí mismo, una especie de armería. Las mangas tenían espadas ocultas y las botas estaban diseñadas para trepar. Además, gracias a Celaena, el traje de Sam estaba equipado con un parche impenetrable de seda de araña justo sobre el corazón.

Celaena tenía su propio traje, por supuesto, que usaba solo en ocasiones especiales ahora que el convoy de Melisande había regresado a casa. Si sus trajes necesitaban repararse, sería casi imposible encontrar a alguien en Rifthold con la habilidad suficiente. Pero eliminar a Farran era una ocasión que ameritaba el riesgo. Además de las defensas del traje, Sam también estaría equipado con los cuchillos adicionales y dagas que Celaena estaba afilando en este momento. Ella probó la cuchilla contra su mano y sonrió con sobriedad al sentir cómo le hacía un pequeño corte en la piel.

—Afilada como para cortar el aire —dijo, la enfundó y la colocó junto a ella.

—Bueno —dijo Sam sin apartar la atención del mapa—, esperemos que no llegue a estar tan cerca como para tener que usarla.

Si todo iba según el plan, Sam solo necesitaría disparar cuatro flechas: una para inhabilitar al conductor del carruaje y su lacayo, una para Farran y una solo para asegurarse de que Farran estuviera muerto.

Celaena tomó otra daga y empezó a afilarla también. Señaló el mapa con la barbilla.

—¿Rutas de escape?

—Ya tengo una docena planeadas —dijo Sam y se las mostró.

Sam eligió la casa de Jayne como punto de partida para seleccionar las diversas calles desde donde podría disparar sus flechas, lo cual llevaba a múltiples rutas de escape que podrían sacar a Sam lo más rápido posible de la zona.

—¿Recuérdame otra vez por qué no voy?

La daga que Celaena tenía en las manos rechinó.

—¿Porque vas a estar aquí empacando?

—¿Empacando?

Dejó de afilar y se quedó con el cuchillo en la mano.

Él devolvió la atención al mapa. Luego dijo, con mucha cautela:

—Conseguí boletos para abordar un barco que va al continente del sur y que zarpa en cinco días.

—El continente del sur.

Sam asintió y continuó enfocándose en el mapa.

—Si vamos a huir de Rifthold, entonces tendremos que irnos del continente también.

—Eso no es lo que acordamos. Decidimos mudarnos a otra ciudad en *este* continente. ¿Y qué tal si hay otro gremio de asesinos en el continente del sur?

—Entonces pediremos unirnos.

—¡No voy a suplicar para unirme a un gremio desconocido y tener que obedecer a unos asesinuchos sin nombre!

Sam levantó la vista.

—¿Es por tu orgullo o por la distancia?

—¡Ambas! —dijo ella y azotó la daga y la piedra de afilar en la alfombra—. Estaba dispuesta a mudarme a un lugar como Banjali o Bellhaven o Anielle. No a otro continente, del que prácticamente no sabemos *nada*. Eso no era parte del plan.

—Al menos estaríamos fuera del imperio de Adarlan.

—¡No me importa un carajo el imperio!

Él se inclinó hacia atrás y se recargó en sus manos.

—¿No puedes admitir que esto tiene que ver con Arobynn?

—No. No sabes de lo que hablas.

—Porque si navegamos al continente del sur, entonces él *nunca* nos volverá a encontrar... y no creo que estés lista para aceptarlo.

—Mi relación con Arobynn no...

—¿No *qué*? ¿No ha terminado? ¿Por eso no me dijiste que vino ayer?

El corazón de Celaena dio un vuelco.

Sam continuó.

—Mientras seguías a Jayne hoy, se me acercó en la calle y parecía sorprendido de que no me hubieras dicho nada sobre su visita. También me pidió que te preguntara qué había sucedido en realidad antes de que te encontrara medio muerta en la ribera de ese río cuando éramos niños —Sam se inclinó al frente y apoyó una mano en el piso para acercar su cara a la de ella—. ¿Y sabes qué le dije? —ella sintió su aliento caliente en la boca—. Que no me importaba. Pero él continuó provocándome y tratando de hacerme desconfiar de ti. Así que después de que se fue, me fui directo a los muelles y encontré el primer barco dispuesto a sacarnos de este maldito continente. Lejos de *él*, porque aunque estemos fuera del gremio, *nunca* nos dejará en paz.

Ella tragó saliva.

—¿Te dijo esas cosas? ¿Sobre... sobre mi origen?

Sam debió ver algo parecido al miedo en sus ojos, porque de pronto solo negó con la cabeza y encorvó los hombros.

—Celaena, cuando estés lista para contarme la verdad, lo harás. Y no importa lo que sea, cuando llegue ese día, me sentiré honrado de que hayas confiado en mí lo suficiente para hacerlo. Pero hasta entonces no es asunto mío y no es asunto de Arobynn. No es asunto de nadie más que tuyo.

Celaena recargó la frente en la suya y se mitigó un poco la tensión en el cuerpo de ambos.

—¿Qué tal si mudarnos al continente del sur es un error?

—Entonces nos mudaremos a otra parte. Continuaremos mudándonos hasta que encontremos el lugar donde sea nuestro destino quedarnos.

Celaena cerró los ojos e inhaló profundo para tranquilizarse.

—¿Te reirías si te dijera que tengo miedo?

—No —dijo él con suavidad—. Nunca.

—Tal vez debería usar tu truquito —inhaló otra vez—. Mi nombre es Celaena Sardothien y no tendré miedo.

Entonces él sí rio y ella sintió el cosquilleo de su aliento en la boca.

—Creo que tienes que decirlo con un poco más de convicción que eso.

Ella abrió los ojos y lo vio observándola. Su rostro era una mezcla de orgullo y asombro y afecto tan sincero que ella alcanzaba a ver esa tierra lejana donde encontrarían un hogar, ver el futuro que los aguardaba y el destello de esperanza que prometía una felicidad que ella nunca había considerado ni se había atrevido a desear. Y a pesar de que el continente del sur era un cambio drástico en sus planes... Sam tenía razón. Un nuevo continente para un nuevo inicio.

—Te amo —dijo Sam.

Celaena lo abrazó con fuerza e inhaló su olor. Su única respuesta fue:

—Odio empacar.

CAPÍTULO 6

A la noche siguiente, el reloj sobre la chimenea parecía haberse quedado parado a las nueve. Tenía que ser, porque no había manera de que un minuto durara *tanto* tiempo.

Ella había estado intentando leer las últimas dos horas, intentando sin éxito. Incluso una novela romántica pecaminosa no había podido conservar su interés. Tampoco logró jugar cartas, ni sacar su atlas para leer sobre el continente del sur, ni comerse todos los dulces que le había escondido a Sam en la cocina. Por supuesto, se *suponía* que ella debería estar organizando las pertenencias que quería llevarse. Cuando se quejó con Sam sobre lo tedioso de empacar, él incluso le había sacado todos los baúles vacíos del armario. Y luego le recordó que *no* viajarían con docenas de zapatos y ella podía enviar por ellos cuando encontraran su nuevo hogar. Después de decir *eso*, fue prudente y se marchó del departamento para matar a Farran.

Ella no sabía por qué no se decidía a empacar... Ya se había puesto en contacto con un abogado esa mañana. Él le dijo que tal vez sería difícil vender el departamento, pero ella se alegró de enterarse que podía hacer los trámites a distancia y le dijo que se pondría en contacto con él en cuanto encontrara su nuevo hogar.

Un nuevo hogar.

Celaena suspiró al ver que se movían las manecillas del reloj. Ya había pasado todo un minuto.

Por supuesto, con lo errático del horario de Farran, Sam podría tener que esperar unas horas para que él saliera de su casa. O tal vez ya había hecho el trabajo y necesitaba permanecer oculto un rato, para evitar que alguien pudiera seguirlo de regreso al departamento.

Celaena revisó la daga que tenía a su lado en el sofá y luego miró alrededor de la habitación por centésima vez esa noche para asegurarse de que todas las armas ocultas estuvieran en los sitios indicados.

No podía confirmar dónde estaba Sam. Él quería hacer esto solo. Y en este momento podría estar en cualquier parte.

Los baúles estaban junto a la ventana.

Tal vez *sí* debería empezar a empacar. Cuando eliminaran a Jayne mañana por la noche, tendrían que estar preparados para irse de la ciudad en cuanto el barco estuviera listo para el abordaje. Porque aunque ella estaba segura de que quería que el mundo supiera que Celaena Sardothien lo había matado, irse de Rifthold era lo que más les convenía.

Aunque no estaría huyendo.

El reloj volvió a moverse. Otro minuto.

Con un gemido, Celaena se puso de pie y caminó al librero que ocupaba una de las paredes y empezó a sacar libros y a acomodarlos dentro del baúl más cercano. Tendría que dejar sus muebles y la mayor parte de sus zapatos por el momento, pero de ninguna manera se mudaría al continente del sur sin todos sus libros.

El reloj dio las once y Celaena salió a las calles con el traje que el maestro inventor había creado para ella y llevaba además varias armas adicionales colgadas del cuerpo.

Sam ya debería haber vuelto. Y aunque todavía faltaba otra hora para que llegara el momento en que habían acordado que ella debería salir a buscarlo si no había regresado, si de verdad estaba en problemas, entonces para nada iba a estar esperando sentada un minuto más...

Solo pensar en eso la hizo salir corriendo por los callejones en dirección a la casa de Jayne.

Los barrios bajos estaban en silencio, pero no más de lo habitual. Las prostitutas y los huérfanos descalzos y la gente que luchaba por ganarse honestamente unas cuantas monedas la veían pasar corriendo, apenas una sombra. Ella mantenía el oído atento para ver si alcanzaba a escuchar algún fragmento de conversación que pudiera sugerir que Farran estaba muerto, pero no escuchó nada de utilidad.

Empezó a caminar más despacio. Sus pasos eran casi silenciosos sobre el empedrado de la calle cuando empezó a acercarse a la zona adinerada donde estaba la casa de Jayne. Varias parejas de gente rica caminaban por la calle. Iban de regreso del teatro, y no había ninguna señal de algún disturbio. Aunque, si Farran estaba muerto, entonces Jayne intentaría mantener en secreto el asesinato todo el tiempo que fuera posible.

Ella hizo un circuito largo por la zona y se detuvo a revisar en todos los lugares donde Sam planeaba estar. No había ni una gota de sangre ni una señal de lucha. Incluso se atrevió a pasar por la calle al otro lado de la casa de Jayne. La casa estaba muy iluminada y casi alegre, y los guardias parecían aburridos en sus puestos.

Tal vez Sam había averiguado que Farran no saldría de la casa esta noche. Bien podrían haberse cruzado en el camino si él iba ya de regreso a la casa. No le gustaría enterase que ella había salido a buscarlo, pero él hubiera hecho lo mismo.

Con un suspiro, Celaena se apresuró para regresar a casa.

CAPÍTULO 7

Sam no estaba en el departamento.

Pero el reloj sobre la chimenea marcaba la una de la mañana.

Celaena se paró frente a las brasas de la chimenea y miró el reloj, preguntándose si lo estaría leyendo mal.

Pero continuó avanzando y cuando revisó su reloj de bolsillo, también marcaba la una. Luego dos minutos después de la hora. Luego cinco minutos...

Echó más troncos al fuego y se quitó las espadas y las dagas, pero mantuvo el traje. Por si acaso.

No tenía idea de en qué momento había empezado a caminar frente a la chimenea, y solo se dio cuenta de que lo hacía cuando dieron las dos y notó que seguía parada frente al reloj.

Llegaría a casa en cualquier momento.

En cualquier momento.

Celaena despertó de golpe al escuchar la suave campanada del reloj. De alguna manera había terminado en el sofá y se había quedado dormida.

Las cuatro de la mañana.

Saldría de nuevo en un minuto. Tal vez se había ocultado en la Fortaleza de los Asesinos para pasar la noche. Era poco probable, pero... tal vez era el sitio más seguro para esconderse después de matar a Rourke Farran.

Celaena cerró los ojos.

El amanecer la deslumbraba y le ardían los ojos mientras corría por los barrios bajos, luego los barrios adinerados, buscando en cada piedra, en cada nicho en las sombras, cada azotea para ver si encontraba alguna señal de él.

Luego fue al río.

No se atrevió a respirar mientras caminaba a lo largo de la ribera que corría al lado de los barrios bajos en busca de algo. Cualquier señal de Farran, o... o...

O.

No se permitió terminar esa idea, aunque unas náuseas paralizantes se apoderaron de ella mientras buscaba en la ribera del río y los muelles y las desembocaduras del drenaje.

Estaría esperándola en casa. Y luego le llamaría la atención y se reiría de ella y la besaría. Y luego ella mataría a Jayne esta noche y luego se irían en un barco sobre este río y luego al mar cercano y luego se marcharían.

Estaría esperándola en casa.

Estaría en casa.

Casa.

Mediodía.

No podía ser mediodía, pero lo era. El reloj de su bolsillo tenía cuerda y nunca había fallado en todos los años que lo había tenido.

Cada uno de los pasos que dio para subir las escaleras hacia el departamento se sentía pesado y ligero a la vez... pesado y ligero, la sensación se modificaba con cada latido de su corazón. Pasaría al departamento solo para ver si ya había regresado.

Reinaba un silencio ensordecedor, como una ola a punto de reventar de la cual había estado intentando escapar por horas. Sabía que en el momento que la golpeara el silencio al fin, todo cambiaría.

Llegó al último escalón y miró la puerta.

Estaba entreabierta.

Una especie de sonido atragantado se le escapó de la garganta y corrió el último tramo sin darse cuenta. Abrió la puerta de golpe y entró al departamento. Le iba a gritar. Y lo iba a besar. Y gritarle un poco más. *Mucho* más. Cómo se *atrevía* a hacerla...

Arobynn Hamel estaba sentado en su sofá.

Celaena se detuvo.

El rey de los asesinos se puso de pie despacio. Ella vio la expresión en su mirada y supo lo que él le iba a decir mucho antes de que abriera la boca y susurrara:

—Lo siento.

El silencio la golpeó.

CAPÍTULO 8

Su cuerpo empezó a moverse y se dirigió a la chimenea antes de saber en realidad qué iba a hacer.

—Pensaban que todavía vivía en la Fortaleza —dijo Arobynn con la voz en ese horrible susurro—. Lo dejaron como un mensaje.

Ella llegó a la chimenea y tomó el reloj de su sitio.

—Celaena —exhaló Arobynn.

Ella lanzó el reloj al otro lado de la habitación con tanta fuerza que se rompió contra la pared detrás de la mesa del comedor.

Sus fragmentos aterrizaron sobre la cómoda a lo largo de la pared y rompieron los platos decorativos que estaban ahí exhibidos. El juego de té de plata que se había comprado salió volando.

—Celaena —repitió Arobynn.

Ella miró el reloj destrozado, los platos destrozados y el juego de té. No había final a este silencio. No habría final jamás, solo este inicio.

—Quiero ver el cuerpo.

Las palabras salieron de una boca que ya no estaba segura que le perteneciera a ella.

—No —dijo Arobynn en voz baja.

Ella volteó a verlo y le enseñó los dientes.

—*Quiero ver el cuerpo*.

Arobynn tenía los ojos bien abiertos y negó con la cabeza.

—No, no quieres.

Ella tenía que empezar a moverse de nuevo, tenía que empezar a caminar a *cualquier parte*, porque ahora que estaba quieta... Cuando se sentara...

Caminó a la puerta. Bajó los escalones.

Las calles seguían iguales, el cielo estaba despejado y la brisa salada del Avery seguía alborotándole el cabello. Tenía que seguir caminando. Tal vez... tal vez habían enviado el cuerpo equivocado. Tal vez Arobynn había cometido un error. Tal vez estaba mintiendo.

Sabía que Arobynn la estaba siguiendo y que estaba a un par de metros de distancia detrás de ella mientras cruzaba la ciudad. También sabía que Wesley se les había unido en algún momento, siempre cuidando a Arobynn, siempre vigilante. El silencio seguía entrando y saliendo de sus oídos. A veces se detenía el tiempo suficiente para que ella pudiera escuchar el relinchar de un caballo que pasaba o el grito de un vendedor o las risas de los niños. A veces ninguno de estos sonidos en la capital lograba entrar.

Había habido un error.

No miró a los asesinos que vigilaban las puertas de hierro de la Fortaleza, ni al ama de llaves que abrió las puertas dobles gigantes del edificio, ni a los asesinos que caminaban por el vestíbulo y que la veían con una mezcla de furia y dolor en los ojos.

Disminuyó el paso lo suficiente para que Arobynn, seguido de Wesley, la alcanzara y luego la guiara el resto del camino.

Se rompió el silencio y los pensamientos entraron todos de golpe. Había sido un error. Y cuando ella averiguara dónde lo habían mantenido, dónde lo estaban escondiendo... no se detendría ante nada hasta encontrarlo. Y luego los mataría a todos.

Arobynn la guio por la escalera de piedra en la parte trasera del vestíbulo de entrada: las escaleras que conducían a los sótanos y los calabozos y las habitaciones secretas de consejo debajo.

El sonido de botas sobre la piedra. Arobynn frente a ella, Wesley detrás.

Más y más abajo, luego por un pasillo angosto y oscuro. Hacia la puerta al otro lado de la entrada al calabozo. Conocía esa puerta. Conocía la habitación al otro lado. La morgue donde mantenían a sus compañeros hasta que... No, había sido un error.

Arobynn sacó un llavero y abrió el cerrojo, pero no la puerta.

—Por favor, Celaena. Es mejor que no lo hagas.

Ella lo empujó con el codo y entró a la habitación.

La habitación cuadrada era pequeña y estaba alumbrada con dos antorchas. Suficientemente brillantes para iluminar...

Iluminar...

Cada paso la acercaba más al cuerpo sobre la mesa. No sabía dónde mirar primero. Los dedos que apuntaban en las direcciones equivocadas, las quemaduras y los cortes precisos y profundos en su carne, el rostro, el rostro que conocía, a pesar de todas las cosas que le habían hecho para destrozarlo más allá de todo reconocimiento.

El mundo se meció debajo de sus pies, pero se mantuvo erguida y terminó de caminar hacia la mesa y vio el cuerpo desnudo y mutilado que había...

Que había...

Farran se había tomado su tiempo. Y aunque el rostro estaba en ruinas, no revelaba nada del dolor que debió haber sentido, nada de la desesperación.

Esto tenía que ser un sueño o se había ido al infierno a fin de cuentas, porque no *podía* existir en un mundo donde le habían hecho esto a él, donde ella se pasó la noche caminando como idiota mientras él sufría, mientras Farran lo torturaba, mientras le arrancaba los ojos y...

Celaena vomitó en el piso.

Pasos y luego las manos de Arobynn en su hombro, en su cintura, llevándosela.

Estaba muerto.

Sam estaba muerto.

No lo dejaría así, en esa habitación fría y oscura.

Se escapó de las manos de Arobynn. Sin decir palabra, se quitó la capa y la usó para cubrir a Sam, para cubrir todo el daño que le habían hecho con tanto cuidado. Se subió a la mesa de madera y se recostó a su lado, le pasó el brazo por encima y lo abrazó con fuerza.

El cuerpo todavía olía un poco a Sam. Y al jabón barato que lo había obligado a usar porque era tan egoísta que no podía permitir que usara su jabón de lavanda.

Celaena enterró la cara en su hombro duro y frío. Tenía un olor extraño y almizclado por todo su cuerpo... un olor que era tan claramente *no* de Sam que casi vomitó de nuevo. Lo tenía impregnado en el cabello castaño, en sus labios desgarrados y azules.

No lo dejaría.

Escuchó pasos que se dirigían hacia la puerta y luego el *clic* cuando se cerró y Arobynn la dejó a solas.

Celaena cerró los ojos. No lo dejaría.

No lo dejaría.

CAPÍTULO 9

Celaena despertó en una cama que alguna vez había sido suya, pero que de alguna manera ya no se sentía así. Algo faltaba en el mundo, algo vital. Despertó de las profundidades del sueño y le tomó un minuto entender qué había cambiado. Podría haber pensado que estaba despertando en su cama en la Fortaleza, todavía la protegida de Arobynn, todavía la rival de Sam, todavía conforme con ser la Asesina de Adarlan por siempre y para siempre. Podría haberlo creído si no hubiera notado que muchas de sus cosas faltaban en esta habitación familiar... pertenencias que ahora estaban en su departamento al otro lado de la ciudad.

Sam ya no estaba.

La realidad abrió sus fauces y se la tragó entera.

No se movió de la cama.

Supo que el día iba avanzando por la luz que cambiaba en la pared de la recámara. Supo que el mundo todavía se movía, sin verse afectado por la muerte de un joven, sin saber que él había existido y había respirado y la había amado. Odió al mundo por seguir adelante. Si ella nunca se levantaba de esta cama, si nunca salía de esta recámara, tal vez nunca tendría que continuar en el mundo.

El recuerdo de su rostro ya empezaba a borrarse. ¿Sus ojos eran más color castaño dorado o castaño tierra? No podía recordarlo. Y ya nunca tendría la oportunidad de averiguarlo.

Nunca podría volver a ver su media sonrisa. Nunca podría volver a escuchar su risa, nunca lo volvería a escuchar decir su nombre como si significara algo especial, algo más que lo que pudiera significar jamás ser la Asesina de Adarlan.

No quería salir a un mundo donde él no existía. Así que vio la luz moverse y cambiar y dejó que el mundo continuara sin ella.

Alguien hablaba fuera de su puerta. Tres hombres con voces graves. El retumbar de sus palabras la despertó y se dio cuenta de que la habitación estaba a oscuras y que las luces de la ciudad brillaban al otro lado de las ventanas.

—Jayne y Farran esperarán una venganza —decía un hombre. Harding, uno de los asesinos más talentosos de Arobynn, y un feroz competidor de ella.

—Sus guardias estarán en alerta —dijo otro. Tern, el asesino de mayor edad.

—Entonces tendremos que matar a los guardias y, mientras estén distraídos, algunos iremos por Jayne y Farran.

Arobynn. Tenía un recuerdo borroso de que alguien la había cargado, hacía horas o años o hacía toda una vida, desde esa habitación oscura que olía a muerte y la había llevado a su cama.

Se escucharon respuestas de Tern y Harding y luego…

—Atacaremos esta noche —respondió Arobynn—. Farran vive en la casa y, si lo hacemos bien, podremos matarlos a ambos en sus camas.

—Llegar al segundo piso no va a ser tan sencillo como subir unas escaleras —objetó Harding—. Incluso el exterior está vigilado. Si no podemos entrar por la puerta, hay una pequeña ventana en el segundo piso por la que podemos entrar si saltamos desde la azotea de los vecinos.

—Un salto así podría ser fatal —lo contradijo Tern.

—*Suficiente* —intervino Arobynn—. Yo decidiré cómo entrar cuando estemos allá. Que los demás estén listos para salir en tres horas. Quiero que salgamos a la medianoche. Y díganles que mantengan las bocas *cerradas*. Alguien debe haberle dado información a Farran si él ya le había tendido una trampa a Sam. Ni siquiera le digan a sus sirvientes lo que están haciendo.

Se escucharon sonidos de consentimiento y luego pasos cuando Tern y Harding se alejaron.

Celaena mantuvo los ojos cerrados y su respiración pausada al oír el cerrojo de su habitación abrirse. Reconoció los pasos regulares y confiados del rey de los asesinos, que caminaba hacia su cama. Lo olió cuando se paró a su lado, observándola. Sintió sus dedos largos acariciarle el cabello y luego la mejilla.

Luego los pasos que se alejaban, la puerta que se cerraba y cómo se cerraba con llave. Abrió los ojos. El resplandor de la ciudad le ofrecía suficiente luz y eso le permitió distinguir que el cerrojo era distinto al que había antes de que se fuera. Ahora cerraba desde afuera.

La había encerrado.

¿Para evitar que fuera con ellos? ¿Para evitar que ella ayudara a vengarse de Farran por cada centímetro de Sam que había torturado, cada fragmento de dolor que lo había hecho soportar?

Farran era un maestro de la tortura y se había quedado con Sam toda la noche.

Celaena se sentó en la cama. La cabeza le daba vueltas. No podía recordar cuándo había sido la última vez que había comido. La comida podía esperar. Todo podía esperar.

Porque en tres horas, Arobynn y sus asesinos se aventurarían a vengarse. Le habían robado su derecho a la venganza, la satisfacción de masacrar a Farran y Jayne y *cualquiera* que se interpusiera en su camino. Y no tenía la intención de permitirles que lo hicieran.

Caminó hacia la puerta y confirmó que estaba cerrada con llave. Arobynn la conocía muy bien. Sabía que cuando se arrancara el manto del dolor...

Aunque pudiera abrir ese cerrojo, no dudaba que habría al menos otro asesino vigilando el pasillo fuera de su recámara. Lo cual le dejaba la ventana.

La ventana no estaba cerrada, pero la caída de dos pisos era muy alta. Mientras dormía, alguien le había quitado el traje y le había puesto un camisón. Abrió el armario en busca de su traje, sus botas hechas para trepar, pero lo único que encontró fueron dos túnicas negras, pantalones a juego y unas botas negras ordinarias.

No había armas a la vista y no había traído ninguna. Pero los años de vivir en esta habitación tenían sus ventajas. Moviéndose en silencio, levantó las duelas sueltas donde hacía mucho tiempo había ocultado un conjunto de cuatro dagas. Se enfundó dos en la cintura y las otras dos en las botas. Luego encontró las espadas gemelas que mantenía ocultas como parte del marco de la cama desde que tenía catorce años. Ni las dagas ni las espadas eran tan buenas como para que se las llevara cuando se mudó. Hoy tendrían que ser suficiente.

Cuando terminó de atarse las espadas a la espalda, volvió a trenzar su cabello y se puso la capa. Luego se puso la capucha sobre la cabeza.

Primero mataría a Jayne. Y luego arrastraría a Farran a un sitio donde pudiera cobrarle lo que había hecho, donde pudiera tomarse todo el tiempo que quisiera. Días, incluso. Cuando la deuda quedara saldada, cuando Farran ya no tuviera más agonía o sangre que ofrecer, colocaría a Sam en el abrazo de la tierra y lo enviaría a la otra vida sabiendo que había vengado su muerte.

Abrió la ventana y buscó en el patio delantero. Las rocas resbalosas por el rocío brillaban bajo la luz de la lámpara y los guardias de la puerta de hierro parecían estar concentrados en la calle en el exterior.

Bien.

Esta muerte le correspondía, esta venganza le correspondía a ella. A nadie más.

Sintió cómo se encendía un fuego negro en su estómago que se extendió por sus venas cuando saltó a la cornisa de la ventana y salió.

Sus dedos encontraron de dónde sostenerse en las grandes rocas blancas y, sin descuidar su atención de los guardias en la puerta distante, bajó por el costado de la casa. Nadie se dio cuenta, nadie vio en su dirección. La Fortaleza estaba en silencio, la calma antes de la tormenta que se desataría cuando Arobynn y sus asesinos empezaran su cacería.

Aterrizó con suavidad, apenas un susurro de botas contra el piso mojado. Los guardias estaban tan concentrados en la calle que no se darían cuenta cuando saltara la cerca que estaba junto a los establos en la parte trasera.

Avanzar por el exterior de la casa fue tan simple como salirse de su recámara y ya la cubrían las sombras de los establos cuando alguien estiró la mano y la tomó.

La lanzó contra el costado del edificio de madera y ya tenía una daga desenfundada para cuando el golpe dejó de hacer eco.

El rostro de Wesley, contorsionado de ira, la miraba furioso en la oscuridad.

—¿A dónde demonios crees que vas? —le dijo jadeando pero sin soltarla de los hombros, aunque ella le había puesto la daga en el cuello.

—Apártate de mi camino —gruñó ella y casi no reconoció su propia voz—. Arobynn no me puede mantener encerrada.

—No me refiero a Arobynn. ¡Usa la cabeza y *piensa*, Celaena!

En un rincón de su mente, una parte de ella que de alguna manera había desaparecido desde que había roto ese reloj, se dio cuenta de que esta podría ser la primera vez que Wesley se dirigía a ella por su nombre.

—Apártate de mi camino —repitió ella y empujó la daga con más fuerza contra su garganta expuesta.

—Sé que quieres vengarte —dijo con voz entrecortada—. Yo también, por lo que le hizo a Sam. Sé que ustedes...

Ella movió la daga y la dejó en un ángulo que hizo que él retrocediera un poco para evitar que le hiciera un corte profundo en la garganta.

—¿No lo entiendes? —suplicó él y sus ojos brillaron en la oscuridad—. Todo esto es solo...

Pero el fuego se encendió en Celaena y giró, usando un movimiento que le había enseñado el Maestro Mudo en el verano, y los ojos de Wesley se desenfocaron cuando ella le golpeó el lado de la cabeza con la empuñadura de la daga. Cayó como piedra.

Antes de que él terminara de colapsar, Celaena ya iba corriendo hacia la reja. Un momento después, la saltó y desapareció en las calles de la ciudad.

Ella era fuego, era oscuridad, era polvo y sangre y sombra.

Corrió por las calles, cada paso más rápido que el anterior mientras sentía ese fuego negro quemar los pensamientos y los sentimientos hasta que lo único que quedó fue su rabia y su presa.

Corrió por callejones traseros y saltó por muros.

Los mataría a todos.

Más y más rápido, corrió hacia aquella casa hermosa en su calle tranquila en busca de esos dos hombres que habían destrozado su mundo pedazo a pedazo, hueso destrozado tras hueso destrozado.

Lo único que tenía que hacer era llegar con Jayne y Farran. Todos los demás serían daño colateral. Arobynn había dicho que ambos estarían en sus camas. Eso significaba que tendría que esquivar a todos esos guardias en la puerta principal, la puerta de entrada y los del primer piso... eso sin mencionar los guardias que sin duda estarían fuera de las recámaras.

Pero había una mejor manera de evadirlos a todos. Una manera que no incluía alertar a Farran ni a Jayne si los guardias de la puerta que daba a la calle hacían sonar la alarma. Harding había mencionado algo sobre una ventana en el segundo piso por la cual podía entrar... Harding era bueno en las acrobacias, pero ella era mejor.

Cuando llegó a unas calles de distancia, subió por la pared de una casa hasta que llegó a la azotea y entonces empezó a correr otra vez, tan rápido como para saltar entre las casas.

Había pasado junto a la casa de Jayne suficientes veces en los últimos días para saber que callejones de unos cinco metros de ancho la separaban de sus vecinos.

Saltó por uno de los espacios entre las azoteas.

Ahora que lo pensaba, *sabía* que había una ventana en el segundo piso que veía hacia uno de esos callejones, y no le importó hacia donde daba esa ventana al interior, solo que le permitiría entrar antes de que los guardias del primer piso se dieran cuenta.

El techo color esmeralda de la casa de Jayne brillaba y Celaena se detuvo en la azotea de la casa vecina. La azotea tenía varias partes inclinadas, pero un tramo amplio y plano la separaba de la otra casa. Si apuntaba bien y corría suficientemente rápido, podría saltar y aterrizar en esa ventana del segundo piso. La ventana ya estaba abierta, aunque las cortinas estaban cerradas y no le permitían ver qué había dentro.

A pesar de la rabia que le nublaba el pensamiento, los años de entrenamiento la hicieron buscar en las azoteas vecinas por instinto. ¿Era arrogancia o estupidez lo que hacía que Jayne no tuviera guardias en las azoteas cercanas? Ni siquiera los guardias de la calle levantaron la vista.

Celaena se desató la capa y la dejó caer al piso detrás de ella. Cualquier cosa que aumentara la resistencia al aire podría resultar fatal y no tenía ninguna intención de morir hasta que Jayne y Farran fueran cadáveres.

La azotea en la que ella estaba era de tres pisos de altura y daba hacia la ventana del segundo piso al otro lado del callejón. Calculó la distancia y lo rápido que caería, y se aseguró de que las espadas que traía cruzadas a la espalda estuvieran bien pegadas a su cuerpo. La ventana era amplia, pero de todas maneras tenía que evitar que las espadas se atoraran en el umbral. Retrocedió todo lo que pudo para poder correr.

En alguna parte en ese segundo piso dormían Jayne y Farran. Y en alguna parte de esta casa, habían destrozado a Sam.

Después de matarlos, tal vez también destrozaría la casa, piedra por piedra.

Tal vez también destrozaría toda esta ciudad.

Sonrió. Le gustaba esa idea.

Luego inhaló y salió corriendo.

La azotea no medía más de quince metros... quince metros entre ella y el salto que le permitiría entrar directo por esa ventana abierta un nivel más abajo o morir aplastada en el callejón.

Corrió hacia el borde, que se acercaba cada vez más.

Doce metros.

Ya no había oportunidad para equivocarse, para tener miedo, o pesar, o nada salvo esa ira cegadora y un cálculo frío y cruel.

Diez metros.

Corrió como flecha, cada movimiento de sus piernas y brazos la acercaba más.

Ocho.

Tres.

El callejón debajo se acercaba, la separación se veía mucho más grande de lo que pensaba.

Dos.

Pero ya no había nada que la hiciera siquiera considerar detenerse.

Celaena llegó a la orilla de la azotea y saltó.

CAPÍTULO 10

El beso frío del aire nocturno en su cara, el brillo de las calles mojadas bajo las lámparas, el resplandor de la luna sobre las cortinas negras dentro de la ventana abierta mientras volaba hacia ella, las manos ya listas para tomar las dagas...

Acercó la cabeza al pecho, lista para el impacto, atravesó las cortinas y las arrancó de la barra donde colgaban, chocó contra el piso y rodó.

Justo dentro de una sala de juntas llena de gente. En un instante, registró todos los detalles: era una sala relativamente pequeña donde Jayne, Farran y otros estaban sentados alrededor de una mesa cuadrada. Una docena de guardias la observaba y ya formaban un muro de carne y armas entre ella y su presa.

Las cortinas eran gruesas y no permitían que se filtrara nada de luz de la habitación... y eso hacía que pareciera que estaba oscuro y vacío en el interior. Un truco.

No importaba. De todas maneras terminaría con todos. Las dos dagas que traía en las botas salieron volando antes de que siquiera se pusiera de pie y los gritos que dieron los guardias agonizantes le arrancaron una sonrisa malévola.

Sus espadas protestaron y las tenía ya en las manos cuando el guardia más cercano se abalanzó contra ella.

Murió de inmediato con una espada clavada en las costillas y directo al corazón. Cada objeto, cada persona que se interpusiera entre ella y Farran era un obstáculo o un arma, un escudo o una trampa.

Giró hacia el siguiente guardia y su sonrisa se volvió salvaje al alcanzar a ver a Jayne y Farran al fondo de la habitación, sentados al otro lado de la mesa. Farran le sonreía, con los ojos oscuros muy brillantes, pero Jayne estaba de pie, con la boca abierta.

Celaena enterró una de sus espadas en el pecho de un guardia para poder sacar su tercera daga.

Jayne seguía con la boca abierta cuando esa daga se le clavó hasta la empuñadura en el cuello.

Se desató el caos absoluto. La puerta se abrió y entraron más guardias mientras ella sacaba la segunda espada del pecho del guardia caído. No debían haber pasado más de diez segundos desde que había entrado por la ventana abierta. ¿Estarían esperándola?

Dos guardias se lanzaron hacia ella con las espadas cortando el aire. Sus dos espadas reflejaron la luz. La sangre brotó.

La sala no era grande. Poco más de cinco metros la separaban de Farran, quien seguía sentado y la observaba con deleite salvaje.

Cayeron otros tres guardias.

Alguien le lanzó una daga y ella la hizo a un lado en el aire con la espada y aterrizó justo en la pierna de otro guardia. No había sido intencional, pero era una suerte.

Cayeron otros dos guardias.

Solo quedaban unos cuantos entre ella y la mesa. Y Farran al otro lado. Él ni siquiera miró el cadáver de Jayne, que había caído sobre la mesa a su lado.

Seguían entrando guardias desde el pasillo, pero todos tenían unas extrañas máscaras negras, máscaras con unos lentes de vidrio transparente y una especie de tela sobre la boca.

Y luego empezó el humo y la puerta se cerró y mientras ella le enterraba la espada en el abdomen a otro guardia, vio a Farran a tiempo para ver que se ponía la máscara.

Conocía este humo... conocía este olor. Era lo que había olido en el cadáver de Sam. Ese olor almizclado...

Alguien selló la ventana y no dejó que entrara el aire. El humo estaba en todas partes y nublaba todo.

Le ardieron los ojos, pero soltó una de las espadas para sacar la última daga, la que encontraría su hogar en el cráneo de Farran.

El mundo giró hacia un lado.

No.

No sabía si lo había dicho o lo había pensado, pero la palabra hizo eco a través de la oscuridad que la estaba devorando.

Otro guardia enmascarado la alcanzó y ella se enderezó a tiempo para clavarle la espada en el costado. La sangre le empapó la mano, pero no soltó la espada. Tampoco soltó la daga que tenía en la otra mano y que apuntó hacia la cabeza de Farran.

Pero el humo le invadía cada poro, cada respiración, cada músculo. Cuando levantó el brazo, se estremeció, se le nubló la vista.

Se tambaleó hacia un lado y soltó la daga. Un guardia intentó atacarla, pero falló y solo le cortó un par de centímetros de la trenza. Se le soltó el cabello en una ola dorada al caer de lado, muy, muy despacio. Farran le seguía sonriendo.

Sintió el puño de un guardia en su abdomen que le sacó el aire. Se tambaleó hacia atrás y luego otro puño duro como el granito chocó con su cara. Su espalda, sus costillas, su mandíbula. Tantos golpes, tan rápido que no podía hacer nada e iba cayendo tan despacio, inhalando todo ese humo...

La estaban esperando. La ventana abierta que la invitaba, el humo y las máscaras, todo era parte de un plan. Y ella había caído redonda.

Seguía cayendo cuando la consumió la oscuridad.

—Nadie la puede tocar —dijo una voz fría y aburrida—. Debe permanecer con vida.

Había manos sobre su cuerpo, le quitaban sus armas y luego la sentaron recargada contra la pared. El aire fresco entraba a la habitación, pero ella apenas podía sentirlo en la cara adormecida.

No podía sentir nada. No podía mover nada. Estaba paralizada.

Logró abrir los ojos y vio a Farran agachado frente a ella, con esa sonrisa felina todavía en los labios. El humo ya se había despejado de la habitación y la máscara estaba tirada detrás de él.

—Hola, Celaena —ronroneó.

Alguien la había traicionado. No había sido Arobynn. No podía ser, por el odio que albergaba contra Jayne y Farran. Si la habían traicionado, tendría que ser por alguno de los malditos del gremio... alguien que se pudiera beneficiar con su muerte. No *podía* ser Arobynn.

La ropa gris oscuro de Farran estaba inmaculada.

—Llevo años esperando conocerte, sabes —le dijo con tono bastante alegre a pesar de estar rodeados de sangre y cadáveres.

—Para ser honesto —continuó y sus ojos devoraron cada centímetro de su cuerpo de una manera que hizo que el estómago se le empezara a hacer nudos—. Me decepcionas. Caíste redondita en nuestra trampa. Ni siquiera lo pensaste dos veces, ¿o sí? —sonrió Farran—. Nunca hay que subestimar el poder del amor. ¿O fue venganza?

Ella no lograba convencer a sus dedos de que se movieran. Incluso parpadear requería de un esfuerzo.

—No te preocupes, el adormecimiento de la gloriella ya empieza a desvanecerse, aunque no vas a poder moverte mucho. *Debería* desvanecerse en unas seis horas. Al menos eso fue lo que tardó en tu compañero después de que lo capturé. Es un arma particularmente efectiva para mantener a la gente sedada sin que estorben los grilletes. Hace que el proceso sea mucho más... disfrutable, aunque no puedan gritar tanto.

Dioses en los cielos. Gloriella... el mismo veneno que Ansel había usado en el Maestro Mudo, de alguna manera convertido en incienso. Seguro había capturado a Sam, lo trajo acá, usó el humo y... También la iba a torturar a ella. Podía soportar la tortura, pero, considerando lo que le había hecho a Sam, se preguntó cuánto tiempo tardaría en romperla. Si hubiera tenido control sobre su cuerpo, le habría arrancado a Farran la garganta con los dientes.

Su único destello de esperanza provino del hecho de que Arobynn y los demás deberían llegar pronto y aunque uno de ellos la hubiera traicionado, cuando Arobynn se enterara... cuando viera lo que Farran le había empezado a hacer... Mantendría a Farran con vida, aunque fuera solo mientras ella se recuperaba, para que ella lo pudiera destripar en persona. Destriparlo y tomarse todo el maldito tiempo que quisiera para hacerlo.

Farran le apartó el cabello de los ojos y se lo acomodó detrás de las orejas. También le rompería esa mano. De la misma forma que le había destrozado metódicamente la mano a Sam. Detrás de Farran, los guardias empezaron a sacar los cuerpos. Nadie tocó el cadáver de Jayne, que seguía tirado sobre la mesa.

—Sabes —murmuró Farran—, en realidad eres bastante hermosa.

Le recorrió la mejilla con un dedo y luego la mandíbula. Su rabia cobró vida y se azotaba dentro de ella, luchaba por tener *una* sola oportunidad de liberarse. Farran continuó:

—Puedo ver por qué Arobynn te mantuvo como su mascota durante tantos años —su dedo empezó a bajar más y se deslizó contra su cuello—. ¿Cuántos años tienes, por cierto?

Ella sabía que él no esperaba una respuesta. Sus ojos se encontraron con los de ella, oscuros y voraces.

No le rogaría. Si iba a morir como Sam, lo haría con dignidad. Con esa rabia todavía ardiendo. Y tal vez... tal vez tendría la oportunidad de masacrarlo.

—Se me antoja un poco quedarme contigo —dijo y le pasó el pulgar por encima de la boca—. En vez de entregarte, tal vez te lleve allá abajo y, si sobrevives... —sacudió la cabeza—. Pero eso no era parte del trato, ¿o sí?

Las palabras hervían en la garganta de Celaena, pero su lengua no se movía. Ni siquiera podía abrir la boca.

—Estás muriendo por saber cuál fue el trato del que hablo, ¿verdad? Veamos si lo recuerdo bien... Matamos a Sam Cortland —recitó Farran—, te vuelves loca, te metes aquí y luego *tú* matas a Jayne —asintió hacia el enorme cuerpo sobre la mesa— y yo ocupo el lugar de Jayne.

Sus manos estaban recorriéndole el cuello ahora, caricias sensuales que prometían una agonía insoportable. Con cada segundo que pasaba, algo del entumecimiento iba desapareciendo, pero no tenía todavía nada de control sobre su cuerpo. Farran continuó:

—Es una pena que necesite que asumas la culpa por la muerte de Jayne. Y si tan solo entregarte al rey no fuera un regalo *tan* bueno.

El rey. No iba a torturarla, ni a matarla, sino que se la iba a entregar al rey como un soborno para que la realeza lo dejara en paz. Ella podría enfrentar la tortura, las violaciones que prácticamente podía ver en la mirada de Farran, pero si la enviaba con el rey... apartó la idea y se negó a seguir esa línea de pensamiento.

Tenía que marcharse.

Él debió percibir el pánico en su mirada. Farran sonrió y le puso la mano alrededor de la garganta. Unas uñas demasiado afiladas se le clavaron en la piel.

—No tengas miedo, Celaena —le susurró al oído y le clavó las uñas con más fuerza—. Si el rey te permite sobrevivir, yo quedaré endeudado para siempre contigo. Me has entregado la corona, a fin de cuentas.

Había una palabra en sus labios, pero no lograba pronunciarla, no importaba cuánto lo intentara.

¿Quién?

¿Quién la había traicionado de una manera tan vil? Podía entender que la odiaran a ella, pero *Sam*... Todos adoraban a Sam, incluso Wesley...

Wesley. Él le había tratado de advertir: *Todo esto es solo*... Y su rostro no mostraba irritación, sino dolor, dolor y rabia, no dirigidos a ella, sino a alguien más. ¿Arobynn había enviado a Wesley a advertirle? Harding, el asesino que había mencionado la ventana, siempre había tenido la mirada puesta en su puesto como heredera de Arobynn. Y él casi le había dado la información en la boca con los detalles de dónde y *cómo* podía entrar... Tenía que ser él. Tal vez Wesley lo había descifrado justo cuando ella estaba por escapar de la Fortaleza. Porque la alternativa... No, ni siquiera podía pensar en la alternativa.

Farran retrocedió y aflojó un poco la mano que tenía en su garganta.

—Me gustaría que me hubieran dejado jugar un rato contigo, pero juré no lastimarte —ladeó la cabeza y miró las lesiones que ya tenía ella—. Creo que unas cuantas costillas golpeadas y un labio partido son entendibles —sacó su reloj de bolsillo—. Pero ya son las once, y tú y yo tenemos que estar en otra parte.

Las once. Una hora antes de que Arobynn siquiera *saliera* de la Fortaleza. Y si Harding sí la había traicionado, entonces haría todo lo posible por retrasarlos aún más. Cuando la llevaran a los calabozos reales, ¿qué probabilidades tenía Arobynn de sacarla? Cuando la gloriella desapareciera, ¿qué probabilidades tenía *ella* de escapar?

Los ojos de Farran seguían sobre ella, brillando encantados. Y luego, sin previa advertencia, su brazo cruzó el aire.

Escuchó el sonido de una mano contra la carne antes de sentir el ardor y la punzada en la mejilla y la boca. El dolor era ligero. Agradeció el adormecimiento que seguía presente en su cuerpo, en especial al sentir el sabor a cobre de la sangre que le llenó la boca.

Farran se levantó con un movimiento agraciado.

—Eso fue por manchar de sangre la alfombra.

A pesar del ángulo ladeado de su cabeza, logró mirar furiosa al hombre mientras sentía cómo le escurría la sangre por el cuello. Farran se ajustó la túnica gris y luego se agachó y le acomodó la cabeza para que mirara al frente. Volvió a sonreír.

—Hubiera sido delicioso romperte —le dijo y salió de la habitación. Al pasar, le hizo una seña a tres hombres altos y bien vestidos. No eran guardias cualquiera. Había visto a estos hombres antes. En alguna parte... en algún sitio que no podía recordar del todo.

Uno de los hombres se le acercó, sonriendo, a pesar de la sangre que se acumulaba a su alrededor. Celaena se fijó en el pomo redondeado de su espada antes de sentir que conectaba con su cabeza.

CAPÍTULO 11

Celaena despertó con un dolor de cabeza insoportable.

Mantuvo los ojos cerrados y permitió que sus sentidos absorbieran el entorno antes de anunciarle al mundo que estaba despierta. El sitio donde estaba era silencioso, y húmedo, y frío, y olía a moho y basura.

Supo tres cosas antes de siquiera abrir los ojos.

La primera era que al menos habían pasado seis horas, porque podía mover los dedos de los pies y las manos y esos movimientos fueron suficientes para informarle que todas sus armas habían sido retiradas.

La segunda era que, como ya habían pasado seis horas y Arobynn y los demás no la habían encontrado, debía estar en los calabozos reales al otro lado de la ciudad o en alguna celda debajo de la casa de Jayne, esperando transporte.

La tercera era que Sam seguía muerto y que incluso su rabia había sido usada como un peón en una traición tan retorcida y brutal que no podía terminar de comprenderla con su cabeza adolorida.

Sam seguía muerto.

Abrió los ojos y vio que, en efecto, estaba en un calabozo, encadenada a la pared y tirada sobre una paca de paja podrida.

Sus pies también tenían grilletes al piso y ambos conjuntos de cadenas eran lo suficientemente largas para que pudiera llegar al cubo asqueroso en el rincón para hacer sus necesidades.

Esa fue la primera indignidad que se permitió sufrir.

Cuando terminó de vaciar su vejiga, miró a su alrededor en la celda. No había ventanas y tampoco había suficiente espacio entre la puerta de hierro y el marco de la puerta como para que pasara algo más que un hilo de luz. No podía escuchar nada... ni detrás de las paredes ni de afuera.

Tenía la boca completamente seca y sentía la lengua pesada. Lo que no daría por un trago de agua para lavarse el sabor restante de la sangre. El estómago también le dolía por no haber comido y el dolor punzante de la cabeza producía astillas de luz que se movían dentro de su cráneo.

La habían traicionado... Harding o alguien como él, alguien que se beneficiaría de que ella se marchara *para siempre*, sin esperanza de regresar jamás. Y Arobynn aún no la rescataba.

Vendría a buscarla. *Tenía* que hacerlo.

Ella tiró de las cadenas en sus muñecas y tobillos, examinando dónde estaban ancladas al suelo de piedra y a las paredes. Revisó cada uno de los eslabones, revisó los cerrojos. Eran sólidos. Sintió todas las piedras a su alrededor y les dio golpes para ver si alguna tenía alguna parte floja o un bloque entero que pudiera usar como arma. No había nada. Le habían quitado todos los pasadores del cabello y, con eso, cualquier posibilidad de abrir el candado. Los botones de su túnica negra eran demasiado pequeños y delicados como para ser útiles.

Tal vez si entraba un guardia, podría permitir que se acercara lo suficiente para usar las cadenas en su contra, para estrangularlo o dejarlo inconsciente o usarlo como rehén el tiempo necesario para que alguien la dejara salir.

Tal vez...

Las puertas gimieron y se abrieron, un hombre llenó el espacio en el umbral con otros tres detrás de él.

Su túnica era oscura y estaba bordada con hilo de oro. Si le sorprendió verla despierta, no lo reveló.

Guardias reales.

Entonces estaba en los calabozos reales.

El guardia que estaba en la puerta puso la comida que traía en el piso y le acercó la bandeja. Agua, pan, un trozo de queso.

—La cena —dijo, sin meter un pie a la habitación.

Él y sus compañeros sabían el peligro de acercarse demasiado.

Celaena vio la bandeja. Cena. ¿Cuánto tiempo había estado aquí? ¿Ya había pasado casi todo un día... y Arobynn *todavía* no había ido por ella? Seguro había encontrado a Wesley junto a los establos... y Wesley debió decirle a dónde había ido ella. *Tenía* que saber que estaba aquí.

El guardia la observaba.

—Este calabozo es impenetrable —dijo—. Y esas cadenas están hechas de acero adarlaniano.

Ella se quedó viéndolo fijamente. Era de edad mediana, tal vez unos cuarenta años. No portaba armas... otra precaución. Por lo general, los guardias reales se incorporaban jóvenes al servicio y se quedaban hasta que la edad les impedía cargar una espada. Eso significaba que este hombre tenía un entrenamiento extenso. Estaba demasiado oscuro para ver a los tres guardias a sus espaldas, pero sabía que no confiarían en cualquiera para que la vigilara.

Y aunque hubiera dicho esas palabras para intimidarla y hacerla comportarse, quizás estaba diciendo la verdad. Nadie salía de los calabozos reales, y nadie entraba.

Si había pasado todo un día y Arobynn aún no la encontraba, tampoco iba a salir entonces. Si quien la había traicionado había podido engañarla, y a Sam, y a Arobynn, entonces también encontrarían la manera de evitar que el rey de los asesinos se enterara de que ella estaba aquí.

Ahora que Sam había muerto, no le quedaba nada afuera de este calabozo por lo cual mereciera la pena luchar. La Asesina de Adarlan se estaba desmoronando, y su mundo junto con ella. La chica que había enfrentado al Señor de los Piratas y su isla entera, la chica que había robado caballos Asterion y galopado por la playa en el Desierto Rojo, la chica que se sentó en su propia azotea y vio salir el sol sobre el Avery, la chica que se había sentido viva con todas sus posibilidades... esa chica ya no existía.

No quedaba nada. Y Arobynn no vendría.

Había fracasado.

Y, lo peor, le había fallado a Sam. Ni siquiera había matado al hombre que había terminado con su vida de manera tan cruel.

El guardia se movió un poco y ella se dio cuenta de que lo había estado viendo fijamente.

—La comida está limpia —fue lo único que dijo el guardia antes de retroceder para salir de la habitación y cerrar la puerta.

Bebió el agua y comió tanto como pudo del pan y el queso. No sabía si la comida era desabrida o si su lengua había perdido la capacidad de percibir el sabor. Todo le sabía a ceniza.

Pateó la bandeja hacia la puerta cuando terminó. No le importaba que la podría haber usado como arma, o para atraer a alguno de los guardias.

Porque no iba a salir de ahí y Sam estaba muerto.

Celaena recargó la cabeza contra la pared helada y húmeda. Nunca podría asegurarse de que estuviera enterrado a salvo en la tierra. Le había fallado hasta en eso.

Cuando el silencio ensordecedor vino a llevársela de nuevo, Celaena entró en él con los brazos abiertos.

A los guardias les gustaba platicar. Sobre eventos deportivos, sobre mujeres, sobre el movimiento de los ejércitos de Adarlan. Y sobre ella, más que otra cosa.

A veces, fragmentos de sus conversaciones cruzaban el muro de silencio y capturaban su atención por un instante antes de que ella permitiera que el silencio volviera a arrastrarla a su mar interminable.

—El capitán se pondrá furioso de no haber estado aquí para el juicio.

—Se lo merece por estar paseándose por la costa de Suria con el príncipe.

Risitas.

—Pero supe que el capitán viene de regreso a Rifthold.

—¿Qué caso tiene? Su juicio es mañana. No va a llegar a tiempo para ver la ejecución.

—¿De verdad crees que es Celaena Sardothien?

—Se ve de la edad de mi hija.

—Será mejor que no le digan a nadie. El rey nos despellejaría vivos si decimos una palabra.

—Cuesta imaginar que sea ella... ¿vieron la lista de víctimas? No tenía fin.

—¿Crees que esté mal de la cabeza? Te puede *ver* sin realmente *verte*, ¿sabes?

—Apuesto que necesitaban que alguien pagara por la muerte de Jayne. Seguro capturaron a una chica cualquiera para fingir que era ella.

Carcajadas.

—Eso no le importará al rey, ¿o sí? Y si ella no habla, entonces es su culpa si es que es inocente.

—No creo que sea Celaena Sardothien.

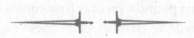

—Supe que tanto el juicio como la ejecución serán a puertas cerradas porque el rey no quiere que nadie sepa quién es.

—Por supuesto que al rey se le ocurriría negarle la oportunidad de ver a los demás.

—Me pregunto si la ahorcarán o la decapitarán.

CAPÍTULO 12

El mundo avanzaba como una serie de imágenes inconexas. Calabozos, paja podrida, piedras frías contra su mejilla, las conversaciones de los guardias, pan y queso y agua. Luego los guardias entraban, apuntándole con los arcos, las manos en las espadas. Habían pasado dos días, de alguna manera. Le aventaron un trapo y un balde de agua. Debía limpiarse para el juicio, le dijeron. Ella obedeció. Y no se resistió cuando le pusieron nuevos grilletes en las muñecas y los tobillos... grilletes con los cuales podía caminar. Luego la llevaron por un pasillo oscuro y frío en donde escuchaba gemidos distantes, luego subieron unas escaleras. La luz del sol brillaba a través de los barrotes de la ventana, fuerte, cegadora, conforme iban subiendo las escaleras y al fin entraron a una sala de piedra y madera pulida.

La silla de madera se sentía suave debajo de su cuerpo. Todavía le dolía la cabeza y los lugares donde los hombres de Farran la habían golpeado.

La sala era grande, pero no tenía muchos muebles ni decoración. La habían dejado sentada en una silla al centro de la sala, a distancia segura de la enorme mesa al fondo: la mesa donde había doce hombres sentados que la miraban.

No le importaba quiénes fueran ni cuál fuera su papel. Pero podía sentir sus miradas sobre ella. Todos en la habitación, los hombres en la mesa y la docena de guardias, la estaban observando.

Un ahorcamiento o una decapitación. Sintió que se le cerraba la garganta.

Ya no tenía ningún caso pelear, ya no.

Se merecía esto. Por más razones de las que podía contar. Nunca debió haberle permitido a Sam que eliminara a Farran por su cuenta. Era su culpa, todo esto que había echado a andar el día que llegó a Bahía de la Calavera y decidió hacerle frente a algo.

Se abrió una pequeña puerta al fondo de la habitación y los hombres que estaban en la mesa se pusieron de pie.

Unas botas pesadas avanzaron ruidosamente por el piso. Los guardias se enderezaban y saludaban...

El rey de Adarlan entró a la habitación.

No lo veía. Lo dejaría que hiciera con ella lo que quisiera. Si lo miraba a los ojos, cualquier resto de calma que le quedara terminaría hecho trizas. Así que era mejor no sentir nada en vez de acobardarse frente a él: el carnicero que había destrozado tanto de Erilea. Era mejor ir a la tumba adormecida y mareada que suplicando.

Alguien sacó la silla que ocupaba la posición central de la mesa. Los hombres alrededor del rey no se sentaron hasta que él lo hizo.

Luego silencio.

El piso de madera de la habitación estaba tan pulido que ella podía ver el reflejo del candelabro de hierro que colgaba del techo.

Una risa grave, como hueso contra piedra. Incluso sin verlo, podía percibir su presencia... la oscuridad que se arremolinaba a su alrededor.

—No creí los rumores hasta ahora —dijo el rey—, pero al parecer los guardias no mentían sobre tu edad.

Las ganas de taparse los oídos, de bloquear esa voz horrible, le revoloteaban en el fondo de la mente.

—¿Cuántos años tienes?

Ella no respondió. Sam ya no estaba. Nada de lo que hiciera, aunque peleara, aunque enloqueciera, podría cambiar eso.

—¿Rourke Farran te clavó sus garras o estás siendo voluntariosa?

El rostro de Farran, burlándose de ella, sonriendo con crueldad mientras ella estaba indefensa frente a él.

—Muy bien, pues —dijo el rey. El único sonido en la habitación inmersa en un silencio sepulcral fue el movimiento de documentos—. ¿Niegas ser Celaena Sardothien? Si no hablas, entonces tomaré tu silencio como una admisión, niña.

Ella mantuvo la boca cerrada.

—Entonces lee los cargos, consejero Rensel.

Un hombre se aclaró la garganta.

—Tú, Celaena Sardothien, estás acusada de la muerte de las siguientes personas...

Entonces empezó con una larga lista de todas las vidas que ella había extinguido. La historia brutal de una chica que ya no existía. Arobynn siempre se había encargado de que el mundo supiera sobre su trabajo. Siempre se encargaba de que se supiera a través de los canales secretos cuando Celaena Sardothien terminaba con otra víctima. Y ahora, justo aquello que le había ganado el derecho a llamarse la Asesina de Adarlan sería lo que sellaría su destino. Cuando terminó, el hombre dijo:

—¿Niegas alguna de estas acusaciones?

La respiración de Celaena era muy lenta.

—Niña —dijo el consejero con tono un poco agudo—, interpretaremos tu falta de respuesta como que no las niegas. ¿Lo entiendes?

Ella no se molestó en asentir. De cualquier forma, todo había terminado.

—Entonces decidiré tu sentencia —gruñó el rey.

Se escucharon murmullos, más movimiento de papeles y una tos. La luz en el piso parpadeó. Los guardias que había en la sala seguían concentrados en ella con las armas listas.

De pronto se escucharon pasos que avanzaban hacia ella desde la mesa y también pudo notar el sonido de armas que se movían. Reconoció los pasos antes de que el rey llegara a su lado.

—Mírame.

Ella mantuvo la mirada en las botas.

—Mírame.

Daba igual ya, ¿no? Ya había destruido tanto de Erilea, había destruido partes de ella sin siquiera saberlo.

—*Mírame*.

Celaena levantó la cabeza y vio al rey de Adarlan.

Palideció por completo. Esos ojos negros estaban listos para devorar el mundo. Sus facciones eran toscas y maltratadas. Tenía una espada al costado, cuyo nombre todos conocían, y una fina túnica y capa de piel. No tenía corona sobre la cabeza.

Tenía que alejarse. Tenía que salir de esta habitación, alejarse de él.

Vete.

—¿Tienes alguna última voluntad antes de que anuncie tu sentencia? —preguntó y esos ojos le quemaban todas las defensas que alguna vez había aprendido. Todavía podía oler el humo que había sofocado cada centímetro cuadrado de Terrasen hacía nueve años, todavía podía oler la carne que se quemaba y escuchar los gritos inútiles mientras el rey y sus ejércitos arrasaban con todo rastro de resistencia, todo rastro de magia. No importaba para qué la hubiera entrenado Arobynn, los recuerdos de esas últimas semanas cuando caía Terrasen estaban grabadas en su sangre. Así que solo lo miró.

Cuando ella no respondió, él se dio la media vuelta y regresó a la mesa.

Tenía que irse de aquí. Para siempre. Un fuego descarado e impertinente se encendió y la convirtió, aunque fuera por un momento, de nuevo en esa chica.

—Sí tengo —dijo con voz ronca por la falta de uso.

El rey hizo una pausa y la miró por encima del hombro.

Ella sonrió, un gesto malicioso y salvaje.

—*Que sea rápido*.

Era un desafío, no una súplica. El consejo del rey y los guardias se movieron un poco y algunos murmuraron.

El rey entrecerró los ojos ligeramente y cuando le sonrió, el gesto era lo más aterrador que había visto en su vida.

—¿Ah? —dijo y volteó a verla de lleno.

El fuego impertinente se apagó.

—Si lo que deseas es una muerte fácil, Celaena Sardothien, no te la concederé. No hasta que hayas sufrido como es debido.

El mundo se balanceaba sobre el filo de una navaja, a punto de resbalarse.

—Tú, Celaena Sardothien, estás sentenciada a nueve cadenas perpetuas de labores forzadas en las minas de sal de Endovier.

La sangre se le congeló. Los consejeros se miraron. Era claro que no habían discutido esta opción de antemano.

—Se te enviará con órdenes de que te mantengan viva el mayor tiempo posible para que tengas oportunidad de disfrutar la agonía especial que puede ofrecer Endovier.

Endovier.

Luego el rey le dio la espalda.

Endovier.

Hubo un remolino de movimiento y el rey gritó una orden de que la subieran a la primera carreta que saliera de la ciudad. Luego unas manos en sus brazos y los arcos que le apuntaban mientras se la llevaban casi a rastras del salón.

Endovier.

La echaron de regreso a su celda unos minutos, u horas, o un día. Luego más guardias llegaron por ella y subieron las escaleras y de nuevo al sol cegador.

Endovier.

Nuevos grilletes, que cerraron a martillazos. Luego el interior oscuro de una carreta de la prisión. Luego varios cerrojos, el movimiento de caballos que empezaban a caminar y muchos otros caballos alrededor de la carreta.

A través de la pequeña ventana en lo alto de la pared donde estaba la puerta, alcanzaba a ver las calles de la capital que conocía tan bien, a la gente que se acercaba alrededor y miraba la carreta de la prisión y los guardias a caballo pero no pensaban en quién estaría dentro. El domo dorado del Teatro Real a la distancia, el olor salado de la brisa del Avery, los techos con teja de color esmeralda y la piedra blanca de todos los edificios.

Todo pasó muy, muy rápido.

Pasaron por la Fortaleza de los Asesinos, donde había entrenado y sangrado y perdido tanto, el sitio donde yacía el cuerpo de Sam, esperándola para que lo enterrara.

Había sido jugado el juego y ella había perdido.

Ahora ya se acercaban a los muros de alabastro de la ciudad y las puertas se abrieron de par en par para que el grupo grande pudiera pasar.

Cuando Celaena Sardothien fue conducida fuera de la capital, se sumergió en un rincón de la carreta y no se volvió a mover.

Parados en la parte superior de una de las muchas azoteas de esmeralda de Rifthold, Rourke Farran y Arobynn Hamel vieron cómo escoltaban la carreta de la prisión fuera de la ciudad. Una brisa helada subió del Avery y los despeinó un poco.

—Endovier, entonces —dijo Farran pensativo con la mirada en la carreta—. Una decisión sorpresiva. Pensé que tenías planeado un rescate espectacular en el cadalso.

El rey de los asesinos no dijo nada.

—¿Entonces no irás tras la carreta?

—Obviamente no —dijo Arobynn y miró de reojo al nuevo Señor del Crimen de Rifthold. Había sido en esta misma azotea donde Farran y el rey de los asesinos se habían encontrado por primera vez. Farran había ido a espiar a una de las amantes de Jayne y Arobynn... bueno, Farran nunca averiguó por qué Arobynn merodeaba por las azoteas de Rifthold en medio de la noche.

—Tú y tus hombres la podrían liberar en cuestión de minutos —continuó Rourke—. Atacar una carreta de prisioneros es mucho más seguro que lo que tenías planeado originalmente. Aunque, debo admitirlo, enviarla a Endovier es mucho más interesante para mí.

—Si quisiera tu opinión, Farran, te la habría preguntado.

Farran esbozó una sonrisa pausada.

—Tal vez deberías pensar bien cómo te dirigirás a mí ahora.

—Y tal vez tú deberías pensar bien quién te dio tu corona.

Farran rio y se quedaron en silencio.

—Si la querías hacer sufrir, la deberías haber dejado en mi cuidado. Yo podría haber hecho que te rogara para que la salvaras en cuestión de minutos. Hubiera sido exquisito.

Arobynn solo sacudió la cabeza.

—No sé en qué alcantarilla creciste, Farran, pero debe haber sido un infierno sin paralelo.

Farran estudió a su nuevo aliado con la mirada exultante.

—No tienes idea.

Después de otro momento de silencio, preguntó:

—¿Por qué lo hiciste?

La atención de Arobynn volvió a centrarse en la carreta que ya era un pequeño punto en las colinas alrededor de Rifthold.

—Porque no me gusta compartir mis pertenencias.

DESPUÉS

Llevaba ya dos días en la carreta, observando cómo cambiaba y bailaba la luz sobre las paredes. Solo se movía lo necesario de su rincón para aliviar sus necesidades o para recoger la comida que le lanzaban.

Ella había creído que podía amar a Sam y no pagar el precio. *Todo tiene un precio*, le había dicho alguna vez un comerciante de seda de araña en el Desierto Rojo. Cuánta razón tenía.

El sol brilló otra vez en la carreta y la llenó de luz tenue. El recorrido a las minas de sal de Endovier duraba dos semanas y cada kilómetro los alejaba más y más al norte y a un clima más frío.

Cuando dormía, entraba y salía del sueño y la realidad, y en ocasiones no sabía cuál era cuál. Con frecuencia la despertaban los escalofríos que le sacudían el cuerpo. Los guardias no le ofrecieron nada para que se protegiera contra el clima helado.

Dos semanas en esta carreta oscura y maloliente, solo con las sombras y la luz en la pared como acompañantes y el silencio a su alrededor. Dos semanas y luego Endovier.

Levantó la cabeza de la pared.

El miedo creciente hacía que el silencio vibrara.

Nadie sobrevivía a Endovier. La mayoría de los prisioneros no sobrevivían ni un mes. Era un campo de muerte.

Un estremecimiento le recorrió los dedos entumecidos. Acercó sus piernas al pecho y recargó la cabeza en ellas.

Las sombras y la luz continuaron jugando en la pared.

Susurros emocionados y el crujir de pies sobre el pasto seco, la luz de la luna en la ventana.

No supo ni cómo se puso de pie o cómo logró llegar a la pequeña ventana con barrotes. Tenía las piernas tiesas y adoloridas y débiles por la falta de uso.

Los guardias se reunieron cerca de la orilla de un claro donde acamparon en la noche y miraron hacia un montón de árboles. Habían entrado al bosque de Oakwald en algún momento en el primer día, y ahora no habría nada salvo árboles-árboles-árboles durante las dos semanas del recorrido al norte.

La luna iluminaba la niebla que se arremolinaba en el suelo tapizado de hojas y hacía que los árboles proyectaran sombras largas como espectros acechantes.

Y ahí, en medio de un conjunto de arbustos espinosos, había un ciervo blanco.

Celaena sintió que se le cortaba la respiración.

Se sostuvo de los barrotes de la pequeña ventana al ver a la criatura observarlos. Sus enormes astas parecían brillar en la oscuridad, lo coronaban con guirnaldas de marfil.

—Dioses en los cielos —susurró uno de los guardias.

La enorme cabeza del ciervo volteó ligeramente hacia la carreta, hacia la pequeña ventana.

El Señor del Norte.

Para que la gente de Terrasen sepa encontrar siempre su camino a casa, le había dicho alguna vez a Ansel mientras estaban recostadas debajo de un manto de estrellas y le enseñó la constelación del Ciervo. *Para que puedan ver el cielo, sin importar dónde estén, y sepan que Terrasen estará siempre con ellos.*

Del hocico del venado salieron hilos de vaho y subieron en espirales en el aire helado de la noche.

Celaena inclinó la cabeza, aunque no apartó la mirada.

Para que la gente de Terrasen sepa encontrar siempre su camino a casa...

Una resquebrajadura en el silencio, que se iba ensanchando más y más, mientras los ojos sin fondo del ciervo la continuaban viendo fijamente.

Un brillo de un mundo destruido, un reino en ruinas. El ciervo no debía estar aquí, no debía haberse adentrado tanto en Adarlan ni estar tan lejos de casa. ¿Cómo había sobrevivido a los cazadores que habían liberado hacía nueve años, cuando el rey había ordenado que masacraran a todos los ciervos blancos sagrados de Terrasen?

Y, sin embargo, estaba aquí, brillando como faro bajo la luz de la luna.

Estaba aquí.

Y ella también.

Sintió la calidez de las lágrimas antes de darse cuenta de que estaba llorando. Luego el inconfundible sonido de los arcos que eran restirados.

El ciervo, su Señor del Norte, su faro, no se movió.

—¡*Corre*! —le brotó un grito ronco de la garganta. Destrozó el silencio en pedazos.

El ciervo seguía viéndola.

Ella golpeó el lado de la carreta.

—*¡Corre, maldita sea!*

El ciervo se dio la media vuelta y corrió, un relámpago de luz blanca que se abría paso entre los árboles.

El sonido de los arcos, el silbido de las flechas... todas fallaron.

Los guardias dijeron unas malas palabras y la carreta se sacudió cuando uno de ellos la golpeó por la frustración. Celaena se alejó de la ventana, se adentró lo más, más, más que pudo hasta que chocó contra la pared del fondo y cayó de rodillas.

El silencio había desaparecido. En su ausencia, podía sentir el dolor agudo que le recorría las piernas, el dolor de las heridas de los hombres de Farran, y el dolor sordo de las muñecas y los tobillos que estaban en carne viva por las cadenas. Y podía sentir el agujero interminable donde alguna vez había estado Sam.

Iría a Endovier... sería una esclava en las minas de sal de Endovier.

El miedo, hambriento y helado, la arrastró al fondo.

PRINCIPIO

Celaena Sardothien supo que estaba acercándose a las minas de sal cuando, dos semanas después, los árboles de Oakwald desaparecieron y el terreno se volvió gris y áspero y las montañas escarpadas perforaban el cielo. Llevaba desde el amanecer recostada en el piso y ya había vomitado una vez. Y ahora no podía convencerse de ponerse de pie.

Se escucharon sonidos a la distancia: gritos y el ligero restallar de un látigo.

Endovier.

No estaba lista.

La luz se hizo más brillante cuando dejaron atrás los árboles. Le dio gusto que Sam no estuviera ahí para verla así.

Dejó escapar un sollozo tan violento que tuvo que meterse el puño a la boca para que no la escucharan.

Nunca estaría lista para esto, para Endovier y el mundo sin Sam.

Una brisa llenó la carreta y limpió los olores de las últimas dos semanas. Su temblor se detuvo un segundo. Ella conocía esa brisa.

Conocía el frío mordiente que traía, conocía la ligera nota

de pino y nieve, conocía las montañas de las cuales provenía. Una brisa del norte, una brisa de Terrasen.

Tenía que ponerse de pie.

Pino y nieve y veranos perezosos y dorados... una ciudad de luz y música en las faldas de las montañas Staghorn. Debía ponerse de pie o terminaría quebrantada antes de siquiera entrar a Endovier.

La carreta empezó a frenar y las ruedas rebotaban en un camino accidentado. Se escuchó un látigo.

—Mi nombre es Celaena Sardothien... —susurró hacia el piso, pero los labios le temblaban tanto que las palabras se entrecortaban.

En alguna parte, alguien empezó a gritar. Por el cambio en la luz, supo que estaban acercándose a lo que debía ser un gran muro.

—Mi nombre es Celaena Sardothien... —intentó de nuevo. Respiró jadeante.

La brisa se convirtió en viento y ella cerró los ojos y permitió que se llevara las cenizas de ese mundo muerto, de esa chica muerta. Y luego ya no había nada salvo algo nuevo, algo que todavía brillaba al rojo vivo, recién salido de la forja.

Celaena abrió los ojos.

Entraría a Endovier. Entraría al infierno. Y no se desmoronaría.

Apoyó las palmas de las manos en el piso y puso los pies con firmeza debajo de ella.

Todavía no había dejado de respirar, y había soportado la muerte de Sam y evitado que el rey la ejecutara. Sobreviviría a esto.

Celaena se puso de pie, volteó hacia la ventana y vio el enorme muro de roca que se elevaba frente a ellos.

Guardaría a Sam en su corazón, una luz brillante para que la sacara cuando las cosas estuvieran más oscuras. Y luego recordaría cómo se sentía ser amada, cuando el mundo le ofrecía tantas posibilidades. No importaba lo que le hicieran, eso no se lo podrían quitar.

No se quebrantaría.

Y algún día... algún día, aunque le tomara hasta su último aliento, encontraría quién le había hecho esto. Quién se lo había hecho a Sam. Celaena se limpió las lágrimas cuando la carreta entró a la sombra de un túnel que atravesaba la pared. Látigos y gritos y cadenas. Se tensó y empezó a registrar todos los detalles que pudo.

Pero enderezó los hombros. Enderezó la columna.

—Mi nombre es Celaena Sardothien —susurró—, *y no tendré miedo.*

La carreta pasó debajo de la pared y se detuvo.

Celaena levantó la cabeza.

La puerta de la carreta se abrió de golpe y llenó el espacio de luz gris. Los guardias la sacaron, sombras contra la luminosidad. Ella permitió que la sostuvieran, permitió que la sacaran de la carreta.

No tendré miedo.

Celaena Sardothien levantó la barbilla y entró a las minas de sal de Endovier.

AGRADECIMIENTOS

Varios elementos de estas historias llevan flotando en mi imaginación desde hace una década, pero tener la oportunidad de escribirlas todas fue algo que nunca pensé tendría la bendición de hacer. Fue un deleite compartir estas novelas cortas como e-books originalmente, pero verlas impresas como libro físico es un sueño hecho realidad. Así que es con la mayor de las gratitudes que le agradezco a las siguientes personas:

Mi esposo, Josh, por hacer la cena, traerme café (y té... y chocolate... y botanas), por sacar a pasear a Annie y por todo su amor incondicional. No podría haberlo hecho sin ti.

Mis padres, por comprar muchas copias de cada novela y novela corta, por ser mis fans #1 y por todas las aventuras (algunas que inspiraron estas historias).

Mi incomparable agente, Tamar Rydzinski, quien me llamó una tarde de verano con una idea loca que se terminó convirtiendo en estas novelas cortas.

Mi editora, Margaret Miller, quien nunca deja de desafiarme a que me convierta en mejor escritora.

Y a todo el equipo mundial de Bloomsbury, por el entusiasmo incansable, la genialidad y el apoyo. Gracias por todo lo que han hecho por la serie de Trono de cristal. Estoy muy orgullosa de llamarme una autora de Bloomsbury.

Escribir un libro sin duda no es una tarea solitaria y, sin las siguientes personas, estas novelas cortas no serían lo que son:

Alex Bracken, con quien nunca dejaré de estar en deuda por la genial sugerencia sobre *La asesina y el inframundo* (y por toda la retroalimentación increíble también).

Jane Zhao, cuyo entusiasmo inquebrantable por el mundo de Trono de cristal fue mi apoyo en el largo camino hasta la publicación. Kat Zhang, quien siempre encuentra el tiempo para darme sus comentarios a pesar de su agenda increíblemente ocupada. Amie Kaufman, quien lloró y se desmayó en todos los sitios indicados.

Y Susan Dennard, mi maravillosa y honesta y feroz Sooz. Me recuerdas que a veces, solo a veces, el universo puede hacer las cosas bien. No importa lo que suceda, siempre estaré agradecida por el día en que entraste a mi vida.

Amor adicional y muchas gracias a mis increíbles amigos: Erin Bowman, Dan Krokos, Leigh Bardugo y Biljana Likic.

Y a ti, querido lector: gracias por acompañarme en este viaje. Espero que hayas disfrutado este vistazo al pasado de Celaena... y espero que disfrutes ver dónde la conducirán sus aventuras en *Trono de cristal*.

Tras un año de esclavitud en las minas de sal de Endovier, Celaena Sardothien había acabado por acostumbrarse a andar de acá para allá encadenada y a punta de espada. Había miles de esclavos en Endovier y casi todos recibían un tratamiento parecido, aunque Celaena solía ir y volver de las minas acompañada por media docena de guardias más que el resto. Era de esperar, siendo, como era, la asesina más famosa de Adarlan. Aquel día, sin embargo, la aparición de un hombre encapuchado de negro la tomó por sorpresa. Aquello era nuevo.

Su acompañante la sujetaba del brazo con fuerza mientras la conducía por el suntuoso edificio donde se alojaban casi todos los funcionarios y capataces de Endovier. Recorrieron pasillos, subieron escaleras y dieron vueltas y más vueltas para que Celaena no tuviera la menor posibilidad de encontrar la salida.

Al menos eso pretendía el desconocido, pues ella se dio cuenta enseguida de que habían subido y bajado la misma escalera en cuestión de minutos. También se percató de que la obligaba a avanzar en zigzag por distintos niveles aunque el edificio tenía una estructura de lo más común, una cuadrícula de pasillos y escaleras. Pero Celaena no era de las que se desorientan tan fácil. De hecho, se habría sentido insultada si su escolta hubiera escatimado esfuerzos.

Enfilaron por un pasillo particularmente largo donde no se oía el menor sonido salvo el eco de sus pasos. Advirtió que el hombre que la agarraba del brazo era alto y estaba en forma, pero Celaena no podía ver los rasgos ocultos bajo la capucha. Otra táctica pensada para confundirla e intimidarla. La ropa negra seguro formaba parte de esa misma estratagema. El hombre la miró y Celaena esbozó una sonrisa. Él devolvió la vista al frente y la agarró del brazo aún con más fuerza.

Celaena se tomó el gesto como un cumplido, aunque no sabía a qué venía tanto misterio, ni por qué aquel hombre había ido a buscarla a la salida de la mina. Tras una jornada entera arrancando rocas de sal de las entrañas de la montaña, verlo allí plantado junto a los seis guardias de rigor no la había puesto de buen humor precisamente.

No obstante, había aguzado bien el oído cuando el escolta se presentó ante el capataz como Chaol Westfall, capitán de la guardia real. De pronto, el cielo se había vuelto más amenazador, las montañas habían crecido a sus espaldas y hasta la misma tierra había temblado bajo sus rodillas. Hacía tiempo que no se permitía a sí misma probar el sabor del miedo. Todas las mañanas, al despertar, se repetía para sí: «No tengo miedo». Durante un año, esas mismas palabras habían marcado la diferencia entre romperse y doblarse; habían impedido que se hiciera pedazos en la oscuridad de las minas. Pero no dejaría que el capitán averiguara nada de eso.

Celaena observó la mano enguantada que la sujetaba del brazo. El cuero oscuro del guante hacía juego con la porquería de su propia piel.

La muchacha era muy consciente de que, aunque solo tenía dieciocho años, las minas ya habían dejado huella en su cuerpo. Reprimiendo un suspiro, se ajustó la túnica, sucia y raída, con la mano libre. Como se internaba en las minas antes del amanecer y las abandonaba después del anochecer, rara vez veía la luz del sol. Por debajo de la mugre asomaba una piel mortalmente pálida. En el pasado había sido guapa, hermosa incluso, pero... En fin, aquello ya carecía de importancia.

Doblaron por otro pasillo y Celaena se entretuvo mirando el sutil forjado de la espada que portaba el desconocido. El reluciente pomo tenía forma de águila a medio vuelo. Al percatarse de que la chica observaba el arma, el escolta posó su mano enguantada sobre la dorada cabeza del pájaro. La muchacha volvió a sonreír.

—Está muy lejos de Rifthold, capitán —le dijo. Luego carraspeó—. ¿Lo acompaña el ejército que escuché marchar hace un rato?

Escudriñó las sombras que escondían el rostro del hombre, pero no vio nada. Aun así, notó que el desconocido posaba los ojos en ella para juzgarla, medirla, ponerla a prueba. Celaena le devolvió la mirada. El capitán de la guardia real parecía un adversario interesante. Quizás incluso mereciera algún esfuerzo de su parte.

Por fin el hombre separó la mano de la espada y los pliegues de su capa cayeron sobre el arma. Al desplazarse la tela, Celaena vio el dragón heráldico de oro bordado en su túnica. El sello real.

—¿Qué te importan a ti los ejércitos de Adarlan? —replicó él.

A Celaena le encantó advertir que el capitán tenía una voz muy parecida a la suya, fría y bien modulada, aunque fuese un bruto repugnante.

—Nada —contestó Celaena encogiéndose de hombros. Su acompañante lanzó un gruñido de irritación.

Cuánto le habría gustado ver la sangre de aquel capitán derramada sobre el mármol. En una ocasión Celaena había perdido los estribos; una sola vez, cuando su capataz eligió un mal día para empujarla con fuerza. Aún recordaba lo bien que se había sentido al hundirle el pico en la barriga, y también la pegajosa sangre del hombre al empaparle la cara y las manos. Era capaz de desarmar a dos guardias en un abrir y cerrar de ojos. ¿Correría el capitán mejor suerte que el difunto capataz? Volvió a sonreír mientras sopesaba las distintas posibilidades.

—No me mires así —le advirtió él, y de nuevo posó la mano en la espada.

Celaena escondió su sonrisilla de suficiencia. Pasaron ante una serie de puertas de madera que habían dejado atrás hacía pocos minutos. Si hubiese querido escapar, le habría bastado con girar a la izquierda en el siguiente pasillo y bajar tres tramos de escaleras. El intento de desorientarla solo había servido para ayudarla a familiarizarse con el edificio. Idiotas.

—¿Cuánto va a durar este juego? —preguntó con dulzura mientras se apartaba de la cara un mechón de pelo enmarañado. Al ver que el capitán no respondía, Celaena apretó los dientes.

Había demasiado eco en los pasillos como para atacarlo sin alertar a todo el edificio, y Celaena no había visto dónde se había guardado el militar la llave de las manillas; además, los seis guardias que los acompañaban también opondrían resistencia. Eso por no hablar de los grilletes que le encadenaban los pies.

Enfilaron por un corredor de cuyo techo pendían varios candiles. Al mirar por las ventanas en la pared, descubrió que había anochecido; los faroles brillaban con tanta intensidad que apenas quedaban sombras entre las que esconderse.

Desde el patio oyó el avance de los otros esclavos, que caminaban arrastrando los pies hacia el barracón de madera donde pasaban la noche. Los gemidos de dolor y el tintineo metálico de las cadenas componían un coro tan familiar como las monótonas canciones de trabajo que los presos entonaban durante todo el día. El solo esporádico del látigo se sumaba a la sinfonía de brutalidad que Adarlan había creado para sus peores criminales, sus ciudadanos más pobres y los rehenes de sus últimas conquistas.

Si bien algunos de aquellos presos habían sido encarcelados por supuestas prácticas de hechicería —cosa muy improbable, teniendo en cuenta que la magia había desaparecido de la faz del reino—, últimamente llegaban muchos rebeldes a Endovier, cada día más. Casi todos procedían de Eyllwe, uno de los pocos reinos que aún se resistían al dominio de Adarlan. Cuando Celaena les pedía información del exterior, muchos se quedaban embobados, con la mirada perdida. Habían renunciado. Celaena se estremecía solo de pensar en los sufrimientos que debían de haber soportado a manos de los soldados de Adarlan. A veces se preguntaba si no habría sido mejor para ellos que los mataran... y si no le habría convenido a ella también perder la vida la noche en la que la traicionaron y la capturaron.

No obstante, mientras proseguía su marcha, tenía cosas más importantes en las que pensar. ¿Al fin se proponían ahorcarla? Se le revolvió el estómago. Celaena era lo bastante importante como para que la ejecutara el capitán de la guardia real en persona. Ahora bien, si pensaban matarla, ¿por qué molestarse en conducirla antes a aquel edificio?

Por fin se detuvieron ante unas puertas acristaladas en rojo y dorado, tan gruesas que Celaena no alcanzaba a atisbar el otro lado. El capitán Westfall hizo un gesto con la cabeza a los dos guardias que flanqueaban la entrada y estos golpearon el suelo con las lanzas a modo de saludo.

El capitán volvió a sujetarla con tanta fuerza que le hizo daño. Jaló a Celaena, pero los pies de la muchacha se negaron a moverse.

—¿Prefieres quedarte en las minas? —le preguntó él en tono de burla.

—Quizá si me dijeras a qué viene todo esto, no me sentiría tan inclinada a oponer resistencia.

—No tardarás en descubrirlo por ti misma —contestó el capitán.

A Celaena comenzaron a sudarle las palmas de las manos. Sí, iba a morir. Al fin le había llegado la hora.

Las puertas se abrieron con un crujido y ante sus ojos apareció un salón del trono. Un candil de cristal en forma de parra ocupaba gran parte del techo y proyectaba semillas de diamante en las ventanas que se alineaban al otro extremo de la sala.—Aquí —gruñó el capitán de la guardia, y la empujó con la mano que tenía libre.

Por fin liberada, Celaena tropezó y sus pies encallecidos resbalaron en el suelo liso cuando intentó incorporarse. Miró hacia atrás y vio entrar a otros seis guardias.

Catorce en total más el capitán. Todos llevaban el dorado emblema real bordado en la pechera de los uniformes negros. Formaban parte de la guardia personal de la familia real: soldados despiadados y rapidísimos entrenados desde niños para proteger al rey con su propia vida. Celaena tragó saliva. Aturdida y acongojada volvió a mirar al frente. Sentado en un ornamentado trono de madera de secuoya aguardaba un atractivo joven. Su corazón se detuvo al ver que todos le hacían una reverencia.

Se encontraba ante el mismísimo príncipe heredero de Adarlan.